W0410043

Harper
Collins

Dori Mellina

Dorf ist Mord

Ein Lago-Krimi

HarperCollins

HarperCollins®

FSC
MIX
Papier
FSC® C014496

1. Auflage: April, 2020
Deutsche Erstveröffentlichung

Dieses Werk wurde vermittelt durch die Literarische Agentur
Thomas Schlück GmbH, 30161 Hannover.

Umschlaggestaltung: FAVORITBUERO; München
Umschlagabbildung: alaver, Drug Naroda,HappyPictures
tn-prints//Shutterstock
Satz: GGP Media GmbH, Pößneck
Printed in Germany
Dieses Buch wurde auf FSC®-zertifiziertem Papier gedruckt.
ISBN 978-3-95967-415-7

www.harpercollins.de

CAPITOLO 1

So, das wäre geschafft. Die Fahrt hierher war schon mal nicht schlecht gewesen. Und das war schließlich die Voraussetzung für das Ganze, nicht? Ein gutes Omen sozusagen für die ganze Unternehmung. Sagen wir mal lieber für die unmenschliche Aufgabe, die ich mir ziemlich naiv aufgebürdet hatte. Und das Wetter erst: strahlender Sonnenschein, blauer Himmel, eine leichte Brise, aber wirklich nur leicht, die auf der Wasseroberfläche eine feine Kräuselung hervorrief.

Na also, geht doch, dachte ich, und ließ den Blick über den See mit seinem prominenten Berg in der Mitte schweifen. Der Rest würde sich schon noch fügen. Ich atmete die warme, duftende Luft in gierigen Zügen ein. Schließlich hatten es meine Landsleute in den Jahrhunderten wahrscheinlich auch immer so gehandhabt: Widrige Umstände, negative Vorzeichen und schlechte Erfahrungen hatten sie nicht aufgehalten. Denn dies alles wurde durch einen Blick auf die Landschaft und durch Sonnenstrahlen auf der Haut aufgewogen. Sonne kann in Sachen positives Denken wahre Wunder bewirken, das können Sie mir glauben. Wieso kommt einem sonst ein Problem an einem regnerischen Novembertag viel schlimmer vor, als wenn man über dasselbe am Strand auf beispielsweise Sardinien nachdenkt? Man ist möglicherweise in Sachen Problemlösung kein Stück weitergekommen, und doch ist alles auf einmal gar nicht so schlimm. Und das nur wegen der Sonne. Denn es ist fast so, als würde sie einem sagen: Mach dir keine Sorgen, ich bin für dich da, ich halte dich warm, du kannst dich entspannen!

Positiv beflügelt begab ich mich an den einzigen Ort, der infrage kam, um dieses Abenteuer im sonnigen Gefilde richtig gut zu starten.

»Ciao, Franco«, rief ich in das übliche morgendliche Chaos und geschäftliche Treiben einer normalen italienischen Bar. Wobei Francos Bar genau genommen nur italienisch war, nicht normal.

»La mia ragazza!«, begrüßte mich Franco wie immer theatralisch und warf in ebenso theatralischer Pose die Arme in den Himmel, als hätte er den Messias persönlich gesichtet. Dabei kannte er mich erst seit ein paar Monaten, und großartige Taten wie Fische vervielfältigen oder Tote wieder zum Leben zu erwecken hatte ich bislang nicht geleistet. Maximal einen Cappuccino bestellt und eine Brioche dazu. Ach ja, und einen Orangensaft.

Aber das schien Franco zu reichen, um bei meinem Anblick in Ekstase zu verfallen.

»Ciao Franco«, wiederholte ich also relativ unbeeindruckt und wartete das ab, was unweigerlich kommen würde.

»Allora: Cappuccino mit zusätzlichem Espresso-Shot, frisch gepressten Orangensaft und … lass mich schauen: Die einfachen Brioches sind leider schon aus. Bist auch ein bisschen spät dran, heute …«, ereiferte sich Franco und schaute mich dabei etwas vorwurfsvoll an.

Es wäre sinnlos gewesen, ihm zu erklären, dass ich gerade erst aus Deutschland angekommen war und dass das Missachten von Geschwindigkeitsbegrenzungen, um die letzten nicht gefüllten Brioches bei Franco zu ergattern, selbst bei italienischen Polizisten nicht unbedingt gerne gesehen wird.

Und genauso wenig erfolgsgekrönt wäre der Versuch gewesen, dem lieben Barbesitzer weismachen zu wollen, dass ich nicht prinzipiell und schon gar nicht jeden Morgen einen Cappuccino mit zusätzlichem Espresso-Shot, einen frisch gepressten Orangensaft und eine einfache Brioche zu konsumieren pflegte. Aber das war leider die allererste Bestellung, die ich damals vor circa vier Monaten bei ihm getätigt hatte, und Franco hatte sie sich eingeprägt. Da er viel Wert auf individuelle Betreuung und ein familiäres Klima in seinem Etablissement legte, lernte er die Vorlieben jedes einzelnen seiner Kunden auswendig und tolerierte in der Regel Abweichungen davon nur schlecht. Das hatte ich mittlerweile herausgefunden und mich meinem Schicksal gefügt.

Während Franco sich engagiert »meiner Bestellung« zuwandte, schaute ich mich um. Aha, die üblichen Verdächtigen also, was anderes hatte ich nicht erwartet. An den Tischen saßen die älteren Frauen aus dem Dorf, schlürften ihre Espressi und äußerten abfällige Bemerkungen über die Müllabfuhr, die steigenden Kosten der Fähre und den Pfarrer, der, wie ich mit einem Ohr mitbekam, in letzter Zeit recht seltsam, also *strano*, geworden war. Die steigenden Kosten für die Fähre interessierten mich nur am Rande, und die Müllabfuhr war in Pelati schon immer ein Problem gewesen. Letzteres wiederum schien mir ein Klischee zu sein und nicht der Rede wert. Dass katholische Pfarrer eines so kleinen Orts wie Pelati komisch sind, ist nichts Besonderes. Denn entweder sind sie es schon immer gewesen, oder sie werden es durch die Kombination katholisch/Pfarrer/Dorfleben spätestens nach ein paar Jahren, also geschenkt.

An der Theke standen die Herren der Schöpfung in nicht mehr einwandfreiem Feinripp unter nachlässig zugeknöpften karierten Hemden, die sich in Anbetracht der bereits fortgeschrittenen morgendlichen Uhrzeit den ersten alkoholischen

Drink, auch sozialverträglicher Aperitif genannt, gönnten. Auch sie schienen in angeregte Gespräche vertieft zu sein, die sich jedoch um das vergangene Fußballspiel der beliebten Juventus-Mannschaft und einen zu Unrecht nicht gepfiffenen Elfmeter zu drehen schienen. Seitlich von ihnen stand unser Dorf-Carabiniere Michelotti, also einer jener Gesetzeshüter, die zur alteingesessenen und traditionsreichen italienischen Armee gehören und sich um lokale Belange der Bevölkerung und mehr oder weniger ernste Verstöße gegen das Gesetz kümmern. So wie er mit seiner zugegeben männlich-attraktiven Uniform dastand und mir mit seinem Glas Milch zuprostete, konnte man dem Gedanken verfallen, dass er durchaus ein interessanter Fang sein könnte. Doch diesem Gedanken war die Hälfte der weiblichen Pelati-Bevölkerung ebenfalls verfallen. Auf so was konnte ich getrost verzichten, zumal die andere Hälfte über achtzig und so gut wie blind war, also winkte ich betont gleichgültig mit der Hand und murmelte ein »Carabiniere« als Gruß. Nach dem Motto: Ich weiß, wer du bist, aber bleib mir besser von der Pelle. Das schien Michelotti Aufmunterung genug zu sein, da er sogleich Anstalten machte, meinen Tisch anzusteuern. Ich unterdrückte einen Fluch.

Die liebe Leserin und der liebe Leser werden sich jetzt arg wundern, dass ich zum einen etwas von Italien, italienischer Kultur und italienischem Wetter, zum anderen aber nichts über mich selbst erzähle. Und da ich natürlich (kulturbedingt) nicht unhöflich sein will, aber vor allem die lieben Leser (egobedingt) für mich gewinnen möchte, kommt hier ein kurzer Exkurs zu meiner Person: Geboren wurde ich gar nicht so weit weg von Pelati, dem Dörfchen, in dem ich mich momentan befinde. Würde man jetzt unbedingt ein Geburtsjahr angeben wollen, würde ich mich bewusst vage halten und circa dreißig Jahre zuvor nennen. Dass ich mich seit einiger Zeit in Deutschland aufhielt, war der miserablen wirtschaftlichen Lage in Italien zuzuschreiben, die zur berühmten und vielfachen bedauerten »Hirnflucht« geführt hat, wie die Auswanderung gut ausgebildeter Italiener ins Ausland von der Presse genannt wurde. In meinem Fall handelte es sich um den Beruf der Krankenschwester, der im deutschen Lande besser bezahlt und mehr respektiert wurde als in meiner Heimat. Und da ich in der Schule Deutsch gelernt, sowie zufällig einen deutschen Mann kennengelernt und grundsätzlich nichts gegen eine bessere Behandlung und Bezahlung meiner Arbeit hatte, stand die Entscheidung eines Tages für mich fest: Ich würde mein Hirn einpacken und nach Süddeutschland ziehen, das immerhin in Auto-Nähe von Norditalien ist. Aber wie das Leben so ist, hat man erst mal eine Entscheidung getroffen und etwas hinter sich gelassen, bemerkt man nach einer Weile, dass früher nicht alles schlecht war, sondern man auch einige Vorzüge genossen hatte, und so fängt man an, mit sich zu hadern und so weiter und so fort, das kennen Sie wahrscheinlich. Jedenfalls sah für mich die Lösung so aus, mir ein zweites Zuhause in einem niedlichen italienischen Dörfchen zu suchen, wo ich meine Ferien verbringen konnte, um mein Heimweh ein wenig zu lindern. Die Wahl war auf Pelati gefallen, weil es ein kleines Dörfchen war, das mich an meine Kindheit und ein bisschen an die Krimis von Agatha Christie erinnerte. Sie wissen schon: wenige Einwohner, alle kennen sich, die Leute plaudern an den Gartenhecken miteinander, der Pfarrer weiß über alle und alles Bescheid, das Gesamtpaket an Nostalgie sozusagen. Eingepackt für diesen Nostalgie-Besuch hatte ich nicht wieder mein Hirn, sondern meine schönen Sommerkleider und meine heiß geliebten Krimis, auch die Klassiker, die ich schon tausendmal gelesen hatte.

Nun stoßen Sie dazu, und ich sitze in Francos Bar und warte, dass der Dorf-Carabiniere seine Meinung ändert und mich doch nicht anspricht, denn zweierlei bin ich seit Deutschland nicht mehr gewohnt: unerwünschte Annäherungen seitens der männlichen Bevölkerung und das Entwickeln von Strategien, um solche abzuwehren. Zeit dafür hatte ich eh keine, denn auf einmal flog die Tür der Bar auf, und Irene hatte ihren Auftritt:

»*La peste*! La peste! Die Pest weilt unter uns! Bedeckt eure Blöße, sonst wird es Feuer geben!«

»Ach was, du bist mir Pest genug, geh zur Seite«, sagte Franco lapidar, der sie mit seinem Tablett zur Seite schob, um dann mit betretenem Gesicht vor meinem Tisch stehen zu bleiben.

»Stella, was für ein Jammer! Ich habe kein Kakaopulver mehr, um das lächelnde Gesicht auf deinen Cappuccino-Schaum zu zaubern.«

»Äh, das ist nicht so …«, fing ich an, obwohl ich wusste, das würde nichts nutzen.

»Aspetta, warte! Umberto! Lauf sofort zum Supermarkt, und besorge Kakaopulver, aber schnell!«

»Franco, das ist aber wirklich gar kein …«

»Hier, nimm das Geld! Und wenn du schon dabei bist, geh zu Bruno und bringe eine nicht gefüllte Brioche mit, mach schon!«, scheuchte er seinen jungen Gehilfen Richtung Tür.

»Und du! Verpiss dich mit deinem Gerede über die Pest, du bist ja geschäftsschädigend!«, schrie er Richtung Irene, griff zum Besen und machte Anstalten, die alte Frau hinauszufegen.

Die schaute ihn erst kalt an, drehte sich dann um und murmelte etwas, das sich ungefähr anhörte wie: *Hätte ich dich bloß nicht zur Welt gebracht!* Was sehr seltsam war, selbst für Irene.

Franco schien nichts gehört zu haben und steuerte Richtung Theke, wo er ungerührt die Schälchen mit Knabbereien auffüllte und gleichzeitig eine Nachricht in sein Handy tippte.

Schließlich war er wahrscheinlich an Irenes tägliche Auftritte gewöhnt, und sie ließen ihn kalt. Ich hatte hingegen die exzentrische alte Frau mit ihrer klapperdürren Gestalt, den rosafarbenen Haaren und den Levis 501 erst ein paarmal gesichtet. Sie rief jedes Mal irgendwelche düsteren Prophezeiungen aus, die von der frechen Dorfjugend mit Gelächter quittiert wurden, oder lief herum und jubelte über einen angeblichen Lottogewinn.

Um die Zeit bis zu meinem Cappuccino mit lächelndem Gesicht und der nicht gefüllten Brioche totzuschlagen, schnappte ich mir die Lokalzeitung und tat so, als würde ich konzentriert lesen.

»Na, wieder im Lande?«

Prima. Der Gesetzeshüter hatte seinen Annäherungskurs zum erfolgreichen Ende geführt. Ob sich der Drei-Tage-Bart mit seiner seriösen Position als Beamter im Dienste des italienischen Staats vereinbaren ließ?

Ich schaute widerwillig von einem Artikel über die örtlichen Bestimmungen von industrieller Abfallentsorgung und die androhenden Strafen für Zuwiderhandeln hoch und starrte auf das Glas Milch in Michelottis Hand.

»Na, es sieht so aus, oder? Und selbst? Bist du auf Koffeinentzug?«

Er machte ein verdrossenes Gesicht und deutete möglichst unauffällig mit dem Kopf Richtung Franco, der in der Zwischenzeit die Besorgungen von seinem privaten Sklaven entgegengenommen hatte und sich mit meinem Cappuccino künstlerisch verausgabte.

»War vor ein paar Monaten, für meine kleine Nichte«, murmelte er.

Ich nickte wissend und zeigte auf den Plastikstuhl an meinem Tisch. Wenn ich schon mit ihm reden musste, dann lieber auf Augenhöhe als mit seiner Pistole. Waffen haben irgendwas

Bedrohliches an sich, auch wenn sie aus dem Halfter eines gutaussehenden Dorfpolizisten hervorschauen.

Michelotti ließ sich das nicht zweimal sagen und nahm Platz.

»Allora! Ecco qui: frisch gepresster Orangensaft, Cappuccino mit extra Espresso-shot und eine nicht gefüllte Brioche, zwar von Bruno, aber besser als nichts«, verkündete nun Franco, der jede Gelegenheit nutzte, um seinen direkten Mitbewerber, der die Bar schräg gegenüber besaß, schlechtzumachen, mit säuerlicher Miene.

»Allora, du lässt renovieren, habe ich gehört?«, fragte Michelotti, während ich Zucker in meinen Cappuccino gab und dabei versuchte, das Kakao-Gesicht nicht zu zerstören.

»Äh, ja«, antwortete ich auf die rhetorische Frage. Das kannte ich bereits, und mittlerweile störte es mich kaum mehr. In Pelati gab es fast keine Informationen über Personen und deren Vorhaben, die man nicht als Allgemeingut betrachtete. Aus diesem Grund waren Fragen, die man woanders als privat oder persönlich betrachtete, hier einfach nur rhetorischer Natur. Und klar hatte ich mir auch nie der Illusion hingegeben, dass die anstehende Renovierung meines neu erworbenen Häuschens in Pelati eine Angelegenheit zwischen mir und dem Bauunternehmen im Ort bleiben würde. Ganz im Gegenteil, ich hatte mich schon gewundert, dass der Bürgermeister mein Ansinnen nicht an der Pinnwand des Gemeindehauses offiziell bekanntgegeben hatte, so groß schien das Interesse dafür zu sein. Und das war die naive Unternehmung, die ich mir vorgenommen und die ich eingangs erwähnt hatte: Vor fünf Monaten hatte ich, einer spontanen Eingebung folgend, eine ziemlich heruntergekommene Immobilie am Hang gekauft: drei Zimmer, Küche, Bad, eine undefinierte Terrasse, ein Balkon. Der Kaufpreis war sehr günstig gewesen, und ich hatte die Gelegenheit gewittert, mein in Deutschland hart verdientes Geld zukunftsträchtig zu investieren, anstatt es auf einem Konto ein sinnbefreites Leben fristen zu lassen.

Die Immobilienpreise waren zu dem Zeitpunkt in Italien aufgrund der wie zu jedem beliebigen Zeitpunkt in den letzten einhundert Jahren angespannten wirtschaftlichen Lage ziemlich im Keller, und die Tatsache, dass ich mir in oben genannter süddeutscher Großstadt von meinem Ersparten nie mehr als eine Garage leisten könnte, trug zu meinem Entschluss bei. Außerdem strebte ich mittelfristig sowieso die Rückkehr in die Heimat an, also konnte ich genauso gut meine Altersvorsorge in Form einer Immobilie in Hanglage und See-Nähe gestalten. Und da ich den großen norditalienischen See aufgrund massiver touristischer Einflüsse vermeiden wollte (in Italien legte ich nun mal ganz großen Wert darauf, in einem Supermarkt auf Italienisch und nicht auf Deutsch angesprochen zu werden), fiel meine Wahl auf den kleineren See mit dem Berg in seiner Mitte. Er war bei Weitem nicht so bekannt, und man hatte wirklich das Gefühl, in Italien zu sein, mit allen Vorteilen und natürlich auch Nachteilen, denn eine Currywurst war dort beim besten Willen nicht ausfindig zu machen. Aber wer braucht schon eine Currywurst, wenn man in eigentümlichen Lokalen in den Bergen die leckerste Hausmannskost und die feinsten Rotweine der Region bekommen konnte? Die man dann auf Terrassen mit fantastischem Blick auf den See genoss?

Natürlich hatten mir die Schlaumeier der Immobilienagentur im Dorf zuerst die teuersten Objekte gezeigt, mit Seeblick, eigenem Anlegeplatz für das Motorboot oder in exklusivster Lage auf der Seeinsel, durch üppige mediterrane Vegetation vor indiskreten Blicken geschützt. Ganz stolz hatte mich der etwas schmierige Makler mit eng anliegendem Anzug, Krawattennadel und glänzenden Lederschuhen über die unmittelbare Nähe zu einem berühmten Hollywood-Star aufgeklärt.

Als wenn es mir was genutzt hätte. Selbst um Zucker auszuleihen, hätte ich mich in ein Ruderboot setzen müssen, um dann damit rechnen zu müssen, dass seine Wachhunde mich zerfleischt hätten, noch bevor ich die Klingel hätte betätigen können.

Nachdem ich also klargestellt hatte, dass die angepriesenen Objekte zwar durchaus ihren Reiz hatten und ich prinzipiell nichts gegen Zwölfzimmer-Residenzen aus der Barockzeit mit direktem und privatem Seezugang hegte, beschloss ich, die Karten auf den Tisch zu legen und die Summe zu nennen, die ich in der Lage war, aufzubringen.

Der angewiderte Blick, mit dem mich der Makler anschließend betrachtete, machte mir klar, dass er auch beschlossen hatte, die Karten auf den Tisch zu legen. Das Spiel war zu Ende. Jedenfalls war von seiner aufgesetzt charmanten Art auf einmal nichts mehr übrig. Er drehte sich widerwillig zu seiner Praktikantin um, die gelangweilt eine SMS in ihr Handy tippte, und fragte nach den »Sekundär-Objekten«.

Und da, in dem speckigen Ordner mit in Folien eingeschweißten Bildern fand ich auf der letzten Seite mein Häuschen. Zwar brauchte ich Fantasie, um mir die rußgeschwärzten Türen und Fenster, den abblätternden Putz und das renovierungsbedürftige Dach im glänzend-erneuerten Zustand vorzustellen, aber an Fantasie hatte es mir nie gemangelt. Dass es noch Abenteuerlust, Mut, Geduld und eine Portion Wahnsinn brauchte, um die Verwandlung geschehen zu lassen, war auch mir klar.

Aus diesem Grund seufzte ich, nachdem ich Michelotti meine Absicht zu diesem wahnwitzigen Vorhaben bestätigt hatte.

»Hättest du mich vorher gefragt. Mein Cousin hat ein Bauunternehmen oben in Ponte Silo«, versetzte er mit beleidigter Miene.

Ja, ja, klar, wieso war ich einfach nicht draufgekommen, den netten Carabiniere zu fragen, ob er zufällig auch einen Cousin mit eigenem Bauunternehmen hatte? Wo doch bislang fast jeder in Pelati mich informiert hatte, über einen solchen zu verfügen. Und natürlich hatte mir jeder besonders gute Konditionen versprochen.

»Äh, ja, das nächste Mal, grazie«, antwortete ich und wusste mit Sicherheit, dass es kein nächstes Mal geben würde. »Und? Was gibt es Neues in Pelati?«, lenkte ich vom Thema ab.

»Ach, das Übliche.«

»Du meinst, nichts bis auf die erhöhten Preise für die Fähre, die Müllabfuhr und den Pfarrer? Ach, und die Pest natürlich«, versetzte ich mit einem Grinsen.

»Dann bist du ja bestens informiert!«

»Ich bin auch schon seit einer halben Stunde hier.«

»Achtunddreißig Minuten, um genau zu sein. Du wurdest Punkt 10:44 Uhr am Ortseingang gesichtet, wenn ich mich nicht täusche«, gab er zurück und grinste nun ebenfalls.

Ich stutzte, fing mich aber schnell wieder.

»Na, du bist aber auch bestens informiert. Habt ihr ein ausgeklügeltes Informationssystem mit Vollbildprojektion auf das Rathausgebäude inklusive digitaler Zeitangabe über die wichtigsten Vorkommnisse im Ort entwickelt?«, fragte ich und war nicht sicher, ob meine Fantasievorstellung so abwegig war.

»No, no, das nicht, aber du wurdest geblitzt. Hübsches Bild, übrigens. Mit digitaler Zeitangabe, versteht sich. Du siehst darauf so konzentriert aus, so vollkommen vertieft in dein Telefongespräch. Hast du das neue i-Phone?«, fragte er interessiert.

Ich wurde geblitzt? Mit Telefon in der Hand?? Und Michelotti interessierte sich nur für das Handymodell! Ganz klar, Italiener durch und durch. Ich hingegen interessierte mich brennend genau für das Bild, das man von mir geschossen hatte. Am Steuer telefonieren konnte in Italien das Entziehen des Führerscheins bedeuten.

»Natürlich habe ich den Strafvorgang vernichtet«, grinste er.

Aha, Strafvorgang vernichtet also. Ich wusste gar nicht, dass so etwas überhaupt geht, also legal, meine ich.

Ich seufzte erleichtert auf. Immerhin brachte mir dieses Dorfleben zusätzlich zur unfreiwilligen Offenlegung meiner Privatsphäre auch Vorteile.

Während mich Michelotti von der Seite anstarrte, versuchte ich krampfhaft, seinen Blick zu ignorieren. Was würde mich nun diese Strafvorgangsvernichtung kosten?

»Bist du … äh … alleine hier? Tutta sola?«, fragte er mich mit hochgezogenen Augenbrauen.

»Was ist das? Eine rhetorische Frage? War das auf dem Bild nicht zu erkennen?«, erwiderte ich trotzig.

»Ich frage nur so«, verteidigte er sich.

Da hatten wir es: Eine Frau, die alleine verreist, alleine ein Café besucht und alleine ein Haus renovieren lässt, ist in Italien eine solche Besonderheit, dass der Umstand mindestens ein Hochziehen der Augenbrauen verursacht, wenn nicht gleich im Rathaus gemeldet wird. In Deutschland hingegen wäre es nicht mal eine Erwähnung wert. Der Feminismus war in Italien nun mal nicht so weit fortgeschritten.

»Du, ich muss jetzt leider …«

Weiter kam ich nicht. Michelotti sprang ebenfalls auf, ging schnell zur Theke, zahlte für uns beide und lächelte mich breit an.

»Sì, lo so, ich weiß: Davide wartet auf dich. Lass uns gehen.«

Die Wahl des Bauunternehmers für die Renovierung meines Häuschens war aus Loyalitätsgründen auf Davide, den Cousin meines direkten Nachbarn Angelo, gefallen. Es war die einfachste Lösung, denn vor meinem inneren Auge hatte ich Angelo täglich mit einem fachmännischen Gesichtsausdruck an der Baustelle stehen und bei jedem Griff des Konkurrenten seines Cousins abfällig den Kopf schütteln sehen. Auf so etwas hatte ich keine Lust. Mir reichte der normale Bau-Stress auch so.

Von Francos Bar bis zu meinem Haus waren es nur dreißig Meter. Zwei massive Gewölbe aus dem Mittelalter führten zu einem Innenhof mit dem antiken Charme des Vergänglichen, wenn man das so nennen will. Denn charmant war die kleine Burg schon. Nur das mit dem Vergänglichen machte mir Sorgen, denn manchmal blickte ich hoch zu den Gemäuern und hoffte, dass sich nicht irgendwelche Steine aus dem Mauerwerk lösen würden, just in dem Moment, in dem ich mich darunter befand. Das Häuschen an sich sah in dem jetzigen Zustand nicht besonders ansprechend aus. So ziemlich alles war renovierungsbedürftig. Doch nach Ansicht von Davide, mit dem ich schon ein paar Mal gesprochen hatte, war alles machbar. Nur eine Frage des Geldes, fügte er dann immer grinsend hinzu. Das war dann der Zeitpunkt, an dem ich mich beeilte, ihm zu versichern, dass ich zwar in Deutschland lebte und arbeitete, doch deswegen nicht zu Reichtum gekommen war. Darauf reagierte Davide mit einem Achselzucken und Abwinken, das mir klarmachte, dass meine Botschaft nicht bei ihm angekommen war.

»Ciao, bella! Carabiniere!«, rief Davide aus, der auf seiner Vespa saß und eine Nachricht in sein Handy tippte. Er stieg ab, gab mir zwei Küsschen auf die Wangen und Michelotti die Hand. Dabei schaute er ihn skeptisch an und überlegte offensichtlich, ob er dienstlich oder privat zugegen war. Ordnungskräfte werden in Italien nur ungerne auf Baustellen oder sonstigen Orten, wo Geld den Besitzer wechselt, gesehen.

»Äh, er ist nur so mitgekommen, er wollte … äh … was genau wolltest du eigentlich?«

»Dir helfen, natürlich. Baustellen sind einfach keine Frauensache«, sagte er lachend und klopfte Davide auf die Schultern, der nur zu gerne in sein Lachen einstimmte. Toll, dass sich die beiden so prächtig verstanden. Aber das Geld darf am Ende doch von der Frau kommen, nicht?

»Also, Davide, wollen wir loslegen?«, fragte ich mit genervtem Gesichtsausdruck.

»Ah, sì«, rief er und riss sich zusammen. »Allora, hier habe ich eine Auflistung für alle Arbeiten, die anfallen. Natürlich weiß man am Anfang nicht, was vielleicht sonst noch gemacht werden muss.«

Natürlich. Schon beim Kauf des Häuschens hatte ich einiges nicht gewusst, zum Beispiel, dass das Dach an einer Stelle nur provisorisch von ein paar Brettern zusammengehalten wurde, und dass die Wasserversorgung über den unfreundlichen Nachbarn auf der rechten Seite lief. Dieser wiederum wollte mir den Zugang zu seiner Wasserversorgung nur dann ermöglichen, wenn ich den Renovierungsauftrag an seinen Cousin, der natürlich ebenfalls ein Bauunternehmen hatte, vergab. Selbstverständlich ließ ich mich nicht erpressen und ließ unter großem Aufwand eine eigene Wasserleitung legen, die mich Zeit, Nerven und Geld gekostet hatte. Immerhin war der unfreundliche Nachbar Alfredo mittlerweile so beleidigt, dass eine Einmischung von seiner Seite auf der Baustelle nicht zu erwarten war.

»Gehen wir rein!«, schlug Davide vor.

Wir machten uns auf den Weg zur Treppe, denn das Häuschen war eine Art Doppelhaushälfte, nur in vertikal, eine seltsame Konstruktion aus der Zeit, wo Baubehörden in Italien nur dazu da waren, um Familienmitgliedern Sondergenehmigungen für Bauvorhaben zu erteilen. Nicht dass es jetzt sehr viel anders war. Eine überdachte Terrasse mit abblätterndem Putz und mittelalterlicher Säule führte zu einer Treppe, über die man auf den Balkon gelangte und von dort zur Eingangstür. Ich nestelte mit dem Schlüssel herum, als Davide mir zuvorkam und mit einem gezielten Stoß die marode Tür aufstieß.

»Permesso! Gestattet!«, sagte Davide beim Eintreten ganz höflich und tat sogar so, als würde er sich die Füße abstreifen.

»Permesso!«, sagte auch Michelotti.

In Anbetracht der momentanen Erscheinung der Wohnung war diese Höflichkeitsfloskel ein Witz, aber so war das nun mal in Italien, wenn man ein fremdes Zuhause betrat, Baustelle hin oder her.

»Allora, die elektrischen Leitungen müssen komplett neu gemacht werden«, begann Davide die Aufzählung und zog an einer herunterhängenden Stromdose.

»Hm, klar.«

»Und natürlich darf man die Wände nicht so krumm lassen«, sagte er und klopfte fachmännisch gegen die zugegebenermaßen schiefe Mauer.

»Natürlich.«

»Das Bad und die Küche: Totalrenovierung! Und dann das Dach, logicamente.«

»Logicamente.«

»Türen, Fenster, alles wird neu.«

»Alles«, bestätigte ich und schluckte.

Vor meinem geistigen Auge summierten sich die Beträge zu exorbitanten Zahlen, während Michelotti ebenfalls einen fachmännischen Gesichtsausdruck machte, Pflicht eines jeden Mannes auf einer Baustelle. Würde ich das alles bezahlen können? Und würde Davide alles hinbekommen? Ohne dass größere Katastrophen im Laufe der Umbauphase geschehen würden? Man las so einiges über Pfusch auf Baustellen.

Davide in seiner Natur als Mann und in seiner Rolle als beauftragter Bauunternehmer hatte natürlich keine Zweifel.

»Mach dir keine Sorgen, das kriegen wir schon hin. Nessun problema, alles reine Routine.«

»Aha, Routine also?«

»Certo, es ist alles machbar, nur eine Frage des Geldes.«

Da hatten wir es!

»Davide! Das Ausgeben von mehreren Tausend Euro ist für mich eben *keine* Routine, ich schwimme nicht in Geld!!«, versetzte ich mit sich überschlagender Stimme.

Davide lachte laut und beängstigend auf.

»Es wird bestimmt ganz toll, ich habe schon ganz andere Bruchbuden auf Vordermann gebracht!«

Na, das baute mich jetzt richtig auf.

»Und was ist mit dem Dachboden über der Küche?«, fragte nun Michelotti, der auch etwas sagen wollte.

»Was ist mit dem Dachboden?«, fragte ich verdutzt.

»Na, den kann man wunderbar ausbauen! Dann hättest Du einen zusätzlichen Raum.«

»Aber da ist gar kein Dachboden!«, begehrte ich auf.

»Sì, sì, ich meine den Platz zwischen Dach und Küchendecke!«

Wir stiegen alle auf den Balkon und schauten nach oben, und tatsächlich konnte ich die Lücke nun sehen.

»Vero, Michelotti, bravo! Daran habe ich gar nicht gedacht.« Davides Augen leuchteten auf, sicherlich zählte er innerlich bereits die zusätzlichen Euro, die er einstreichen würde.

Na prima, die beiden hatten tolle Ideen, gratulierten sich gegenseitig mit kräftigen Schulterklopfern, und ich durfte zahlen.

»Un momento, was würde so ein Dachbodenausbau denn kosten?«, fragte ich.

»Ma niente!«

»Nichts?«

»No, also, schon ein bisschen, aber nicht die Welt.«

»Das sagst du immer!«

»Na ja, es ist schon einiges zu tun, aber bedenke eins: Alles kann man an einer Immobilie verändern, nur eine Sache nicht: die Lage!«

Ja, das stimmte wohl. Die Lage hatte ich in der Tat sehr gut gewählt. Das Häuschen lag wie jedes Haus in Pelati am Hang, doch in südlicher Ausrichtung, somit schien ab Mittag die Sonne durch die Fenster. Im Hochsommer müsste ich dann zum Schutz die Jalousien herunterlassen. Das machte jeder in Italien, das kannte ich aus meiner Kindheit in der nächstgrößeren Stadt nahe Pelati, und momentan hatte ich nicht vor, eine moderne Klimaanlage einzubauen. Nach den deutschen Wintern, in denen das Thermometer teilweise zweistellige Minusgrade erreichte, kamen mir die norditalienischen Sommer wie das Paradies vor.

»Ich würde nicht darauf wetten, aber möglicherweise hättest du von deinem Dachzimmer aus eine schöne Aussicht auf den See.«

Aussicht auf den See? *Aussicht auf den See?* Das änderte natürlich alles! Die Vorstellung war der absolute Wahnsinn! Schon sah ich mich auf einer Chaiselongue aus hellem Leinen und Rattan liegen, in der Hand einen Martini, und die Augen durch die großen Scheiben auf den See gerichtet. Wenn das nicht Erholung pur war! Mal abgesehen von den Mahnbriefen der Bank auf dem Couchtisch natürlich.

»Stella?«

»Sì?«

»Hast du meine Frage gehört?«

»Äh, nein, ich war in Gedanken versunken.«

»Ich fragte, ob du die Fliesen für Küche und Bad selbst aussuchen willst, oder ob du es mir überlässt.«

Das war ein Witz, oder?

»Das ist ein Witz, oder?«, fragte ich ungläubig.

Zwei Paar Männeraugen starrten mich verständnislos an.

Netter Versuch, dachte ich bei mir. Als würde es dir irgendeine italienische Frau überlassen, ihre Kacheln auszusuchen. Da kannte er mich aber schlecht.

»Natürlich suche ich sie mir selbst aus!«

Davide seufzte. Dass Frauen immer so schwierig sein müssen! Es wäre ihm tausendmal lieber gewesen, wenn ich ihm freie Hand gelassen hätte. Er hätte einfach die hässlichsten Kacheln genommen, die sonst keiner will, und dafür einen Sonderrabatt beim Fabrikanten herausgeholt, von dem ich jedoch als Endkundin nicht profitiert hätte. Dafür würde ich jahrelang auf ockerfarbene Fliesen mit kackbraunem Blättermuster starren und eine Depression bekommen. Nicht mit mir. Auf so etwas war ich vorbereitet. Meine Mutter hatte sich vor vielen Jahrzehnten bei der Küchenrenovierung eine hochmoderne Armatur für das Spülbecken andrehen lassen, die angeblich der Renner war. Die Frau des Installateurs hatte sie anscheinend auch und war damit sehr zufrieden. Meine Mutter war damals skeptisch gewesen, denn die angeblich so leichte Technik des Bedienens hatte ihr nicht eingeleuchtet. Doch der Installateur hatte nicht lockergelassen, und sie hatte am Ende zugestimmt, hauptsächlich weil mein Vater sie mit diesem Dass-Frauen-immer-so-schwierig-sein-müssen-Blick angeschaut hatte. Das verriet sie mir Jahre später. Jedenfalls verging seitdem kein Tag in meiner Kindheit, an dem meine Mutter beim Handhaben der Armatur nicht geschimpft hätte. Das hinterließ tiefe Spuren in meiner fragilen Kleinmädchenseele, und schon damals hatte ich mir fest vorgenommen, mich von so einem Männerblick nicht beirren zu lassen.

»Okay, dann lass uns morgen gemeinsam hinfahren. Marta Bagliocchi ist eine Freundin von mir, sie produziert selbst, ihre Firma ist oben am Berg, allerbeste Qualität, *Ceramica del lago* heißt sie«, sagte Davide.

»Ja, super!«, freute ich mich. »Bis morgen dann! Ciao a tutti.«

Ich grinste und wandte mich zum Gehen.

Ich musste dringend meine Bleibe für die nächsten sechs Wochen aufsuchen.

»Warte auf mich«, hörte ich es nach ein paar Metern hinter mir, dann wurde ich am Ellenbogen gepackt.

»Äh, Carabiniere, noch hier?«, fragte ich irritiert und leicht genervt. Schließlich waren wir in Pelati und erregten langsam, aber sicher die Aufmerksamkeit der älteren Leute, die, wie ich wusste, in Ermangelung einer vernünftigen Beschäftigung in das Verhalten anderer Leute gerne Dinge hineininterpretierten. Meine Oma hatte früher auf bestimmte Männer und Frauen im Ort hingewiesen, die *miteinander redeten*, und dabei vieldeutig die Augenbrauen hochgezogen.

»Darf ich mit dir mitkommen?«

»Ich gehe aber nur einkaufen, und das ist, wie du selbst zugeben musst, eindeutig Frauensache!«, gab ich spontan von mir.

»Äh, sì, das schon, aber … sehen wir uns nachher?«

Himmel, konnte der hartnäckig sein. Macho und hartnäckig, die klassische Kombination, würde ich sagen, wenn ich nicht prinzipiell ein Problem mit Klischees hätte, mit denen ich in Deutschland oft konfrontiert wurde. Ich blickte nach oben, wo eine meiner Nachbarinnen wie immer auf ihrem hübsch bepflanzten Balkon saß und so tat, als würde sie häkeln. Dabei wusste ich, dass die alte Rosa gerade mehr mit Ohrenspitzen als mit Maschenzählen beschäftigt war. Das Teil, an dem sie angeblich arbeitete, sah über Tage und Wochen immer gleich aus. Sie hatte bestimmt mitbekommen, dass Michelotti und ich *miteinander redeten*.

»Okay, später zum Aperitivo?«, lenkte ich leise ein, mit einem vorsichtig prüfenden Blick nach oben.

»Ich hole dich um sieben Uhr ab.«

»Va bene, ich wohne bei …«

»Signora Inzini, ich weiß, bis nachher! Und park den Wagen um, später hat Cesare Schicht, und du weißt …«

Ja, ja, ich wusste, Cesare, natürlich.

CAPITOLO 2

Leider stand Cesare schon an meinem Auto und schob gerade einen Strafzettel unter meinen Scheibenwischer.

»Buongiorno, vigile!«, begrüßte ich ihn mit der Bezeichnung »Wachtmeister«, wobei er genau genommen nur ein Helfer war und die Bezeichnung nicht verdiente. Aber es war einen Versuch wert.

»Du stehst zwei Meter hinter der Kurve und direkt vor der Eingangstür von Don Vincenzo. Du hast noch Glück gehabt, dass ich dich nicht habe abschleppen lassen.«

»Dai, Cesare, ich bin gerade erst aus Deutschland angekommen. Wo hätte ich denn parken sollen? Da war nichts frei, und ich war auch so schon zu spät bei Franco.«

»Keine einfache Brioche mehr?«, grinste er dämlich.

»No. Und ich bin auch schon geblitzt worden«, versuchte ich es auf die Mitleidstour.

»Habe ich gesehen. Wie läuft es mit deiner Renovierung?«, fragte er dann sprunghaft.

»Gut, also, das heißt, wir haben noch nicht angefangen. Aber Davide musste ich schon mal wegen meines Nachbarn Angelo engagieren, das verstehst du doch, oder?«

Seinem Gesichtsausdruck nach zu urteilen verstand er das nicht.

»Aber sollte ich mit ihm nicht zufrieden sein, komme ich gerne auf deinen Cousin zurück, danke für den Tipp!«, fügte ich erbärmlich hinzu.

Cesare nickte gnädig und wandte sich zum Gehen.

»Hey, der Strafzettel!«

»Senti, mehr als einen Strafvorgang am Tag können wir dir nicht gutschreiben, das verstehst du doch, oder?«, grinste er wieder und war kurz darauf verschwunden.

In dem Moment ging das Tor auf, und Don Vincenzo trat hinaus, wobei er einen Bogen um meinen Wagen machen musste. Vom Sehen kannte ich ihn natürlich bereits. Katholische Pfarrer werden mit ihren schwarzen, langen Soutanen und schweren Kreuzanhängern auf der Brust selten übersehen. Oft hatte ich ihn im von der Straße einsehbaren Hof der kirchlichen Jugendfreizeitstätte gesichtet, wie er in den Taschen seiner Soutane nach Bonbons für die Kinder wühlte. Die Kinder hatten natürlich ihrerseits die Taschen voll mit Süßigkeiten, aber sie taten so, als wenn sie sich über die milde Gabe freuten. Gut erzogene Kinder. Don Vincenzo war nun mal ein älterer Herr der Nachkriegsgeneration und trotz seiner siebzig Jahre immer noch ein gut aussehender Mann; groß, markante Gesichtszüge und dichte graue Augenbrauen, unter denen schöne blaue Augen strahlten.

Mit ebenjenen Augen schaute er mich nun mit einer Mischung aus Strenge und Milde an, typisch für Vertreter seiner Spezies, die sich an ihre untreuen Schäfchen wandten, nach dem Motto:

Ich weiß genau, dass du die Messe nicht besuchst (Gott sieht alles), das finde ich nicht gut (siehe Sonntagsgebot), aber du bist ein Kind Gottes, und ich habe dich trotzdem lieb oder muss zumindest so tun als ob. Und dennoch blockierst du meinen Ausgang.

Da ich nicht besonders katholisch, aber dafür zu Demut erzogen worden war, schaute ich beschämt zu Boden und tat so, als würde ich in meinen Taschen nach irgendetwas suchen, in vollem Bewusstsein, dass ich in allen Anklagepunkten schuldig war.

»Buongiorno«, gab ich kleinlaut von mir.

»Buongiorno!«, tönte der Diener Gottes und schien im Großen und Ganzen mit meiner demütigen Reaktion zufrieden zu sein, schließlich hatte die katholische Kirche in den letzten Jahren ihre Erwartungen herunterschrauben müssen. Dann entfernte er sich fröhlich pfeifend Richtung Kirche, die sich zwanzig Meter die Straße runter befand und für ein Dörfchen wie Pelati viel zu groß und herrschaftlich geraten war, aber sie war nun mal in ganz anderen Zeiten errichtet worden.

Ich parkte das Auto ein paar Meter weiter, riss meinen großen Rollkoffer an mich und den Strafzettel von der Windschutzscheibe und ging das Gässchen an der Kirche vorbei hinunter Richtung See, um meine Herberge für die nächsten Wochen aufzusuchen.

Der Weg war an Romantik nicht zu überbieten. Kaum breiter als ein Auto, deshalb eigentlich nur für Fußgänger geeignet, wurde er von antiken brusthohen Steinmauern gesäumt, an denen alle möglichen Kletterpflanzen mit weißen und magentafarbenen Blüten zwischen grünem Efeu emporrankten. In den Rissen der Mauer tauchten kleine Eidechsen auf, die genauso schnell wieder verschwanden. Die Sonne schien noch mild und wärmte langsam, aber stetig den Steinboden auf. Am Nachmittag würde man die Hitze durch die Sandalen hochsteigen spüren. Wie ich das in Deutschland vermisste! Die zwei, drei Wochen schönes Wetter im Sommer waren mir eindeutig nicht genug, wir Italiener brauchten ganze drei Monate Hitze, sonst bekamen wir Probleme mit dem Vitamin-D-Spiegel, das hatte ich irgendwo gelesen.

Am Wegesrand standen kleine, zarte Fliederbäumchen, die in einer runden Aussparung im Kopfsteinpflaster eingelassen waren, die lilafarbenen Blüten bogen die dünnen Ästchen Richtung Erde. Ich hob die Hand, um eine dieser duftenden Blütentrauben zur Nase zu führen, als die Kirchenglocken laut ertönten und den romantischen Moment zunichtemachten. Punkt zwölf Uhr, und wenn ich mich nicht ganz täuschte, hörte sich das Läuten wie Hallelujah von Leonhard Cohen an. Don Vincenzo in musikalischer Bestform. Ja, ich hatte Pelati vermisst.

La signora Inzini wartete bereits auf mich. Natürlich hatte sie den genauen Zeitpunkt meiner Ankunft im Dorf erfahren und sich sofort an den Herd gestellt, um für mein Mittagessen zu sorgen.

»Stella, wie ich mich freue, dass ich die nächsten Monate nicht mehr alleine sein werde!«, begrüßte sie mich wie immer warmherzig und ein bisschen zu gefühlsbetont.

Sie war verwitwet und verkraftete das Alleinsein schlecht, obwohl, wie sie immer wieder klarstellte, ihre Ehe alles andere als glücklich gewesen war.

»Ein Sklaventreiber war Mario, jawohl, wenn das Essen nicht Punkt zwölf auf dem Tisch stand, konnte ich mir einiges anhören!«, hatte sie mir oft erzählt. Nun konnte sie es kaum erwarten, Punkt zwölf für mich das Essen fertig auf dem Tisch zu haben. Gewohnheiten sind schwer zu brechen. Jedenfalls vermietete Signora Inzini das obere Stockwerk ihres Hauses an Touristen und Personen wie mich, die für eine Weile eine Bleibe in Pelati suchten. Und natürlich hatte ich davon bei Franco erfahren. Ich hatte mich nur an die Theke stellen und in die Runde fragen brauchen: »Senti Franco, weißt du von einer netten und günstigen Übernachtungsmöglichkeit hier in Pelati für die Zeit meiner Renovierungsarbeiten?«

Und schon überboten sich die Gäste mit netten und günstigen Übernachtungsmöglichkeiten bei den verschiedenen Tanten, Schwägerinnen und Ex-Frauen im Dorf. Francos Bar war ein regelrechter Basar. Einer hatte mir sogar angeboten, in seinem Haus unterzukommen. Seine Frau wäre gerade ausgezogen, und er hätte viel Platz, vor allem im Schlafzimmer. Doch seine Kumpels hatten ihn prompt mit Erdnüssen beworfen und mir eine gepfefferte Erwiderung erspart.

Am Ende hatte ich mich für Signora Inzini entschieden, die auf mich den nettesten Eindruck gemacht hatte. Und natürlich auch aufgrund der einmaligen Lage ihres Hauses, das direkt am See lag. Von ihrem Garten hatte man einen fantastischen Blick auf die Insel in der Seemitte, Isolarocca, die größte bewohnte Binnenseeinsel Italiens, und auf beeindruckende Seeuntergänge. Das Ehepaar Inzini stammte ursprünglich aus Isolarocca und musste in den Achtzigerjahren berufsbedingt nach Pelati ziehen. Aus diesem Grund hatten sie damals auf unmittelbare Seenähe und Blick auf die Insel bestanden. Das kam mir entgegen. Außerdem war das Haus vor Kurzem komplett renoviert worden, im oberen Stockwerk hatte ich ein eigenes Bad und sogar eine kleine Kochnische. Jetzt musste ich Signora Inzini nur wieder an ihr ehemaliges Sklavendasein mit ihrem despotischen Ehemann erinnern, womit die Chancen, dass ich ab und zu selbst kochen konnte, stiegen.

Das Essen war absolut köstlich, wie nicht anders zu erwarten. Nach den obligatorischen spaghetti al pomodoro des ersten Gangs folgten die ortstraditionellen, getrockneten Sardinen aus dem See mit gebratenen Artischockenherzen. Dazu ein Tomatensalat und das köstliche Brot aus der sizilianischen Bäckerei im Ort, aus Weizenmehl mit Olivenöl. Pappsatt ging ich nach oben, räumte meine Einkäufe in den kleinen Kühlschrank, die Kleidungsstücke in den Schrank und legte mich eine Weile hin. Doch dann entschied ich mich anders, nahm einen Krimi aus meiner Reisetasche und ging in den Garten, wo ich mich auf einen Liegestuhl legte. Die Sonne brannte nun auf der Haut, und ich war froh, von Olivenbäumen umgeben zu sein, die ein wenig Schatten spendeten. Die Insel sah mächtig und geheimnisvoll aus. Ich nahm mir vor, ihr demnächst einen Besuch abzustatten, und vertiefte mich in meinem Buch.

Es war ein Krimi von Agatha Christie und handelte von jener berühmten, netten, älteren Dame im Tweed-Kostüm, die in einem kleinen Dorf lebt und durch ihre unfehlbare Menschenkenntnis alle Mordfälle löst, die ihr in die Finger kommen. Angeblich erinnerten sie alle Menschen in ihrer Umgebung an andere Menschen, die sie früher gekannt hatte, und so konnte sie auf deren Charakterzüge schließen und schnell zur Lösung des Falls kommen. Wie ich sie beneidete. Hätte ich diese Fähigkeit besessen, hätte ich mir im Laufe meines Lebens einiges an Fehltritten erspart, hauptsächlich in Bezug auf die Männerwahl. Denn so wie Miss Marple ihre Verdächtigen in Charaktergruppen einteilte und bestimmte Schlussfolgerungen hinsichtlich ihres Verhaltens ziehen konnte, so hätte ich mir beispielsweise denken können, dass das akribische Teilen der Rechnung beim ersten Date nicht die beste Voraussetzung für eine warmherzige und innige Beziehung war. Aber Schwamm drüber, oder vielleicht später etwas dazu, sollte es die Leser interessieren.

Nach einer Weile kam Signora Inzini mit einer Schüssel voller Erbsenschoten in den Garten. Sie setzte sich an den Tisch unter der Weinrebe und machte sich daran, die Erbsen aus den Schoten zu drücken. Natürlich konnte ich mich augenblicklich nicht mehr auf mein Buch konzentrieren. Wie lange hatte ich das nicht mehr gesehen? Zwanzig Jahre? Länger? Ich hatte als junges Mädchen oft meiner Oma dabei geholfen. An ganz faulen Tagen ihr nur dabei zugesehen. Dabei war diese Tätigkeit wie Meditation, nur, dass man dabei nicht nur etwas für die eigene Entspannung tat, sondern auch etwas zu dem Abendessen beitrug. Ich konnte mich noch gut an das Gefühl erinnern, die prallen Schoten in den Händen zu halten und die Naht zum Platzen zu bringen. An die Befriedigung, wenn die kleinen grünen Kügelchen die Hülse verlassen und die große Schale bereichern. An das unbeschreibliche Glücksgefühl, wenn man die Hände in die volle Schale taucht und immer wieder durch die Erbsen fährt. Meine Oma hatte immer geschimpft, dass das nicht hygienisch wäre, aber damals war Hygiene für mich nur ein abstraktes Wort gewesen, das nach Spielverderben klang.

Eine Weile beobachtete ich die Signora, wie sie engagiert die Schoten traktierte, und dachte dabei, dass ich kein einziges Mal in meinem Leben meine Oma beim Nichtstun erlebt hatte. Immer hatte sie gearbeitet, entweder geputzt, gewaschen oder gekocht, und selbst wenn sie mal unter der Weinrebe gesessen hatte, hatte sie etwas für das Abendessen geschnippelt, ein Huhn gerupft oder Maiskörner für die Hühner gezupft. Wieso konnten diese alten Frauen sich nicht einfach mal ausruhen? Anstatt jungen Frauen wie mir ein schlechtes Gewissen beim Faulenzen zu machen?

»Ist das für das Abendessen?«, fragte ich geistlos.

»Sì, aber ich weiß, dass du nicht da sein wirst«, lächelte sie.

Klar wusste sie das, wie der Rest der Pelati-Bewohner auch.

»Nur ein Aperitivo mit dem Carabiniere«, beeilte ich mich überflüssigerweise zu sagen. Wenn Signora Inzini dasselbe über die Beziehung zwischen Mann und Frau dachte wie meine Oma, war ich mit Michelotti schon so gut wie verheiratet.

»Un bell' uomo, il Carabiniere«, fügte sie hinzu.

Ich seufzte. Als wenn ich keine Augen im Kopf hätte. Ein schöner Mann war er schon, daran zweifelte ich auch nicht, doch reichte das für eine Beziehung? Nach den Bildern im Haus zu urteilen war der verstorbene Ehemann der Signora auch ein stattlicher Mann gewesen, aber eine glückliche Ehe hatten sie deshalb nicht geführt. Im Gegenteil: Dass er ein schöner Mann war, bemerkten auch andere Frauen …

»Senta, Signora, Irene war heute bei Franco«, wechselte ich geschickt das Thema.

»Ah, Irene«, lächelte sie und nickte.

»Sie sprach von der Pest und ... äh ... von Feuer und ganz anderen Dingen.«

»Sì, sì, sie ist nicht mehr dieselbe, früher war sie so eine intelligente Frau ...«

»Aber warum ausgerechnet die Pest? Ich meine, ist das nicht ein wenig anachronistisch?«

Sie lachte.

»Certo, und sie bringt auch etwas durcheinander. Du weißt, dass im September unsere legendäre Festa dei Fiori auf Isolarocca stattfinden wird?«

Ich nickte. Natürlich kannte ich die Tradition. Jedes fünfte Jahr wurde auf der Seeinsel ein fantastisches Blumenfest gefeiert. Die größte der fünf Gemeinden auf der Insel wurde mit Tausenden von Blumen geschmückt. Die Besonderheit: Die Blumen waren aus Papier und sahen verblüffend echt aus. Es handelte sich um Handarbeit, die Technik wurde von Generation zu Generation weitergegeben, und die Frauen saßen Monate an der Fertigung dieser tollen Einzelstücke.

»Was du vielleicht nicht weißt, ist, wie diese Tradition entstanden ist.«

»No, das weiß ich in der Tat nicht«, antwortete ich und machte mich auf eine spannende Geschichte gefasst.

Die Signora, die von sich aus gerne erzählte, legte die Schote beiseite und fing an: »Es ist bekannte Tatsache, dass die Pest im 19. Jahrhundert in dieser Gegend besonders unbarmherzig war und Tausende Opfer forderte. Besonders in der größten Gemeinde auf Isolarocca war die Zahl der Toten groß. Und so wandte sich die Bevölkerung an die Santissima Croce und bat um Gnade. Als Gegenzug wollten die Bürger jedes fünfte Jahr ein großes Fest zu ihrer Ehre ausrichten. Jedenfalls verschwand in dem Jahr plötzlich die Pest von der Insel. Und nun wird jedes fünfte Jahr das Fest gefeiert.«

»Und wieso das Feuer?«, fragte ich.

»Das ist eine andere Legende um den See und betrifft den 14. Juli.«

In dem Moment klingelte das Telefon, und die Signora verschwand im Haus.

Nach ungefähr einer halben Stunde, in der sie laut mit irgendjemandem über Gerichte und Blumenarrangements diskutiert hatte, beschloss ich ebenfalls reinzugehen und mich für eine Weile hinzulegen. Das Nichtstun konnte ganz schön anstrengend sein.

CAPITOLO 3

»Du hättest schon auf mich warten können.«

»Wieso?«

»Dann hättest du nicht alleine hier sitzen müssen.«

»Ich bin ganz gerne mal alleine. Kein Problem«, erwiderte ich. Es war vergebene Mühe, Michelotti zu erklären, dass es für eine Frau keine Schande ist, alleine auf der Terrasse eines Lokals zu sitzen und etwas zu trinken. Allerdings hatte ich auch die mitleidigen Blicke der jungen Frauen bemerkt, die vorbeigekommen waren und denken mussten, ich sei versetzt worden. Ja, das hier war Italien, nicht Deutschland, und ein kleines Dorf, keine Großstadt.

»Michelotti, wer ist dieser Mann, der mit einer Aktentasche herumläuft? Der ist mir schon heute Nachmittag aufgefallen. Der ist sicherlich nicht aus Pelati«, sagte ich und zeigte mit dem Glas auf einen Herrn, der in einem spießigen grauen Anzug an der Bar vorbeilief und sich mit einem Taschentuch den Schweiß von der Stirn wischte.

»Ach, der? Er kommt von einer Behörde und macht Kontrollen. Es geht um die neue Regelung für das Abwasser, glaube ich.«

»Was kann ich euch bringen?«, fragte die Bedienung und fixierte Michelotti mit ihrem Blick. Technisch gesehen war es auch in Ordnung, denn ich hatte bereits etwas zu trinken. Nur dass ihr Lächeln zu breit war und ihr Blick zu stark auf Michelottis Oberkörper geheftet. Mir fiel auf, dass der Carabiniere auch ohne Uniform sehr gut aussah. Seine gebräunte, olivfarbene Haut setzte er durch das weiße, eng anliegende Hemd sehr gut in Szene. Und auch das strahlende Lächeln, das er der Bedienung zuwarf, hatte seinen Reiz. Nur mit der Bestellung rückte er nicht heraus.

»Äh … Michelotti?«, drängte ich. Denn selbst, wenn das kein Date war, war es mir unangenehm, dass er mit der Bedienung so unverschämt flirtete, wo doch so gut wie jeder im Dorf davon ausging, dass wir demnächst heiraten würden.

»Ah sì, un Franciacorta«, gab er sich einen Ruck, und die junge Frau mit Piercing und rosafarbenen Haaren musste wohl oder übel verschwinden.

»Könntest du mich vielleicht anders nennen?«, fragte er mich mit säuerlicher Miene. Ich stutzte.

»Anders als Michelotti? Wäre dir maresciallo lieber?«

»No, ich meine mit meinem Vornamen.«

»Und der wäre?«

»Michele.«

Ich verkniff mir ein Lachen. Michele Michelotti, wenn das kein perfekter Name für einen Ermittler in einem italienischen Krimi war! Ich fragte mich, was Miss Marple von Michelotti gehalten hätte, denn ein Klischee war er aus meiner Sicht allemal.

»Sag mal, kommst du ursprünglich aus Pelati?«, fragte ich ihn.

»Sì, hier geboren und aufgewachsen. Das da war meine Grundschullehrerin«, antwortete er stolz und wies mit dem Finger auf eine ältere Dame, die mit einer Freundin auf einer Bank am See saß und plauderte. Typisch für ältere Damen, fächelten sie sich Luft mit einem Fächer zu und beschwerten sich gestenreich über die Hitze. Selbst aus der Entfernung konnte ich das sehen.

»Dann habe ich eine Frage an dich: Was hat es eigentlich mit dem 14. Juli auf sich? Die Signora Inzini erzählte etwas von einer Legende«, fragte ich.

»Ja, es stimmt«, erwiderte er ernst.

»Was stimmt? Komm, erzähl schon!«

»Va bene. Es heißt, dass jedes Jahr am 14. Juli das Wasser des Sees sich blutrot färbt und eine Hexe die Badenden an den Beinen packt und in die Tiefe zieht. Die Leute werden nie wieder gesehen.«

»Das ist ja eine hirnrissige Geschichte!«, lachte ich auf.

»Trotzdem: Tatsache ist, es haben sich über die Jahre an dem Tag so viele Badeunfälle gehäuft, dass es jetzt verboten ist, am 14. Juli im See zu baden.«

»Ach komm, du willst mich auf den Arm nehmen!«, rief ich.

Doch Michelotti blieb ernst.

»Meinst du das ernst? Wirklich kein Scherz?«

Michelotti nickte nur und schaute in die Ferne.

»Ein Onkel von mir ist auch vor ungefähr zwanzig Jahren im See verschwunden.«

»Und nicht wiederaufgetaucht?«

»Nie wieder.«

»Noch nicht mal die … äh … Leiche?«

Michelotti schüttelte den Kopf.

Ich dachte nach. Bis zum 14. Juli war es gar nicht mehr so weit hin, nur noch zehn Tage. Ich beschloss, mich mit eigenen Augen davon zu überzeugen, dass das Ganze nur Hokuspokus war.

Wie konnten Leute an so etwas überhaupt glauben? Dass Italiener prinzipiell abergläubischer als Deutsche sind, wusste ich. Doch wir befanden uns im 21. Jahrhundert, keiner konnte ernsthaft an die Seehexe glauben. Die Deutschen würden es auf jeden Fall nicht tun. Und wenn, dann hätten sie sich den Nervenkitzel nicht nehmen lassen und wären an dem Tag freudig ins Wasser gesprungen. Bestimmt hätten sie sogar gehofft, dass diese Hexe auftauchen würde, dann hätten sie ein tolles Bild für ihre Facebook-Pinnwand gehabt. Ich hatte Deutsche schon immer als mutiger und freier erlebt als Italiener.

»Erzähl mal lieber von dir«, sagte jetzt Michelotti.

»Es gibt nichts zu erzählen«, wehrte ich ab, wohlwissend, dass das nicht stimmte.

»Sei nicht so schüchtern!«

»Okay, was willst du wissen?«

»Zum Beispiel, warum du ausgerechnet in Deutschland gelandet bist.«

»Na ja, ich wollte endlich mal einen Job mit geregelten Arbeitszeiten und einem rechtsgültigen Arbeitsvertrag. Und dann hatte ich diesen deutschen Mann kennengelernt, also bin nach Deutschland gezogen.«

»Wo hast du ihn kennengelernt?«

»Am lago, wo sonst?«

»An welchem lago?«

»Dem anderen, natürlich.«

Michelotti nickte weise. Klarer Fall, an *seinem* See wäre so etwas nicht passiert. Eine italienische Frau wird nur von italienischen Männern erobert. So soll es zumindest sein. Dass jemand aus einem fremden Revier eindringt und Beute macht, fasst der Italiener als persönlichen Affront auf. Immerhin konnte sich Michelotti damit trösten, dass der Feldzug nicht in seinem unmittelbaren Jagdgebiet stattgefunden hatte.

»Und dann?«, fragte er weiter.

»Dann nichts, es hat halt nicht geklappt«

Erneutes weises Nicken. Am liebsten hätte ich ihm sein blödes Franciacorta ins Gesicht geschüttet.

»Aber wieso bist du dann nicht zurückgekommen?«

»Um mich dann arbeitslos zu melden?«, winkte ich ab. Die Arbeitssituation in Italien war alles andere als glänzend. Wenn man das Glück hatte, überhaupt einen Job zu haben, war das Gehalt niedrig, und der Arbeitgeber ging davon aus, dass man Ratschläge und Hinweise seitens der Gewerkschaft großzügig überhörte. In Deutschland wehte ein anderer Wind.

»Aber was ist mit dir, Michelot… äh … Michele?« Daran musste ich mich erst gewöhnen.

»Was soll mit mir sein?«

»Ach komm, nicht so schüchtern. Was ist mit dir und den Frauen?«

»Niente«, antwortete er kleinlaut und sah verlegen zu Boden.

Ich prustete los. Das konnte er seiner Mutter erzählen, was er zweifellos auch tat, aber mir nicht. Wie oft hatte ich erlebt, dass italienische Männer einer Frau alles, aber auch wirklich alles über sich erzählten, nur dieses eine kleine unbedeutende Detail außer Acht ließen, nämlich, dass sie eine Freundin oder gar eine Ehefrau hatten? Und wenn man sie damit konfrontierte, dann hieß es immer, sie seien schon lange *in crisi*. Klar, bei der Einstellung!

»Sag mir jetzt nicht, dass du nicht von vielen attraktiven Frauen umschwärmt wirst, die nur darauf warten, dich kurzfristig von deiner sexy Uniform zu befreien und dir langfristig einen Ring an den Finger zu stecken!«

Nun war Michelotti hin und her gerissen. Auf der einen Seite wollte er nur zu gerne zugeben, was für ein toller Hecht er war, auf der anderen Seite wollte er mich damit nicht verschrecken. Überhaupt verlief das Flirten in Deutschland deutlich anders. Ich musste mich erst daran gewöhnen, dass Männer dort nicht jede Gelegenheit wahrnehmen, um beim weiblichen Geschlecht zu punkten. Das war nicht einfach gewesen. Ich hatte Zweifel an mir selbst und meiner Attraktivität bekommen, denn Männer erzählten mir spätestens im zweiten Satz von ihrer Frau oder Freundin. Es hörte sich so an, als würden sie sagen: »Bleib mir von der Pelle, du hässliches, gieriges Weib, ich bin schon bestens versorgt!«

Aber nun war ich wieder in heimischen Gefilden und genoss es, den maresciallo ein bisschen zu quälen.

»Dai, Michelotti, ich ziehe dich nur auf. Es ist doch klar, dass du abends zu Hause bist und deine Hemden für den Dienst bügelst.«

Jetzt war der arme Mann komplett verwirrt und wusste nicht, was er antworten sollte. Ich für meinen Teil war rundherum zufrieden, hatte ich den maresciallo nun fest im Griff und fühlte mich auf einmal wieder ganz und gar als Frau und ein wenig biestig.

Ach, Italien, was für ein tolles Land, wie schön, wieder zu Hause zu sein!

Am nächsten Morgen stand ich ganz früh auf, da ich eine andere Parklücke für mein Auto finden musste. Dort, wo es stand, durfte man nach sieben Uhr nicht mehr bleiben. Das mit dem Parken in Pelati war ein Kreuz, fast so schlimm wie mit dem Müll.

Und Cesare hatte mich auf dem Kieker, das wusste ich. Ich traute ihm durchaus zu, durch die Straßen von Pelati zu schleichen, nur um mein widerrechtlich geparktes Auto ausfindig zu machen und mir ein Knöllchen zu verpassen. Und das nur, weil ich seinem Cousin den Bauauftrag nicht erteilt hatte. Keine Frage, in Italien wog Familie schwerer als ein paar Blasen an den Füßen.

Doch ich hatte Glück, Cesare war noch nicht da gewesen, denn er hatte den Fehler begangen, sich bei Franco mit einem caffè zu stärken, bevor er seine Jagdrunde fortsetzte. Franco hatte mich durch die Scheiben gesichtet und mit einer Handbewegung zur Eile gemahnt. Auf Franco war Verlass, ich war mir sicher, er würde Cesare noch einen unbedeutenden Zeitungsartikel unter die Nase halten, um mir mehr Zeit zu verschaffen.

Und von Michelotti war es auch sehr nett gewesen, mich auf dem Nachhauseweg von unserem Aperitivo darauf hinzuweisen, dass ich aufpassen solle, und das obwohl der Abend aus seiner Sicht bestimmt nicht optimal gelaufen war. Vor Signora Inzinis Haus hatte er sogar gesagt: »Okay, ich verzeihe dir.«

»Weswegen denn?«, hatte ich scheinheilig erwidert.

»Dass du mich weiterhin Michelotti nennst. Von mir aus kannst du es weiter tun. Ich will nicht so sein, du hast es schon mit den deutschen Männern nicht einfach!«

Dann hatte er sich umgedreht und den Weg nach Hause eingeschlagen. Und mich mit offenem Mund stehen lassen.

Davide wartete auf mich vor meinem Häuschen, gemeinsam wollten wir der Keramikfirma oben am Berg einen Besuch abstatten. Doch erst schaute ich einigen Männern in schmutzigen T-Shirts, kurzen Hosen und derben Schuhen zu, die schwer damit beschäftigt waren, ein Loch in die Wand meines Häuschens zu schlagen.

»Äh, Davide, was passiert hier? Wer sind die?«

»Meine Männer!«, erwiderte er stolz.

Ah, gut, immerhin die richtige Fraktion. Insgeheim hatte ich nämlich Angst, dass sich hier Cesares Cousin oder der Cousin von jemand anderem Zugang verschaffen und einfach anfangen würde, Hand anzulegen. Später würde er sich auf irgendein ungeschriebenes Gesetz des Bauwesens berufen, nach dem derjenige, der zuerst da sei, derjenige sei, der baue. Und ich hätte natürlich zahlen müssen, klar.

»Habt ihr schon losgelegt?«, fragte ich dämlich.

»Certo, wir legen erst die neue elektrische Leitung, wie abgemacht.«

Hatten wir das abgemacht? Und hatte ich eigentlich schon einen Kostenvoranschlag bekommen?

»Ciao, Stella!«, kam es plötzlich von hinten.

Angelo, mein netter Nachbar sowie Davides Cousin, sah aus, als wollte er trotz der frühen Hitze Marathon laufen. Seinem Cousin nickte er kurz zu.

»Wo willst du in dieser Aufmachung hin?«, fragte ich.

»Laufen, auf dem Monte Guglielmo.«

»Du meinst, du rennst den Berg hinauf?«, staunte ich.

»Certo! Es macht Spaß, du solltest einmal mitkommen«, rief er.

Ich schluckte. Angelo war bestimmt über fünfzig Jahre alt und hatte kein Gramm Fett am Körper, nur Muskeln und braun gebrannte Haut. Und dann seufzte ich, denn ich war noch nicht mal Mitte dreißig und hatte etliche Gramm Fett am Körper, die meine schwachen Muskeln bedeckten. Von braun gebrannter Haut keine Spur, da ich es hasste, lange in der Sonne zu liegen. Das Leben war ungerecht.

»Hat dir mein Cousin erzählt, was er eingefädelt hat, der schlaue Hund?«, fragte jetzt Angelo und blinzelte mit einem Auge Richtung Davide.

»Meinst du abgesehen von der elektrischen Leitung?«

»Genau die meine ich! Er hat den da –«, er wies mit dem Kinn in Richtung des unfreundlichen Nachbarn, »dazu gebracht, dass wir deinen Stromzähler an seiner elektrischen Versorgung anbringen können, so muss nicht jemand extra von der Stromgesellschaft kommen – wie ich die kenne, hätten die es vor Weihnachten eh nicht hinbekommen!«

Wow, dachte ich. Und das ohne mich zu fragen. Alle Achtung, der Mann zeigte vielleicht Initiative!

Davide grinste stolz und hätte sich fast selbst auf die Schulter geklopft, wenn das sein Cousin beim Vorbeijoggen nicht schon getan hätte.

»Davide, wie hast du …?«

»Kein Problem! Dafür habe ich ihm angeboten, die eine bröcklige Stelle neben seiner Tür neu zu verputzen. Sein Cousin scheint momentan keine Zeit dafür zu haben«, lachte er.

»Und das hat gereicht?«

»Klar, ihn kostet es nichts, und so seid ihr beide zufrieden. Gut, oder?«

Ja, aber hätte ich nicht darauf bestehen sollen, dass er solche Ideen vorher mit mir bespricht? Auf der anderen Seite waren wir in Italien, und die Leute waren einfach spontaner. Mein Vater hatte einmal einem Impuls folgend sein altes Auto verschenkt, weil ihm sein Kumpel, der von der Frau verlassen worden war und keinen Cent mehr übrig hatte, leidtat. Zwar hatte mein Vater dann Ärger mit meiner Mutter bekommen, aber das hatte eigentlich eher mit der Armatur-Geschichte zu tun, die sie ihm nie verziehen hatte.

Ich schaute Davide von der Seite an, und irgendwie fand ich es süß, wie toll er sich vorkam.

»Bravo, Davide!«, sagte ich und meinte es auch so.

»Andiamo!«, erwiderte er gerührt und reichte mir einen Helm für seine Vespa.

»Marta, das ist Stella«, stellte mich Davide vor.

»Piacere, angenehm«, sagte Marta.

»Piacere«, wiederholte ich und gab ihr die Hand. Mir war von der Vespa-Fahrt noch etwas übel, da ich Höhen nicht gut vertrug. Ich sah Marta neugierig an, denn ich hegte einen großen Respekt vor Italienerinnen und ihrer Fähigkeit, optisch das Beste aus sich zu holen.

Marta war eine junge Frau ungefähr in meinem Alter, groß, schlank und erstaunlich blond, auch wenn sie hier sicherlich etwas nachgeholfen hatte. Sie war nach der neuesten Mode gekleidet, und ich hatte nicht den geringsten Zweifel daran, dass die zerrissenen Jeans, die sie trug, mehr kosteten als die Fliesen, die ich gleich für meine Küche und mein Bad aussuchen würde. Ganz zu schweigen von der Perlenkette mit dem goldenen Kreuz und den Perlenohrsteckern, die sie trug.

»Ich habe schon gehört, dass du das alte Häuschen in der Via Perini gekauft hast. Congratulazioni.«

»Grazie«, antwortete ich und wusste nicht, ob sie es ernst meinte. Ich hatte ständig Angst, einen großen Fehler begangen und eine marode und unbrauchbare Immobilie erworben zu haben. Aber vor allem hatte ich davor Angst, dass das ganze Dorf es wusste und sich hinter meinem Rücken kaputtlachte.

»Das Haus steht schon eine Weile leer, wenn ich mich nicht täusche, gehörte es einer alten Frau hier aus dem Dorf, die Familie wollte es nicht haben.«

»Wieso wollten sie es nicht haben? Stimmt etwas damit nicht?«, fragte ich angespannt.

Davide rollte mit den Augen.

»No«, erwiderte sie lachend, »es ist ein tolles Häuschen! Man kann etwas Tolles daraus machen, und dafür hast du doch Davide!«

Ich war erleichtert, dachte jedoch gleich wieder an die bestimmt horrenden Kosten der Renovierung.

»Komm, ich zeige dir unsere Firma«, riss mich Marta aus meinen Gedanken.

Während wir uns zum Gehen wandten, nahm Davide einen Anruf entgegen und machte mit einer Geste deutlich, dass es wichtig war und er auf uns warten würde.

Martas Ceramica del lago war ein Betrieb, wie man sie in norditalienischen Dörfern zuhauf findet: familiengeführt und nicht auf Ästhetik, sondern auf Funktionalität ausgerichtet. Überall stand Gerümpel herum, der Boden war übersät mit Keramiksplittern, Arbeiter schrien sich Anweisungen zu oder telefonierten lautstark, während sie gleichzeitig den riesigen Ofen bedienten. Ich wunderte mich im Stillen, wie das alles funktionierte, gewohnt wie ich war an die deutsche Ordnung.

»Den Ofen hat mein Vater noch einbauen lassen, bevor er letztes Jahr verstorben ist. Da passen in einem Schwung zweitausend Fliesen hinein«, erzählte sie stolz und etwas traurig zugleich.

Ich bewunderte sie, dass sie sich als Frau in dieser noch von Männern geprägten Welt durchsetzen konnte. Aber wahrscheinlich hatten die Arbeiter nach und nach gelernt, sie zu respektieren.

»Komm, ich zeige dir unser Fliesenangebot«, sagte sie und führte mich zu einem riesigen hängenden Katalog zum Blättern.

Die Auswahl an Fliesen war immens und ein Design schöner als das andere.

»Die Designs hat mein Vater mit meinem Mann entworfen, ich wäre damit völlig überfordert«, sagte sie.

»Marta, die sind wunderschön, ich kann mich gar nicht entscheiden«, sagte ich, während ich umblätterte.

Doch dann kam eine Seite mit stilisierten Blumenmustern auf buntem Hintergrund, und ich wusste, die waren wie für mich gemacht. Eine Mischung aus alt und neu, Tradition und moderner Anmutung. Genau das Richtige für mich.

»Da, die rosafarbene Blume auf beigem Hintergrund!«, rief ich aufgeregt.

»Welche Nummer?«, fragte Marta.

»120D. Wobei, die genau umgekehrte Version gefällt mir auch sehr gut.«

»Nimm gern den Prospekt mit, und sobald du dich entschieden hast, sagst du mir Bescheid«, sagte sie und hielt mir ein Faltblatt hin.

»Grazie, Marta.«

»Wie lange bist du schon da?«, fragte sie mich jetzt mit einem sympathischen Lächeln.

»Gestern angekommen«, antwortete ich.

»Hast du Lust, mal mit mir auf den See rauszufahren? Ich fahre jeden Morgen früh raus und bade ein wenig. Das Wasser ist herrlich kühl und belebend!«

Ich überlegte, ob ich um sieben Uhr morgens von eiskaltem Wasser oder lieber um zehn Uhr bei Franco von einem Cappuccino mit extra Espresso-shot belebt werden wollte, und entschied mich für Letzteres. Aber ich hatte auch kein Unternehmen zu führen.

»Keine Sorge, du musst nicht baden«, lachte sie, da sie meinen Gesichtsausdruck bemerkt hatte. »Wir können auch nur einmal um die Insel fahren und in Rocca einen caffè trinken«.

»Certo, gerne!«, antwortete ich und freute mich. Das würde mich vom Stress mit der Baustelle ablenken. Und es war tausendmal besser, als mit Angelo den Monte Guglielmo hinaufzurennen.

Ein paar Tage später war ich mit Marta zum besprochenen Bootsausflug verabredet. Sie war in ihrem Element, als sie das Boot über das Wasser steuerte, und sah toll aus, ihre blonden Haare wehten im Fahrtwind, und ein kleines Lächeln umspielte ihre Lippen.

»Ich liebe dieses Boot. Mein Vater war in der Luft in seinem Element, er hatte einen Flugschein, aber das war nie meins. Ich bin eine Wasserratte. Und du?«

»Ich glaube, ich bin eher eine Landratte«, sagte ich und hielt mich gut fest, während Marta einen eleganten Schwenker um die Insel machte.

Wie viele Italiener hatte ich nie richtig gelernt zu schwimmen, und so achtete ich peinlich genau darauf, nicht aus Versehen ins Wasser zu fallen.

So früh am Morgen sah alles sehr romantisch aus. Die Häuser, die Boote, die Bäume am Hang und selbst das Wasser, alles schimmerte wie Perlmutt. Ich riskierte einen Blick in die Tiefen des Sees. Bis zu einem gewissen Punkt konnte man noch Fische und Vegetation ausmachen, danach nichts mehr, nur Finsternis. Irgendwo hatte ich gelesen, dass der See bis zu hundertfünfzig Meter tief war, und dass man nicht genau wusste, welche Fische in seinen Tiefen hausten.

Marta steuerte Isolarocca an und befestigte das Boot am Steg. Anschließend half sie mir auszusteigen, was nicht ganz einfach war, da ich vor lauter Angst das Boot zum Schwanken brachte. Aber ich schaffte es, ohne ins Wasser zu fallen. Auf der Insel ging es schon geschäftig zu, viele Fischer waren erfolgreich gewesen, frische Fische wurden zappelnd aus Netzen entlassen. Andere steckten schon auf Holzgerüsten und trockneten in der Sonne.

Wir setzten uns draußen vor ein Café, wo man Marta offensichtlich bereits kannte, und bestellten uns zwei Cappuccini.

»Das ist meine liebste Tageszeit«, seufzte sie und blickte auf die steigende Sonne.

»Äh, sì, molto bello«, stammelte ich und schämte mich, zuzugeben, dass ich diese Tageszeit zwar auch liebte, aber nur, wenn ich mich wohlig seufzend noch mal im Bett auf die andere Seite drehen konnte.

»Hier kann man das Werk Gottes am besten bewundern.«

Ich stutzte. »Du bist gläubig?«

Sie lachte. »Um ein Fan der Schöpfung zu sein, braucht es gar keinen Glauben«, sagte sie weise.

Ich nickte, denn sie hatte recht. Manchmal wunderte ich mich über die Schönheit der Welt oder die Komplexität des menschlichen Körpers. Irgendein Genie musste schon dahinterstecken, ich hätte es jedenfalls so nicht hinbekommen.

»Aber, um deine Frage zu beantworten: Ja, ich bin gläubig und besuche regelmäßig den Gottesdienst. Das habe ich von meiner Mutter, glaube ich. Jedenfalls brauche ich nur in den Himmel zu sehen, und schon weiß ich, also, eigentlich bin ich sicher, dass da jemand ist.«

Und dann tranken wir unser belebendes Getränk und sagten nichts mehr, denn wir wollten den Moment nicht durch Worte zerstören.

Der kurze Ausflug wurde richtig nett, und Marta entpuppte sich als sehr angenehme Begleitung. Nach dem Cappuccino kehrten wir zurück, Marta ging ins Büro, und ich schlich mich nach Hause, um meinen Magen zu beruhigen. Keine Frage, ich war definitiv eine Landratte.

»Pronto?«, antwortete ich, als mein Telefon klingelte.

»Ciao, sono Michele, also, Michelotti.«

»Michelotti, wie geht's dir? Ich habe dich die letzten Tage bei Franco gar nicht gesehen«, sagte ich.

»Nee, ich hatte, also, ich musste … was tun.«

»Aha! Übrigens, woher hast du eigentlich meine Telefonnummer? Ach, egal, brauchst du mir gar nicht sagen.«

»Was machst du heute?«

»Ich muss zum Baumarkt.«

»Sola? Alleine?«, fragte er mit ungläubigem Ton.

Ich rollte mit den Augen. Offensichtlich konnte frau auch nicht alleine in den Baumarkt fahren.

»Sì, sola!«, erwiderte ich eine Spur zu spitz.

»Sehen wir uns nachher?«

»Ich muss schauen, wie weit ich komme. Du weißt schon, wie problematisch es ist, eine Frau alleine im Baumarkt. Entweder sie verläuft sich in den Gängen und findet den Ausgang nicht mehr, oder, was noch wahrscheinlicher ist, sie steht den ganzen Tag ratlos vor einem Regal, und bevor sie sichs versieht, schließt der Laden, und sie muss die ganze Nacht zwischen Farbeimern verbringen!«

»Na ja, schlauer wäre es, die Gartenabteilung aufzusuchen und es sich in einer Hollywood-Schaukel bequem zu machen.«

Da musste ich leider lachen.

»Soll ich mitkommen?«

»No, grazie. Außerdem musst du für die Sicherheit von Pelati und Umgebung sorgen. Oder nicht?«

Da war ich mir nicht sicher.

»Der Chef ist sowieso nicht da. Außerdem kann ich immer noch behaupten, ich hätte im Baumarkt nach dem Rechten gesehen.«

Da hatten wir es. Einmal hatte meine Oma die Carabinieri gerufen, weil jemand in ihr Häuschen eingebrochen war. Erst hatte sie geschlagene zwei Stunden auf deren Erscheinen gewartet. Als sie dann angekommen waren, hatten sich die zwei darauf beschränkt, pseudo-fachmännisch ein paar Schubladen zu öffnen – als wenn sich der Einbrecher darin verstecken würde –, unmotiviert ein paar Informationen in ein Formblatt einzutragen und anschließend zu verschwinden. Vorher hatten sie aber noch hungrig auf den famosen Apfelkuchen mit Rumrosinen und Walnüssen meiner Oma gestiert und zwei große Stücke abgesahnt.

»Michelotti, weißt du, wieso in Deutschland deutlich mehr Kriminalfälle gelöst werden als in Italien?«

»No.«

»Denk mal darüber nach! Man sieht sich!«, sagte ich und legte zufrieden auf.

Eigentlich war es unfair von mir gewesen, da Italien den Carabinieri einige geniale Coups gegen die organisierte Kriminalität zu verdanken hatte. Aber ich neckte Michelotti einfach zu gerne. Er würde es schon überstehen.

Der Baumarkt war riesengroß und erwartungsgemäß von deutlich mehr männlichen als weiblichen Kunden besucht. Die anwesenden Frauen waren nur in Begleitung ihrer Gatten und wollten offensichtlich selbst die neuen Fliesen aussuchen. Hätten sie es ihren Männern überlassen, hätten diese die billigsten und hässlichsten gekauft.

Ich musste Farbe besorgen, denn mir schwebte vor, die Fassade meines Häuschens ganz romantisch selbst zu streichen.

»Hallo, ich hätte gerne Farbe.«

Der Mann, der mir ungefähr bis zur Schulter reichte und eine blondierte Tolle hatte, starrte durch mich hindurch. War ja auch blöd von mir, natürlich brauchte ich Farbe, was denn sonst in der Farbabteilung eines Baumarktes? Details, Stella, Details!

»Also Gelb, vielleicht. Für eine Außenfassade.«

Immer noch keine Reaktion. Vielleicht war das nicht speziell genug? Es gab sicherlich verschiedene Gelbtöne, wie konnte der arme Mensch wissen, welchen ich meinte?

»In Richtung Kanariengelb«, fügte ich hinzu und versuchte zu lächeln.

Der Mann rollte mit den Augen. Was hatte er denn? Gab es die Farbe Kanariengelb gar nicht? Oder war es mittlerweile politisch inkorrekt, einen Vogel in einem kleinen Käfig zu halten? Vielleicht war der Mann auch Tierschützer. Plötzlich drehte er sich um und ging.

Ich stand eine Weile ratlos da, atmete aber erleichtert auf, als er mit etwas in der Hand zurückkam.

Es war eine Farbtabelle, und die knallte er nun auf den Tresen. Ich blätterte darin herum und zeigte mit dem Finger auf einen hellen Gelbton, der mir ganz gut gefiel.

»Hatten Sie nicht gesagt, Sie wollten Kanariengelb haben?«, lauteten seine ersten Worte an mich.

»Äh, ja«, antwortete ich verunsichert.

»Das ist aber Sonnengelb«, versetzte er triumphierend.

»Egal.«

»Nein, es ist nicht egal. Das ist Kanariengelb, das ist Sonnengelb«, sagte er und hielt mir die zwei Kärtchen zum Vergleich hin.

»Okay, aber jetzt möchte ich Sonnengelb«, sagte ich trotzig.

»Möchten Sie nicht lieber Ihren Mann anrufen?«, fragte er gönnerhaft.

Ich schnaubte. So eine Unverschämtheit!

»Nein, möchte ich nicht. Aber langsam habe ich Lust, mit Ihrem Chef zu sprechen!«

Er seufzte und verdrehte die Augen, aus seinem Gesicht war ganz klar die Solidarität abzulesen, die er mit meinem imaginären, vom Schicksal gebeutelten Ehemann empfand. Dass Frauen immer so schwierig sein mussten!

Auf der Rückfahrt fing es an zu regnen. Zuerst langsam und mit kleinen Tropfen, dann immer heftiger, bis sie mit einem lauten Plopp auf die Windschutzscheibe prasselten.

In Pelati angekommen, hatte die Regenstärke noch mehr zugenommen. Mit einem Farbeimer in der Hand stieg ich aus dem Auto und ging die kleine Gasse neben der Kirche entlang. Es war dunkel, als wäre es mitten in der Nacht, obwohl es gerade 18 Uhr war. Den See konnte man vor lauter Regen kaum erkennen, aber man sah die Insel, die einsam und bedrohlich aus dem Wasser ragte. Ein paar arme Touristen in knapper Badebekleidung suchten Schutz unter den dünnen Bäumchen und schauten empört aus. Ja, das kann im Sommer in Italien auch passieren, dachte ich, und beeilte mich, nach Hause zu kommen.

Auf einmal läutete die Kirchenglocke zur Abendmesse, und ich glaubte, die Noten des Refrains von »It's raining men!« zu erkennen. Der kreative Don Vincenzo mal wieder.

Den Rest des Tages verbrachte ich faulenzend im Bett und schaute blöde Fernsehserien. Insgeheim dachte ich über ein neues Reality-Format nach, in dem Frauen mit einer bestimmten Aufgabe in den Baumarkt geschickt werden. Gewinnen würde die Frau, die es schaffte, den tierfreundlichen, jedoch frauenfeindlichen Baumarkt-Angestellten nicht den Kopf abzureißen. Ich hätte verloren.

CAPITOLO 4

»Ciao, Franco!«, flötete ich am nächsten Morgen.

»Stella! Hast du schon gehört, was passiert ist?«

»Hat Cesare mein Auto abschleppen lassen?«, erwiderte ich alarmiert.

Cesare, den ich übersehen hatte und der an der Theke seinen caffè trank, drehte sich mit säuerlicher Miene zu mir um. Natürlich hatte er keinen Grund gefunden, mein Auto abschleppen zu lassen, denn ich war schlauer als er und hatte ihm keinen Grund geliefert.

»No, viel schlimmer! Marta von der Keramikfabrik oben am Berg ist ertrunken!«

Marta war ertrunken?? Ich war wie gelähmt und konnte keinen klaren Gedanken fassen. Ich ließ mich auf einen Stuhl sinken und starrte Franco mit offenem Mund an, wie er mit seinen routinierten Gesten und einem betretenen Gesichtsausdruck weitermachte.

»Es war gestern, du weißt schon, am Tag der Hexe!«

Der Tag der Hexe, das war gestern gewesen, der 14. Juli! Ich hatte das Wasser nicht sehen können, weil es so stark gewittert hatte. War er dunkelrot gewesen? Hatte die Hexe zugeschlagen?

»Aber wie kann das sein?«, fragte ich ungläubig mit brüchiger Stimme. Ich konnte es nicht glauben, es war gerade ein paar Tage her, dass wir auf ihrem Boot saßen und uns amüsiert hatten, Marta und ich.

»Sì, du kennst doch die Legende! Da badet man doch nicht an dem Tag!«

»Aber das ist nur eine Legende!«, rief ich der Verzweiflung nahe. Ich schaute mich um: Wo war Michelotti, wenn man ihn brauchte? Alle Leute, die im Café saßen, redeten durcheinander, natürlich gab es nur dieses Thema. Viele gaben Anekdoten über den 14. Juli aus längst vergangenen Jahren zum Besten, als Tanten, Cousins, Freunde im See verschwunden waren. Der Ton war betroffen und aufgeregt zugleich. Ich war geschockt, und ein Satz wirbelte in meinem Kopf herum: »Das kann nicht sein, es ist doch nur eine Legende, das kann nicht sein …«

Irgendwann ging die Tür auf, und Don Vincenzo trat ein. Dass ein Pfarrer ein Café betritt, ist in Italien selten genug, es sei denn, es handelt sich um das Café des Gemeindehauses und er ist auf der Suche nach einem jungen, bockigen Ministranten, der lieber Fußballbilder mit seinen Kumpeln austauscht, als bei der Messe zu dienen. Aber so wie Don Vincenzo dastand, wie vom Donner gerührt, auf dem Gesicht ein Ausdruck der Hetze und die weißen Haare abstehend in alle Richtungen, jagte er uns allen einen Schrecken ein.

Niemand sprach ein Wort, alle starrten Don Vincenzo an. Der Raum war totenstill, selbst Franco hatte aufgehört, Cappuccino zu machen, und stand unbewegt mit der Kanne in der Hand an der Kaffeemaschine. Sein Helfer Umberto ließ das Wasser laufen und spülte keine Tassen mehr. Es war, als wären wir Akteure in einem Schauspiel, die nur auf das Stichwort des Hauptdarstellers warteten, damit es weiterging.

Und dann schaute sich Don Vincenzo im Raum um und murmelte mit einer seltsam verzerrten Stimme: »Irene, Irene, wenn man sie braucht, ist sie nie da.«

Don Vincenzo war auf der Suche nach der Dorf-Verrückten? Warum? Und warum so gehetzt? Hatte es mit Martas Verschwinden zu tun? Ich konnte mir keinen Reim darauf machen, und die anderen Dorfbewohner offensichtlich auch nicht.

Zeit zu reagieren hätten wir sowieso keine gehabt, denn kaum war er eingetreten, war Don Vincenzo wieder durch die Tür verschwunden, der schwarze Zipfel seiner Robe schlüpfte gerade noch durch den sich schließenden Türspalt. Wenn das kein bühnenreifer Auftritt gewesen war! Es fehlte nur noch Blitz und Donnerschlag, dann wäre das Klischee perfekt gewesen.

Kaum hatte Don Vincenzo Francos Bar verlassen, setzten die aufgeregten Gespräche wieder ein, doch diesmal ging es natürlich um den Pfarrer. Was hatte er gewollt? Wieso suchte er nach Irene? Musste er nicht die anstehende Messe vorbereiten? (Das fragten nur zwei ältere Damen mit Gebetskette; jeder hatte im Leben nun mal seine Prioritäten).

Als alle vollständig verwirrt waren, ging die Tür abermals auf und die Köpfe wandten sich um, in den Gesichtern die Angst oder Hoffnung, wieder etwas Ungewöhnliches geboten zu bekommen. Der arme Franco ließ vor lauter Aufregung das Tablett mit etlichen Tassen fallen, eine Frau schrie spitz auf, und eine andere sprang sogar von ihrem Stuhl. Die Nerven lagen blank.

Aber es war nur der Carabiniere, der fröhlich pfeifend die Bühne betrat. Alle atmeten auf, die Dame setzte sich hin, und Franco machte sich daran, die Scherben aufzusammeln. Natürlich entging Michelotti nicht, dass eine aufgekratzte Stimmung herrschte, und er schaute mich fragend an, als er sich an meinen Tisch setzte.

»Michelotti, Marta ist ertrunken!«

»Was? Du meinst, die von der Keramikfabrik?«

»Sì, sì, das hat mir gerade Franco erzählt, und alle sagen, es wäre die Hexe gewesen, und dann war Don Vincenzo auch hier und … sag mal, bist du Don Vincenzo gerade begegnet?«

Der Carabiniere sah nun noch verwirrter aus. »No, wieso Don Vincenzo? Muss er nicht die Messe vorbereiten?«

Nun war es an mir, ihn verwirrt anzustarren.

»Aber Michelotti! Marta soll ertrunken sein? Wie ist das möglich?«

Michelotti, der wie jeder italienische Mann eine ratlose Frau nicht ertragen konnte, ohne ihr auf der Stelle seine Hilfe anzubieten, zog sein Handy aus seiner Uniform-Tasche, als wenn das die Lösung des Problems wäre. Früher hatten Männer ihre Dolche/Schwerter/Keulen herausgezogen und sich schnell umgeschaut auf der Suche nach dem Verursacher dieser weiblichen Hilflosigkeit. Heutzutage musste ein Handy herhalten.

»Und?«, fragte ich gespannt, ohne zu wissen, was ich meinte.

»Niente.«

»Wie, niente?«, fragte ich schrill. Langsam wurde ich hysterisch.

»Ertrunken ist sie nicht, ich hätte es durch den Newsletter erfahren.«

Newsletter? Okay, okay, besser nicht fragen.

In dem Moment schrie jemand, der direkt am Fenster saß, mit hoher Stimme: »La Irene!«

Nun können sich die lieben Leserinnen und Leser nicht vorstellen, welches Chaos entstand, als alle gleichzeitig aufsprangen, die Stühle umstießen und zum Fenster rannten, um einen Blick auf Irene zu erhaschen. Auch Franco hatte alles hinter der Theke stehen und liegen lassen und kämpfte mit den Ellenbogen um den besten Aussichtsplatz.

Die alte Frau auf dem Bürgersteig schaute wiederum komplett irritiert zurück, schließlich starrten sie gerade ein Dutzend Augenpaare durch die Fensterscheibe von Francos Bar an. Und das, obwohl sie nichts weiter getan hatte, als vorbeizulaufen. Nun gut, das niedliche rosa Ferkel, das sie im Arm trug, war ein Eyecatcher, aber auch das war sicherlich nicht Grund genug, um ihr diese ganze Aufmerksamkeit zu schenken, hatte sie doch in der Vergangenheit Verrückteres zustande gebracht, ohne dass jemand mit der Wimper gezuckt hätte.

Wir hingegen ließen uns vom Ferkel nicht ablenken und hielten Ausschau nach Überraschungseffekten, wie zum Beispiel Don Vincenzo, der aus einem Gebüsch springen und Irene zur Rede stellen würde. In dem Fall wären wir natürlich nach draußen geeilt, um ja kein Wort zu verpassen. Doch weit und breit war von Don Vincenzo nichts zu sehen.

Als kurz daraufhin die Kirchenglocken zur Messe läuteten, wussten wir, wo er steckte. Jetzt, da es klar war, dass uns in absehbarer Zeit kein Nervenkitzel mehr heimsuchen würde, kehrten wir an unsere Plätze zurück, bis auf die zwei älteren Damen mit der Gebetskette, die zur Kirche eilten. Michelotti, der als Einziger am Tisch sitzen geblieben war, stand die komplette Ratlosigkeit ins Gesicht geschrieben.

»Sag mal, was hat Franco euch heute Morgen kredenzt?«

»Noch nichts, stell dir vor! Aber erklär mir, was du vorhin gesagt hast. Marta ist nicht ertrunken?«

»Das glaube ich nicht, so etwas wüssten wir. Die Carabinieri sind immer vor Ort, wenn etwas passiert«, sagte er stolz.

Ja, wenn sie nicht gerade eine vermeintlich hilflose Frau zum Baumarkt begleiten, dachte ich.

»Franco! Was soll das mit Marta? Der Carabiniere hier meint, er wüsste es, wenn sie ertrunken wäre«, rief ich empört.

»Na, na«, sagte Franco leicht tadelnd und servierte mir meinen Cappuccino, die Brioche und den Orangensaft.

»Das kann der Carabiniere gar nicht wissen, weil Marta gestern im See verschwunden ist, man hat ja keine Leiche gefunden«, erklärte er und nahm Michelotti den Orangensaft weg, dem ich ihm hingeschoben hatte.

»Das ist Stellas, du bekommst deine Milch.«

»Moment! Du meinst, man hat Marta seit gestern einfach nicht mehr gesehen? Und jetzt behauptet ihr einfach, sie wäre ertrunken?«

Nun nahm Francos Antlitz beleidigte Züge an. Die restlichen Gäste, die das Gespräch mitverfolgt hatten, gaben Laute der Empörung von sich. Cesare machte sogar eine wegwerfende Bewegung mit der Hand, aber der hatte mich bekanntlich auf dem Kieker.

»Gestern war doch der 14. Juli!«

»Der Tag der Hexe, ich weiß, aber jetzt mal im Ernst: Was ist gestern *tatsächlich* passiert?«

»Nun, Marta ist wie immer mit ihrem Boot rausgefahren, aber diesmal nicht wieder zurückgekommen. Du weißt vielleicht, dass sie jeden Morgen badet, bevor sie ins Büro geht.«

Ich nickte. Nicht zurückgekommen also.

»War der See gestern früh dunkelrot? Denn wenn man der Legende glauben mag, und ich wiederhole: *wenn*«, und hier machte ich eine bedeutungsschwangere Pause, »müsste sich der See dunkelrot gefärbt haben, bevor die Hexe ihren Auftritt gehabt hätte«, trumpfte ich auf und schaute in die Runde: überall undurchdringliche Mienen. Keine Frage, diese Pelati-Bevölkerung hielt zusammen. Ich selbst hatte den See vor dem Gewitter keines Blickes gewürdigt, nun konnten sie einiges über die Farbe des Gewässers behaupten, diese liebenswürdigen, doch abergläubischen Hinterwäldler.

»Okay, okay, andere Frage: Woher wisst ihr das mit dem Verschwinden?«

»Martas Mutter war heute Morgen hier. Sie war ganz aufgelöst, die Arme«, antwortete Franco.

Das glaubte ich gerne, italienische Mütter waren schon besorgt, wenn die Kinder zweimal hintereinander nicht ans Telefon gingen. Dass sie von einer Bootsfahrt nicht zurückkamen, davon stand im Handbuch für italienische Mütter wahrscheinlich nichts, denn das war schon jenseits jeglicher Vorstellungen.

»Und hat man das Boot gefunden?«, fragte ich.

»Nein, das hat man auch nicht gefunden«, bedauerte der Barbesitzer.

Ich nippte an meinem Cappuccino und verfiel in gedankenvolles Schweigen. Wie war das in den Krimis, die ich immer las? Am Anfang gibt es eine Leiche, dann bildet sich ein Kreis von Verdächtigen, irgendwann erhärtet sich der Verdacht gegenüber zwei oder drei dieser Personen, dann macht der geschickte Autor eine Kehrtwende, plötzlich war es jemand ganz anderes, und der Leser ist baff. Ach ja, und einen oder zwei Ermittler gibt es auch. Ich linste zu Michelotti rüber und prüfte seine Tauglichkeit als solcher. Der Name war schon mal super, ein Ermittler namens Michele Michelotti war für einen Krimi mit Humor nicht zu toppen. Die Erscheinung war ebenfalls super. Ein gut aussehender Carabiniere ist nie verkehrt, schließlich will das Auge auch etwas haben, wenn auch nur das Auge der weiblichen Leserschaft. Die Uniform war schlicht perfekt, vor allem die Pistole sah sehr professionell aus. Doch dann kam mitten in meiner optischen Prüfung eine attraktive junge Frau in die Bar, und Michelotti verlor die Contenance. Okay, in Sachen Konzentration war noch Luft nach oben, aber ein Ermittler muss nicht perfekt sein, vor allem, wenn seine Begleitung aus Deutschland kommt und durch den erlernten Effizienzwahn die Schludrigkeit kompensiert.

»Michelotti, ich muss los!«, rief ich und ließ den verdutzten Regionalkrimi-Ermittler auf Flirtkurs einfach stehen.

Auf meiner Baustelle herrschte reger Betrieb. Zwei Männer mauerten das große Loch in der Außenwand zu, drei weitere konnte ich auf dem Balkon aus den verschiedenen Zimmern geschäftig aus- und eingehen sehen, ein anderer mischte auf der Terrasse irgendwas zusammen, wahrscheinlich Zement, und sprach laut in sein Telefon. Alle schwitzten kräftig und verzichteten auf das Tragen von T-Shirts.

»Scusa!«, rief ich einem der Männer zu.

Er hörte auf zu mauern und kam mit dem Spatel in der Hand auf mich zu. Mit einer kurzen Anhebung des Kinns bedeutete er mir zu sprechen.

»Weißt du, wo Davide ist?«, fragte ich und versuchte dabei, nicht auf seinen verschwitzten, braun gebrannten Oberkörper zu starren. Eine animalische Männlichkeit ging von ihm aus, ich versuchte, mich so gut es ging vor seiner Wirkung zu schützen, indem ich mich auf sein Gesicht konzentrierte.

Der Mann drehte sich weg, schaute auf die Terrasse und schrie dem Zementrührer zu: »Eh, Luca, weißt du, wo Davide ist?«

Besagter Luca hörte auf zu rühren und zu telefonieren und schrie zurück: »Der ist auf der anderen Baustelle in Ponte Silo. Bist du die Besitzerin?«, fragte er dann an mich gewandt.

»Sì, sì«, antwortete ich schüchtern, denn auch Luca sah richtig gut aus.

»Kannst du mal kurz kommen, ich muss dir etwas zeigen!«

Der Satz verwirrte mich, und ich machte mich in ängstlich-freudiger Erwartung eines weiteren nackten, verschwitzten Oberkörpers auf den Weg zur Treppe.

Oben angekommen stellte ich erleichtert und enttäuscht fest, dass der Arbeiter sein T-Shirt angezogen hatte, wahrscheinlich aus Respekt vor seiner Auftraggeberin. Ich sprach ein Stoßgebet, denn auch aus der Nähe war dieser junge Mann der absolute Knaller. Was war mit mir los? Lag es daran, dass ich in meiner normalen, aseptischen Umgebung nur blasse, unfitte und nicht gerade zupackende Ärzte gewohnt war? Das Maximum an Männlichkeit boten im Krankenhaus adrenalingeschwängerte Chirurgen mit ordentlich Brustbehaarung, die aus dem V-Ausschnitt ihrer OP-Kluft herausragte. Doch hier auf dieser Baustelle war ich von schwitzenden, schmutzigen Männern mit rauen Händen und grobem Werkzeug umgeben, und das war ich nicht gewohnt.

»Komm mit!«, rief er und lief mir voraus in die Wohnung.

Vorher tat er noch so, als würde er sich die Füße abstreifen.

»Permesso!«, rief er beim Eintreten. Die anderen Maurer drehten sich um und nickten mir zu. Alle gut erzogen und sehr fleißig, wie ich vom Zustand der Wohnung ablesen konnte, die aussah, als hätte eine Abrissbirne eine Wutattacke erlitten.

»Schau mal hier«, sagte er und zeigte auf eine der Wände, die sich in meinen Augen von keiner der anderen unterschied.

»Mmhhh«, erwiderte ich und nickte interessiert.

Der attraktive Arbeiter ließ sich nicht beirren: »Wir haben den Winkel korrigiert.«

Aha, Winkel korrigiert.

»Die Wand war vorher in keinem rechten Winkel zu den anderen zwei Wänden«, erklärte er mir geduldig. Da hätte sich der Farbexperte im Baumarkt aber eine Scheibe abschneiden können.

»Und ihr habt ihn korrigiert?«, wiederholte ich zögernd.

»Esatto! Dann konnten wir auch das Problem mit dem Abfluss lösen.«

»Ah, sì. Welches Problem mit dem Abfluss?«

»Der Klempner hat mit den Rohren im Bad angefangen und dabei festgestellt, dass für vernünftige Zu- und Abwasserrohre eigentlich gar nicht genug Platz da war.«

»Aber im alten Bad waren doch auch Rohre verlegt?«

»Ja, aber viel zu schwache – und dazu noch in ganz abenteuerlichen Winkeln! Da war der Abfluss sicherlich oft verstopft. Daher der Feuchtigkeitsgeruch. Als der Klempner es uns gezeigt hat, haben wir einfach die Wand versetzt. Jetzt ist die Wand gerade, und die Rohre sind richtig platziert.«

Ich staunte. An meinem Arbeitsplatz brachen schon alle in Panik aus, wenn die Standardprozedur durch ein kleines unvorhersehbares Ereignis gestört wurde. Hier versetzten sie einfach eine Wand und lösten das Problem.

»Ist es okay für dich?«, fragte er dann besorgt, als er meinen Gesichtsausdruck sah.

Ob es okay für mich war? Gut, sie hatten mich mal wieder nicht um Erlaubnis gefragt, zumindest nicht vorher, aber sie hatten selbstständig und kreativ eine Lösung herbeigeführt.

Ich lächelte. »Certo, grazie«, antwortete ich.

Es war mehr als okay. Ich war wirklich dankbar und auch ein bisschen stolz auf meine Landsleute, die in der Geschichte der Welt immer wieder mit Überraschungen optimal umzugehen gewusst hatten: Die Erde dreht sich nicht um die Sonne? Dann ist es eben andersherum!

Das musste gefeiert werden.

»Wer möchte was trinken?«, rief ich in die Runde.

Fast alle baten um einen caffè, wie nicht anders zu erwarten.

»Franco, sei caffè!«, bat ich beim Eintreten und schaute mich um. Erwartungsgemäß war von Michelotti keine Spur mehr zu sehen, schließlich musste auch er irgendwann mal arbeiten.

»Sette!«, kam es von hinten. Davide kam in dem Moment hinein und grinste. In der einen Hand hielt er seinen Vespa-Helm, in der anderen sein Handy, in das er gerade redete.

»Und, sind meine Männer fleißig?«, fragte er mich, als er aufgelegt hatte.

»Und wie! Sie versetzen Wände!«, antwortete ich, und dann fiel es mir wieder ein. »Davide! Hast du von Marta gehört?«

Franco bereitete indes die caffè zu und positionierte sie auf einem Tablett, damit ich sie hinübertragen konnte.

»No, cosa?«, schüttelte er den Kopf.

»Marta ist heute Morgen mit dem Boot hinausgefahren und nicht zurückgekehrt! Franco behauptet, es wäre die Hexe gewesen. Davide, Marta kann doch nicht tot sein?«

Nun stutzte er regelrecht, schaute mich mit großen Augen an und verließ fluchtartig die Bar.

CAPITOLO 5

Ein paar Stunden später lag ich auf einer Sonnenliege in Signora Inzinis Garten, blickte zum See und zur Insel und ließ die Gedanken schweifen. Nun war ich schon über zehn Tage vor Ort, und es war viel mehr passiert, als ich es mir je erträumt hätte. Die Renovierung meines Häuschens wäre für mich eine ausreichende Herausforderung gewesen. Stattdessen war ich nun ins Dorfleben mehr als integriert, hatte Freunde und Feinde gefunden und war auf einige Geheimnisse gestoßen. Es war gruselig und aufregend zugleich.

»Signora Inzini, kennen Sie Martas Mutter?«

»Certo, wir kennen uns alle hier. Die arme Martina, sie tut mir so leid! Das mit Marta ist wirklich eine Tragödie.«

Ich nickte und blickte wieder hinaus zum See. Was hatte Marta bei dem Bootsausflug gesagt? Dass sie eine Wasserratte war. Konnte eine Wasserratte Opfer einer imaginären Hexe werden, die an den Beinen der Badenden zieht? Das konnte ich mir nicht vorstellen.

»Signora, Don Vincenzo war heute in Francos Bar«, sagte ich und wartete dann gespannt auf ihre Reaktion.

Sie blickte hoch und runzelte die Stirn. Genau wie ich vermutet hatte.

»Er hat Irene gesucht und sah ziemlich durcheinander aus.«

Sofort entspannten sich ihre Züge, und sie lächelte.

»Das wird wegen der Blumen gewesen sein.«

»Welche Blumen denn?«

»Die Blumen in der Kirche. Dafür ist Irene an bestimmten

Tagen zuständig, manchmal klappt es und manchmal nicht. Vermutlich war heute ein schlechter Tag.«

»Aber er sah sehr wirr aus, und die Haare standen ihm zu Berge!«

»Ja, so kann unser Pfarrer zwischendurch auch mal aussehen«, lachte sie nun.

Dann war zumindest das geklärt, und die ganze Aufregung war umsonst.

»Gehst du morgen Abend zum Dorffest?«, fragte sie mich mit einem vielsagenden Blick.

Natürlich wusste sie, dass ich gehen würde, und höchstwahrscheinlich auch, mit wem. Deswegen beschränkte ich mich darauf, sie ebenfalls mit einem vielsagenden Blick anzusehen. Dann mussten wir beide lachen.

Michelotti hatte mich vorhin angerufen und gefragt, ob ich Lust hätte, mit ihm zu dem Fest zu gehen, und da ich ihn als Co-Ermittler brauchte, hatte ich zugesagt.

Aber vorher wollte ich mich mit ein paar Büchern beschäftigen, die ich in Pelatis Bücherei besorgt hatte.

In meinem Zimmer mit tollem Ausblick machte ich es mir auf der Chaiselongue gemütlich. Mittlerweile war es richtig heiß geworden, und kein Italiener hielt es lange draußen aus. Nur die Touristen quälten sich im Freien und klebten mit ihren verschwitzten Beinen an den Plastikstühlen der Bars fest. Unsereins zog sich ins Innere zurück und ließ die Rollläden ein Stück hinunter, um sich vor der Sonne zu schützen.

Die Bücher handelten von der Geschichte und den Traditionen der Dörfer um den See herum. Insbesondere eine Publikation beschäftigte sich speziell mit Isolarocca und dem See. Ich nahm sie in die Hand und fing an zu blättern. Es war ein dünnes, unscheinbares Büchlein, uralt und schon stark vergilbt. Die Bibliothekarin, eine echte Schönheit mit rotem Haar und elegantem Kleid, hatte es mir wärmstens empfohlen. Anscheinend war es von ihrem Ur-Opa verfasst worden und verstaubte im Regal vor sich hin. Als ich es auslieh, schenkte sie mir ein breites Lächeln.

Ziemlich am Anfang fand ich die Geschichte über die Pest und wie die Tradition mit dem Blumenfest im Jahr 1836 als Danksagung für das Ende der Epidemie entstanden war. Ich blätterte weiter und las, dass vor fünfhundert Jahren auf der Insel ein Kloster gestanden hatte. Die Fischerei war schon immer die Haupteinnahmequelle der Inselbewohner, inklusive der Mönche, gewesen. Eine Zeichnung von der damaligen Zeit zeigte einige Mönche auf einem Boot, wie sie versuchten, einen riesigen Fisch zu fangen. Das Tier war ungefähr so groß wie ein Wal, und es war offensichtlich, dass die Männer keine Chance gegen ihn hatten. Ich blickte auf das Bild und überlegte. In den Tiefen von Gewässern lebten allerhand Lebewesen, die der Mensch noch nicht kannte. Konnte man ausschließen, dass im See wirklich ein solch riesiger Fisch lebte? Und wenn das die Erklärung für die verschwindenden Badenden war? Ein einsamer, uralter, hungriger Riesenfisch, der sich zwischendurch ein kleines, zappelndes Menschlein schnappte? War Marta Opfer eines solchen Wesens geworden? Aber warum schnappte er nur am 14. Juli zu? Nein, das machte keinen Sinn.

Ich suchte nach der offiziellen Erklärung für diese Legende in meinem Büchlein und fand sie ein paar Seiten weiter.

Angeblich hatte alles mit der Mutter vom Heiligen Petrus, San Pietro, begonnen. Diese war zu Lebzeiten anscheinend kein so guter Mensch gewesen und nach ihrem Ableben auf direktem Weg in die Hölle gewandert. San Pietro, der natürlich im Himmel war, wollte seine Mutter retten und ließ ein langes Seil quer durch den See bis zur Hölle hinunter. Petrus' Mutter kletterte das Seil empor, doch fast im Himmel angekommen merkte sie, dass ein paar verzweifelte Seelen ihr in dem Versuch gefolgt waren, der Hölle zu entkommen. Also stieß sie, da sie ja eine böse Natur besaß, die Seelen hinunter und verlor selbst dabei den Halt. Seitdem erzählt man sich, dass diese böse alte Frau in den Tiefen des Sees verweilt und aus lauter Wut und Verdrossenheit die Badenden an den Beinen zu sich in die Dunkelheit zieht.

Ich runzelte die Stirn. Wenn das keine wilde Geschichte war. Dann war die Story mit dem Riesenfisch schon eher realistisch. Aber Petrus' Mutter? Und wieso dies immer am 14. Juli geschah, das stand auch nirgendwo. Da ich wie erwähnt in Sachen Religion nicht ganz so bewandert bin, googelte ich den Heiligen Petrus. Also, Italiener war er entgegen meiner Vermutung schon mal nicht, er war in Galiläa geboren und wie Jesus wohl erst Jude und dann Christ. Ich überlegte: Hingen jüdische Söhne auch so an ihren Müttern wie italienische? Ich googelte auch das, bekam jedoch keine brauchbaren Ergebnisse.

Also machte ich mich daran, meine Krimi-Bücher zu sortieren. Auf einen Haufen stapelte ich die Klassiker, hauptsächlich Agatha Christie und Sherlock Holmes, allesamt zerlesen. Auf dem anderen fünf oder sechs brandneue Krimis aus verschiedenen Regionen Deutschlands. Es war verrückt, dass ich all diese Bücher mit mir herumschleppte, wo es mittlerweile hauchdünne und federleichte Geräte gab, die alles Lesbare enthalten konnten, was man sich nur wünschte. Aber ich liebte nun mal das Papier, seinen Geruch, seine Oberfläche, seine Lebendigkeit und vor allem sein Geräusch beim Umblättern oder hektischen Zurückblättern, was ich bei Krimis oft tat, wenn ich das Gefühl hatte, etwas Wichtiges überlesen zu haben.

Die Signora hatte mir ein wenig Platz im Regal freigeräumt, und so machte ich mich daran, meine literarischen Schätze einzusortieren. Ich hatte schon immer gewusst, dass meine

Lesewut mir eines Tages gute Dienste erweisen würde. Nun wurde ich das Gefühl nicht los, dass dieser Tag in Greifnähe rückte.

Der kleine Ort war am Abend des nächsten Tags wie verwandelt. Alle Pelati-Bürger hatten ihre Häuser verlassen und tummelten sich auf den Straßen und auf den zwei Plätzen. Stände mit Leckereien waren überall aufgebaut, der Duft nach gegrilltem Fleisch – nach italienischer Art, also fast verkohlt – lag verführerisch in der Luft.

Der Lärmpegel war nicht auszuhalten, denn zusätzlich zur Musik, die aus Lautsprechern dröhnte, schrie sich jeder die Seele aus dem Leib, zum einen, um die Musik zu übertönen, zum anderen, weil Italiener das nun mal so machen.

Die Hitze war immer noch extrem, aber ein kleiner Lufthauch, der von den Bergen herunterwehte, machte die Temperaturen erträglicher. Ich trug ein leichtes helles Kleid aus mehreren Spitzenlagen, das meine Bräunung, die man in italienischen Sommern en passant bekommt, zur Geltung brachte. Die Haare hatte ich locker hochgesteckt, und an den Füßen hatte ich glitzernde hohe, weiße Sandalen, kurzum: Ich hatte mich aufgedonnert. Und das nicht wegen Michelotti, nicht, dass die lieben Leserinnen und Leser das missverstehen, sondern weil ich Italienerinnen kenne und weiß, dass sie sich zu jeder Gelegenheit toll zurechtmachen (dabei manchmal auch übertreiben). Oft genug hatte ich mich in Italien gnadenlos underdressed gefühlt, noch nie overdressed. Und da man aus Erfahrungen schlau wird, übertrieb ich es auch oft und gerne und lag nie daneben.

Michelotti hatte mich abgeholt und führte mich nun durch die Menge. Seine Hand, die mittig auf meiner Wirbelsäule lag, machte allen anderen Männern klar, dass sie es bei mir erst gar nicht versuchen brauchten. Ich spürte jedoch schon, wie sich dort Schweiß bildete.

»Michelo… Michele, lass das mit der Hand, die Leute schauen schon«, maulte ich und hörte mich genauso an wie meine Oma. Die Leute schauen schon, la gente guarda, das war das Wichtigste überhaupt, das galt es, um jeden Preis zu vermeiden. Als Kind hatte ich das nicht verstanden, nun allerdings begriff ich.

Michelotti tat so, als hätte er nichts gehört. Am Rathausplatz setzten wir uns an einen der langen Holztische, die am Nachmittag aufgebaut worden waren.

»Was magst du essen?«, fragte mich der Carabiniere, ganz der Gentleman.

»Was gibt es denn?«, fragte ich mit einem schnellen Blick Richtung Zelt, wo die engagierten Dorffrauen in Töpfen und Pfannen herumrührten.

»Das Menu besteht aus Ravioli, einer gegrillten Fleischplatte mit Pommes und Gemüse und einem Dessert sorpresa. Dazu gibt es den besten Lago-Wein. Einwände?«

»Keinen einzigen«, erwiderte ich und freute mich schon.

Natürlich waren die Ravioli keine matschigen aus der Dose, sondern selbst gemachte, aus frischem Teig und mit leckerer Füllung, geschwenkt in geschmolzener Salbeibutter und mit reichlich Parmesan bestreut. Das Gegrillte würde zwar krebserregend, jedoch ein Gedicht für die Sinne sein und der Nachtisch ein wahrer Triumph der Fantasie werden.

Während Michelotti den ersten Gang holte, sah ich mich um. Es war ein einfaches Dorffest, aber, wie ich vermutet hatte, die Frauen waren angezogen, als würden sie zu einem Opernball gehen.

Aha, da war die übliche Clique der älteren Damen, die immer morgens bei Franco saßen und so wie jetzt auch die Köpfe zusammensteckten. Was sie zu bereden hatten, diese alten Frauen, wusste nur der Himmel. Weiter weg saß der Bürgermeister mit seiner Rathaustruppe an einem besonders schön geschmückten Tisch und ließ es sich gut gehen. Dort entdeckte ich auch Cesare, der so tat, als würde er mich nicht sehen. War der nachtragend!

»So, da wären wir, ich hole noch schnell den Wein, und dann können wir loslegen«, sagte Michelotti und stellte zwei betörend duftende Pappteller auf den Tisch. Zugegeben, das mit den Papptellern war nicht besonders stilvoll, doch in Anbetracht der Qualität dessen, was sich darauf befand, zu vernachlässigen. Michelotti brachte noch Wein und Brot, natürlich die üblichen weißen Brötchen, und dann fingen wir an.

»Sag mal, gibt es etwas Neues wegen Marta?«, fragte ich unfein mit vollem Mund. Die Ravioli waren ein Gedicht.

»Nicht, dass ich wüsste«, gab er undeutlich zurück, da er auch mit Kauen beschäftigt war.

»Na, wenn du es nicht weißt, wer sollte es sonst wissen?«, schmierte ich ihm etwas Honig um den Mund.

Er verschluckte sich fast, zu viel Honig womöglich.

»No, davvero, sollte nicht jemand eine Vermisstenanzeige bei euch aufgeben?«

»Das ist bereits geschehen.«

»Cosa?«, rief ich. »Und das sagst du mir jetzt erst?«

»Ich weiß gar nicht, ob ich dir das überhaupt sagen darf«, antwortete er ungerührt und brach ein Stück Brot ab, das er in die restliche Salbeibutter auf seinem Teller tunkte.

Ich nahm einen Schluck des köstlichen Weins und schaute ihn mit hochgezogenen Augenbrauen an.

»Was schlägst du vor? Soll ich dich auf die Station einladen, damit du in unseren Akten herumschnüffeln kannst? So wie ein deutscher Schäferhund?«, fragte er und grinste, stolz über seinen gelungenen Witz.

»Mir würde reichen, wenn du mir sagst, wer die Vermisstenanzeige aufgegeben hat. Erst einmal«, fügte ich leiser hinzu.

Der Carabiniere musterte mich nachdenklich.

»Willst du mir jetzt erzählen, dass du tatsächlich in diesem Fall … ermitteln willst?«, fragte er grinsend.

»No, naturalmente no!«, wehrte ich mich und setzte einen schockierten Gesichtsausdruck auf. Sollte ich ihm etwa sagen, dass ja, ich schon immer davon geträumt hatte, in einem spannenden Fall zu ermitteln, wie ein berühmter Detektiv auf dem Boden zu kriechen und nach Indizien zu suchen, die immer, aber auch immer, zu finden waren und zum Mörder führten? Und dass ich mich nur allzu gerne auf einen Spaziergang durch das Dorf begeben würde, nur um dann bei einem besonders schönen Garten stehen zu bleiben und mich mit einer betagten und hochintelligenten Dame im Tweed-Kostüm über meine Theorien auszutauschen? Und dass ich prinzipiell auch nichts gegen Männer mit schwarz gefärbtem Schnurrbart hatte, Hauptsache, sie stellten der richtigen Person die richtigen Fragen?

Er seufzte, als hätte er meine Gedanken gelesen.

»La mamma«, sagte er dann.

»La mamma di Marta?«, fragte ich überrascht.

»Klar, wessen sonst?«

»Und warum nicht der Ehemann?«, fragte ich.

»La mamma è sempre la mamma, die Mama ist immer die Mama«, erwiderte er mit einem kleinen Lächeln.

Mmhh, das stimmte natürlich. Ein bisschen musste ich in diesem Moment an die Geschichte vom heiligen Petrus und seiner Mutter denken, aber hauptsächlich fiel mir meine eigene Mutter ein. Als ich ihr einmal erzählt hatte, eine Freundin von mir hätte sich scheiden lassen, hatte sie bedauernd den Kopf geschüttelt, mit der Zunge geschnalzt und dann gefragt: »Aha, ist sie also zurück zu ihrer Mutter?«

Und das ungeachtet der Tatsache, dass die betreffende Person um die vierzig Jahre alt war. Wie wahr, la mamma è sempre la mamma.

»Also, dann ist Martas Mutter zu euch gekommen und hat eine Vermisstenanzeige aufgegeben. Und was sonst?«

Er schaute mich fragend an.

»Was habt ihr sonst in dem Fall gemacht?«

Nun schaute er regelrecht verwirrt.

Ich seufzte und rollte die Augen.

»Habt ihr vielleicht Leute befragt, zum Beispiel Martas Mutter? Und habt ihr euch Gedanken darüber gemacht, wieso nicht der Ehemann zu euch gekommen ist?«

»Stella, wir gehen davon aus, dass Marta ertrunken ist, beziehungsweise solange das Boot nicht gefunden wurde, gehen wir von freiwilligem Verschwinden aus. Wieso sollten wir etwas anderes annehmen?«

Ich überlegte. Freiwilliges Verschwinden. Ja, das hörte man oft. Manche Leute verschwanden von heute auf morgen, um ihr altes Leben hinter sich zu lassen und ganz woanders völlig neu anzufangen, angeblich passierte das öfter, als man glaubte. Doch Marta? Was hätte sie für einen Grund gehabt? War sie unglücklich gewesen? Den Eindruck hatte ich nicht.

»Und wenn sie nicht freiwillig gegangen ist?«, fragte ich trotzig, doch Michelotti war schon aufgestanden, um den Hauptgang zu holen. Aber er hatte meine Frage noch mitbekommen, denn er schüttelte den Kopf.

Ich schaute zum Tisch des Bürgermeisters, wo gerade laut aufgelacht wurde, und auf einmal sah ich sie, ganz hinten: Marta. Das konnte nicht wahr sein, war sie nicht ertrunken? Oder zumindest freiwillig verschwunden?

»Marta!«, rief ich und sprang auf.

Doch Marta, wenn sie es gewesen war, verschwand in der Menge und aus meinem Blickfeld. Ich versuchte mir einen Weg zu bahnen, aber die Leute standen zu dicht gedrängt, als dass ich zügig vorankommen konnte, ganz abgesehen von meinen hohen Schuhen.

»Hey, Verrückte, stehen bleiben!«, rief jemand hinter mir.

Ich drehte mich um und sah Michelotti, der mir offensichtlich eilig nachgelaufen war.

»Wolltest du gerade auch freiwillig verschwinden, oder wie soll ich das verstehen?«, fragte er.

»Stell dir vor, ich habe Marta gesehen!«, rief ich erregt.

»Wo?«

»Da hinten, in der Menge, aber sie ist mir entwischt.«

»Bist du dir sicher, dass es Marta war?«

»Absolut! Oder hältst du mich etwa für übergeschnappt?«

Michelotti sah aus, als würde er sich eine spontane Antwort verkneifen. Also schaute ich ihn an, als wäre ich nicht nur übergeschnappt, sondern obendrein auch eine ganz gefährliche Person. Und da knickte er ein.

»Okay, ich rufe morgen ihre Mutter an und frage sie, ob Marta wieder zurück ist. Es kann durchaus sein, vielleicht hat sie nur eine Pause gebraucht.«

»Ja, bitte!«, sagte ich erleichtert.

In dem Moment klingelte Michelottis Handy, und er entfernte sich, um den Anruf entgegenzunehmen.

Ich stutzte. Wieso entfernte er sich? Versteckte er etwas vor mir? Wir hatten absolut nichts miteinander, er brauchte mir doch nichts zu verheimlichen. Ich beobachtete ihn, wie er wild gestikulierte und ziemlich aufgeregt in den Hörer sprach. Dann legte er auf, kam auf mich zu und fuhr sich mit einer Hand durch das dichte schwarze Haar.

»Stella, es tut mir leid, ich muss los. Ich melde mich morgen bei dir!«

Er gab mir zwei Küsschen auf die Wange und ging. Da sollte jemand aus gut aussehenden italienischen Männern schlau werden, wahrscheinlich warteten Frau und Kinder zu Hause auf ihn. Das hätte mich nicht gewundert.

Auf dem Rückweg beschloss ich, den ruhigen Weg am See entlangzugehen. Es war mittlerweile etwas kühler und fast dunkel geworden, und ich genoss den Spaziergang. Trotzdem ging mir Marta nicht aus dem Kopf. War sie es wirklich gewesen? Wenn ja, wieso hatte sie mich nicht wiedererkannt? Das war mehr als merkwürdig. Ich ließ den Blick über den See schweifen und musste wieder an die Geschichten denken, die ich in dem Buch gelesen hatte. Fast erwartete ich, das monströse Wesen zu sehen, wie es sich aus den Fluten erheben und mir einen verschmitzten Blick zuwerfen würde. Ich schüttelte den Kopf und lächelte über mich selbst, die Fantasie ging manchmal mit mir durch. Der Weg führte mich weg von dem See und durch eine enge Gasse des Dorfes. Die Gebäude waren aus alten Steinen, schöne Blumenkübel schmückten den Weg, eine Katze lag auf dem warmen Boden und faulenzte ungeniert. Ich nahm einen schmalen Seitenweg, um der Madonnina, einer kleinen Madonna-Statue, die in einer Nische in der Mauer untergebracht war und für die ich eine Schwäche hatte, meine Aufwartung zu machen.

Doch schon aus der Entfernung konnte ich sehen, dass dort bereits jemand stand. Da es mittlerweile dunkel war, konnte ich nur die Silhouette erahnen, doch die reichte mir. Ich pirschte mich so nah wie es ging heran, ohne aufzufallen, denn eines war klar: Irene redete, und ich wollte wissen, was sie zu sagen hatte.

»Troppo grande, zu groß, zu groß, ich habe es gewusst«, murmelte sie und schüttelte dabei ungeduldig den Kopf.

Zu groß? Was meinte sie? Wieso war die Madonna-Statue zu groß?

Es handelte sich um eine dieser üblichen Reproduktionen der stehenden Madonna mit ausgebreiteten Armen und einer Gebetskette am Handgelenk, ganz in Weiß gehalten mit wenigen Akzenten in Hellblau, die normalerweise in italienischen Dörfern an Straßenecken in einer Mauereinbuchtung untergebracht sind. Die Bewohnerinnen der Ortschaften stellten dort oft Blumen und Kerzen auf und betrachteten dies als einen Ort, wo man schnell ein Gebet an Maria loswerden konnte. Obwohl ich keine Kirchengängerin war, hatte ich schon immer ein Faible für die Madonna und speziell für eine solche volksnahe Einrichtung des Glaubens gehabt. Diese Statue hatte aus meiner Sicht ganz übliche Standardmaße, weder zu groß noch zu klein.

Was meinte Irene nur mit ihrem seltsamen Satz? Ich machte einen Schritt auf sie zu, um ein paar Worte mit ihr zu wechseln, aber sie bekreuzigte sich nur schnell und ging weg. Die Madonna sah aus wie eh und je, um sie herum wuchsen Rosen, die schon fast verblüht waren, und immergrünes Efeu. Eine steinerne Banderole besagte: Colei che dà la vita, indica la strada. Diejenige, die Leben gibt, zeigt den Weg.

»Cara Madonna, mach, dass ich gesund bleibe«, sagte ich aus reiner Gewohnheit, denn dies hatte mir meine Oma schon als Kind beigebracht.

»Und natürlich auch meine Oma«, beeilte ich mich hinzuzufügen.

Dann schaute ich genauer auf die mildblickende Maria, wie sie jeden zu lieben und alles bereitwillig hinzunehmen schien, und ich wusste, dass ich nie so sein würde.

»Und hilf mir mit Cesare! Ah sì, und hilf mir, diesen Fall zu lösen«, endete ich mein Gebet und machte mich auf den Heimweg.

CAPITOLO 6

Am nächsten Morgen ging ich recht früh zu Franco, denn eines war klar: Wenn Marta wiederaufgetaucht war, dann wusste man bei Franco Bescheid.

»Ciao, Franco!«

»Ciao, Stella! Ich bin sofort bei dir!«

»Keine Eile«, sagte ich und schnappte mir alibimäßig die Zeitung.

Ich ließ den Blick schweifen. Von Cesare keine Spur, für die Herren mit Feinripp war es zu früh, aber die Clique der alten Damen kam gerade rein und machte es sich an ihrem Stammtisch gemütlich. Ansonsten stand an der Theke nur Francos Lieferant, der sich einen caffè genehmigte, und der Gemüsehändler Paolo von gegenüber. Genau genommen verkaufte er nicht nur Gemüse, sondern alles Mögliche, worauf er sich ordentlich etwas einbildete. Er lief immer mit einem weißen Kittel durch Pelati, als wäre er ein Arzt, der für einen Notfall gerufen wurde.

»Buongiorno!«, rief ich Paolo zu, denn wenn jemand in einem Dorf etwas wusste, dann war es der Barista oder der Gemüsehändler.

Er drehte sich in seinem weißen Kittel langsam um und nickte mir nur knapp zu. Gerade hatte er mehrere Rubbellose »Gratta e vinci« gekauft und offensichtlich nur Nieten gezogen.

»Mach nicht so ein Gesicht!«, rief ihm Franco zu. »Ich sage dir die ganze Zeit, dass es sich nicht lohnt. Es ist nur herausgeworfenes Geld! Hier, Stella: Cappuccino, Orangensaft, einfache Brioche.«

»Sag mal, Franco, gibt es Neuigkeiten?«

»No, wieso fragst du?«

»Äh, nur so, così…« Ich zuckte mit den Schultern und tat desinteressiert.

»Meinst du wegen Marta?«, fragte er nun und ließ sich von mir nicht täuschen.

»Esatto!« Schneller als gedacht gab ich es auf, meine Aufregung zu verbergen, und hielt ihn in meiner Erregung sogar am Ärmel fest. Fehlte nur noch, dass ich wie ein Hund gesabbert hätte.

»No, niente« sagte er, und ich fiel in mich zusammen.

Aus lauter Frust bestellte ich mir noch eine Brioche.

»Kannst du mir zumindest sagen, ob der Carabiniere heute schon hier war?«, fragte ich und knabberte an der Brioche, die Franco mir gebracht hatte.

»Noch nicht gesehen«, antwortete er.

»Na, dann mache ich mich gleich auf den Weg zur Baustelle.«

»Ach ja, deine Bauarbeiter waren gestern da. Sie haben gefragt, ob sie meinen Bauschuttcontainer benutzen dürfen, denn ihrer ist bereits voll.«

»Und? Durften sie?«, fragte ich, denn ich wusste, dass Franco seine über der Bar gelegene Wohnung ebenfalls renovieren ließ.

»Naturalmente! Zwar hat Cesare etwas schräg geschaut, du weißt schon, der Container ist von seinem Cousin, aber für mich ist es überhaupt kein Problem. Magst du schnell schauen, wie meine Küche geworden ist?«

»Äh, gerne ein anderes Mal«, antwortete ich, denn mir reichte meine eigene Baustelle.

Als ich mich dem Haus näherte, sah ich meine alte Nachbarin Rosa, die immer noch mit ihrer Häkelarbeit beschäftigt war. Nennenswerte Fortschritte schien sie nicht gemacht zu haben. Dafür reckte sie den Hals über ihre Blumenkübel hinweg, um einen Blick auf mich zu erhaschen. Ich fragte mich, ob sie heimlich Buch über die vorbeilaufenden Personen führte.

Mein »Buongiorno« ignorierte sie jedenfalls, denn sie wollte keineswegs den Eindruck erwecken, sie würde sich mit etwas anderem als ihrer Handarbeit beschäftigen.

Unter dem Gewölbe fragte ich mich, wieso meine Arbeiter keinen Platz mehr für den Bauschutt hatten. Hatten sie etwa spontan entschieden, das Haus ganz abzureißen, um gleich etwas Neues zu bauen? Hoffentlich nicht.

Die Baustelle sah, abgesehen vom vollen Container, recht ordentlich aus.

Dort, wo die Arbeiter der Außenwand eine klaffende Wunde zugefügt hatten, war Zement angebracht und glatt gestrichen worden.

Angelo kam mir mit seiner üblichen Marathonläufer-Montur entgegen und lächelte wie immer gut gelaunt. Seltsam, wenn ich gewusst hätte, dass vor mir eine zwölf Kilometer Rennstrecke mit einer zwanzigprozentigen Steigung und einer Menge kratzenden Gestrüpps und piksender Dornen bei dreißig Grad im Schatten lag, wobei es so gut wie keinen Schatten gab, wäre ich alles andere als gut gelaunt gewesen. Aber was soll's, jeder Mensch ist anders.

»Stella! Wie geht's? Alles klar? Kommst du einmal mit in die Berge, bevor du wieder zu den Wikingern aufbrichst?«

»Hm, mal sehen«, sagte ich. Da kannst du lange warten, dachte ich.

»Wie sieht es aus auf der Baustelle? Was meinst du?«, fragte ich ihn dann.

»Alles bestens, Davide hat es im Griff, und die Jungs sind wirklich gut.«

»Sag mal, ist dein Cousin heute hier? Ich habe ihn schon länger nicht mehr gesehen.«

Genau genommen seit zwei Tagen, als ich ihn über Martas Verschwinden informiert hatte und er abrupt Francos Bar verlassen hatte.

In diesem Moment erschien Davide auf meinem Balkon, in der Hand einen Zollstock.

»Hey, Stella, komm herauf, dann zeige ich dir was!«, rief er.

Angelo verabschiedete sich eilig, wahrscheinlich konnte er es nicht erwarten, vier Liter Flüssigkeit und lebenswichtige Mineralien und Spurenelemente zu verlieren. Ich schaute ihm nach und stellte mir vor, dass ich bald mit einem solchen Nachbarn leben musste, wenn auch nur in den Ferien. War ich darauf vorbereitet? Konnte ich trotzdem meinen Aperol-Spritz mit dazugehörigen Chips und Oliven auf dem Balkon genießen, wohl wissend, dass ich schon wieder das Bergrennen mit Angelo geschwänzt hatte? Dann aber hielt ich mein Gesicht in die Sonne und entschied, dass mir keine andere Wahl blieb. Mit genug Aperol-Spritz intus und Sonnenschein ließ sich über einiges hinwegsehen.

Als ich oben angekommen war und die Wohnung betrat, rief Davide seinen Männern, die heute alle brav T-Shirts trugen, laut zu: »Die Auftraggeberin!«

Sie drehten sich um und nickten mir zu. Ich nickte zurück und lächelte, weil es das ist, was mir als kleinem Mädchen immer eingetrichtert wurde.

»Schau, die Fliesen sind angekommen«, sagte er.

»Wie das? Marta ist doch verschwunden! Apropos, wieso bist du neulich aus Francos Bar abgehauen?«

»Ich wollte mit Martas Mann sprechen.«

»Und? Was hat er gesagt? Wobei es sich wahrscheinlich alles erledigt hat, vermute ich.«

»Warum erledigt?«

»Weil ich gestern Marta auf dem Dorffest gesehen habe. Hey, das sind nicht die Fliesen, die ich ausgesucht hatte. Ich wollte rosa Blumen auf beigem Hintergrund, das sind beige Blumen auf rosa Hintergrund.«

Er schaute mich an, als wäre ich verrückt, aber ich ließ mich nicht beirren. Schon in Gedanken an meine Mutter und an alle anderen Frauen auf dieser Welt, die sich von Männern anhören müssen, schwierig zu sein.

»No, Davide, das muss zurück. Wer führt eigentlich die Firma im Moment weiter?«

»Martas Mann. Und Martas Cousine«, erwiderte er.

In dem Moment rief jemand draußen meinen Namen.

»Michelotti, was machst du denn hier?«, fragte ich vom Balkon aus, als wäre ich Julia und er Romeo, und da mir die Vorstellung Unbehagen bereitete, ging ich schnell die Treppe herunter.

Als ich ankam, schaute er mich an und seufzte laut.

»Michele gefällt dir also nicht?«

»Doch, natürlich, aber ehrlich gesagt, habe ich mich schon so an Michelotti gewöhnt, dass wahrscheinlich nichts mehr zu machen ist«, sagte ich wahrheitsgemäß und schaute ihn mit einem Hundeblick an, so richtig von unten nach oben und mit ganz großen Augen.

»Na gut, solange du mich nicht maresciallo nennst.«

»No, no, sicher nicht. Also, was machst du hier? Hat Rosa dich gesehen?«, fragte ich vorsichtig.

»Wer? Ah, die alte Rosa?« Er lachte. »Weißt du, dass die schlimmer als jeder Detektiv ist? Sie verlässt so gut wie nie ihre Wohnung und weiß doch über alles und alle Bescheid.«

»Und das wollen wir nicht, oder?«

»Wie meinst du das?«

»Ach, komm, Michelotti, du willst doch bestimmt auch nicht, dass über uns geredet wird. Denn es könnte Gerüchte geben …«, erwiderte ich mit einem vielsagenden Unterton.

Er wurde rot und schien schuldbewusst.

»Eigentlich, signora Detective, bin ich gekommen, weil ich Neuigkeiten habe«, gab er dann beleidigt von sich.

»Wegen Marta? Du hast ihre Mutter angerufen?«

»Sì.«

»Und sie ist wieder da!«, seufzte ich erleichtert.

Er schüttelte den Kopf. »No, ist sie nicht.«

Ich bekam hektische Flecken und stand kurz vor dem Hyperventilieren.

»Nicht? Und was sind dann die Neuigkeiten? Und wer war das gestern auf dem Fest?«

»Alles mit der Ruhe. Wir statten Martas Mutter einen Besuch ab.«

»Du meinst, eine richtige Befragung?«

»Na ja, genau genommen sind wir Carabinieri in dem Fall gar nicht aktiv, zumindest nicht offiziell. Marta ist seit drei Tagen nicht nach Hause gekommen, na und? Normalerweise fangen wir an, zu ermitteln, wenn wir von einer Gefahr ausgehen oder wenn die betreffende Person krank ist und Medikamente benötigt. Aber in diesem Fall …«

»Wann fahren wir hin?«, fragte ich schnell, bevor er es sich anders überlegen konnte.

»Heute Nachmittag, wenn du magst.«

Martas Elternhaus war eine Villa, die diesen Namen verdiente. Obwohl sie nicht meinen Geschmack traf, wusste ich, dass sie, als sie gebaut wurde, der Inbegriff der Eleganz und Üppigkeit gewesen war. Sie stand am Rande von Pelati ein gutes Stück den Berg hoch. Ich war froh, dass Michelotti fuhr, denn die Straße wurde streckenweise so steil, dass mir schwindelig wurde. Schon als Kind hatte ich am Berg immer Angst gehabt, dass das Auto oder der Bus es irgendwann nicht mehr schaffte und zurückrollen würde. Offensichtlich war ich nicht nur eine Landratte, sondern auch eine Tal-Landratte.

Als Michelotti den Carabinieri-Wagen endlich in die Einfahrt der Villa manövrierte, fiel mir ein Stein vom Herzen.

Das Anwesen überwältigte mich: Das Haus war riesig, und der Garten drum herum hatte schon parkähnliche Ausmaße. Olivenbäume standen in der Nähe des Hauses, Zypressen weiter hinten. Unter einem der hinteren Bäume konnte ich einen von diesen typischen steinernen Tischen plus Hocker ausmachen, die jahrelang in Gärten stehen, nie von jemandem genutzt werden und am Ende von Moos bewachsen sind. Die Zykaden zirpten in der nachmittäglichen Sonne, ansonsten regte sich nichts. Von hier hatte man einen spektakulären Blick auf den See und auf Isolarocca. Eine Treppe, bewacht von zwei riesigen Steinlöwen, führte zur großen Eingangstür, die aus Holz und dunklem Glas bestand. Alles, aber wirklich alles, schien zu schreien: Hier ist massig Geld!

»Michelotti, Martas Mutter weiß schon, dass ich heute mit dabei bin, oder?«

»Sì, sì, sie weiß, wer du bist, und sie hat nichts dagegen.«

»Woher weiß sie ... Egal, ich frage lieber nicht weiter.«

Als wir klingelten und kurz darauf die Tür aufging, erwartete ich fast ein Dienstmädchen mit gestärktem Häubchen und blütenweißer Schürze zu sehen, obwohl ich wusste, wie absurd die Vorstellung in der heutigen Zeit war.

Stattdessen öffnete die Dame des Hauses höchstpersönlich die Tür. Martas Mutter hieß passenderweise Martina und war eine gut aussehende, typisch italienische Frau Ende fünfzig, klein, üppig und dunkelhaarig. Nachdem sie uns ihre schlaffe Hand zum Gruß gereicht hatte, drehte sie sich um und gab uns mit einem gemurmelten »Venite, venite, kommt, kommt« zu verstehen, ihr zu folgen.

Wenn ich geglaubt hatte, dass das Anwesen von außen bereits nach Reichtum aussah, dann nur, weil ich das Interieur noch nicht gesehen hatte. Obwohl ich mich mit Inneneinrichtung nicht auskannte, war es offensichtlich, dass hier nur das Teuerste vom Teuersten zum Einsatz gekommen war. Der Boden glänzte dunkel und war eindeutig aus Marmor, die riesigen Spiegel waren aus Kristall, ebenso wie die schweren Leuchter, die von den hohen Decken herabhingen und so aussahen, als würde sie jeden Tag auf Glanz poliert werden. Große Vasen aus feinstem Porzellan standen im Salon und enthielten frische, kostbar aussehende Blumen.

Es gefiel mir nicht. Es war kein Haus, um darin zu leben, sondern eines, um anzugeben und zur Schau zu stellen. Als wir auf dem Ledersofa Platz nahmen, knarzte es leise und vornehm, selbst Geräusche können von Geld zeugen. Ich fragte mich, ob man hier im Pyjama herumlümmeln konnte, ohne sich dumm vorzukommen.

Martina bot uns etwas zu trinken an, doch wir lehnten ab. Sie schaute aus ihrem Sessel mit leidender Miene wie die Mutter Jesu am Kreuz zu uns hinüber. Ihre manikürten Hände griffen ständig ineinander, die sorgfältig geschminkten Lippen waren fest aufeinandergepresst. Ich ließ meinen Blick schnell über ihre Gesamterscheinung gleiten und musste feststellen, dass auch hier nicht gespart worden war. Nichts war dem Zufall überlassen, die schwarzen Haare sahen aus, als wären sie gerade eben vom Friseur frisiert worden, die Haut war glatt und dezent geschminkt, die Bluse aus Seide, die Perlen glänzten. Dann glitt mein Blick zu einem riesigen Bild an der Wand über ihr: Martas Hochzeitsbild. Zu sehen war das Brautpaar und je beide Elternpaare, sie lächelten in die Kamera. Der goldene Rahmen war protzig, und ich hatte den Verdacht, dass es sich um echten Goldüberzug handelte.

»La mia Marta«, murmelte Martina, die meinen Blick bemerkt hatte. »Gibt es was Neues, Michele?«, fragte sie hoffnungsvoll. Ich stutzte. Ich hatte gar nicht gewusst, dass sie sich so gut kannten.

Michelotti schüttelte bedauernd den Kopf. »Mi dispiace, signora. Tut mir leid.«

»Bitte findet sie! Ich bin ganz verzweifelt! Wie kann ich euch helfen?«

»Signora, ist es schon mal vorgekommen, dass Marta … wie soll ich sagen … eine Pause eingelegt hat? Für ein paar Tage verschwunden ist?«, stellte ich meine allererste Frage als Dorf-Ermittlerin.

»No, no, das würde sie nie tun, sie ist viel zu verantwortungsbewusst, da ist ja noch die Firma«, gab sie zurück.

Ich lächelte und bedachte Michelotti mit einem selbstzufriedenen Seitenblick. Na also, von wegen *freiwilliges Verschwinden*!

Doch halt! Komisch war es schon, dass sie die Firma und nicht den Ehemann erwähnte. Da musste ich bohren. Und sollte ich erwähnen, dass ich gestern eine Frau gesehen hatte, die wie Marta aussah? Immer mit der Ruhe, dachte ich und stellte mir vor, dass ich einfach nur zum Plaudern gekommen war, das würde den Druck nehmen, und ich könnte das Vertrauen von Martas Mutter gewinnen.

»Und die Firma wird gerade von ihrem …«

»Marito, Ehemann, geführt«, vollendete sie den Satz und klang dabei geringschätzig.

Ich schaute zu Michelotti, doch er machte keine Anstalten, mich zu unterstützen. Es war klar, dass er von dieser Befragung nichts hielt und nur mir zuliebe hier war. Er ließ den Blick durch den Raum schweifen, als würde er erwarten, dass

Marta plötzlich hinter einem der schweren Samtvorhänge hervortrat und »Sorpresa!« rief. Ich seufzte. Nun war Verhörtaktik gefragt, wie ich sie aus Dutzenden von Agatha Christies Krimis kannte, also ein Verhör, das den Anschein erweckte, keines zu sein. Es lag in meiner Hand.

»Ach ja, Martas Ehemann. Zum Glück kann er das Geschäft in der Zwischenzeit weiterführen«, sagte ich leichthin.

Ein schnalzendes Geräusch sagte mir, dass ich auf dem richtigen Weg war. Nun hieß es, in die Kerbe schlagen.

»Toll, wenn ein Ehepaar zusammenarbeitet. Und für Sie ist es sicherlich ein Trost, ihn in dieser schweren Zeit zur Seite zu haben.«

Sie schaute zum Himmel und kniff die Lippen zusammen. Nur noch ein kleiner Stoß, und ich hätte sie so weit. Italiener können ihre Gefühle lange nicht so gut kontrollieren wie Deutsche, darauf ist Verlass.

»Und dieses tolle Hochzeitsbild, einfach ein Traum!«, gab ich ihr den Gnadenstoß.

»Pffff! Dieser Nichtsnutz!«

Jetzt musste ich nur zuhören, es würde aus ihr heraussprudeln.

»Sie hätte ganz andere bekommen können, meine Tochter! Aber nein, sie wollte unbedingt den da, ts! Hilft ein bisschen in der Fabrik, und ansonsten spielt er Karten und gibt Geld aus.«

»Er spielt Karten?«, fragte ich.

»Sì, sì, er geht in eine Bar in Ponte Silo, da kann er mit Geld und seinem Auto protzen.«

Mein Herz machte einen Satz, hatte ich ins Schwarze getroffen?

»Dann hat er vielleicht …«, fing ich an, doch dann wurde mir plötzlich bewusst, dass ich meinen Verdacht nicht laut aussprechen durfte, »äh … ein … tolles Auto?«

Michelotti gab ein Geräusch von sich, das sich wie ein unterdrücktes Lachen anhörte.

Leute, wie peinlich! Miss Marple wäre das definitiv nicht passiert.

»Signora Martina, gab es in letzter Zeit im Leben Ihrer Tochter irgendeine Veränderung? Sorgen? Probleme?«, fragte Michelotti, wahrscheinlich nur, um über meinen Fauxpas hinwegzutäuschen.

»No, no, niente. Alles ganz normal.« Sie schüttelte den Kopf.

»Tja, dann tut es mir leid, dass wir Ihre Zeit …«, sagte er und wollte sich schon erheben.

»Aspetta, warte!«, warf ich ein, denn mir war in dem Moment etwas eingefallen. »Sie haben vorhin Martas Cousine erwähnt«, sagte ich.

»No, habe ich nicht«, gab Martina irritiert zurück.

Ich stockte, irgendjemand … ach ja, Davide hatte sie erwähnt.

»Aber es stimmt, dass Martas Cousine in der Firma arbeitet, sì?«, fragte ich geistesgegenwärtig.

Martina versteifte sich sichtlich und nickte kurz. Sie sah aus, als hätte sie in eine Zitrone gebissen.

»Sì, ma …«

»Und wie ist das Verhältnis … zwischen den Cousinen?«, fragte ich und biss mir auf die Lippe. Natürlich hatte ich schon wieder einen Einfall gehabt, doch diesmal hatte ich mich eleganter aus der Affäre gezogen.

»Gut, glaube ich, aber ich verstehe nicht …«

»Signora, wir glauben nicht, dass Marta etwas zugestoßen ist. Wir möchten Sie bitten, sich keine Sorgen zu machen. Wir melden uns bald bei Ihnen«, sagte Michelotti nun und stand kurzentschlossen auf. Dabei hatte er mich am Arm gefasst und mich ebenfalls in die Höhe gezogen. Nun kam ich mir endgültig wie ein Kind vor.

»Bist du bescheuert? Ich war auf einer ganz heißen Fährte!«, gab ich aufgebracht von mir, als wir im Auto saßen. Wieder kam von der Seite das Geräusch eines unterdrückten Lachens. Darf man unverschämten Carabinieri die Mütze vom Kopf schlagen? Vielleicht nicht gerade dann, wenn sie Auto fahren.

»Sì! Martas Cousine und Martas Mann! Ich wette mit dir, dass die beiden ein Verhältnis miteinander haben!«, rief ich der Verzweiflung nahe.

»Wie kommst du darauf?«

»Hast du nicht gesehen, wie Signora Martina reagiert hat, als ich nach Martas Cousine gefragt habe? Und den Schwiegersohn kann sie auch nicht ausstehen. Ich wette mit dir, dass da was läuft.«

»Stella …«, fing er an.

»Sag mal, kennst du sie eigentlich?«

»Wen, Adele? Nicht besonders gut, aber …«, dann hatte er offensichtlich einen Geistesblitz und lächelte. »Ich finde, wir sollten mal hinfahren.«

»Wohin?«

»Zur Ceramica del lago naturalmente.«

Endlich sieht er es ein, dachte ich, ich bin Sherlock Holmes und er Watson.

Das Fabrikgelände lag in der Nachmittagssonne wie verlassen da. Kein Geräusch drang aus dem Betrieb, ein einsames Auto parkte etwas abseits unter dem einzigen Baum weit und breit. Gerümpel und Schutt standen auf dem Gelände. Irgendwas stimmte hier nicht. Ich blickte zu Michelotti, doch der schien frohen Mutes und arglos zu sein.

Wir gingen durch eine offene Tür ins Innere der Fabrik. Auch hier herrschte Stille, weder Maschinen noch Stimmen waren zu hören. Unsere Schritte hallten auf dem Zementboden, irgendwo tropfte ein Wasserhahn. Wieso müssen in verlassenen Hallen immer Wasserhähne tropfen? Und wieso bekommt man davon trotz der Hitze Gänsehaut? Insgeheim war ich froh, dass ich mit Michelotti hier war, seine Uniform und vor allem seine Waffe hatten einen starken Beruhigungseffekt auf mich. Ob er seine Pistole je angewendet hatte? Konnte er sie überhaupt bedienen, oder trug er sie nur zur Show? War das für ihn vielleicht nur ein Accessoire wie sein neuestes I-Phone?

»Kann ich euch helfen?«, kam es plötzlich von der Seite und, obwohl ich mich schäme, es zuzugeben, sprang ich panisch zu Michelotti und krallte mich wie ein Kind an seinem Arm fest. Vor mir stand Marta und lächelte.

CAPITOLO 7

»Du bist Martas Cousine, stimmt's?«, fragte Michelotti, der auch einen Schreck bekommen, sich aber schneller erholt hatte, während mein Herz noch ein paar Runden Galopp lief.

»Die bin ich«, nickte die Frau, die bei näherer Betrachtung tatsächlich nicht genauso wie Marta aussah: Die Haare waren kürzer, die Haut war blasser und die Kleidung auch deutlich weniger raffiniert. Doch ansonsten war die Ähnlichkeit verblüffend. Seltsamerweise trug sie eine getönte Brille, obwohl es in der Fabrik alles andere als hell war.

»Du bist Martas Cousine?«, fragte ich jetzt auch etwas dümmlich, denn ich konnte nicht glauben, dass sich zwei Cousinen so ähnlich sahen.

»Ja, ich bin Adele«, bestätigte sie und hielt mir die Hand hin.

»Ich bin Stella, ich habe bei euch Fliesen bestellt«, murmelte ich. Das Staunen stand mir immer noch ins Gesicht geschrieben. Das merkte ich daran, dass ich den Mund nicht schließen konnte und Michelotti mich spöttisch angrinste. Er hatte es gewusst, der Hund, und hatte mich absichtlich ins Messer laufen lassen.

»Ja, ich weiß, wir ähneln uns sehr«, lachte sie nun und nahm die Brille ab, was mir zeigte, dass sie wie Marta ebenfalls helle Augen hatte. Die Ähnlichkeit war frappierend.

»Hey, un momento, dann warst du es gestern auf dem Dorffest!«, rief ich.

»Ja, ich war gestern kurz da, aber mir war es zu voll, also bin ich bald wieder gegangen. Ich musste heute sowieso früh zur Arbeit, denn ich hatte noch einige Bestellungen zu bearbeiten.

Jetzt, da meine Cousine nicht da ist, muss ich vieles übernehmen.«

Ich fragte mich, ob sie auch den Ehemann ihrer Cousine »übernommen« hatte und schaute mich unwillkürlich um für den Fall, dass er sich in der Nähe aufhielt und sich eilig die Hose zuknöpfte. Doch von ihm fehlte jede Spur.

»Was kann ich für euch tun?«, fragte uns Adele.

»Na ja, wir waren gerade bei deiner Tante, und sie glaubt nicht, dass Marta freiwillig weggegangen ist«, antwortete ich frech.

»No?«, Adele hob die Augenbrauen.

»No!«

»Und was glaubt sie?«, fragte sie und gab sich betont unbekümmert, was mich sofort aufhorchen ließ.

»Ach na ja«, ich machte eine vage Geste mit der Hand, »aber sag mal, wieso ist hier nichts los?«, fragte ich, weil ich für die andere Frage ‚Hast du eigentlich ein Verhältnis mit dem Mann deiner Cousine?' nicht die geringste Berechtigung hatte, selbst ich musste es einsehen.

»Pausa pranzo, Mittagspause«, antworteten Adele und Michelotti im Chor. Da hatten wir es wieder, kaum wohnt man ein paar Jahre in Deutschland, schon vergisst man, dass die meisten Italiener nach wie vor eine verlängerte Mittagspause machen. Doch bevor jetzt der eine oder andere Leser an das Wort »Siesta« denkt, empfehle ich doch einen Blick ins spanische Wörterbuch zu werfen. Dort, und nur dort, wird der liebe Leser fündig werden. In Italien heißt die Mittagspause pausa pranzo, also wörtlich übersetzt: Mittagspause.

»Wo ich schon hier bin: Die Fliesen, die ihr mir geliefert habt, hatten leider die falsche Farbe!«, versetzte ich trotzig.

»Okay …«, gab Adele langsam von sich und schaute mich an, als hätte sie eine Verrückte vor sich. »Lass mich mal schauen«, sagte sie, ließ sich meine Daten geben und setzte sich an einen Computer. Vorher setzte sie jedoch wieder ihre Brille auf.

»Ach ja, hier. Du hast recht, wir haben dir die 120 c anstatt die 120 d geliefert. Rosa auf Beige anstatt Beige auf Rosa! Kein Problem, ich lasse die falschen wieder abholen und die richtigen bringen.«

»Wieso hast du mir nicht gesagt, dass es Adele und nicht Marta war, die ich auf dem Fest gesehen habe?«, warf ich Michelotti im Auto vor.

»Erstens: Ich konnte ja nicht wissen, wen du gesehen hattest. Zweitens: Ich habe gar nicht an Adele gedacht, denn so gut kenne ich sie nicht, und für uns im Dorf sehen sie sich auch nicht so ähnlich«, gab er beleidigt zurück.

Ich schmollte auf meinem Sitz und versuchte mich auf die Straße zu konzentrieren, die steil und kurvenreich war. Vielleicht hatte er recht. Schließlich behaupten wir Europäer auch, dass alle Asiaten gleich aussehen, während sie sich untereinander ausgezeichnet unterscheiden können. Galt das für Dorfbewohner auch?

»Aber du musst zugeben, dass da etwas nicht stimmt!«, begehrte ich auf.

»Weil Mittagspause war?«, grinste er mich von der Seite an.

Ich warf ihm einen vernichtenden Blick zu.

»Setz mich einfach vorne am See ab, ich laufe das letzte Stück. Ich muss meine Gedanken ein wenig ordnen«, befahl ich.

Eine Stunde später kam ich komplett verschwitzt und mit Verdacht auf Sonnenstich bei Signora Inzini an. Meine Gedanken hatte ich aufgrund der ungeheuren Hitze nicht ordnen können, aber zumindest hatte ich mich nun endgültig von der Vorstellung verabschiedet, irgendwann mit meinem Nachbarn Angelo den Berg hochzurennen. Das würde ich mir niemals antun.

»Stella, wie siehst du denn aus?«, kam mir die Signora besorgt entgegen.

»Puh, haben Sie vielleicht etwas zu trinken? So zwei, drei Liter eiskaltes Wasser?«, fragte ich mit einem Hauch Stimme.

»Setz dich in den Stuhl unter dem Olivenbaum, hier weht eine kleine Brise, und jetzt ist die Sonne auch nicht mehr so stark. Ich bringe dir etwas zu trinken.« Und schon verschwand sie ins Haus, während ich mich, eine Sekunde, bevor ich ohnmächtig werden konnte, niederließ. Meine Mutter hatte mich immer davor gewarnt, in der Mittagshitze herumzulaufen, und solange ich in Italien gelebt hatte, hatte ich mich auch daran gehalten. Was war mit mir los? Hatte Deutschland auf mich abgefärbt? Hatte ich den Respekt vor der Sonne gänzlich verloren, jetzt da wir nur noch entfernte Bekannte waren, die sich selten trafen?

Bevor ich mich meinen düsteren Entwurzelungsgedanken hingeben konnte, erschien die Signora mit einer Flasche Mineralwasser, die aussah, als käme sie direkt aus dem Kühlschrank. Oh Gott, wie ich die feinen Wassertropfen auf dem beschlagenen Glas liebte! Ich riss ihr die Flasche aus der Hand und ließ die eisige Flüssigkeit in meine Kehle rinnen.

Als die Flasche leer war und das Zittern meiner Hände langsam nachließ, entspannte ich mich ein wenig. Die Signora saß indessen auf ihrem üblichen Stuhl und rupfte mal wieder an etwas herum, genau konnte ich es aus meiner fast liegenden Position nicht sehen. Dafür hatte ich einen wundervollen

Blick auf den See und auf Isolarocca. Die Sonne gab langsam ihre Zenit-Position auf und ließ die Wasseroberfläche glitzern. Der Berg thronte majestätisch über dem See, Fischerboote fuhren am Haus vorbei. Ja, hier war die Welt noch in Ordnung. Abgesehen von der Sache mit Marta natürlich. Wo war sie nur?

»Geht es dir jetzt besser?«, lächelte die Signora.

»Ja, Sie waren meine Rettung! Sagen Sie mal, ich war heute in der Keramikfabrik, und da habe ich Martas Cousine kennengelernt«.

Ich ließ absichtlich den Besuch bei Martas Mutter aus, denn ich hätte ihn schwer erklären können, ohne meine detektivischen Ambitionen preiszugeben.

»Ah sì, Adele«, nickte sie.

»Die Cousinen sehen fast aus wie Zwillinge, finden Sie nicht?«, fragte ich hoffnungsvoll.

Signora Inzini ließ kurz von ihrer Arbeit und wiegte den Kopf hin und her.

»Glauben Sie nicht?«, fragte ich wieder verunsichert und dachte an Michelottis Theorie.

»Na ja, schon sehr ähnlich, was auch nicht weiter verwunderlich ist. Die Mütter sind schließlich eineiige Zwillinge«, gab sie von sich, und fast wäre ich aus meinem Stuhl gefallen.

»Martas und Adeles Mütter sind Zwillinge?« rief ich lauter als beabsichtigt, sodass eine vorbeifliegende Seemöwe zusammenzuckte und mich vorwurfsvoll ansah.

»Sì, eineiig, sie ähneln sich aufs Haar!«

Ich ließ diesen Gedanken wirken, doch das brachte mich in meinen Ermittlungen kein Stück weiter. Meine Theorie kreiste momentan um Martas Cousine und Martas Ehemann. Hatten die beiden etwas miteinander? Würde ein Mann seine Frau mit einer Frau betrügen, die praktisch mit ihr identisch war? Mein Kopf schmerzte, irgendetwas entging mir, aber was? War es überhaupt wichtig? In solchen Momenten half immer Ablenkung.

»Was machen Sie da eigentlich?«, fragte ich also sprunghaft.

»Ich helfe meiner Cousine mit den Blumen für das Blumenfest auf Isolarocca«, lächelte die Signora und hob eine wundervolle Kreation aus Papier hoch, die täuschend echt wirkte.

»Oh, zeigen Sie mal, wie Sie das machen!«, rief ich aufgeregt und machte den Versuch, aufzustehen.

»Bleib du schön liegen, du musst dich erst mal erholen. Das Geheimnis der Blumenkunst darf ich sowieso niemandem verraten, das wird sonst mit dem Tod bestraft«, sagte sie und zwinkerte mir zu. Es folgte eine Einladung: »Magst du morgen mit mir auf den Flohmarkt in Ponte Silo fahren? Vielleicht siehst du etwas Schönes für dein neues Zuhause«, schlug sie vor.

Ich seufzte. »Mein neues Zuhause muss erst mal fertig werden, und noch sieht es kein bisschen anders aus als eine Baustelle«, beschwerte ich mich und griff mir theatralisch an den Kopf.

»Ein bisschen Ablenkung tut dir gut. Übrigens, vorhin lief Irene hier vorbei. Sie hatte ein totes Kaninchen im Arm, das sie so trug, als wäre es ein Baby.«

Ich musste schlucken, wie makaber war das? Dann lieber ein niedliches rosafarbenes Ferkel.

»Jedenfalls blieb sie draußen stehen und spähte hinein in den Garten, als würde sie jemanden suchen.«

»Vielleicht wollte sie ein bisschen mit Ihnen plaudern?«, fragte ich.

»No, no, das wollte sie sicher nicht. Ich habe ihr angeboten, hereinzukommen, aber sie ist schnell weitergegangen. Ich vermute, sie wollte zu Gigi Legno.«

»Gigi Legno?«, fragte ich verwundert, denn legno, also Holz, klang als Nachname abenteuerlich.

»Er heißt nicht wirklich so. Wir hier in Pelati haben eigentlich vergessen, wie er richtig heißt. Solange ich ihn kenne, heißt er Gigi Legno. Den kennst du bestimmt, es ist dieser uralte Mann, der immer vor seinem Tor auf einem Schemel sitzt und Holzkisten auseinandernimmt.«

Stimmt, den alten Mann hatte ich oft gesehen. Vor seinem Eingangstor in einem Seitengässchen von Pelatis Hauptstraße stapelten sich die Holzkisten. Tagein, tagaus saß er davor und zerkleinerte sie mit einer alten Zange und einem verrosteten Hammer.

Ich nickte. »Was macht er eigentlich damit?«

»Er schafft sich einen Vorrat an Brennholz für den Winter. So muss er keines kaufen, und er ist den ganzen Tag sinnvoll beschäftigt. Der Obsthändler Paolo bringt ihm täglich seine Kisten vorbei. Auf diese Weise ist er sie auch los, und alle freuen sich.«

Ich staunte einen Moment über die Kreativität und Nachhaltigkeit dieses Arrangements.

»Und was hat Irene mit Gigi Legno zu schaffen?«

»Ach, die sind schon lange befreundet. Sie kocht ihm manchmal etwas, dafür repariert er ihr was am Häuschen, wenn was kaputtgeht.«

»Und das tote Kaninchen?«

Die Signora zuckte mit den Schultern. Man muss nicht alles verstehen.

Irene war schon sehr seltsam. Was sollte neulich ihr Ausspruch »zu groß, zu groß« vor der Madonna-Statue bedeuten? Vielleicht war Irene mit ihren Ferkeln und toten Kaninchen wichtig für den Fall? Wie oft erlebte man in Krimis, dass die unwichtigsten Details sich irgendwann als zentral herausstellten? Der Autor lenkt dich auf eine falsche Fährte, und am Ende ist der Täter keiner der Hauptverdächtigen, und alles ist ganz anders als gedacht, nur weil der Ermittler aufmerksam genug war, jedes kleinste Detail zu berücksichtigen. Wenn der Autor richtig gut ist, bist du baff, wenn du das Buch zuklappst. Wie die das immer schafften, diese Hunde!

Ja, ich musste Irene unbedingt im Auge behalten, vielleicht war sie mein fehlendes Puzzleteilchen.

In dem Moment fing die Glocke an zu läuten, die Sechs-Uhr-Messe begann. Klang das etwa wie »Stairway to Heaven«?

»Ich muss zur Messe. Ich kann dich doch hier alleine lassen?«

»Ma certo«, antwortete ich und machte es mir auf dem Liegestuhl noch bequemer.

Sekunden später war ich eingeschlafen. Ich träumte von toten Kaninchen, die über mir hinwegflogen und mir zuzwinkerten, von Blumen, die Gigi Legno aus Holz schnitzte, von gnadenlos heißen Wüsten ohne einen Tropfen Wasser weit und breit und von rosaroten Ferkelchen mit Sonnenbrillen. Und da schreckte ich aus dem Schlaf hoch! Die Brille! Das war es, was mich stutzig gemacht hatte!

Am nächsten Morgen weckte mich Signora Inzini in aller Frühe.

»Stella, los, wir müssen uns beeilen, wenn wir in Ponte Silo noch einen Parkplatz ergattern wollen«, rief sie von der anderen Seite meiner Schlafzimmertür. Köstlicher Kaffeeduft drang durch den Spalt zu mir hinein und kitzelte mich in der Nase.

So ließ ich mich gerne wecken. Aber was würde Franco davon halten, dass ich nicht bei ihm frühstückte? Ob er die einfache Brioche loswerden würde? Ich verspürte den Anflug eines schlechten Gewissens und überlegte einen Augenblick lang, Franco in der Bar anzurufen und ihm Bescheid zu sagen. Doch dann musste ich grinsen. Hätte ich in der Bar in München angerufen, wo ich üblicherweise meinen Cappuccino zu trinken pflegte, hätte man einfach aufgelegt. Ob ich dort aufgetaucht wäre oder nicht, das hätten sie nicht mal gemerkt! Hier in Pelati hingegen wurde für mich extra eine Brioche zur Seite gelegt. War das nicht toll? Abgesehen davon, dass man ein schlechtes Gewissen bekam, wenn man mal woanders seinen Kaffee trinken wollte, aber man kann eben nicht alles haben. Und für Cappuccino und Brioche musste ich nur zwei Euro fünfzig bezahlen, über Trinkgeld hätte Franco schallend gelacht.

»Don Vincenzo hat gestern eine tolle Predigt gehalten«, schwärmte die Signora im Auto. Sie fuhr wie viele ältere Personen übervorsichtig und viel zu langsam. Manchmal, wenn sie ins Erzählen vertieft war, neigte sie dazu, den Fuß ganz vom Gas zu nehmen und noch langsamer zu werden, bis irgendjemand von hinten hupte und sie wieder Gas gab. Wenn sie dabei gestikulierte, was sie als Italienerin oft tat, lenkte sie den Wagen unbewusst nach links oder rechts, bis sie es irgendwann merkte und die Richtung korrigierte.

»Sì?«, gab ich nervös zurück, denn mich stresste ihr Fahrstil enorm.

»Sì, sì, immagina, so nett, er hat von Vergebung gesprochen und …«

»Signora, der Graben!«

»Certo, scusa.«

»Jedenfalls fand ich es recht erbauend, und am Ende hat er uns allen wie immer die Hand gegeben und uns einen schönen Tag gewünscht.«

»Grün, Signora!«

»Sì, sì, certo.«

»Wie viele waren Sie in der Messe gestern Abend?«, fragte ich, weil ich nicht unhöflich sein wollte.

»Mah, so sechs oder sieben.«

Ich dachte nach, ob sich die Messe bei der geringen Besucherzahl noch lohnte, doch dann musste ich wieder auf die Straße achten, wenn ich die Autofahrt überleben wollte.

Als wir endlich in Ponte Silo waren, kam es mir vor, als wären wir zwei Stunden unterwegs gewesen. Dabei konnten es höchstens fünfzehn Minuten gewesen sein, aber das Zeitempfinden ist bekanntlich situationsabhängig.

Der Flohmarkt war riesig, der größte am See. Leute kamen von überallher, auch aus den umliegenden Städten. Touristen schlenderten an den Ständen vorbei und suchten nach Mitbringseln. Ich selbst war nie eine Anhängerin von ramponierten, verschrammten Möbelstücken gewesen, die nur als wertvoll gehandelt wurden, weil sie alt waren. Trotzdem freute ich mich, hier zu sein, und ein bisschen erinnerten mich die ausgestellten Stücke an die vielen Sommer, die ich bei meinen Großeltern verbracht hatte. Dort hätte man auch einen Flohmarkt veranstalten können, allein mit dem, was auf dem Dachboden herumlag. Nur, dass man damals nicht wusste, dass das Zeug kein Gerümpel, sondern wertvoll war.

Die Signora hielt hier und da an irgendwelchen Ständen und schaute sich Kristallvasen an, ich schlenderte herum und versuchte mich möglichst im Schatten der Sonnenschirme aufzuhalten. Ich sah ein uraltes, riesiges Radio mit Drehknöpfen wie bei meinen Großeltern, einen weißen Kachelofen, wie meine Oma ihn noch zum Kochen benutzte, und eine Singer-Nähmaschine mit Metallgerüst.

Und dann sah ich ein kleines Tischchen, wie ich es schon lange nicht mehr gesehen hatte. Der Tisch war niedrig, aus dunklem Holz und hatte eine Schublade mit integriertem Schallplattenspieler. Vor einem solchen Tischchen hatte ich stundenlang als Kleinkind auf der Veranda meiner Großeltern gesessen und mir Schallplatten mit Märchen oder Kinderliedern angehört. Daneben saß meine Oma und bereitete das Abendessen vor, während mein Opa im Gemüsegarten Schnecken sammelte. Diesen Tisch musste ich haben! Zwar sah er recht mitgenommen aus, aber das zeugte doch erst recht von seiner Authentizität. Vielleicht war es sogar der Tisch von damals, den mein Opa irgendwann nach damalig italienischer Art in den ausgetrockneten Bach geworfen und sich eine geschäftstüchtige Person kurzerhand angeeignet hatte. Wer konnte das schon sagen?

»Quanto costa?«, fragte ich den älteren Herrn hinter dem Stand.

»Cento, hundert!«, kam es wie aus der Pistole.

Klarer Fall, hier in Ponte Silo hatte es sich offensichtlich herumgesprochen, dass ich in Deutschland lebte und gut verdiente. Es hätte mich nicht gewundert, wenn der Standbesitzer ein Verwandter von Cesare war, oder sogar Cesares Cousin, dem ich den Bau-Auftrag nicht gegeben hatte, weshalb er sich nun als Flohmarkt-Standbesitzer verdingen musste und mich aus Rache wie eine Gans ausnehmen wollte.

»Ciao Piero, come stai?« Plötzlich stand Signora Inzini neben mir und tauschte mit dem Herrn zwei Wangenküsschen.

»Wann gehen wir wieder tanzen, Edvige?«, fragte Piero und wurde ganz rot. Sieh mal an, die Signora hat einen Verehrer, mit dem sie tanzen geht. So hätte ich sie gar nicht eingeschätzt, da sie immer fleißig die Messe besuchte und ansonsten nur braven Hausfrauen-Aktivitäten nachging.

»Wir gehen bald wieder, ich habe nur im Moment so viel zu tun, mit dem Haus und mit dem Blumenfest, du weißt schon … Übrigens, das ist meine liebe Stella, sie wohnt zurzeit bei mir!«

Il Signor Piero lüftete seine Mütze zum Gruß, es war klar,

dass er sich nun bei mir einschmeicheln wollte, damit er bald wieder mit seiner Edvige das Tanzbein schwingen konnte. Das konnte und würde ich gnadenlos ausnutzen.

»Signora, schauen Sie sich mal diesen Tisch mit Schallplattenspieler an, so einen hatte ich als Kind auch!«

»Bellissimo, man müsste ihn zwar ein bisschen auf Vordermann bringen, aber er macht sich bestimmt wunderbar auf deiner schönen Terrasse! Was willst du dafür haben, Piero?«, fragte sie mit einem entzückenden Lächeln.

Nun wurde Piero knallrot und fing an zu schwitzen. »Beh, allora …«

»Er will hundert dafür haben!«, petzte ich.

Die Signora schaute ihn strafend an, so wie eine Lehrerin, die von ihrem Lieblingsschüler sehr, sehr enttäuscht ist.

»Aber das war, bevor ich wusste, dass sie deine Freundin ist!«, verteidigte er sich und wand sich wie ein kleiner Junge vor Verlegenheit.

»Piero, mir fällt noch ein, dass ich dir neulich ein altes Holzrad überlassen habe, das ich bei mir auf dem Dachboden gefunden habe. Noch von den Großeltern des armen Mario, bestimmt aus einem ihrer Heukarren und sicherlich über hundert Jahre alt. Konntest du das gut verkaufen?«, fragte sie jetzt scheinheilig und ließ den Blick wie zufällig über seine ausgestellte Ware gleiten, wo ein Holzrad definitiv nicht zu finden war.

»Signora, Sie sind eine Wucht!«, lobte ich eine halbe Stunde später, während wir den alten Tisch auf die Rückbank ihres Wagens bugsierten.

Die Signora beschränkte sich darauf, bescheiden zu lächeln und ihre zwei Kristallvasen, die wir kostenlos zu dem kostenlosen Tisch von Piero bekommen hatten, vorsichtig zu verstauen.

»Darf ich Sie zu einem Cappuccino einladen?«, fragte ich.

»Certo, da vorne ist eine nette Bar.«

Jetzt, wo wir in Ponte Silo waren, konnte ich guten Gewissens in ein anderes Café gehen, schließlich waren wir außerhalb von Francos Revier. Denn in Pelati, wie in vielen italienischen Dörfern, verteilt sich die Bevölkerung auf die existierenden Cafés und bleibt ihnen treu. Bist du einmal Franco-Stammgast, bleibst du es wahrscheinlich ein Leben lang. Dort ist dein zweites Zuhause, man kennt dich, du kennst die anderen, und der Wirt rechnet ganz fest mit deinem täglichen Erscheinen.

Durch meine lange Abwesenheit war mir dieses mehr oder weniger ungeschriebene Gesetz nicht mehr präsent gewesen. Und so hatte ich es eines Tages gewagt, meinen morgendlichen Cappuccino in Sonias Bar direkt am See einzunehmen. Ganz abgesehen davon, dass Sonias Bar mit ihrer Terrasse am Seeufer eine triviale touristische Angelegenheit und somit nichts für echte Pelati-Bürger ist, beging ich auch noch den Fehler, mich dort zu platzieren, wo ich von vorbeiflanierenden Personen gesehen werden konnte. Um es kurz zu machen: Ich brauchte eine geschlagene Woche, um meinen Fehler gut- und mich bei Franco wieder beliebt zu machen. Über die Traurigkeit eines Cappuccino ohne jenes lächelnde Gesicht möchte ich ganz schweigen. Seitdem wurde ich mit meinen Bar-Besuchen viel vorsichtiger und legte Wert auf Diskretion, wenn schon nicht auf Treue.

Hier in Ponte Silo war ich nun frei, dorthin zu gehen, wo ich wollte. Jeder Italiener versteht, dass man ohne caffè nach einem Marktbesuch nicht auskommt.

Wir betraten die erste Bar am Platz, die erwartungsgemäß keine Augenweide darstellte: einfache Resopal-Tische, ebenso einfache Holz-Stühle, eine Theke aus den Achtzigerjahren und ein Steinfußboden mit hellen und dunklen geometrischen Formen.

Wir setzten uns vorne an den Eingang, weiter hinten saßen ein paar Männer, spielten Karten und tranken ihren Aperitif. Ich dachte an die älteren Herren bei Franco und fragte mich unwillkürlich mit einem Blick auf die Uhr, ob sie auch schon an der Theke standen und sich über Fußball oder die Müllabfuhr unterhielten.

»Ah, da ist Alberto!«, sagte die Signora leise und schlürfte ihren Cappuccino, der zwar gut, aber nicht ganz so köstlich wie bei Franco war.

»Wer? Wo?«, erwiderte ich und machte einen langen Hals.

Die Signora rief mich mit einer Handbewegung wieder zur Ordnung. In Italien darf man zwar schauen und kommentieren, und vielleicht auch lästern, aber man darf sich keineswegs dabei erwischen lassen.

»Martas Mann, da vorne, mit dem weißen Hemd«, sprach sie nun fast, ohne die Lippen zu bewegen.

In dem Moment stand besagter Mann auf, trank im Stehen den letzten Schluck aus seinem Glas, und mit einem »Ciao« verließ er den Laden. Also, wie ein besorgter Ehemann sah er meiner Meinung nach nicht aus. Einem Impuls nachgebend stand ich ebenfalls auf und folgte ihm unauffällig nach draußen, wo ich vorgab, einem angeleinten Hund den Kopf zu kraulen. Langsam wurde ich zum Profi in Sachen Ermittlungsarbeit, wenn mich nicht der fragende Blick der Signora durch die Glasscheibe derart irritiert hätte, dass ich fast vergessen hätte, mein Objekt zu beobachten, anstatt nur den Hund zu kraulen.

Martas Mann, der nebenbei gesagt ein gut aussehender Kerl war und dem Carabiniere ohne Weiteres das Wasser reichen konnte, stieg in ein weißes Cabrio ein, schnallte sich nicht an und gab Gas.

Was mir diese Beobachtung nun an Informationen geliefert hatte, und ob die wichtig waren, konnte ich noch nicht sagen. Natürlich hätte Sherlock Holmes anhand des Zustands seines linken Hemdärmels geschlussfolgert, dass der Mann auf jeden Fall seine Frau ermordet hatte, wusste doch jeder, dass die feinen Falten nur bedeuten konnten, dass er vor Kurzem eine tote Frau von circa sechzig Kilo geschleppt hatte, vorausgesetzt, er wäre Rechtshänder, was aber leicht an der Art festzustellen war, wie er seine Autotür geöffnet hatte. Leider ging mir die deduktive Methode des englischen Schnüfflers völlig ab, auch wenn ich großen Respekt davor hatte, und so galt es, zu beobachten, was das Zeug hielt, die Puzzleteile würden sich schon noch zusammenfügen, glaubte ich zumindest.

Ich betrat also wieder die Bar und setzte mich an den Tisch, den fragenden Blick der Signora Inzini versuchte ich, so gut es ging, zu ignorieren.

»Ich mag Hunde sehr gerne«, gab ich wenig überzeugend von mir, woraufhin die Signora nur milde lächelte und nickte. Klarer Fall, wenn man jemanden wie Irene gewohnt war, dann war das hier alles nicht der Rede wert.

CAPITOLO 8

»Davide!«, rief ich zum Balkon hoch, wo die Türen offen standen. Mein komisches Häuschen hatte die Eigenschaft, mehrere Türen zu haben, die alle zum Balkon hin aufgingen, jedes Zimmer eine, und jetzt standen sie alle sperrangelweit offen.

Nach kurzer Zeit tauchte vor einem der Fenster, die natürlich ebenfalls alle offen waren, ein Kopf auf. Es war Davide, wenn auch unter dem weißen Staub, der ihn bedeckte, etwas schwer zu erkennen.

»Stella, komm hoch, ich zeige dir was!«

Wollte ich das sehen? Was, wenn sie wieder mal einer spontanen Eingebung folgend eine Wand niedergerissen hatten? Oder ein Stück von Angelos Haus dazugekauft, weil sie so meines vergrößern konnten? Davide würde einfach behaupten, dass Angelo das Stück Haus gar nicht brauchte, weil er sowieso die meiste Zeit auf dem Berg war und sich verausgabte. Für das dazugewonnene Areal hätte er seinem Cousin wiederum die Nutzung meiner Terrasse zu Fitnesszwecken zugesprochen. Alles Dinge, die in Italien durchaus möglich waren und denen ich als entwurzelte Ausgewanderte nicht mehr ganz gewachsen war.

»No, Davide, komm du runter, ich muss zur Abwechslung dir mal was zeigen!«

»Schau, ich habe diesen Tisch gekauft!«, sagte ich zwei Minuten später einem verschwitzten und eingestaubten Davide.

Er betrachtete das Möbelstück mit einem professionellen Blick und gab ihm hier und da ein paar sanfte Tritte, wie Männer das oft und unerklärlicherweise mit Autos tun.

»Und, glaubst du, er fährt gut?«, gab ich geistreich von mir, doch ich erntete nur einen verständnislosen Blick.

Er wiegte den Kopf hin und her und nickte dann gnädig.

»Du kannst dich von Ferramenta beraten lassen.«

»Il Ferramenta?«

»Sì, das Geschäft an der Hauptstraße, dann brauchst du nicht extra zum Baumarkt fahren.«

»Meinst du den Laden, wo Leiter, Gasflaschen, Wäscheständer und Sonstiges herumstehen?«

»Sì, il Ferramenta! Da gehst du hin, sag ihm, dass ich dich geschickt habe, und er erklärt dir, wie du das Teil renovieren kannst. Wo willst du es dann hinstellen?«

»Ich weiß es noch nicht, vielleicht auf die Terrasse?«

Davide schaute sich die Kabel an.

»Ich glaube, er funktioniert noch. Du kannst ihn noch verwenden, Schallplatten sind bald wieder in, glaub mir.«

»Va bene, aber wie soll ich ihn transportieren? Signora Inzini hat mich vorhin mit dem Auto hergebracht.«

»Hier, nimm die Schubkarre, warte, ich hebe ihn dir hoch!«, sagte er und hievte den Tisch in die Karre. Offensichtlich hatte er sich schon an mich als unabhängige und emanzipierte Frau aus Deutschland gewöhnt.

Ein bisschen doof kam ich mir schon vor, als ich mit der Schubkarre durch das Dorf lief. Von den Männern erntete ich viele Pfiffe, von den Frauen befremdliche Blicke. Irgendwann kam mir der Carabiniere mit seinem Auto entgegen und hupte mich an.

»Hey, hast du jetzt deinen Zweitberuf als Detektivin aufgegeben und bist unter die Bauarbeiter gegangen?«, gab er von sich und kam sich witzig vor, als er langsam an mir vorbeifuhr. Ich grinste ihn schief an und konnte noch nicht mal eine entsprechende Geste als Antwort formen, da man bei Schubkarren leider beide Hände benötigt.

»Sehen wir uns gleich bei Franco? Ich muss dir etwas erzählen, vorausgesetzt, du bist weiterhin als Ermittlerin im Einsatz«, fügte er hinzu und gab dann extra Gas, um zu zeigen, was für ein toller Typ er doch war.

Il Ferramenta starrte mich sekundenlang mit offenem Mund an, bevor er sich anschickte, mein Anliegen zu würdigen.

»Allora, wie gesagt, ich möchte diesen Tisch renovieren und … na ja …«, stammelte ich, durch seinen Blick ziemlich verunsichert.

»Du bist doch die, die das Haus in der Via Perini gekauft hat?«

»Sì«, antwortete ich langsam und hatte Angst, dass nun doch die Keule kommen würde. Zum Beispiel, dass alle im Dorf wussten, dass eine Bombe aus dem Zweiten Weltkrieg im Boden unter dem Haus vergraben lag, die jederzeit hochgehen könnte.

»Schönes Häuschen, hat lange Zeit der Mutter des Pfarrers gehört«, sagte er nun.

Das war mir neu.

»Don Vincenzo?«, fragte ich, nur um sicherzugehen.

»Sì, sì, doch sie ist gestorben, die Luigina, sie war schon sehr alt. Und du weißt, die Wirtschaftslage hier in Italien, jedenfalls stand das Häuschen einige Jahre leer.«

»Ja, also, mit dem Tisch …«

»Sì, sì, die Luigina war ja ’ne ganz Nette, sie hatte immer Kuchen und selbst gemachten Likör zu Hause«, erzählte er mit wehmütigem Blick weiter und wischte sich die Hände an seinem grauen Ferramenta-Kittel ab.

»Aber ihr Sohn war vielleicht eifersüchtig. Immer wenn er zu Besuch kam, musste ich verschwinden, einmal war es so knapp, dass ich nur noch auf den Dachboden klettern konnte, danach war ich voller Spinnweben, aber eine Flasche Likör konnte ich noch stibitzen«, lachte er.

Ich nickte, was sollte ich sonst machen? Dieser Ferramenta-Mann war das genaue Gegenteil des blondierten, wortkargen und unverschämten Baumarkt-Verkäufers. Dann lieber so.

»Hier im Dorf kennen wir uns alle, musst du wissen«, gab er plötzlich von sich.

»Ist mir auch schon aufgefallen«, erwiderte ich trocken.

»Und du wohnst in Deutschland, richtig?«

Davon hatte ich kein Wort gesagt, aber das erübrigte sich in Pelati. Also nickte ich wieder.

»Schönes Land, Deutschland ... Und die Wirtschaft erst, da kennt eure Angela nichts, das ist eine Frau, wie?«, sagte er und nickte mit träumerischem Blick. Dieser Mann hatte eindeutig ein Faible für ältere, willensstarke Damen. Was er offensichtlich auch hatte, war Zeit.

»Also, du willst diesen Tisch renovieren?«, überraschte er mich dann doch mit einer Kehrtwende.

Ich ließ ein Stoßgebet zum Himmel los, endlich waren wir beim Thema angekommen.

»Sì, esatto, und da wollte ich fragen, was ich dafür brauche.«

Wenn er jetzt sagen würde ‚Einen Mann', würde ich gehen.

»Allora, zuerst musst du ihn abschleifen.«

»Aha, abschleifen. Und womit?«

»Ganz normales Schleifpapier. Aber du musst aufpassen, dass du ihn gleichmäßig abschleifst, sonst gibt es nachher Flecken«, sagte er bedächtig.

»Okay, dann brauche ich Schleifpapier«, versuchte ich möglichst schnell zum Punkt zu kommen.

»Mhhh, schöner Tisch eigentlich, wo hast du ihn her?«

»Ich habe ihn auf dem Flohmarkt in Ponte Silo gekauft. Also, wir waren beim Schleifpapier.«

Langsam wurde ich nervös. Der Mann hätte in Deutschland mit seiner Art keine fünf Minuten überlebt. In dem Moment kam ein Handwerker in schmutzigen Klamotten zur Tür rein.

»Was brauchst du?«, fragte ihn der Ferramenta-Mann. Offensichtlich hatte ein Pelati-Handwerker mit schmutzigen

Klamotten Vorrang vor einer zugezogenen Frau mit Schubkarre.

»Hast du ein Metermaß, das du mir leihen kannst?«, fragte der Handwerker.

»Warte, ich schaue mal hinten!«, sagte er und verließ gemächlich den Tresen, um sich zu dem Wirrwarr an Regalen zu begeben.

Ich rollte unbewusst mit den Augen, auch wenn ich es, objektiv betrachtet, gar nicht eilig hatte, aber das hatte ich in Deutschland gelernt: Zeitverzögerungen hatten mit einem Augenrollen quittiert zu werden, ob man es eilig hatte oder nicht, egal.

Fünf Minuten später kam der Verkäufer mit einem Metermaß angeschlendert, das er dem Handwerker gab, natürlich nicht ohne sich über das Voranschreiten der Arbeiten auf der Baustelle, wahrscheinlich Francos, zu erkundigen. Vielleicht wäre der Baumarkt-Verkäufer doch die bessere Wahl gewesen, dachte ich bei mir. Da war ich nach fünf Minuten wieder draußen gewesen.

»So, wo waren wir stehen geblieben?«, fragte er dann.

»Beim Schleifpapier!«, stieß ich eine Spur zu heftig hervor.

»Ah sì, Schleifpapier. Dann musst du entscheiden, in welcher Farbe du ihn lackieren willst.«

»Ich dachte einfach braun?«

»Brauntöne gibt es viele, warte, ich hole den Fächer …«

»Gib mir einfach einen schönen Braunton!«, rief ich der Verzweiflung nahe.

»So einfach ist das nicht. Neulich habe ich meine Blumenkästen angemalt und dachte …«

Eine geschlagene Stunde später schob ich die Karre samt Tisch und Renovier-Utensilien Richtung Francos Bar. Ich ließ das Ganze einfach vor der Tür stehen und betrat das Lokal in der Hoffnung, Michelotti noch anzutreffen.

Zum Glück saß er noch mit der Gazzetta dello Sport, der Sportzeitung, da und unterhielt sich mit Paolo, dem Gemüsehändler, über die Fußballergebnisse.

»Michelotti!«, zischte ich im Vorbeigehen und zeigte mit einer Kopfbewegung Richtung Theke, wo ich stehen blieb.

»Stella, dass ich dich noch sehe! Ich dachte, du bist womöglich schon zurück nach Deutschland?«, gab Franco mit beleidigter Miene von sich und gab sich die allergrößte Mühe, unbeschwert zu wirken, was gründlich misslang.

»Ich war beim Flohmarkt in Ponte Silo!«, begehrte ich auf.

»Zum Glück habe ich dir auch heute deine einfache Brioche zurückgehalten.«

»Ja, gib her, und auch den Cappuccino und du weißt schon, das ganze Programm.«

»Na, kleine Detektivin mit nebenberuflicher Baustellen-Tätigkeit?«, flötete nun Michelotti, der sich zu uns gesellte und bei Franco um ein Rubbellos bat.

Während er eine Niete frei rubbelte, schaute ich mich um.

»War Irene heute hier, Franco?«

»No, no, sie ist nicht reingekommen.«

»Aber sie ist vorbeigelaufen?«

»Das schon.«

»Mit welchem Tier?«, fragte ich.

»Paolo, welches Tier hatte Irene heute dabei?«, fragte er.

»Hab ich nicht drauf geachtet!«

»Ein kleines Entenküken!«, rief eine der älteren Damen.

Entenküken, soso. Wenn die sich nicht verdächtig verhielt, dann wusste ich auch nicht. Ich musste unbedingt bei ihr zu Hause vorbeischauen, schon allein aus Tierschutzgründen.

»Senti, Signora Detective, es gibt Neuigkeiten«, sagte nun Michelotti, der die Niete verärgert in den Müll warf.

»Cosa?«

»Martas Boot ist wieder aufgetaucht.«

»Was?«

»Sì, esatto.«

»Und, war ihre Kleidung an Bord?«, fragte ich gespannt.

»Nein, war sie nicht.« Und nach einer kleinen Pause fügte er hinzu. »Du weißt, was das bedeutet, oder?«

Natürlich wusste ich das. »Dass sie nicht ertrunken ist. Und auch nicht, dass sie von einer komischen Hexe auf den Grund des Sees gezogen wurde. Denn wenn sie gebadet hätte …«

»Dann wären ihre Kleidungsstücke im Boot gewesen«, beendete Michelotti meinen Satz.

»Also ist sie tatsächlich freiwillig gegangen«, sagte er nun.

»ODER: Ihr Weggang ist inszeniert worden!«, triumphierte ich.

Michelotti rollte mit den Augen.

»Ah, Luigi ist schon da!«, rief nun Franco mit einem Blick auf die große Bar-Uhr. Durch das Fenster sah ich die Ape, das kleine italienische dreirädrige Transport-Gefährt, das vor meiner Schubkarre einparkte.

»Zehn Minuten früher als sonst«, murmelte er.

Luigi, ein kleiner, älterer Herr in kurzer Hose, Feinripp-Unterhemd und Strohhut, watschelte auf seinen kurzen Beinen in die Bar und grüßte hier und da die Anwesenden mit einem Kopfnicken.

»Luigi, du bist zu früh dran. Jetzt habe ich deinen Aperitivo noch gar nicht fertig. Und Sergio ist auch noch nicht da«, beschwerte sich Franco, da Luigi seinen Aperitivo mit Sergio und bitte schön um die richtige Uhrzeit einzunehmen hatte.

Der alte Mann stellte sich unbeeindruckt an die Theke neben uns und lüftete zum Gruß seinen Hut in meine Richtung.

»Signorina«, sagte er, und ich musste über diese altmodische Bezeichnung grinsen. Im Gegenzug hob ich meine Cappuccino-Tasse und lächelte ihn an.

»Ich weiß, was du vorhast«, zischte mir Michelotti ins Ohr.

Franco, ganz professionell, tat so, als hätte er nichts mitbekommen und bereitete weiter seine Snack-Schälchen für den Aperitif vor.

»Sagen Sie mal, Luigi, Sie sind doch bestimmt aus Pelati«, begann ich meine Offensive mit einem charmanten Lächeln. Luigi, der bestimmt an die achtzig Jahre alt, aber im Geiste noch ein junger Mann war, fühlte sich durch meine Aufmerksamkeit offenbar geschmeichelt und wirkte ganz verlegen.

»Ja«, sagte er und lächelte mich schüchtern an.

»Luigi kastriert Kaninchen!«, mischte sich jetzt auch Franco ein, der auch etwas zu dem Gespräch beitragen wollte.

Ich machte ein erstauntes und bewunderndes Gesicht, was mir prompt einen Stoß von Michelottis Ellenbogen in die Rippen einbrachte.

Luigi wurde noch verlegener und sah aus, als wollte er samt seinem Weinglas die Flucht ergreifen.

»Komm, Luigi, erzähl Stella, wie du das machst! Er ist der Beste in der ganzen Region«, prahlte Franco, der nicht an sich halten konnte.

Da ich wenig darauf erpicht war, über Kastrationsmethoden bei Kaninchen unterrichtet zu werden, ergriff ich schnell die Flucht nach vorne.

»Sie kennen sicherlich jeden hier im Ort, Signor Luigi, oder?«

»Sì, ich bin hier geboren, ein echter Pelatese sozusagen«, antwortete er nach einem Schluck Wein. »Das können nicht alle von sich behaupten, viele sind aus Isolarocca hergezogen, aber ich«, und hier klopfte er sich stolz auf die Brust, »ich war schon immer hier und habe viele kommen und gehen sehen!«

Ich lächelte, der Wein fing an, seine Wirkung zu entfalten. Auf Wein war immer Verlass.

»Apropos Leute, die gehen, Signor Luigi: Das mit Marta ist eine ganz traurige Geschichte«, sagte ich leichthin.

Geniale Überleitung, da wären alle Profi-Detektive dieser Erde auf mich stolz gewesen. Wer nicht stolz auf mich war, war Michelotti, der mir zuflüsterte, ich soll den alten Luigi in Ruhe lassen. Ich achtete nicht auf ihn. Wie gesagt, er war nur Watson.

»Jaja, das ist in der Tat seltsam«, gab er zu und schwenkte den letzten Rest seines Weins im Glas.

»Wieso seltsam?«, fragte ich also gespannt.

»Beh, Marta hat das mit der Hexe gewusst, wir alle im Ort wissen es. Wieso ist sie trotzdem baden gegangen, das dumme Mädchen?«

Ich starrte ihn an. Was hatte ich erwartet? Ich startete trotzdem einen letzten Versuch, zumal Michelotti dämlich grinste, und ich gönnte es ihm nicht.

»Martas Mutter kennen Sie sicher auch?«, fragte ich.

»Certo, die Martina kenne ich schon lange, seit sie aus Isolarocca hierhergezogen ist.«

»Und natürlich auch Martas Cousine …«

»Die Tochter von Adelina? Klar, sie arbeitet bei Marta oben in der Fabrik. Wir hier im Ort haben nicht gedacht, dass die zwei Cousinen sich verstehen würden. Nach allem, was passiert ist«, sagte er, trank seinen letzten Schluck Wein und legte zwei Euro auf den Tresen.

»Wieso? Was ist passiert?«, beugte ich mich so schnell wie ein Flitzebogen zu ihm hin und hielt ihn sogar am Arm fest, damit er nicht weglaufen konnte.

»Na, die Zwillinge, die reden schon lange nicht mehr miteinander, irgendeine blöde Geschichte mit dem Blumenfest damals«, sagte Luigi, der seinen Hut wieder lüftete und Richtung Ausgang schlurfte.

Kurz bevor er die Tür passierte, drehte er sich um und sagte in Richtung Michelotti: »Grüß mir die Marisa!«

Michelotti hob die Hand. Ich starrte ihn überrascht an. Wer war die Marisa? Aber ich traute mich nicht zu fragen, es ging mich ja nichts an. Unsere Beziehung war rein beruflich, wenn man das so sagen konnte, und auch da haperte es gewaltig.

»Michelotti!«, rief ich stattdessen enthusiastisch und griff nun nach seinem Arm.

Das schien ihm zu gefallen, denn er lächelte zufrieden und schob sich übermütig eine Olive in den Mund. Franco hingegen schnalzte missbilligend mit der Zunge und schüttelte den Kopf. Wahrscheinlich konnte er nicht gutheißen, dass ich in Sachen Männer so wankelmütig war.

»Michelotti, da haben wir es!«, rief ich also.

»Was genau?«, erwiderte er relativ unbeeindruckt.

»Die Mütter sprechen nicht mehr miteinander! Seit Jahren!«

»Und deswegen hat Martas Cousine eine Affäre mit Martas Mann angefangen?«, schloss der Carabiniere ganz langsam, als würde er mit einer Minderbemittelten sprechen.

»Das nicht. Aber es zeugt doch davon, dass in der Familie einiges im Argen liegt, oder?«, fragte ich nervös.

Der Carabiniere tat so, als würde er ernsthaft darüber nachdenken. Er strich sich sogar wirkungsvoll mit der Hand über das unrasierte Kinn und nickte vor sich hin.

»Ich meine«, sagte er leise, damit uns keiner hören konnte, und lehnte sich zu mir hinüber. »Wenn Adele und Martas Mann wirklich eine Affäre miteinander haben und deswegen entschieden haben, sich Martas zu entledigen: Wo ist dann Martas Leiche?«

Das letzte Wort hatte er extra leise gesprochen, fast nur mit dem Mund geformt.

Ich schaute ihn bedächtig an und schob mir als Übersprunghandlung eine Olive in den Mund. Meinte er die Frage ernst, oder war da doch ein kleines Lächeln, das seine Mundwinkel zucken ließ? Ich behielt ihn eine Weile im Auge, bis ich sicher war, dass er nicht auf einmal loslachen würde, und ließ dann den Blick schweifen, auf der Suche nach einer Antwort. Meine Fantasie kann ich nämlich nur entfalten, wenn ich den Blick schweifen lasse. Umgekehrt ist bei mir das Anstarren einer Person oder Objekts für diesen Prozess äußerst hinderlich. Das sind Eigenarten, wie jeder respektable Detektiv sie nun mal hat: angefangen von einer Schwäche für Nikotinpflaster bei Sherlock bis hin zu einem handgreiflichen Diener, der einen aus dem Hinterhalt zu attackieren hat, wie beim rosaroten Panther. Nichts Bedenkliches so weit.

Also schaute ich mich um, und da es in Francos Bar nicht so viel zu sehen gab, fiel mein Blick auf den kleinen Grillofen, dem Franco gerade zwei Toasts mit Käse und Schinken entnahm.

»Der Ofen!«, rief ich halb begeistert und halb entsetzt über meine Idee.

Michelotti schien mich nicht zu verstehen, denn er starrte selbst zum Grillofen und zeigte ansonsten keine Reaktion.

»Verstehst du denn nicht? Die haben da oben einen Riesenofen für die Kacheln! Marta selbst hat ihn mir gezeigt, als ich das erste Mal da war. Darin wird es sehr, sehr heiß!«, sagte ich und schaute ihn eindringlich an.

Der Blitz der Erkenntnis schien ihn zu treffen, denn in seinen Augen konnte ich zum ersten Mal, seit wir diese Ermittlungen aufgenommen hatten, so etwas wie Einsicht ausmachen.

»Ich muss Adele noch mal einen Besuch abstatten. Aber vorher muss ich im Internet recherchieren. Ich rufe dich nachher an.«

Für meine Recherche begab ich mich in die Bibliothek, wo mich die rothaarige Schönheit erwartungsvoll ansah. Sie saß am Empfangstisch, neben ihr türmten sich Bücher. Der Blick aus dem Fenster bot eine atemberaubende Aussicht auf den See und Isolarocca. Das Wasser glitzerte in der Sonne, und ein paar Boote glitten gemächlich dahin.

»Nicht jeder kann an so einem Ort arbeiten wie Sie«, sagte ich beeindruckt.

Die Bibliothekarin starrte mich mit offenem Mund an, offensichtlich eine schlechte Angewohnheit von Pelati-Bewohnern.

Ich zeigte mit der Hand Richtung Fenster.

»Ah, sì sì«, lachte sie etwas unsicher. Offensichtlich wusste sie immer noch nicht, was ich meinte.

Wenn man den ganzen Tag diesen Blick hatte, hatte man keine Augen mehr für die Schönheit um einen herum, davon zeugten Venezianer oder Römer, die sich nur noch über das Hochwasser beziehungsweise den starken Verkehr am Kolosseum aufregten.

Wofür die Rothaarige allerdings Augen oder besser Ohren hatte, war meine Meinung zum Buch ihres Opas.

»Ich habe es leider nicht dabei. Aber ich fand es ganz toll, super recherchiert. Ihr Opa war ein exzellenter Chronist dieser Gegend«, schmeichelte ich ihr.

»Oh, grazie mille! Natürlich können Sie das Buch so lange behalten, wie Sie möchten. Und Ihr Kompliment gebe ich gerne weiter«, erwiderte sie lächelnd.

»Ihr Großvater lebt noch?«

»Sì, vielleicht haben Sie ihn schon mal gesehen, er heißt Luigi, er geht gerne in Francos Bar.«

»In der Tat habe ich Luigi heute kennengelernt!«, sagte ich verwundert über diesen Zufall.

»Ich wusste nur nicht, dass er Autor ist.«

Sie lachte abermals.

»Il nonno ist ein Tausendsassa!«

»Sagen Sie mal, darf ich den Computer da vorne benutzen?«, fragte ich.

»Ma certo, interessieren Sie sich weiterhin für die lokale Geschichte?«, fragte sie nun neugierig.

»Ja, ja, das kann man so sagen.«

Zehn Minuten später hatte ich gefunden, wonach ich gesucht hatte, und war um einige interessante Informationen reicher, die für meine detektivische Arbeit von großer Bedeutung waren.

Falls die liebe Leserin oder der liebe Leser in diesem Bereich nicht bereits bewandert ist, hat sie oder er nun die Möglichkeit, sich bei mir in Sachen Leichenverbrennung fortzubilden und bei der nächsten Party mit folgendem Wissen zu glänzen: In einem Ofen für Keramikfliesen kann eine Temperatur von bis zu 1000 Grad Celsius herrschen, in etwa dieselbe Temperatur, bei der Leichen in Krematorien verbrannt werden. Das vollständige Verbrennen eines menschlichen Körpers dauert zwischen zweieinhalb und drei Stunden und variiert angeblich je nach Geschlecht, im Speziellen heißt es, Frauen brennen besser als Männer, keine Ahnung wieso, vielleicht spielt Cellulite eine Rolle. Nach der Verbrennung bleiben gerade mal zwei bis drei Kilo Knochenasche übrig, mehr nicht (hier empfehle ich, bei Ihren Ausführungen eine künstliche Pause einzubauen, und zwar vor »mehr nicht«. Ziehen Sie dabei unbedingt die Augenbrauen hoch, das unterstreicht das Drama unserer unbedeutenden Existenz und macht Sie sofort zum unangefochtenen Mittelpunkt des Festes!). Das alles erfuhr ich unter anderem von einem Blogger, der sich auf das Thema Sterben spezialisiert hatte. Gerade als seine Seite »Sterben: So einfach geht das!« plus Werbe-Pop-up eines Leichenbestatters den großen Bildschirm füllte, trat die nette Bibliothekarin mit einer Espresso-Tasse hinter mich.

Die Frage »Möchten Sie einen caffè?« erstarb auf ihren Lippen. Leider konnte ich auf sie keine Rücksicht nehmen. Ich griff sofort nach meinem Telefon und rief Michelotti an.

»Stell dir vor, es bleiben von einem Körper nur zwei bis drei Kilo Asche übrig, nachdem man ihn verbrannt hat, und die kann man problemlos verschwinden lassen!«, rief ich, nahm der verdutzten Bibliothekarin die Tasse aus der Hand, stürzte den caffè runter, obwohl ich auch so schon genug Adrenalin im Blut hatte, und verließ beschwingt die Bibliothek.

Ich wollte nur noch eine Kleinigkeit klären, die mich schon länger beschäftigte.

»Scusi, Adele?«, fragte ich mit einem halbherzigen Klopfen an den Türpfosten. Die junge Frau schaute von ihrem Computer hoch und schaute mich überrascht über den Rand ihrer Brille an. Genau, ich schon wieder. Schon mal Inspektor Colombo gesehen? Der hatte auch keine Probleme damit, immer und immer wieder dem Hauptverdächtigen auf die Nerven zu fallen, bis die Wahrheit endlich herauskam. Wieso sollte ich das also nicht auch tun können?

»Sì?«

»Ich hatte neulich etwas vergessen«, sagte ich freundlich, weil Inspektor Colombo auch immer ausgesprochen höflich war, vor allem gegenüber der hauptverdächtigen Person. »Ich sollte Ihnen von Ihrer Tante viele Grüße ausrichten, auch an Ihre Mutter«, sagte ich freundlich.

Adele stand die Verblüffung ins Gesicht geschrieben, sie erhob sich langsam und kam auf mich zu. »Aber … wie … was …«, stammelte sie.

»Und außerdem wollte ich Ihnen sagen, dass die richtigen Fliesen mittlerweile eingetroffen sind. Das ist bestimmt nicht so einfach mit Rot-Grün-Sehschwäche, oder?«

»Das ist halb so wild, damit komme ich mittlerweile gut zurecht«, lächelte sie und zeigte auf ihre Brille.

»Ah ja, mit den Spezial-Gläsern können Sie die Farben gut unterscheiden, oder?«

»Ja, damit geht es. Ich habe nicht bei jeder Farbe ein Problem, aber Beige und Rosa ist eine typische Kombination, die für Leute wie mich schwierig ist.«

»Das dachte ich mir. Und bei Ihrer Cousine ist es genauso. Sie hat zwar nie darüber gesprochen, aber das erste Mal, als ich hier war, wollte sie die Nummer der ausgewählten Fliese wissen, denn ohne sie wäre sie aufgeschmissen gewesen, richtig?«

»Sì, Marta ist auch farbenblind, unsere Mütter sind Zwillinge, aber das wissen Sie wahrscheinlich. Jedenfalls haben sie uns diese Schwäche vererbt, ohne selbst davon betroffen zu sein«, erklärte sie.

Ich nickte und gab mich ganz die professionelle und verständnisvolle Krankenschwester, die ich war. Immer schön nicken.

»Und von Ihrer Cousine haben Sie in der Zwischenzeit nicht wieder etwas gehört, vermute ich?«

»Leider nicht.«

»Wie schaffen Sie das alles ohne sie? Können Sie zum Beispiel … den Ofen alleine bedienen?«

Zugegeben, das war vielleicht nicht ganz die eleganteste Überleitung gewesen, aber wenn sie ein schlechtes Gewissen hatte, hätte ich es möglicherweise an ihrer Reaktion ablesen können, und nur darauf kam es an.

»Den Ofen bedienen die Arbeiter«, gab sie trocken von sich.

»Aha, die Arbeiter also. Ganz schön groß so ein Ofen, da passt einiges an … Fliesen rein.«

Sie schaute mich mit großen Augen an, schlechtes Gewissen konnte ich darin nicht entdecken.

»Also, jetzt muss ich weitermachen, wenn Sie mich entschuldigen würden«, erwiderte sie knapp.

Fühlte sie sich nun ertappt, oder war sie nur irritiert? Schwer zu sagen.

Doch als ich aus der Fabrik trat, hatte ich trotzdem ein Lächeln auf den Lippen: Ich hatte Adele aufs Glatteis geführt, und sie hatte es noch nicht mal gemerkt. Inspektor Colombo hätte es nicht besser hinbekommen.

CAPITOLO 9

Natürlich hatte ich die Schubkarre samt Inhalt vor Francos Bar vergessen. Und natürlich stand sie noch genauso da, wie ich sie zurückgelassen hatte. Kleine Dörfer boten in dieser Hinsicht einen Mehrwert, wer sollte schon die Schubkarre mitnehmen, von der jeder wusste, dass sie mir gehörte?

Ich schob die Karre behutsam Richtung meines Häuschens, winkte der alten Rosa auf ihrem Balkon zu und ließ mir dann den Tisch und die Renovier-Utensilien von Davide abladen und auf meine Terrasse bringen.

»Und, bist du mit Ferramenta zufrieden gewesen?«, fragte mich Davide.

»Wie sollte ich es nicht sein: Erstens, er hat prinzipiell nichts gegen Frauen, im Gegenteil, und zweitens nimmt er sich sehr viel Zeit«, erwiderte ich wahrheitsgemäß.

Davide grinste wissend.

»Darf ich dir jetzt etwas zeigen?«, fragte er.

Ich folgte Davide, betrat die Baustelle und schaute mich um. Die Wände standen noch, obwohl sie stellenweise aufgerissen und wieder zugemauert worden waren.

Davide bemerkte meinen Blick. »Wir mussten die Stromleitungen komplett erneuern, es geht um die neue Gesetzeslage und deine Sicherheit«, erklärte er mir ganz professionell.

Ich nickte und gab mich ebenfalls wissend.

»Schau, hier ist eine Vorrichtung für einen Ofen. Früher hat bestimmt mal ein Kachelofen oder Ähnliches hier gestanden. Ich wollte dich fragen, ob du vielleicht so etwas wieder haben willst.«

Vor meinem geistigen Auge entstand ein Kachelofen aus handbemalter Keramik, wie ich sie von meiner Kindheit kannte. Ich stellte mir vor, wie ich im Winter in einem bequemen Sessel vor dem Ofen sitzen, einen Tee schlürfen und nebenbei auf meinem Laptop einen Krimi schreiben würde.

»Heutzutage haben sie auch eine Glasfront, da kann man die Flammen sehen«, fügte Davide noch hinzu, und spätestens da hatte er mich.

»Wo bekommt man die?«, fragte ich begeistert und war mir ziemlich sicher, dass er nun etwas von einem Cousin faseln würde, der besonders gute und günstige Kachelöfen herstellte.

»Überall«, überraschte er mich. »Marta hat solche Öfen im Angebot.«

Ich zuckte bei der Kombination *Marta* und *Ofen* heftig zusammen.

»Aber Davide, Marta ist verschwunden!«

»Sì, sì, vero, aber die Fabrik ist ja noch da«, stammelte er verlegen.

»Macht dir das überhaupt nichts aus, dass Marta weg ist? Oder haltet ihr Männer sowieso immer zusammen?«, fragte ich mit einem gefährlichen Blick.

»Was meinst du?«, erwiderte er mit großen Augen.

Plötzlich rief einer von Davides Männern, der kurz darauf im Türrahmen erschien und Davide ein Telefon hinhielt. »Der Klempner ist dran, er war gestern da und meint, wir müssen mal über die Wand in der Küche sprechen.«

»Scusa, Stella, ich muss jetzt gehen«, sagte er und entfernte sich schnell.

Ja, ja, geh du nur, irgendwann komme ich schon noch dahinter, dachte ich bei mir und trat auf die Terrasse, wo mein Tisch stand und nach einer Kosmetikbehandlung schrie. Dann konnte ich genauso gut mit der Renovierung des Möbelstücks beginnen und nebenbei Ordnung in meine Gedanken bringen.

Während ich also den Tisch mit Schleifpapier traktierte, dachte ich nach. Die Geschichte war ganz schön kompliziert, ich versuchte, sie einmal zusammenzufassen. Also, zuerst verschwindet die junge Unternehmerin: Ist sie Opfer einer geheimnisvollen Hexe im See geworden, ist sie freiwillig gegangen oder ist sie ermordet worden? Die Mutter der verschwundenen Frau zeigt offen ihren Unmut über den Schwiegersohn, der tatsächlich keinen arg besorgten Ehemann abgibt (siehe Bar in Ponte Silo). Die Cousine der Unternehmerin, die ihr sehr ähnelt, arbeitet auch in der Fabrik und reiht sich ebenfalls in den Kreis der Verdächtigen ein. Hat sie möglicherweise eine Affäre mit Martas Mann? Haben die beiden die Unternehmerin ermordet? Wurde der Körper im fabrikeigenen Ofen verbrannt? Und dann sind da auch noch die Mütter der Cousinen: Sie sind Zwillinge, sprechen aber seit Jahren nicht mehr miteinander. Warum eigentlich? Hat das mit Martas Verschwinden zu tun? Dem musste ich auf den Grund gehen. Und die Sache mit der Farbenblindheit durfte ich auch nicht vergessen. Es war alles mehr als kompliziert. Und dieses Schlamassel sollte ich als Anfängerin für Detektivarbeit lösen? Michelotti hatte auf meine telefonische Information bezüglich Ofen-Verbrennung und übrig bleibende Asche mit einem lakonischen »Via col vento, vom Winde verweht« reagiert. Große Hilfe konnte ich von ihm nicht erwarten.

Leider musste ich mich zwischendurch wieder auf die Renovierungsarbeiten konzentrieren, denn das Abschleifen des Tisches gestaltete sich schwieriger als gedacht. Ferramenta hatte mir nahegelegt, die Fläche gleichmäßig abzuschleifen, doch jedes Mal, wenn ich eine Stelle aus Versehen ein wenig kräftiger traktierte, musste ich bei der restlichen Oberfläche nachziehen, und so schien das Ganze kein Ende zu nehmen.

»Davide, ich muss jetzt los, ich lasse den Tisch einfach hier stehen, das mache ich das nächste Mal fertig, okay?«, steckte ich den Kopf durch die Tür.

»Va bene«, erwiderte er knapp und nickte.

Braver Junge, niemals die Auftraggeberin mit blöden Macho-Sprüchen verärgern, das hatte er anscheinend verstanden. Oder er hatte Angst vor mir, beides passte mir ganz gut. Denn ich hatte Großes für den Abend vor, und dafür brauchte ich einen klaren Kopf.

Um Mitternacht begab ich mich auf Entdeckungstour. Natürlich hatte ich mich ganz in Schwarz gekleidet, um nicht hinter meinen jeweiligen Posten entdeckt zu werden. Ich hatte sogar eine schwarze Brille aufgesetzt, nur so der Form halber, die hatte ich allerdings gleich auf den Kopf geschoben, da ich damit nichts sehen konnte. Nachdem ich mich versichert hatte, dass die alte Rosa ihre Stellung auf dem Balkon aufgegeben hatte (die Arme musste sich schließlich von der ganzen Plackerei mit heimlichem Horchen und Spähen auch mal erholen), lief ich an Francos Bar vorbei, bog um die Ecke und ging das Gässchen bei der Kirche hoch, bis ich irgendwann vor Irenes Häuschen stand. Signora Inzini hatte mir die Lage beschrieben, nachdem ich ihr weisgemacht hatte, dass ich nicht nur Hunde-Fan war, sondern auch alle anderen Tiere mochte und deswegen prinzipielles Interesse an Irenes Farm hatte. Ganz genau wusste ich nicht, was ich mir davon versprach, doch Beobachten ist oberstes Gebot in einem Ermittlungsfall und, wie Miss Marple sagte, man durfte keine einzige Möglichkeit außer Acht lassen.

Von meinem Versteck hinter einem dürren Bäumchen und beim fahlen Licht des Vollmondes konnte ich erkennen, dass Irenes Haus in einem noch viel schlechteren Zustand war als mein eigenes. Schiefe Mauern, an denen der Putz und längst verblasste Farbe abblätterten, stützen mehr schlecht als recht ein Dach, das aus kaputten Ziegeln und stellenweise Wellblech bestand. Die Regenrinne schlängelte sich vom Dach herunter und endete in einem großen Plastik-Fass. Die Tür aus morschem Holz hing schief in den Angeln. Insgesamt umfasste die Wohnfläche nicht mehr als vierzig Quadratmeter. Weit größer war allerdings das Grundstück. Ein Verschlag aus Wellblech beherbergte offensichtlich Hühner, die momentan vermutlich in ihren Mini-Häuschen schliefen. Weiter hinten konnte ich einen großzügigen Schuppen aus Holz entdecken, der wohl für Ziegen oder Schafe gedacht war. Auch Kaninchenkäfige waren zahlreich vorhanden, und ein abgetrennter Bereich mit großzügigen Futtertrögen sprach für die Haltung von Schweinen.

Das war das reinste Tierparadies. Scheinbar hatte die alte Irene ein großes Herz für Tiere, und Gigi Legno hatte ihr mit der Errichtung der Farm geholfen.

Ich sah mich um, doch leider konnte ich nichts Verdächtiges entdecken. Selbst Tierschutzvereine, die es immer peinlich genau nahmen, hätten an diesem Ort nichts auszusetzen gehabt. Ohne zu wissen, was ich eigentlich erwartet hatte, war ich doch ein wenig enttäuscht. Ich wandte mich gerade zum Gehen, als die Haustür plötzlich aufging und Irene mit etwas in der Hand herauskam. Sie ging gebückt, als würde sie eine schwere Last tragen. Was machte sie da? War das etwa Feuer? Ja, eindeutig, Irene hatte ein Streichholz angezündet und schien jetzt etwas abzufackeln. Wenn das nicht verdächtig war! Jetzt schaute sich Irene nach allen Seiten um, als wenn sie nicht ertappt werden wollte, trat nach einer Weile das Feuer aus und schleppte einen schwarzen Sack die Straße runter. Natürlich ließ ich ein wenig

Zeit verstreichen, bevor ich die Verfolgung aufnahm. Als ich sicher sein konnte, dass sie mich nicht sehen würde, verließ ich meinen Beobachtungsposten und folgte Irenes Schritten.

»Na, ist der rosarote Panther im Einsatz?«, kam es von hinten und noch nicht mal besonders leise. Die Stimme erkannte ich sofort.

»Schsch!«, ich drehte mich um und durchbohrte Michelotti mit einem meiner bösesten Blicke.

»Hast du Spätdienst oder was?«, fragte er lachend.

»Sei leise, ich bin etwas auf der Spur!«

»Und was?«

Leider konnte ich nicht mehr auf Irene zeigen, offensichtlich war sie abgebogen. Das hatte mir gerade noch gefehlt.

In dem Moment öffnete sich ein Tor die Straße weiter runter, und ein Mann huschte ebenfalls mit einer Plastiktüte in der Hand hinaus. Was war hier los? Ich schaute auf Michelotti, auch er hielt eine Tüte in der Hand, aber sie stammte offensichtlich aus dem 24-Stunden-Apothekenautomat. Was hatte er so spät noch aus der Apotheke geholt? Gerade als ich ihm diese Frage stellen wollte, passierte uns eine weitere Frau mit einem schwarzen Sack.

Die Verblüffung stand mir anscheinend ins Gesicht geschrieben, denn der Carabiniere lachte schallend auf.

»Komm, ich zeige dir was«, sagte er und schob mich sachte Richtung Seitengässchen. Dort standen zwei Leute und sahen aus, als würden sie in den öffentlichen Mülleimern wühlen. Sobald sie uns bemerkten, schreckten sie hoch, hoben etwas auf und suchten schnell das Weite. Und da verstand ich es: Sie hatten nicht etwas in den Mülleimern *gesucht*, sie hatten etwas in die Eimer *geworfen*.

»Das ist leider das Ergebnis unserer restriktiven Mülltrennung«, seufzte Michelotti und fuhr sich mit einem Grinsen durch die Haare.

»Die Leute wissen nicht mehr, wohin mit dem Müll, also quetschen sie ihn so gut wie es geht in die kleinen öffentlichen Mülleimer, weil es in Pelati noch nicht mal Container gibt!«

Die Mülltrennung! Natürlich, das war in Pelati ein echtes Kreuz, und zwar seitdem die Gemeindeverwaltung sich für die strengste Form der Mülltrennung entschieden hatte. Aber das muss ich den lieben Leserinnen und Lesern erklären.

Viele Jahre hatte man in Italien in Sachen Müll gewütet. Früher, als ich Kind war, landeten alte Fernseher, Wäscheständer, schwarze Säcke mit undefiniertem Inhalt und sonstiger Unrat in trockenen Flussbetten oder abgelegenen Wiesen zwischen Gestrüpp und anderem Müll. Dass dies auf Dauer nicht tragbar war, konnte man sich vorstellen. Nur war das den meisten Italienern, die nie etwas für ihre Umwelt übrighatten, schnurzpiepegal. Irgendwann hatten jedoch die Gemeinden die Nase voll von den wilden Aktionen: Es wurde, wie so oft in Italien, zu harten Gegenmaßnahmen gegriffen. Pelati, wie viele andere italienische Dörfer, hatte es besonders schwer getroffen. Es wurde vor einigen Jahren die Mülltrennung mit Tür-zu-Tür-Abholung eingeführt. Und das funktioniert so: Man trennt zu Hause den Müll in Bio, Plastik, Glas, Papier und Restmüll. Jede Sorte gehörte in entsprechend farbige Tüten oder Behälter. Diese kann man jedoch nicht einfach in Container werfen, die existieren nämlich nicht, sondern der Müll wird an festgelegten Tagen vor die Haustür gestellt, damit er abgeholt werden kann. Natürlich wird der Restmüll deutlich seltener abgeholt als der andere, vernünftig getrennte Abfall. Dieses schwierige und unflexible Prozedere bringt die Einwohner schier zum Verzweifeln, die manchmal Abfall schnell loswerden wollen. Die Lösungen sind vielfältig und zeugen wieder vom Erfindungsreichtum der Italiener. Einige fahren kilometerweit bis in die nächste Gemeinde mit vernünftigen Containern, die allerdings mittlerweile mit Kameras versehen sind.

Andere, die richtig Verzweifelten oder schier Unzivilisierten, bringen ihren Müll in der tiefen Nacht an entlegene Ecken und lassen ihn dort stehen. Diejenigen, die noch einen Hauch Anstand im Leib haben, versuchen ihn in den kleinen, öffentlichen Müllbehältern am Straßenrand zu entsorgen. Wie Irene oder die anderen Dorfbewohner, die wir soeben erschreckt hatten.

»Ich habe Irene mit dem Sack gesehen, und der sah verdächtig aus«, verteidigte ich mich nun gegenüber Michelotti.

»Sie hat wahrscheinlich den Müll nur verteilen wollen«, grinste er.

»Aber das Feuer! Sie hat auch Feuer gemacht!«

»Manche Sachen kann man bestimmt gut verbrennen, zum Beispiel Papier, Gartenabfälle oder … ja, Leichen natürlich.« Er lachte.

Ich ließ ihn einfach stehen und ging Richtung Zuhause. Unterwegs ärgerte ich mich über den Carabiniere und über mich selbst. Was hatte ich erwartet? Und was hatte Michelotti ausgerechnet dort mitten in der Nacht zu suchen? Hatte er eilig Kondome oder Babynahrungspulver aus dem Automaten gezogen? Und interessierte mich das überhaupt?

Als ich die Hauptstraße überqueren wollte, verflüchtigte sich mein Ärger im Nu, denn ich sah Martas Mann. Er trug etwas in der Hand. Und es war kein Müllsack, sondern eine Tasche, er trug eindeutig eine große Reisetasche zu seinem Cabrio, das am Straßenrand parkte. Wo wollte er hin? Floh er etwa vor den Klauen der Justiz? Gerade rechtzeitig versteckte ich mich hinter einem Strom-Mast und beobachtete ihn, wie er die Tasche in den Kofferraum hievte. Scheinbar war der Reißverschluss nicht richtig zu, und etwas kullerte heraus. Martas Mann bückte sich und hob den Gegenstand auf. Es war ein roter Frauenschuh.

»Pronto?«

»Pronto, ich bin es.«

Michelotti. Hatte er überhaupt das Recht, sich mit »Ich bin es« zu melden?

»Was gibt es?«, fragte ich also kurz angebunden.

»Wegen gestern …«

»Schwamm drüber«, sagte ich, weil ich keine Lust hatte, mich wieder seinem Spott auszusetzen.

»No, scusa, ich meine nicht die Geschichte mit dem Müll. Ich melde mich wegen dem, was du über den Ofen gesagt hast.«

Ich horchte auf. »Wie meinst du das?«

»Ja, also ich würde es dir lieber persönlich sagen. Hast du Lust, dass wir uns morgen Abend zum Abendessen treffen? Ich kenne einen super Agriturismo oben bei Montalcino.«

Ich überlegte. Hatte ich Lust, mich mit meinem unkooperativen Ermittlungspartner zum Abendessen zu treffen?

»Komm schon, die alte Rosa sieht uns bestimmt nicht, wir fahren den anderen Weg, das kriegt sie nie im Leben mit.«

Und trotzdem werden sie und der Rest von Pelati spätestens nach zehn Minuten wissen, dass wir uns zum Abendessen getroffen haben, daran konnte es keinen Zweifel geben.

»Also gut, aber nur, wenn du versprichst, dich meinen Theorien etwas zu öffnen.«

»Okay, okay, versprochen.« Michelotti lachte.

Der Agriturismo war ganz oben auf dem Berg. Man saß unter einer wunderschönen Pergola aus Weinreben und hatte einen atemberaubenden Blick auf den See. Michelotti hatte extra für mich den langen, nicht so steilen Weg genommen, damit ich mich nicht in seinem Auto übergeben würde. Was ich besonders nett fand, war, dass er es gar nicht erwähnte. Oft genug war ich in der Vergangenheit mit Männern ausgegangen, die meine Vorlieben schlichtweg ignoriert hatten oder die es besonders betonten, wenn sie mir mal ausnahmsweise entgegengekommen waren. So war Michelotti anscheinend nicht, freute ich mich. Vielleicht sollte ich ihn mal fragen, ob er verheiratet oder verlobt war, einfach nur interessehalber.

Ich schaute mich um, es handelte sich um eine dieser ganz einfachen Trattorie ohne großen Firlefanz, dafür aber mit ursprünglichen Produkten aus eigenem Anbau und viel Liebe für Tradition.

Michelotti führte mich mit reviermarkierender Hand am Rücken zu einem der Tische, auf dem ein Zettel mit »riservato« stand.

»Ciao Michele!«, kam der Wirt herbeigeeilt und entfernte schnell und diskret den Zettel.

»Ciao, Ettore. Was hast du heute Leckeres?«

»Oh, heute haben wir als ersten Gang Cannelloni mit Ricotta-Füllung, natürlich selbst gemacht. Oder eine Auberginen-Mozzarella-Pastete. Als zweiten Gang haben wir Knoblauch-Petersilien-Pfifferlinge mit Polenta. Oder Wildschwein mit Rosmarinkartoffeln, oder Rehrücken, ganz frisch von der Jagd.«

»Bring uns einfach eine gemischte Platte. Va bene, Stella? Ettores Platte ist legendär.«

»Gerne, und dazu gegrilltes Gemüse, bitte«, fügte ich hinzu.

»Was möchtet ihr trinken?«

»Stella, trinkst du einen Wein mit mir?«

Ich nickte und grinste in mich hinein. In Deutschland wollte man in Gaststätten immer zuerst wissen, was man trank, doch wie konnte man das entscheiden, bevor man überhaupt wusste, was man essen wollte?

»Dann kann ich euch einen ganz leichten, feinperligen Rosé aus eigener Produktion empfehlen.«

»Vai«, bestätigte Michelotti. »Erzähl mir von diesem Ofen«, wandte er sich an mich, sobald Ettore verschwunden war.

»Das habe ich dir schon am Telefon gesagt. Sowohl von der Temperatur her als auch von der Größe des Ofens könnte es hinkommen. Und danach bleibt fast nichts mehr übrig. Puff!«, sagte ich dramatisch und machte eine entsprechende Geste. »Wieso bist du auf einmal doch interessiert?«

»Ich habe einen Kumpel, der in der Fabrik arbeitet. Und er meinte, er hätte einen oder zwei Tage nach Martas Verschwinden Rauch aus der Fabrik aufsteigen sehen, zu einem Zeitpunkt, als eigentlich keine Fliesen hergestellt wurden.«

Mein Herz machte einen Satz. »Wie hat er das sehen können?«

»Er meinte, sein Handy in der Fabrik vergessen zu haben und wollte zurückfahren, um es zu holen, da hat er den Rauch bemerkt. Es war zur Mittagszeit, da ist normalerweise keiner in der Fabrik. Aber dann hatte sein Handy geklingelt. Er hatte es doch in der Jackentasche.«

»Und das sagst du mir jetzt erst? Marta ist vor einer Woche verschwunden!«

»Es kam mir bislang nicht so wichtig vor, aber als wir neulich bei Franco waren und du das mit dem Ofen erwähntest, da es bei mir Klick gemacht.«

Ich überlegte, ob ich ihm das mit Martas Mann und der Reisetasche samt Frauenschuh erzählen sollte, aber ich entschied mich dagegen. Am Ende hätte er mich ausgelacht und gefragt, ob ich denn nicht wüsste, dass alle Pelati-Bewohner ihre

Schuhe in der Nacht wegfuhren, auf Anordnung der Gemeindeverwaltung oder so. Nein, auf so etwas konnte ich verzichten. Trotzdem, diese Beobachtung mit dem Rauch war sehr interessant, ein Indiz sozusagen. Konnten Martas Ehemann und ihre Cousine die Leiche während der Mittagspause verbrannt haben? Warum nicht, ob Mittag oder mitten in der Nacht, das war letztlich egal. Auf die Tat kam es an, und die war so oder so ungeheuerlich.

»Sag mal, Michelotti, hattest du auch das Gefühl, dass Martas Mutter etwas gegen ihren Schwiegersohn hat?«

Er wiegte den Kopf hin und her und nahm einen Schluck Wein. Dann räusperte er sich. »Beh, sagen wir mal so: Sie hörte sich für mich wie eine klassische Schwiegermutter an, nicht mehr und nicht weniger.«

Klassische Schwiegermutter? Ich dachte an meine Oma und musste mir eingestehen, dass sie auch immer gegen meinen Vater gewettert hatte. Für ihre Tochter war er einfach nicht gut genug, zu wenig Geld, zu viele Laster, zu dünn, zu klein, zu viele Haare auf der Brust, zu wenige auf dem Kopf.

»Italienische Mütter finden nie, dass ihre Schwiegertöchter oder Schwiegersöhne an die eigenen Kinder heranreichen, sie denken, sie hätten nur das Beste verdient, so sind sie halt«, erklärte er mir.

»Da scheinst du dich aber gut auszukennen«, stichelte ich.

»Ach, das ist doch in jeder Familie dasselbe, bei dir nicht? Ich wette, deine Oma kann deinen Vater nicht ausstehen.«

Ich wurde rot. »Lenk nicht ab, wir haben gerade über dich gesprochen und … über Marisa?«, bohrte ich weiter.

Er wurde auch rot, ließ sich jedoch nicht in die Karten gucken. »Jedenfalls, um auf Marta zurückzukommen. Ich glaube nicht, dass es besondere Ressentiments in der Familie gibt. Bis auf die Mütter natürlich, die nicht mehr miteinander sprechen.«

»Weißt du etwas darüber? Über den Streit zwischen den Zwillingen?«

»Ach, weißt du, das sind Geschichten, die sind so alt wie ich, die haben mich als Jugendlichen wirklich nicht die Bohne interessiert.«

Ich nickte und nahm einen Bissen von den Leckereien. Wieso schmeckte selbst gegrilltes Gemüse in Italien besser als in Deutschland? Aus meiner Sicht lag es daran, dass man das Essen in Italien einfach deutlich länger röstete. Paprikas waren am Ende weich, nicht knackig, Fleisch saftig, nicht wabbelig. Ein bisschen krebserregend vielleicht, aber leckerer.

Ich dachte an das, was Michelotti gerade gesagt hatte. Auch ich hatte immer auf Durchzug geschaltet, wenn meine Oma mir irgendwelche Geschichten aus dem Dorf erzählt hatte, weil sie für mich als junges Mädchen völlig uninteressant gewesen waren. Was interessierte mich schon, ob die Frau vom Dorflehrer eine Schwester hatte, die zu Verwandten nach Frankreich gezogen war, um nach ein paar Monaten mit einem Baby wieder aufzutauchen, das angeblich der Sohn der Tante war, um den die sich selbst nicht hatte kümmern können? Mich hatten diese ollen Kamellen immer schrecklich gelangweilt, zumal die Menschen früher so umständlich waren. Hunderte von Kilometern schwanger zurückzulegen, um bei Verwandten unterzukommen, ganz alleine ein Baby zu entbinden, nur um später im Heimatdorf nicht als Flittchen zu gelten, weil man unehelichen Sex gehabt hatte und aus Versehen schwanger geworden war? Was hatte es für einen Sinn, wenn sich eh alle das Maul zerrissen? Vergebliche Mühe, ich hatte das nie verstanden.

»Aber du kannst deine Signora Inzini fragen, sie besucht regelmäßig die Kirche«, sagte Michelotti.

»Was hat das damit zu tun?«

»Eine Menge, Stella, du solltest es mal ausprobieren.«

»Du meinst, ich sollte zur Messe gehen?«

»Warum nicht? Unsere Kirche in Pelati ist wunderschön, und Don Vincenzo würde sich bestimmt freuen, dich dort zu sehen.«

»Dieser Pfarrer ist komisch«, sagte ich, und dann fiel mir ein, dass ich schon länger keine musikalischen Stücke mehr von ihm gehört hatte.

»Sag mal, Michelotti, du glaubst auch nicht, dass Adele ein Verhältnis mit Martas Mann hat?«

Er wiegte wieder den Kopf hin und her, jetzt war es für ihn anscheinend schon schwieriger. Wahrscheinlich konnte er es sich nicht vorstellen, dass man als Mann seine Finger von einer Frau lassen konnte, warum also nicht auch von der Cousine seiner Ehefrau?

»Wieso sollten sie ein Verhältnis miteinander haben?«, überraschte er mich.

»Weil es heißt, dass der Ehemann meist ein Motiv hat!«

»Wo heißt es so?«

»Na ja, also, in der Literatur«, stammelte ich.

»In welcher Literatur?« Er durchbohrte mich mit den Augen. In seinen Mundwinkeln zuckte es wieder verdächtig.

»Also gut, Michelotti, kennst du Agatha Christie?«

»Schon mal gehört, ja.«

»In ihren Büchern gibt es eine alte Dame, sie ermittelt immer in den Mordfällen, die in ihrem Dorf passieren.«

Michelotti lachte laut auf.

»Du meinst, wie in *Mord ist ihr Hobby*? Diese alte Serie, die sie seit hundert Jahren im Fernsehen zeigen? Hast du dich schon mal gefragt, wieso in der Nähe von dieser alten Frau immer Leute sterben? *Porta sfiga … sie bringt Unglück«*, flüsterte er dann und grinste.

»Die jungen Leute denken, die Alten sind Narren, aber die Alten *wissen*, die Jungen sind Narren«, zitierte ich die alte Dame höchstpersönlich.

»Wie dem auch sei: Miss Marple behauptet jedenfalls, dass der Ehemann oft der Täter ist, und nicht nur das. Sie behauptet auch, dass eine Menge Angestellte sich in den Mann ihrer Arbeitgeberin verlieben!«, triumphierte ich.

Er schaute skeptisch drein. »Hm, also du meinst, Alberto verliebt sich in Adele, weil sie die Cousine seiner Frau ist, und Adele verliebt sich in Alberto, weil er der Mann ihrer Arbeitgeberin ist und diese ... äh ... Miss Mappel ...«

»Marple!«

»Sì, Marple, wie auch immer, also, die behauptet, das ist sozusagen der normale Lauf der Dinge, richtig? Und dann beschließen die beiden, sich Martas zu entledigen und verbrennen ihre Leiche im Fabrikofen. Was sagt deine Miss Marple dazu? Was machen die in den Romanen normalerweise mit der Leiche der Ehefrau?«, fragte er gut gelaunt und biss genüsslich in ein Stück Fleisch.

»Michelotti, ich dachte, du hättest versprochen, aufgeschlossen gegenüber meinen Theorien zu sein!«, empörte ich mich.

»Sì, sì, sta calma, bleib ruhig. Lass uns methodisch vorgehen. Vielleicht solltest du wirklich mal Signora Inzini auf den Zahn fühlen. Was war damals zwischen den Zwillingen vorgefallen? Das wäre jetzt doch interessant rauszufinden, glaubst du nicht?«

Jetzt war es an mir, den Kopf hin und her zu wiegen. Doch schaden konnte es nicht, und vielleicht würde etwas Spannendes ans Licht kommen. Ja, das wäre mein nächster Schritt, beschloss ich, und nahm noch einen kräftigen Schluck Wein.

»Signora, hätten Sie Lust, heute mit mir nach Isolarocca zu fahren?«, fragte ich meine Gastgeberin am nächsten Morgen.

»Ma certo«, freute sie sich. »Heute ist so ein schöner Tag, es soll auch nicht zu heiß werden.«

Eine Stunde später standen wir am kleinen Anleger und sahen der Fähre zu, wie sie langsam von Isolarocca herübergondelte. Zwischen der Insel und dem Festland lagen zwar nur zweihundert Meter, aber da es keine Brücke gab, war man auf die Fähre angewiesen.

Am Anleger warteten schon etliche Menschen; nur wenige Touristen, da es sich bei der Gegend noch um einen Geheimtipp handelte. Die meisten Leute waren aus dem Ort, die hin und her pendelten.

»Glauben Sie, dass es Menschen gibt, die Isolarocca nie verlassen haben?«, fragte ich, während die Fähre sich in Position brachte. Der Gedanke faszinierte mich, ich stellte mir uralte, schwarz gekleidete Frauen mit faltenzerfurchten Gesichtern vor, die vor ihren Häusern auf Schemeln saßen. Keiner wusste, wie alt sie waren, auch sie selbst wussten es nicht, denn sie waren auf Isolarocca vor vielen, vielen Jahren geboren worden, und damals gab es auf der Insel kein Amt, das Geburtsurkunden ausstellte, geschweige denn eine Fähre. Und so gab es für sie nur Isolarocca und sonst nichts. Aber wahrscheinlich ging meine Fantasie wieder mal mit mir durch.

»Ach, das glaube ich nicht. Schließlich gibt es auf der Insel keinen Arzt und kein Krankenhaus. Hin und wieder müssen alle mal auf das Festland, und so weit ist die Entfernung ja nun auch nicht. Komm, wir können einsteigen!«

Wir betraten die alte Fähre gemeinsam mit einer bunten Mischung von Menschen. Die Alteingesessenen hatten Einkaufstüten dabei, Touristen ihre Kameras, junge Leute aus Isolarocca ihre Roller, denn auf der Insel waren nur Roller und Mofas erlaubt, und für Fahrräder waren die Straßen einfach zu steil.

Für die kurze Fahrt setzten wir uns ans vordere Ende und genossen den Fahrtwind und die schöne Aussicht. Das Wasser glitzerte in der Sonne, und um uns herum waren Fischerboote, die ihre Netze ausließen oder wieder einholten. Es war nicht das erste Mal, dass ich nach Isolarocca fuhr, doch es fühlte sich so an. Diese Insel schien Geheimnisse in sich zu bergen, die nicht leicht zu knacken waren. Ich ließ den Blick über die bunten Häuser am Seeufer schweifen, auf deren Dächer Möwen saßen und majestätisch den kleinen Hafen überblickten.

Ich schaute zurück nach Pelati, und wieder stellte ich fest, wie riesig die Kirche in dem kleinen Dorf aussah. Der Glockenturm war so hoch, dass man selbst von hier aus die Uhrzeit lesen konnte. Ob man das Glockenspiel auch hier hören konnte? Ob Don Vincenzo gerade die Messe abhielt? Vielleicht sollte ich ihm demnächst wirklich mal einen Besuch abstatten.

Auch auf Isolarocca wartete schon eine Traube Menschen auf die Fähre. Wir stiegen aus und betraten die Uferstraße, die vor Menschen wimmelte; Frauen mit Einkaufstüten, Bauarbeiter mit Zementsäcken auf den Schultern, eine Ape voll beladen mit Baumaterial, der Barbiere, der draußen vor seinem Laden mit ein paar seiner Kunden sprach. Durch eine offene Tür konnte ich zwei Männer in ihrer Werkstatt ausmachen, die Fischernetze herstellten, ganz so wie früher. Fische hingen an Querstöcken von zwei ineinander verkeilten Holzgerüsten direkt am Seeufer und wurden von der Sonne getrocknet.

Hier schien die Zeit stehen geblieben zu sein. Vielleicht war es mit meiner Fantasie doch nicht so weit hergeholt, eine Insel ist und bleibt eine Insel.

»Lass uns den Bus nehmen und nach Castrani fahren, da habe ich früher gewohnt, und dort wird auch das Blumenfest stattfinden. Meine Cousine ist heute zwar nicht zu Hause, aber ich glaube, ich kenne trotzdem noch genug Leute, dass es uns nicht langweilig wird«, lachte die Signora.

Vor der Busfahrt hatte ich mich schon gefürchtet, und obwohl ich insgeheim zu dem Schluss gekommen war, dass ich mich auf Pelati und Isolarocca meinen Ängsten endgültig stellen musste, wurde es am Ende viel schlimmer, als ich gedacht hatte. Der Kleinbus mit zwanzig Sitzen wurde von einem gut aussehenden, dunkelhaarigen Mann mit sexy Sonnenbrille und behaarten, braun gebrannten Unterarmen gefahren. Besagter Fahrer legte offensichtlich deutlich mehr Wert darauf, alle vierzig Sekunden seine Frisur im Spiegel zu betrachten, als den engen Kurven der Bergstraße die nötige Ernsthaftigkeit zu widmen. Das lag womöglich auch daran, dass er alle vierzig Sekunden die Hupe betätigte und irgendwelche Frauen am Straßenrand mit einer lässigen Handbewegung grüßte. Klar, dass die Frisur dabei sitzen musste. Jene Frauen grüßten alle ebenfalls sehr lässig zurück, was mich wunderte, denn ich wäre an ihrer Stelle vor lauter Angst in die Büsche gesprungen. Zusätzlich zum lässigen Fahrstil und den allzu häufigen selbstverliebten Blicken in den Spiegel legte der liebe Busfahrer eine Geschwindigkeit an den Tag, die durch nichts zu rechtfertigen war. Ich hatte mich am Sitz vor mir festgekrallt und versuchte mich daran zu erinnern, ob es einen speziellen Schutzheiligen für Busfahrten gab, an den ich mich schnell wenden konnte. Da mir nichts in diese Richtung einfallen wollte, beschloss ich, meinen nächsten Kirchenbesuch dazu zu nutzen, um mich direkt beim Chef-Heiligen zu bedanken, dass ich die Fahrt überlebt hatte. Falls ich sie überleben würde. Was mich noch mehr ärgerte als meine eigene Angst waren die anderen Fahrgäste, die völlig entspannt miteinander und mit dem Fahrer, den sie Alvaro nannten, quatschten und lachten, als wenn das Schild »Non parlare con l'autista, nicht mit dem Fahrer sprechen« reine Deko gewesen wäre und ihr Leben nicht an einem seidenen Faden hängen würde.

Auch Signora Inzini genoss die Fahrt sichtlich und plauderte ungerührt mit diesem oder jenem alten Bekannten. Kurzum, im Bus herrschte eine ausgelassene und völlig vergnügte Urlaubsstimmung, und ich war die Einzige, die nicht davon profitierte.

Die Route führte mal bergauf, mal bergab, zwischendurch musste der Fahrer an engen Stellen wenden, was ihm aber nichts auszumachen schien und der Stimmung keinen Abbruch tat. Irgendwann hielt er vor einer Schule, machte den Motor aus und wartete auf die Kinder, die er beim Einsteigen alle mit Namen begrüßte. Wenn das kein Service war, da hätten sich die Kellner in Münchner Gaststätten eine Scheibe abschneiden können. Natürlich war das nichts, wenn man es mal eilig hatte, aber hier auf Isolarocca schien es niemand eilig zu haben.

In Castrani angekommen, stellte ich zwei Dinge fest. Erstens, ich hatte überlebt, zweitens, Castrani war ein ganz normales Dorf wie Pelati, auch mit einer Piazza, zwei, drei Bars, einem Rathaus und bunten, malerischen Häusern um den Platz herum. Und natürlich einer Kirche.

»Ach, diese Erinnerungen, da habe ich meinen Mario kennengelernt. Was heißt schon kennengelernt? Wir kannten uns natürlich schon ewig, aber in dieser Bar da sind wir uns, na ja … nähergekommen. Da haben sie Abba gespielt«, kicherte die Signora. Wir saßen unter der Markise einer Bar und schlürften unseren Cappuccino.

»Apropos, was ist mit dem Alten vom Flohmarkt?«

»Welcher Alte?«, fragte sie irritiert. Natürlich, für sie war er nicht alt, alles eine Frage der Perspektive.

»Ich meine den netten Herren, bei dem wir den Tisch und die Karaffen abgestaubt haben.«

»Ach, der Piero! Nichts, wir gehen manchmal tanzen, mehr ist da nicht.«

»Hängen Sie noch sehr an Ihrem verstorbenen Mann?«

»Ein bisschen. Auch wenn er mich zu Lebzeiten zur Weißglut getrieben hat«.

»Wieso? Was hat er gemacht?«

»Ach, du weißt schon, er war sehr pingelig. Immer musste das Essen pünktlich auf dem Tisch stehen. Sich selbst hingegen hat er es gut gehen lassen, hat die Jagd genossen und so weiter.«

»Er war Jäger?«

»Ja, in vielerlei Hinsicht«, sagte sie, und ich wusste, was sie meinte.

Mein Opa hatte es sich zu Lebzeiten auch immer gut gehen lassen, meine Oma hatte immer zur Stelle zu sein, wenn er etwas gebraucht hat, ansonsten hatte er sich frei wie ein Vogel gefühlt. Natürlich immer diskret, aber so etwas dringt irgendwann durch.

»Und der Pfarrer war immer mit von der Partie«, fügte sie hinzu.

»Wie bitte?«

»Bei der Fasanenjagd, meine ich.« Sie lachte. »Mario meinte, der Pfarrer konnte Fasanen im Wald so gut sehen, er nahm ihn immer gerne mit!«

»Ach so, ich dachte schon ...«

»Edvige!«, hörte ich jemanden rufen.

Signora Inzini drehte sich um. »Adelina! Wie schön, dich hier zu treffen.«

Vor uns stand die exakte Kopie von Martina, Martas Mutter.

»Edvige, was machst du denn hier? Geht es um die Blumen? Deine Cousine ist nicht ...«

»No, no, es geht nicht um die Blumen, mit denen komme ich ganz gut voran. Adelina, das ist meine liebe Stella, sie wohnt zurzeit bei mir.«

Adelina, offensichtlich Martinas Zwillingsschwester und Adeles Mutter, gab mir die Hand und schien sich zu freuen, mich kennenzulernen.

»Aus Deutschland, stimmt's?«, fragte sie.

Ich nickte und versuchte, Adelina diskret einer Betrachtung zu unterziehen. Rein optisch glich sie ihrer Schwester aufs Haar, doch offensichtlich hatte sie nicht ganz so viel Geld wie diese. Sie trug ein ganz normales Sommerkleid vom Markt und bequeme offene Sandalen mit einem kleinen Absatz. Von aufwendiger Kosmetik oder zahlreichen Friseurbesuchen keine Spur.

»Gibt es was Neues von meiner Nichte?«, fragte sie dann mit besorgter Miene.

Die Signora schüttelte den Kopf. »Ich glaube nicht, Adelina, es ist eine Tragödie!«

»Aber weiß man denn gar nichts?«

»Bisher weiß ich nur, dass sie vor einer Woche verschwunden ist.«

»Ich habe Adele gefragt, aber sie scheint auch nicht mehr zu wissen. Sie wollte gar nicht darüber reden. Dabei arbeiten sie so eng miteinander, sie hätte etwas mitbekommen müssen, einen Streit, ein Problem, irgendetwas! Und meine Schwester kann ich ja wohl nicht fragen, du weißt schon ...«

»Sì, sì, Adelina, wenn Familien auseinanderreißen, ist es immer schlimm. Meinst du nicht, dass sich Martina trotzdem freuen würde ...«

»Kommt nicht infrage. Aber jetzt muss ich mich beeilen, du weißt schon, das Blumenfest. Ciao Edvige, buongiorno signorina!«

»Certo, geh nur, Adelina, ciao!«

Nun, da Adelina sich Richtung Kirche entfernt hatte, beschloss ich, die Gunst des Moments zu nutzen. »Signora, ich will nicht neugierig erscheinen, aber warum haben sich die Schwestern damals zerstritten?«

»Das weiß nur der Himmel. Damals hieß es, sie hätten sich wegen der Organisation des Blumenfestes in die Haare gekriegt, aber mittlerweile ...«

»Mittlerweile?«, fragte ich gespannt und vergaß dabei, meinen Mund zu schließen. Immerhin achtete ich darauf, keine Speichelfäden in den Cappuccino fallen zu lassen.

»Ach, ich weiß es nicht. Aber wegen eines Festes jahrelang nicht mehr miteinander zu reden, das ist doch ziemlich übertrieben, findest du nicht?«

Ich dachte nach. Meine Oma hatte mir Geschichten erzählt, in denen sich Verwandte wegen Kleinigkeiten zerstritten hatten. Einmal hatte zum Beispiel ein Onkel meiner Oma seiner Schwägerin ein so kleines und faseriges Stück Braten heruntergeschnitten, dass dies in den Augen seines Bruders beziehungsweise ihres Ehemanns ein regelrechter Affront war. Im Nachhinein war es nicht mehr nachvollziehbar, ob sich der Bruder selbst darüber pikiert oder ob die Schwägerin ihren Ehemann aufgehetzt hatte, jedenfalls hatte die Frustration des Mannes (wegen der Geringschätzung seines Bruders oder der demütigenden Unterdrückung durch seine Ehefrau, schwer zu sagen) dazu geführt, dass ein epochaler Streit entbrannt war, bei dem alle bis dahin totgeschwiegenen, unverarbeiteten Familienthemen hochgekocht waren. Selbst die Oma meiner Oma, die damals so gut wie bettlägerig gewesen war und ihr Zimmer praktisch seit Jahren nicht mehr verlassen hatte, war extra dafür aufgestanden und hatte sich mit letzter Kraft ins Esszimmer begeben, um ihren Senf zur bitterbösen Diskussion beizusteuern. Am Ende hatte keiner mit keinem mehr geredet, und die Oma hatte alle enterbt. Stattdessen hatte sie die Kirche begünstigt, was ein regelrechter Hohn war, da sie alles andere als religiös gewesen war.

So gesehen konnte ich mir ein Blumenfest, dessen Geschichte und Tradition stark mit der Insel verbunden war, als Grund für Zwist schon ganz gut vorstellen. Aber wer wusste das schon so genau?

»Können Sie sich vorstellen, dass der Streit anlässlich des

Blumenfestes nur etwas war, was etwas viel Tieferes überspielte?«, fragte ich jetzt übermütig.

Die Signora schien nachzudenken, dann nickte sie. »Sì, das kann ich mir vorstellen, aber weißt du, Stella, ich will mich nicht in fremde Geschichten einmischen. Jede Familie hat ihre Geheimnisse, und die sollten auch in der Familie bleiben, das hat mir meine Mutter immer gepredigt.«

Ja, das hatte mir meine Oma auch immer gepredigt, aber darauf konnte ich jetzt keine Rücksicht nehmen, hier ging es nicht um ein schlecht geschnittenes Stück Braten, hier ging es um Mord.

CAPITOLO 10

»Marta, was machst du denn hier?«

»Ich bin nur schnell vorbeigekommen, um dir etwas mitzuteilen.«

»Aber du bist doch tot!«

Marta lachte. »Darauf kann ich keine Rücksicht nehmen.«

»Marta, wo … bist du eigentlich?«

»Ich habe nicht so viel Zeit, und ich muss dir etwas sagen!«

Umging sie geschickt meine Frage?

»Okay, dann aber schnell! Und wenn du schon dabei bist, die Lottozahlen vom nächsten Samstag wären auch nicht schlecht!«

»Du musst an das Wasser denken, Stella, das Wasser!«

»Wie, das Wasser, was willst du …«

Aber da wachte ich schon auf. Mist, ich hatte es gewusst, das mit den Lottozahlen hätte ich nicht fragen sollen, ich gieriges Weib, ich hatte damit nur wertvolle Zeit verloren!

Schlecht gelaunt stand ich auf, duschte und ging kurz darauf nach unten. Signora Inzini schien das Haus schon verlassen zu haben, also begab ich mich auf direktem Weg zu Franco, wo ich hoffte, den Carabiniere anzutreffen.

»Michelotti, zum Rapport!«, zischte ich beim Vorbeigehen und zeigte mit dem Kinn Richtung Theke.

»Na, hast du etwas Interessantes herausgefunden?«, fragte Michelotti, der sich scheinbar nur schweren Herzens von seiner Sportzeitung lösen konnte.

»Senti, ich habe beschlossen, dir alles zu sagen, was ich weiß. Die Sache wird langsam ernst, selbst Tote erwachen wieder zum Leben.«

Diesen letzten Satz hatte ich mit großer Leidenschaft hervorgebracht, sodass Franco, der eine Tasse in der Hand hielt, diese zitternd wieder ablegte und mich erwartungsvoll anschaute.

»Franco, wir setzen uns da hinten hin, von da aus haben wir eine gute Aussicht«, log ich und zog Michelotti hinter mir her.

Franco, der sein ganzes Leben lang Barbesitzer gewesen war, ließ sich natürlich nicht täuschen und setzte eine beleidigte Miene auf.

»Allora, Michelotti, hör mir gut zu: Adele ist farbenblind!«

Nun erntete ich erwartungsgemäß einen verständnislosen Blick, den ich genoss. Ich wollte den Carabiniere ein wenig auf die Folter spannen.

»Aha. Und deine Miss Marple sagt was dazu?«

»Das hat mit Miss Marple nichts zu tun! Der Punkt ist: Marta war, oder ist, auch farbenblind! Das hatte ich gemerkt, weil sie Beige und Rosa bei den Kacheln nicht auseinanderhalten konnte.«

»Okay, aber die beiden sind Cousinen, die Mütter Zwillinge, das ist doch nicht ungewöhnlich, dass …«

»Genau das ist das Ungewöhnliche. Farbenblindheit wird nur über die Väter vererbt, nicht über die Mütter!«

Michelotti schaute mich an, als würde ich deutsch sprechen. Innerlich lachte ich darüber und schrieb mir hundert Punkte auf eine imaginäre Tafel.

»Pass auf: Es gibt X- und Y-Chromosomen. Farbenblindheit ist ein genetischer Fehler, der bei Frauen nur zum Tragen kommt, wenn beide X-Chromosomen betroffen sind.«

In Michelottis Antlitz konnte ich immer noch keinen Blitz der Erkenntnis feststellen.

»Okay, allora: Männer haben ein X- und ein Y-Chromosom, Frauen zwei X-Chromosomen.«

Er nickte, irgendwas musste er in der Schule ja auch gelernt haben.

»Der Defekt für die Farbenblindheit befindet sich ausschließlich auf dem X-Chromosom. Wenn ein Mann ein X-Chromosom hat, das im Sinne der Farbenblindheit defekt ist, dann kann ein zweites X-Chromosom diesen Defekt nicht ausgleichen, weil der Mann …«

»Kein zweites hat!«, triumphierte Michelotti.

»Bravo!«, jubilierte ich.

»Deswegen ist ein Mann mit einem entsprechend betroffenen X-Chromosom immer farbenblind. Eine Frau hat hingegen zwei X-Chromosomen. Ist nur eines betroffen, trägt sie zwar die Farbenblindheit in den Genen, aber sie ist nicht daran erkrankt.«

»Und im Fall von Adele und Marta …«

»Müssen die Cousinen gezwungenermaßen den Defekt an beiden X-Chromosomen tragen, denn ansonsten wären sie nicht farbenblind.«

Der Carabiniere schien seine gesamte Denkleistung abzurufen, das konnte ich an seinem angestrengten Gesichtsausdruck sehen.

»Okay, ich verstehe, aber was bedeutet es nun für unseren Fall?«

»Michelotti, du hast *unseren* Fall gesagt! Ich könnte dich küssen!« Dies sagte ich anscheinend wieder zu laut, denn alle alten Damen, die auf die Messe warteten, reckten den Hals erwartungsvoll in unsere Richtung. Das könnte euch so passen, dachte ich bei mir. Immer brav in die Messe gehen und ansonsten Klatsch verbreiten wollen!

»Allora, für *unseren* Fall heißt es, dass sowohl Adeles Vater als auch Martas Vater farbenblind sein mussten. Und die Mütter hatten den Gendefekt natürlich auch.«

»Okay«, sagte er gedehnt. »Aber …«

»Aber das ist immer noch nicht der Punkt!«, bereitete ich den finalen Schlag vor. »Denn, dass beide Väter farbenblind waren, kann durchaus sein, denn gerade in kleinen Gemeinden wie dieser ist ein solcher Defekt, der ansonsten recht selten ist, keine abnormale Sache. Aber als ich Adele auf ihre Sehschwäche angesprochen habe …«

»Wann?«

»Scusa?«

»Wann hast du sie darauf angesprochen?«

»Äh, ich war neulich wieder bei ihr. Das mit der dunklen Brille in der Fabrikhalle kam mir komisch vor. Dann ist mir zu Hause wieder eingefallen, dass es Spezialgläser gibt, die den Fehler wieder aufheben. Also bin ich noch mal hingefahren und habe sie damit konfrontiert.«

»Was meinst du, du hast sie damit konfrontiert? Du meinst so richtig? So zum Beispiel: ‚Adele, jetzt hab ich dich, gib endlich zu, dass du farbenblind bist!?'«

»Idiota! Natürlich nicht. Ich habe es einfach ganz locker und nebenbei angesprochen. Und ich habe ihr gesagt, dass ich auch von Martas Farbenblindheit wusste. Und da ist sie mir auf den Leim gegangen.«

Michelotti hob die Augenbrauen und schaute mich fragend an.

»Sie hat mir weismachen wollen, dass dieser Defekt von den Müttern kommt. Aber sie hat nicht mit meinem Fachwissen gerechnet!«

»Welches Fachwissen denn?«

»Bin ich oder bin ich nicht Krankenschwester? So etwas lernt man doch in der Ausbildung. Ich musste zwar im Internet etwas nachrecherchieren, weil es mir nicht mehr so präsent war, aber dann hatte ich die Fakten wieder beisammen.«

»Hm, das bedeutet, dass unsere Adele gelogen hat?«

»Ich denke schon. Jemand, der sich über seinen Sehfehler schlau macht, und das hat sie anscheinend, weiß auch, wie er vererbt wird.«

»Und wieso sollte sie lügen? Wo läge das Problem, wenn ihr Vater auch farbenblind gewesen wäre?«

»Genau das weiß ich ja nicht. Aber selbst du musst doch zugeben, dass es sehr seltsam ist, oder?«

»Okay, ich gebe es zu. Und wie sehen jetzt deine nächsten Schritte aus, Sherlock Holmes?«, fragte er mit einem Grinsen.

»*Unsere* Schritte, Watson, *unsere* Schritte«, lachte ich.

Und dann musste ich schnell gehen, denn die Kirchenglocken läuteten, und ich wollte die Messe nicht verpassen.

Das mit der Kirche ist in meiner Familie so eine Sache. Nicht wenige Leute in Italien wie auch in Deutschland kehren dem Klerus neuerdings den Rücken. Bei uns war es hingegen so, dass der Ruf des Glaubens schon immer auf mehr oder weniger taube Ohren gestoßen war. Es gibt nur wenige in der Familie, die man an einer Hand abzählen kann, die regelmäßig die Kirche besuchen und tatsächlich religiös sind. Und so wusste ich auf einmal, als ich Don Vincenzos Kirche betrat, wie sich illegale Einwanderer vorkommen müssen. Ich setzte mich extra ganz an den Rand einer der mittleren Reihen, für den Fall, dass ich plötzlich schnell das Weite suchen musste.

Erste Orgelklänge ertönten und verliehen dem Ganzen den nötigen Ernst, ungeachtet der Tatsache, dass sich nur zehn oder zwölf Leute zusammengefunden hatten. Ich reckte den Hals, um zu sehen, ob meine Vermieterin mit von der Partie war, aber ich konnte sie nicht entdecken. Dafür war die übliche

Gruppe älterer Damen aus Francos Bar anwesend, die sich jeden Tag mit einem caffè und jeder Menge Klatsch die Zeit vertrieben, bis es wieder Zeit für eine religiöse Veranstaltung war.

Wenn die liebe Leserin oder der liebe Leser nun erwartet, dass ich eine detaillierte Beschreibung der heiligen Stätte abgebe, dann muss ich sie oder ihn leider enttäuschen. Ich sah ein paar Statuen, vermutlich Heilige, ein paar Bilder, wahrscheinlich die Stationen der Passion, einige Kreuze mit und einige ohne Jesus, ganz hübsche Säulen, und auch die bunten Gläser mit religiösen Motiven waren ganz nett anzusehen. Das muss als Beschreibung von Pelatis Kirche nun mal reichen, mehr kann ich leider nicht bieten.

Nachdem die Orgel ihren Einsatz beendet hatte, betrat Don Vincenzo würdevoll den Altarraum. Trotz des spärlichen Publikums hatte der Pfarrer mit den Ornamenten nicht gegeizt und sich ordentlich in Schale geworfen. Davon verstand ich etwas. Denn entgegen der antiklerikalen Tradition meiner Familie hatte ich mal als Kind in unserer Dorfkirche als Ministrantin gedient, was meine Oma kopfschüttelnd zu quittieren pflegte. Dazu kam es, weil meine gleichaltrige Cousine den Wunsch hatte, dem Kirchenchor beizutreten. Da sie ein ganz nettes Kind, aber leider völlig unmusikalisch war, hatte man ihr den Chorbeitritt verweigert, ihr dafür aber als Ausgleich den Dienst als Ministrantin in der Sieben-Uhr-Messe angeboten. Zu diesem Dienst hatte meine Cousine, die nur mäßig Lust dazu verspürte, auch mich verdonnert, da bekanntlich zwei Ministranten pro Messe benötigt werden. Und so standen wir ein halbes Jahr vor der Schule Morgen für Morgen an der Seite des Pfarrers und mussten alle möglichen Dienstleistungen erbringen, ohne dass er uns je etwas von der eingesammelten Kollekte abgegeben oder zumindest nett Danke schön gesagt hätte. Jedenfalls zählte zu unseren Aufgaben vor dem Beginn der Messe auch das Reichen der Soutane, die der Pfarrer huldvoll entgegennahm und mit der größten Sorgfalt und Würde anzog. Eine andere Aufgabe war das Einschenken des Weines während der Kommunion. Meine Cousine erzählte mir, dass der Pfarrer sie immer mit einer ungeduldigen Handbewegung dazu ermunterte, noch mehr einzugießen, bis der Behälter randvoll war und sie schon Angst hatte, er würde überlaufen. Aber ich schweife ab.

Hier war ich also, in Pelatis Kirche, und tat so, als würde ich tatsächlich als gute Christin die Messe besuchen wollen. Und natürlich war ich nicht besonders gut darin, konnte man doch sofort sehen, dass ich nicht im Mindesten wusste, wann man aufstehen, sich setzen und sich hinknien musste. Geschweige denn, dass ich mehr als nur ein paar Verse des Vaterunsers kannte.

Don Vincenzo ließ sich in seinem Zeremoniell durch nichts stören, man merkte, er war ein Profi. Wenn ich tagein, tagaus ein solches Brimborium hätte veranstalten müssen, nur um ein paar wenige Zuschauer zu unterhalten, hätte ich mich vor lauter Frustration früher oder später gehen lassen. Den Orgelspieler hätte ich gecancelt und die ganze Prozedur deutlich abgekürzt. Irgendwann hätte ich die Runde einfach zur Abstimmung mit Handzeichen gebeten, ob überhaupt jemand zur Kommunion wollte, denn wenn nicht, hätte ich mir das mit der Hostie und dem Wein auch gespart. Wobei der Wein in puncto Frustrationsbewältigung wohl keine schlechte Option gewesen wäre, wie unser alter Dorfpfarrer sicherlich auch wusste.

Don Vincenzo hegte jedoch anscheinend keine derartigen Gedanken, er führte die Messe so, als wäre er der Papst im übervollen Petersdom. Zwischendurch ruhte sein Blick wohlwollend auf mir, zumindest bildete ich mir das ein. Und trotz der wenigen Besucher wurden die Gebete laut und voller Inbrunst gesprochen, der Gesang an die Kirchendecke geschmettert, dass die bunten Scheiben nur so wackelten.

Währenddessen versuchte ich mich in einem innigen Gespräch mit dem Herrn: »Lieber Herr im Himmel, ich weiß, ich war schon lange nicht mehr hier, aber immerhin besuche ich zwischendurch deine Mutter an der Via Perini Ecke Via Massi, das muss auch gelten, oder?«

Und: »Lass Marta nichts Schlimmes passiert sein und wenn doch, lass mich den oder die Schuldigen finden. Über jeden Hinweis wäre ich dir dankbar. Ach ja, was hat Marta denn mit ‚Denk an das Wasser' gemeint?« Und so weiter und so fort.

Als die Messe zu Ende war, stand ich erleichtert und mit einem friedvollen Gefühl auf und begab mich nach draußen, wo sich die Frauen versammelt hatten und wild durcheinanderredeten. Eine Weile stand ich unentschlossen herum und versuchte, unauffällig ihre Gespräche zu belauschen, dann aber fiel mir auf, dass ich meine Handtasche vergessen hatte. Also ging ich zurück in die Kirche. Als ich mich gerade bücken wollte, um die Tasche aufzuheben, hörte ich Stimmen aus der Sakristei. So leise wie möglich näherte ich mich und horchte. Don Vincenzo und eine andere Person, deren Stimme ich nicht zuordnen konnte, redeten miteinander.

»Aber wieso um Gottes willen hattest du es mir nicht gesagt?«, fragte der Pfarrer.

Unbestimmtes leises Gemurmel.

»Wenn es um das Geld ging ...«

Gemurmel, Gemurmel.

»Du weißt, du hättest zu mir kommen sollen. Und du meinst, sie hat es gewusst?«

»Schsch, sei leise!«, mahnte die andere Stimme. Es war die einer Frau. Danach wurde es so leise, dass nur noch ein Flüstern zu vernehmen war. Mist! Wer konnte die Frau sein? Und worum ging es? Es hörte sich sehr geheimnisvoll an.

Als ich in Gedanken versunken die Kirche wieder verließ, sprach mich eine der älteren Damen an: »Sie sind doch die Signorina aus Deutschland, oder?«

»Sì«, erwiderte ich überrascht. Wir hatten uns bei Franco oft gesehen, aber mehr als ein Buongiorno hatten wir bislang nicht ausgetauscht.

»Sie sprechen immer mit dem Carabiniere, ich habe Sie gesehen.«

Oh je, jetzt war es so weit. Entweder wollte sie mir mitteilen, dass der Carabiniere verheiratet war, und zwar mit ihrer Nichte Marisa, und dass ich gefälligst die Finger von ihm lassen sollte. Oder sie hatte mitbekommen, dass ich im Fall Marta ermittelte, dies aber in Pelati nicht erwünscht sei und ich schleunigst wieder den Weg nach Deutschland einzuschlagen hätte. So ähnlich wie im Film »Der Pate«, in dem Marlon Brando klarstellt, dass Familiengeschäfte eben Familiengeschäfte seien.

Ich starrte die Dame an und wagte kaum zu atmen.

»Wissen Sie, ich habe immer in Pelati gelebt, und in einem kleinen Ort lernt man die Menschen kennen.«

Genau das sagte auch Miss Marple immer. Hatte ich gerade meine Pelati-Miss-Marple getroffen? Nun würde sie mir alles erzählen, was es zu wissen gab. Der Carabiniere hatte recht gehabt, wenn man nicht weiterwusste, brauchte man nur zur Messe zu gehen.

»Meinen Sie etwas Bestimmtes?«, ermunterte ich sie zum Weitersprechen.

»Nun ja, ich glaube, Sie haben sich auch schon Ihre Gedanken gemacht, oder?«

Sie schaute mich mit einem wissenden und leicht tadelnden Lächeln an, als wenn sie mich beim Schwindeln erwischt hätte. Was wurde hier gespielt? Es war fast so, als wenn sie Informationen von mir wollte anstatt ich von ihr. Das Spielchen konnten wir gerne spielen. Ich hatte in Waltraut eine gute Lehrerin gehabt. Waltraut war eine meiner liebsten Patientinnen gewesen. Sie hatte Asthma und musste regelmäßig stationär aufgenommen werden, wenn sie zu Hause mit der Erkrankung nicht mehr zurechtkam. Waltraut liebte den Krankenhaus-Tratsch, und so freute sie sich trotz der Krankheit jedes Mal, wenn sie wieder aufgenommen wurde. Besonders interessiert war sie an Klatsch, der sich um die Beziehung von Ärzten zu Krankenschwestern drehte. Da sie aber zu gut erzogen war, um ihre Vermutungen frei herauszuposaunen, verwendete sie die Taktik, die auch die Dame auf dem Kirchplatz anscheinend gut beherrschte. Sie machte immer nur Andeutungen, ließ sich nie zu einer direkten Behauptung hinreißen und beantwortete Fragen wiederum mit Gegenfragen oder maximal mit einem vagen Kopfnicken, das auch als Kopfschütteln interpretiert werden konnte. Das Ziel des Spiels war es natürlich, möglichst viel herauszufinden, ohne indiskret zu wirken oder selbst etwas offenzulegen. Bei dieser Strategie gab es nur eine mögliche Reaktion: Man hält sich exakt an dieselbe Methode und hat Geduld. Der Erste, der einen Fehler begeht, hat verloren. Wie beim Schachspielen.

»Hm, schwierig zu sagen …«, antwortete ich und wiegte den Kopf hin und her.

»Sì, sì, Beziehungen zwischen Menschen sind in einem Dorf auch nicht anders als in einer großen Stadt, alles ist ziemlich kompliziert …«, ließ sie wiederum verlauten.

»Aber wenn zwei Frauen im Spiel sind …«, wagte ich mich vor.

»Certo, certo!«, beeilte sie sich, mir zu versichern.

Sie hielt sich aber ziemlich gut bedeckt. Das würde eine Herausforderung werden.

»Wobei meistens … also, wenn man vom Üblichen ausgeht … Ich meine, Gründe kann es viele geben, aber …«

Nun schaute mich die Dame schon mit größerem Respekt an und schien rasch zu überlegen, ob sie es aussprechen konnte.

»Sie meinen … einen Mann?«, sagte sie leise, als wenn schon das Wort allein etwas Unanständiges wäre.

»Ist es nicht oft so?«

»Ja, schon, aber … wer?«, fragte sie mich mit großen Augen.

»Na ja, Sie fragen mich, dabei bin ich gerade erst aus Deutschland gekommen. Ich kenne mich hier nicht aus. Sicherlich wissen Sie mehr als ich.«

»Ich?«, fragte sie mich und setzte eine entrüstete Miene auf.

Ich beschränkte mich darauf, sie vertrauensvoll anzuschauen. Ja, genau du, komm schon, du weißt etwas!

»Wo denken Sie hin?«, empörte sich die Frau, presste ihre Handtasche an die Brust und verließ eilig den Platz. Die Partie war unentschieden ausgegangen. Schade aber auch.

Etwas geknickt schlich ich nach Hause. Natürlich hatte ich mich noch eine Weile am Kirchentor herumgedrückt, für den Fall, dass die geheimnisvolle Frau aus der Sakristei doch irgendwann aufgetaucht wäre. Nach einer Weile war mir jedoch wieder eingefallen, dass Sakristeien für gewöhnlich eine eigene Tür nach außen haben, wie sollte sonst der Pfarrer seinen gloriosen Eintritt hinbekommen, wenn er mit den Normalsterblichen die Kirche betreten würde?

Natürlich war die Frau schon längst durch die hintere Tür verschwunden, während ich mit der alten Dorftante Zeit verloren hatte. Oder war das alles kein Zufall? Bin ich am Ende Opfer eines Täuschungsmanövers geworden? Hatte die Alte mich absichtlich aufgehalten, damit ich nicht weiter in die Geheimnisse von Pelati eindringen konnte? Dann war sie eine viel bessere Schachspielerin als ich. Und zu allem Überfluss hatte ich sogar mein Dankgebet an Gott vergessen, das ich ihm auf Isolarocca felsenfest versprochen hatte. Na ja, er würde es schon überleben, dachte ich mit einem Schulterzucken. Zynismus war schon immer eine meiner Stärken gewesen.

Auf dem Weg nach Hause setzte ich mich auf eine Bank mit Blick auf die Berge. Ich musste an meinen Opa denken, der schon seit einigen Jahren im Himmel weilte, und an seine Liebe zu den Bergen. Wahrscheinlich war es kein Zufall, dass ich in Pelati gelandet war. Die Berge, das einfache Dorfleben, Leute wie Luigi der Kaninchen-Kastrierer und Gigi Legno der Holz-Zerkleinerer. Das alles hatte es so ähnlich schon in meiner Kindheit gegeben. Kommt man irgendwann nicht immer wieder zurück zum Ursprung? War das Leben nicht ein sich ewig wiederholender Kreislauf? Man zieht weit weg, und doch sehnt man sich nach den alten Plätzen, nach seinen Leuten, nach seiner Sprache. Im Krankenhaus musste ich natürlich deutsch sprechen, nur ab und zu wurde eine italienische Patientin oder ein italienischer Patient eingeliefert. Dann freuten wir uns, dass wir italienisch miteinander reden und gemeinsam über unsere Politiker herziehen konnten. Manchmal holte ich auch vom Italiener gegenüber dem Krankenhaus italienische Gerichte für meine kranken Landsleute, denn sie taten mir leid, wenn sie am Abend die trockene Scheibe Brot anstarrten und ich die Bilder von Spaghetti al dente vor ihren Augen sehen konnte. Keine Frage, die Heimat zieht einen immer wieder zurück. Ich war das lebende Beispiel.

Doch was sollte ich heute noch mit mir und meiner neuen Heimat anfangen? Auf die Baustelle hatte ich keine Lust und auf weitere erfolglose Interviews ebenso wenig. Ich ging nach Hause, schnappte mir die neueren Dorf-Krimis, die ich dabeihatte, und suchte nach Inspiration.

Im Garten machte ich es mir auf der Liege unter dem Olivenbaum bequem. Das erste Buch war Teil der berühmten Friseur-Reihe aus dem Bayerischen Wald. Besagter Friseur, der detektivische Ambitionen hegte, bekam durch seine Tätigkeit im Salon so viel Tratsch mit, dass er die Fälle, die sich in seiner Umgebung nur so häuften, federleicht zwischen einem Bürstenschnitt und einer Dauerwelle lösen konnte. Das Charmante an diesem Hobby-Detektiv war, dass er dafür seinen Arbeitsplatz nicht verlassen musste. Tja, manchmal muss man auch Glück haben. Da ich über einen Arbeitsplatz nicht verfügte, beschloss ich, erst mal den niederbayerischen Hairstylisten beiseitezulegen und mich gescheiterer Kost zuzuwenden.

Als Nächstes nahm ich einen dieser Detektivromane in die Hand, in denen die Ermittlerin zwar eine richtige Polizistin ist, aber deren Fälle so gestrickt sind, dass sich jedes Mal einer ihrer Freunde und/oder Familienmitglieder als Täter herausstellt. Diese Bücher liebte ich, weniger wegen der raffinierten Wendungen der Geschichten, sondern hauptsächlich deswegen, weil besagte Polizistin mir das Gefühl gab, im Vergleich zu ihr ein überaus glückliches Händchen in Sachen Freundschaft und Familie zu haben. Denn insgeheim war ich gespannt, wie lange es dauern würde, bis kein Freund und kein Familienmitglied mehr übrig bleiben würde. Ich blätterte ein paar Seiten um, es schien, als hätte sie endlich das große Glück gefunden, denn sie hatte einen neuen Mann kennengelernt. Für ihn hatte sie sogar auf einen gewaltigen Karriereschritt verzichtet, der sie nach Hamburg geführt hätte. Schnell übersprang ich ein paar Seiten und las, dass ihre Pferde (die Polizistin hatte einen eigenen Pferdehof) seit Kurzem eines nach dem anderen nach schmerzhaften Koliken das Zeitliche segneten. Da das kollektive Pferdesterben zu dem Zeitpunkt eingesetzt hatte, als der Traummann in ihr Leben eingetreten war, und weil es in dieser Folge um Drogenschmuggel ging, wurde mir gleich klar, dass der Traummann, die Drogen und die Pferde zusammenhingen und dass die Polizistin bald wieder solo sein würde. Geschenkt.

Anschließend widmete ich mich einem schusseligen Metzger, der in seinem Schlachtraum plötzlich auch menschliche Überreste fand, die er aber nicht sofort als solche identifizierte und mich so fast dazu gebracht hatte, Vegetarierin zu werden.

Und schließlich gab ich dem vielfach ausgezeichneten Bergkrimi-Autor wieder eine Chance. Besagter Autor vermittelte bereits in den ersten zehn Seiten seiner Bücher so viele Informationen über kulturelle, wirtschaftliche und soziologische Begebenheiten der alpinen Bevölkerung, dass ich sofort wieder eine Pause einlegen musste, um alles zu verdauen.

Als ich das Buch auf den Stapel legte, guckte ein dünnes Heft daraus hervor. Moment, was war das? Es schien sich um eine Art Tagebuch zu handeln, das ich aus Versehen aus dem Regal genommen hatte, in dem meine Bücher zwischen denen von Signora Inzini standen. Der vergilbten Farbe nach zu urteilen war es sehr alt. Durfte ich das überhaupt lesen?

»Psst!«, hörte ich plötzlich.

Ich drehte den Kopf. »Ist da jemand?«, fragte ich und warf das kleine Heft in einer panischen Übersprunghandlung ins hohe Gras. War das die Signora? Oder sogar die Seele ihres verstorbenen Ehemanns?

»Ich bin es«, kam es flüsternd von einer Hecke, die das Grundstück umsäumte.

Michelotti! Was machte er denn hier?

»Carabiniere, wieso versteckst du dich?« Ich war aufgestanden und zum Tor gegangen. Michelotti schien sich in der üppigen Vegetation am Tor tarnen zu wollen, und er warf hektische Blicke nach links und rechts, als wenn er verfolgt werden würde.

»Ich verstecke mich nicht! Öffnest du mir?«

Ich drückte auf den Türöffner und ließ den Carabiniere eintreten. In der Hand hielt er eine kleine Tüte.

»Ist Signora Inzini da?«

»No, sie scheint unterwegs zu sein. Aber …«

»Ah, bene. Senti, warst du in der Messe? Hast du etwas Interessantes beobachtet oder … vielleicht gehört?«

»Woher plötzlich dieses Interesse?«, fragte ich skeptisch.

»Ma niente, nur so.«

»Ach komm, erzähl mir keine Märchen! Bis heute Morgen war die Sportzeitung wichtiger als die Ermittlungen, und jetzt drückst du dich im Efeu herum, schaust dich nach allen Seiten um, als wenn die Mafia hinter dir her wäre, und willst wissen, was in der Messe los war!«, zählte ich auf. Wenn es etwas gab, was ich nicht ertragen konnte, waren es Leute, die mich für dumm verkaufen wollten.

»Schsch!«

»Okay, ich bin leise, aber du musst mir die Wahrheit sagen. Hier stimmt etwas nicht!«

»Okay, okay, allora, mein Capitano scheint sich mittlerweile doch Gedanken über Martas Verschwinden zu machen, keine Ahnung, wieso.«

»Aha, das bedeutet, du …« Hier legte ich eine kunstvolle Pause ein.

»Das bedeutet, ich muss mir jetzt auch Gedanken über Martas Verschwinden machen«, seufzte er.

»Aha, was du aber bislang …«

»Noch nicht getan habe!«, rief er und klang verzweifelt.

»Ecco, soso«, sagte ich genüsslich. Vielleicht könnten mich die lieben Lesenden nun als selbstgerecht bezeichnen, und vielleicht lägen sie damit nicht ganz falsch, aber ich genoss diesen Moment. »Wieso fragst du mich wegen der Messe? Es klingt fast so, als wüsstest du etwas!«

»Ma no, irgendwo muss ich ja anfangen!«

Das überzeugte mich nicht. Erst versteckte er sich am Tor, und dann fragte er sofort nach der Messe. Wusste er mehr als ich?

»Stella, komm, ich weiß, ich habe dich bislang nicht ausreichend unterstützt und auch vielleicht nicht so ernst genommen. Aber das mit dem Ofen ist möglicherweise nicht so weit hergeholt, und die Sache mit Adeles Lüge um ihre Farbenblindheit ist auch seltsam. Jedenfalls schadet es nicht, sich das vielleicht näher anzuschauen. Und da du scheinbar mehr Informationen hast als ich …«

Nun schaute er mich an wie ein treuer Hund und versuchte, mein Mitgefühl zu wecken.

»Non so, Michelotti, ich weiß es nicht.«

»Komm schon, zier dich nicht so. Schau, ich war sogar schon in der Buchhandlung und habe ein paar von deinen Krimis gekauft«, sagte er und holte drei Bücher von Agatha Christie aus der Tüte.

Ich warf einen schnellen Blick darauf. »Pff! Das sind Poirot-Krimis! Na gut, Michelotti, du gibst dir zumindest Mühe, ich will dich in alles einweihen«, sagte ich, weil er mich mit seinem Eifer rührte.

»Setz dich hin!«, befahl ich ihm und zeigte auf einen der Stühle. Ich nahm wieder auf der Liege Platz. »Ah, Michelotti, kannst du mir erst von drinnen eine Flasche Wasser holen?«

Der Carabiniere sprang diensteifrig auf und verschwand im Haus. Nach einer Minute kam er mit der Flasche und zwei Gläsern wieder heraus, die er auf den Metalltisch stellte.

»Ein paar Scheiben Zitrone wären perfekt!«

Nun schaute er mich leicht genervt an, doch er traute sich nicht, zu widersprechen. Ich hatte ihn in der Hand, endlich. Nach zwei, drei weiteren Aufträgen, die er trotz unterdrücktem Murren erledigte, war ich endgültig bereit zu kooperieren.

»Allora?«, fragte er gespannt.

»Allora, es gibt durchaus einiges, was ich dir noch nicht erzählt habe. Du weißt, dass ich mit Signora Inzini auf Isolarocca war?«

Er nickte und trank einen Schluck Wasser. Ich schaute ihn an. So wie er brav dasaß und mit mir an einem Strang ziehen wollte, entwickelte ich plötzlich Gedanken, die die Kirche als »unrein« bezeichnet hätte. Ich schüttelte schnell den Kopf und fuhr fort. »An sich hat der Besuch von Isolarocca nicht wirklich neue Informationen geliefert, und doch hatte ich die Möglichkeit, über dieses und jenes nachzudenken und der Signora auf den Zahn zu fühlen. In Castrani haben wir Adeles Mutter getroffen, sie sieht natürlich exakt so aus wie Martas Mutter, aber das wussten wir ja schon.«

»Hat die Signora etwas über den Streit zwischen den Zwillingen erzählt?«, fragte er.

»Das ist ja das Komische. Natürlich war es ein Glücksfall, dass wir Adelina getroffen haben, denn so konnte ich nach dem Grund für den Familienzwist fragen, ohne allzu indiskret zu wirken. Und doch hat sie ziemlich ausweichend geantwortet. Sie hat behauptet, das würde sie eigentlich nichts angehen.«

»Du nimmst ihr aber ihren Gleichmut nicht ab?«

Ich schaute ihn erfreut an. Endlich schien er Wert auf meine Meinung zu legen.

»Genau. Mein Gefühl sagt mir, dass sie mehr weiß, als sie mir sagen will. Und das gilt nicht nur für sie.«

Ich erzählte ihm von meinem Gespräch mit der alten Dame auf dem Kirchenplatz, wollte man es überhaupt Gespräch nennen.

»Das ist in einem kleinen Ort wie diesem nicht unüblich«, erwiderte er anschließend. »Die Leute tratschen zwar, was das Zeug hält, aber wenn sie direkt gefragt werden, vor allem von einer Außenstehenden wie dir, dann schweigen sie und schützen Diskretion vor.«

»Aber du, Michelotti, du hast bestimmt Verwandte, die du fragen könntest!«

»Mir erzählen sie erst recht nichts. Vor allem, seit ich Carabiniere bin.«

Natürlich, daran hatte ich nicht gedacht. Wahrscheinlich hatten die Dorfbewohner Angst, dass sie sich zu sehr aus dem Fenster lehnten, wenn sie den Gesetzeshüter in die Dorfgeheimnisse einweihten, auch wenn sie den schon als kleinen Jungen gekannt hatten.

»Aber Michelotti, wir sind doch nicht mehr im Mittelalter! Was kann denn so Wildes dahinterstecken?«, protestierte ich.

»Schon, aber die Ursache dieser Fehde liegt schon lange zurück. Damals war alles nicht so locker.«

Ich dachte an die Geschichte meiner Oma mit der jungen Frau, die nach Frankreich gereist war, um ihr Kind zu bekommen, und nickte. »Lass uns Schritt für Schritt vorgehen. Möglicherweise hat dieser Streit zwischen den Schwestern gar nichts mit Martas Verschwinden zu tun, und wir verlieren mit wilden Theorien einfach unsere Zeit!«

»Und was schlägst du vor?«

»Uns auf die Gegenwart zu konzentrieren. Marta ist verschwunden, ihre Cousine arbeitet in der Fabrik, ihr Ehemann auch. Beide scheinen nicht vor Traurigkeit oder Sorge zu vergehen. Den Mann habe ich in Ponte Silo beim Kartenspielen mit seinen Kumpels gesehen, Adele macht ihren Job weiter, als wenn nichts gewesen wäre.«

»Was sollte sie auch stattdessen tun? Alles hinschmeißen und sich selbst auf die Suche nach ihrer Cousine machen?«

»Das vielleicht nicht, aber als wir Adelina auf Isolarocca getroffen haben, schien sie sich mehr Sorgen über das Verschwinden von Marta zu machen als Adele. Sie hat uns erzählt, dass ihre Tochter nichts darüber wüsste und noch nicht mal über das Thema reden wollte. Wenn das nicht verdächtig ist! Außerdem: Als wir gemeinsam bei Adele in der Fabrik waren, hätte sie dich fragen können, ob es etwas Neues im Fall ihrer Cousine gäbe, schließlich bist du Carabiniere, du weißt schon, mit Newsletter und so. Aber das hat sie nicht!«

»Vero«, nickte er. »Und dann der Ofen …«

»Eigentlich sollte man immer vom Naheliegenden ausgehen, und das Naheliegende ist, was mir die alte Dame heute Morgen indirekt bestätigt hat: Wenn Frauen Zwist miteinander haben, ist oft ein Mann der Grund dafür!«

Nun schien der Carabiniere eine Anmerkung hinunterzuschlucken, gut für ihn. »Aber was ist mit der Farbenblindheit? Wieso sollte Adele dich diesbezüglich anlügen?«

»Das weiß ich nicht. Der Sachverhalt mit den Chromosomen ist nicht einfach nachzuvollziehen, vielleicht hat sie etwas durcheinandergebracht und nur das wiedergegeben, was sie tatsächlich glaubt.«

»Du klingst nicht überzeugt.«

»Bin ich auch nicht. Da steckt möglicherweise mehr dahinter.«

»Und ansonsten?«, fragte er. »Hast du noch mehr herausgefunden?«

»Ich habe versucht, ein Gespräch in der Sakristei zu belauschen.«

»Du warst in der Sakristei?«

»Natürlich nicht! Nach der Messe bin ich zurück in die Kirche, um meine Tasche zu holen, und da habe ich zwei Menschen in der Sakristei miteinander sprechen hören.«

»Vielleicht der Pfarrer mit einem der Ministranten?«

»Ministranten gab es heute Morgen keine, und ja, es war Don Vincenzo, nur dass die andere Person eindeutig eine Frau war.«

»Hm, eine Frau, sagst du? Und worum ging es?«

»Keine Ahnung, um Geld oder so. Genau konnte ich es nicht verstehen.«

»Geld? Geld für die Blumen vielleicht? Irgendeine Besorgung für die Kirche?«, fragte Michelotti etwas naiv.

Ich schüttelte ungeduldig den Kopf. »Ich habe am Ton gemerkt, dass es etwas Wichtiges war, aber die Stimmen waren zu leise, um etwas verstehen zu können. Sag mal, warum …?«

»Hey, was liegt denn hier im Gras?«, rief er plötzlich. Er bückte sich und hob das Tagebuch auf. »Stella, hast du das gelesen? Und es mir verheimlichen wollen? Ich dachte, wir wollten keine Geheimnisse mehr voreinander haben?«, fragte er mit gespielt strenger Miene.

»Carabiniere, was für eine Überraschung!«, rief Signora Inzini, die gerade durch das Tor kam. Schnell steckte der Carabiniere das Heft in die Innentasche seiner Uniform.

»Schaut, ich war auf dem Markt hier im Ort und habe diese tollen Schürzen gekauft!«, sagte sie und holte eine Menge geblümter Kittel aus den Tüten, die sie bei sich trug.

»Hm, bello, bellissimo!«

»Fantastico!«, überboten der Carabiniere und ich uns mit Komplimenten, die von unserer Verlegenheit ablenken sollten.

»Carabiniere, werden wir demnächst öfter das Vergnügen haben?«, fragte sie mit einem schelmischen Lächeln, denn sie hatte die Verlegenheit bemerkt und falsch interpretiert. Da hatten wir es, demnächst würde sie mir Büttenpapier-Muster für die Hochzeitseinladung vorbeibringen.

»No, no.« Ich lachte betont lässig. »Der Carabiniere wollte mir eigentlich nur etwas vorbeibringen, was *mir* gehört, stimmt's, maresciallo? Komm, ich bringe dich zum Tor, und vergiss deine Bücher nicht«, fügte ich ausgesucht höflich hinzu und begleitete ihn zum Ausgang.

»Arrivederci, Signora Inzini!«, rief er zum Abschied.

»Ah, maresciallo, ich habe Marisa auf dem Markt getroffen, sie war ziemlich aufgebracht, dass Sie sie nach der Messe nicht wieder abgeholt haben, Sie wissen doch, dass sie es mit dem Ischias hat«, rief sie noch leicht vorwurfsvoll hinterher.

»Soso, Marisa, Ischias, Messe, wir wollten doch keine Geheimnisse mehr voreinander haben, dachte ich?«, fragte ich ihn am Tor.

»Das ist doch kein Geheimnis, Marisa ist meine Mutter!«, wehrte er sich. »Außerdem sollte sie aufhören, sich über mich bei allen zu beschweren. Nach der Messe hat sie mich fünfmal angerufen, aber ich war im Dienst, da konnte ich sie nicht abholen, apropos, hast du daran gedacht, dein Auto wegzufahren?«

»Wieso?«

»Heute ist Markt, da werden alle Autos abgeschleppt, die an den Marktstraßen stehen.«

Ich rollte mit den Augen und stellte mir Cesares zufriedenes Gesicht bei der Aktion vor. Fast bereute ich, seinen Cousin für die Bauarbeiten nicht engagiert zu haben.

»Rück mit dem Tagebuch raus!«, rief ich plötzlich und griff in Michelottis Uniform, denn es war mir eingefallen, dass er gerade wichtiges Beweismaterial entwendet hatte.

»Hey, nicht so stürmisch! Immer diese Frauen, die mir an die Wäsche wollen«, rief er laut, lachte und zwinkerte einem älteren Herrn zu, der vorbeilief und ihm einen neidischen Blick zuwarf.

»Das bekommst du schon noch. Wir holen morgen dein Auto ab, und dann gebe ich dir das Tagebuch zurück, okay?«

Was blieb mir anderes übrig, er hatte mich in der Hand, ich nickte kurz und knallte das Tor zu.

CAPITOLO 11

»Wieso hattest du dich gestern am Tor versteckt?«, fragte ich Michelotti am nächsten Morgen. Ich wollte nicht lockerlassen.

»Ich habe mich nicht versteckt!«, verteidigte er sich wie ein kleiner Junge.

»Sì, Carabiniere, das hast du! Und wollten wir uns seit gestern nicht immer die Wahrheit sagen?«, fragte ich streng.

»Ja, wie sieht es denn aus, wenn ein Carabiniere die Hilfe einer … Amateurin in Anspruch nimmt? Stella, weißt du dies? Stella, weißt du das? Stella, soll ich dir vielleicht noch eine Zitronenscheibe holen oder den Rücken kratzen?«

Nun klang er richtig ungehalten. Regelrecht verletzt in seiner Ehre.

»Wieso, Inspektor Lestrade hatte damit auch keine Probleme!«, antwortete ich mit einem kleinen, zufriedenen Lächeln.

»Wer ist Inspektor Lestrade? Eine Figur in Agatha Christies Romanen?«

»No, no, das war ein Polizist. Er war immer auf die Hilfe von Sherlock Holmes, also eines *Amateurs*, angewiesen, denn allein kam er mit seinen Ermittlungen nicht weiter!«, klärte ich ihn auf.

Er seufzte resigniert und tat mir fast ein bisschen leid. Nun war er nicht mehr Watson, sondern Inspektor Lestrade, in der Hierarchie von Sir Arthur Conan Doyle eindeutig eine Stufe tiefer gerutscht. Aber ich sagte es ihm nicht, um ihn nicht zu demütigen.

»Sag mal, bringst du deine Mama jeden Tag in die Kirche?«, fragte ich, um das Thema zu wechseln.

»Nicht jeden Tag! Und weißt du, dass ich dir eigentlich gar nicht helfen muss, dein blödes Auto wiederzubekommen?«, fragte er jetzt genervt. Und dann zischte er leise etwas, das so klang wie: »Agatha Christie zitieren, aber Straßenschilder nicht lesen können …«

»Come?«

»Niente.«

»Das ist sehr nett von dir, dass du mich fährst, danke. Ich hoffe, du hast daran gedacht, das Tagebuch wieder mitzubringen?«

»Das kannst du haben, da steht nichts Spannendes drin!«, sagte er und reichte mir das kleine Heft.

Nichts Spannendes, dass ich nicht lache! Wenn eine Frau sich die Mühe macht, ein Tagebuch zu führen, dann hält sie darin wichtige Dinge fest, Dinge, die sie vielleicht ihren Freundinnen nicht erzählen kann. Klarer Fall von Inspektor Lestrade. Die Indizien konnten sich ihm nur so offenbaren, er verstand sie nicht. Oft musste ihm der Detektiv die Zusammenhänge genau erklären, bevor ihm ein Licht aufging.

Ich steckte das Tagebuch in meine Handtasche. Vor Aufregung kribbelten meine Hände, als wenn es sich um einen wertvollen Schatz handelte. Ja, ich spürte, dass das Dokument wichtig für die Ermittlungen war.

»Vielleicht sollten wir Adele wieder einen Besuch abstatten«, dachte Michelotti laut nach.

»Oder Adelina«, erwiderte ich. »Möglicherweise wird sie mehr sagen als ihre Schwester und ihre Tochter.«

»Wir sind da. Da vorne ist dein Auto. Ich hoffe, du hast genug Geld dabei.«

»Grazie mille«, sagte ich und stieg aus. Immerhin würde ich alleine zurückfahren, der Carabiniere konnte einen zur Weißglut treiben.

»Hallo, ich möchte mein Auto abholen! Es ist das da!«,

sagte ich dem Typen mit zerschlissenem Unterhemd und offenem Hosenstall, der offensichtlich der Wärter dieses Fegefeuers für Falschparker war.

»Hm«, sagte er und starrte mich an, während er sich am Schritt kratzte. Da sollte noch einer sagen, dass Italiener Stil hätten.

»Das Auto!«, wiederholte ich und zeigte mit dem Finger auf meinen Wagen, der mit zwei, drei weiteren Parksündern sein Dasein auf dem ansonsten leeren Gelände fristete.

»Das mit deutschem Kennzeichen?«, fragte er dämlich.

»Sì, esatto.«

»Dann sind Sie die deutsche Frau, die in Pelati renovieren lässt!«

Ich rollte mit den Augen, händigte ihm das Geld aus, stieg schnell in mein Auto und flitzte davon. Dass auch er einen Cousin mit eigenem Bauunternehmen hatte, interessierte mich nicht die Bohne, das wiederum schien sich noch nicht herumgesprochen zu haben.

Ich steuerte eine Bar außerhalb von Pelati an, die ich besonders schön fand, da sie gemütliche Polstersitze im Freien unter großen Sonnensegeln hatte, natürlich direkt am See, wo ich das Wasser betrachten und das Tagebuch der Signora lesen konnte, ohne dass es das ganze Dorf mitbekommen und an Franco verpetzen würde. Trotzdem hatte ich ein schlechtes Gewissen, schließlich handelte es sich um private Aufzeichnungen, die ich unerlaubterweise entwendet hatte, und ich machte mir nichts vor, es würde ein Eindringen in die Intimsphäre einer anderen Person werden. Was würde mich erwarten? Ich beschloss, das Heft sofort wieder zurückzulegen, sobald sich herausstellte, dass Signora Inzini darin ihre sexuellen Vorlieben oder die ihres Mannes festgehalten hatte.

Ich saß am Tisch, als ich das Heft in die Hand nahm. Vor mir standen eine große Flasche Acqua Panna und ein Cappuccino.

Das Tagebuch in meiner Hand schien vor Aufregung zu vibrieren. »Lies mich, lies mich!«, schien es mir zuzuflüstern. Okay, das war Aufmunterung genug. Ich nahm einen großen Schluck Wasser und schlug die erste Seite des Heftes auf.

Die Signora hatte zum Glück eine schöne, säuberliche Schrift, was mir das Spionieren um einiges erleichterte. Alle Einträge waren datiert, der erste trug das Datum des 5. Mai 1980, das war schon viele Jahre her, ich rechnete schnell zurück, die Signora war damals wahrscheinlich erst Anfang oder Mitte dreißig.

Heute kam Mama zum Essen herüber. Natürlich war Mario gar nicht begeistert darüber, die beiden können sich immer noch nicht riechen. Ich habe Kaninchenbraten gemacht, aber Mama sagte, es wäre zu trocken geraten. Nie scheine ich etwas gut genug zu machen. Immerhin hält sich Mario mit seiner Kritik zurück, wenn sie da ist. Dabei habe ich das Kaninchen genau so zubereitet, wie sie es mir beigebracht hat, mit genug Olivenöl und Rosmarinzweigen. Aber Mama meinte, ich hätte das Öl vom Boden der Kasserolle immer wieder mit einem großen Löffel aufsammeln und über den Braten verteilen sollen. Als wenn ich das nicht getan hätte … Wie oft habe ich sie in meiner Kindheit das machen sehen? Und die Oma vor ihr?

Aber egal, wie ich etwas mache, es reicht einfach nie. Auch mit Mario scheine ich sie enttäuscht zu haben. Ich gebe zu, dass er nicht der perfekte Ehemann ist. Er ist auch viel weg, immer auf der Jagd und mit seinen Freunden unterwegs. Aber er ist nun mal ein Mann, so sind sie halt. Immer hackt sie auf ihm herum, wenn sie nicht gerade auf mir herumhackt. Er verdiene nicht genug, er sei kein Familienmensch, wir hätten noch keine Kinder. Ja, ich muss zugeben, das ist etwas, was mich auch sehr belastet. Alle meine Freundinnen haben Kinder, nur ich nicht …

Ich nahm einen Schluck Wasser und blickte in die Ferne. Das alles kam mir nicht besonders ungewöhnlich vor. Die Signora hatte eine Mutter gehabt, die nie mit ihrer Tochter und deren Entscheidungen zufrieden gewesen war. Die früheren Generationen hatten von der Notwendigkeit, Kindern Zuspruch und Bestätigung zukommen zu lassen, damit sie ein gesundes Selbstbewusstsein entwickelten, nie was gehört. Im Gegenteil, wahrscheinlich hielten sie das ständige Kritisieren und Herummäkeln am eigenen Nachwuchs für eine gnädige Erziehungsmethode, schließlich wurden sie selbst noch geschlagen. Alles ist relativ.

Und dass die Signora einen Mann wie Mario geheiratet hatte, der wohl nicht gerade der Inbegriff aufrichtiger Liebe gewesen war, entspricht dem, was Psychologen als selbsterfüllende Prophezeiung bezeichnen. Das hatte ich mal in einer Fachzeitschrift für Psychologie bei uns auf Station gelesen, und es funktioniert in etwa so: Wenn man das Selbstbewusstsein eines Regenwurms hatte, suchte man sich oft Menschen, die dieses schlechte Urteil von einem selbst bestätigen, nach dem Motto »Ich habe es nicht anders verdient«.

Und so verwundert es nicht, dass viele Frauen immer wieder an den gleichen, falschen Typ Mann gerieten, mit dem sie nie glücklich wurden. Leider steckt dieser Mechanismus so tief in uns drin, dass wir ihn oft gar nicht wahrnehmen. Aber zurück zum Tagebuch.

10. giugno 1980. Die Signora schien nicht besonders regelmäßig geschrieben zu haben.

Gestern Abend habe ich lange auf Mario gewartet, aber er kam erst mitten in der Nacht zurück und war eindeutig nicht mehr nüchtern. Dabei hatte ich mir mit dem Abendessen eine solche Mühe gegeben. Wieso ruft er nicht zu-

mindest an? Wir haben extra ein Telefon besorgt, und Telefonzellen gibt es überall. Aber er meinte, er wäre bei seinem Kumpel Franco gewesen, und dort gäbe es kein Telefon. Ich bin oft alleine und verbringe die Abende vor dem Fernseher. So habe ich mir die Ehe nicht vorgestellt …

3. dicembre 1980

Heute kam Adelina zu Besuch. Ihre Kleine kann schon sprechen und ist so witzig! Ich hatte einen Apfelkuchen gebacken, und es war eine Freude zu sehen, wie sie sich den Mund damit vollstopfte.
Adelina kam mir glücklich vor, auch wenn ihr die Sache mit ihrer Schwester nach wie vor zu schaffen macht. Ich habe ihr zur Aufmunterung gesagt, das würde sich wieder einrenken, aber glauben tue ich das nicht. Ich treffe Martina immer beim Gemüsehändler oder in der Kirche, und jedes Mal, wenn ich auf Adelina zu sprechen komme, versteift sie sich und reagiert ablehnend.

Aha, freute ich mich im Stillen und trank den letzten Schluck meines Cappuccinos. Wenn ich Glück hätte, würde ich endlich den Grund des schwesterlichen Streits erfahren! Ich blätterte weiter, doch es kamen erst mal nur Kochrezepte. Vielleicht hatte die Signora versucht, ihr Eheglück mit leckeren Gerichten positiv zu beeinflussen. Das war schließlich nicht die schlechteste Methode.

Meine Oma hatte auch ein solches Heft mit Rezepten geführt, Eheglück war dadurch nicht entstanden. Trotzdem, das Heft hatte sie in einem Schrank in der Küche aufbewahrt, darin hatte sie auch die Krankheiten der Kinder aufgeschrieben, wann sie aufgetaucht waren und was man dagegen tun konnte.

Oft hatte sie darin herumgeblättert. Mit einer Mischung aus Faszination und Abscheu las ich ein Rezept für Singvögelchen mit Polenta, die auch meine Oma bis zum Volksentscheid gerne zubereitet hatte, als mein Telefon klingelte.

»Michelotti? Wolltest du dich entschuldigen?«

»Wofür denn?«

»Weiß ich auch nicht, such dir etwas aus«, erwiderte ich trocken.

»Hast du das Tagebuch schon gelesen?«

»Ich bin gerade dabei. Solltest du demnächst an Vögelchen kommen, sag Bescheid, ich habe ein gutes Rezept gefunden.«

Das war ein Witz und ein makabrer dazu, denn ich war immer gegen die brutalen Methoden des Vogelfangs gewesen, wie mein Opa sie betrieben hatte. Beim Volksentscheid in den Neunzigern hatte unsere gesamte Familie offiziell dagegen gestimmt und dazu beigetragen, dass Singvögel nicht mehr gegessen werden durften oder zumindest die Jagd auf sie illegal wurde. Alle bis auf Opa natürlich, der danach wochenlang nicht mehr mit uns gesprochen hatte. Wir waren eine nachtragende und leicht eingeschnappte Familie. Und bis auf den *nonno* tierlieb. Nie im Leben hätte ich ein solches Vögelchen verzehrt, geschweige denn zubereitet.

»Gibt es etwas Wichtiges, weshalb du anrufst? Ich habe noch viel zu tun«, fragte ich nach.

»Ja, mir ist etwas eingefallen, was ich dir noch erzählen wollte. Als ich gestern am Tor stand und bei dir geklingelt habe, da habe ich Irene gesehen.«

»Du meinst, du hast sie vorbeilaufen sehen? Mit einem Tierbaby im Arm?«

»No, no, sie stand unschlüssig vor dem Haus und spähte in den Garten hinein, als würde sie nach jemandem suchen.«

Seltsam, das hatte die Signora auch gesagt. Wollte Irene vielleicht mit mir sprechen? Was konnte sie mir sagen wollen?

Und konnte man sich überhaupt aus ihren Aussagen einen Reim machen? Ich dachte an die Pest, die angeblichen Lottogewinne und diesen seltsamen Satz vor der Madonna-Statue. Also eher nicht.

»Sag mal, *maresciallo*, kennst du sie eigentlich näher? Und warum hast du sie gestern nicht angesprochen?«

»Näher kennen ist übertrieben, sie kennt mich natürlich deutlich besser als ich sie.« Er lachte. »Und gestern habe ich sie gefragt, ob sie jemanden suche, aber sie hat nur etwas gemurmelt und ist schnell weitergegangen.«

Interessant. Oder vielleicht auch nicht. Schwer zu sagen.

»Okay, *maresciallo*, ich muss jetzt weitermachen, ciao.«

»Meldest du dich nach …«

Klick. Ich hatte mitten im Satz aufgelegt, denn ich wollte noch weiterlesen, und der Carabiniere hielt mich nur davon ab.

Ich kam ins Grübeln, seltsam war es schon, dass Michelottis Chef auf einmal Interesse für den Fall zeigte. Wieso gerade jetzt? Etwas war hier faul. In vielen Krimis wollten die verschiedenen Chief Inspectors, Richter, Polizeidirektoren, Bürgermeister, Staatsanwälte und andere höhere Behördenvertreter immer, dass die Fälle schnell gelöst wurden, angeblich wegen des Drucks der Öffentlichkeit. Das hatte ich nie richtig verstanden: Es ging doch nicht darum, möglichst schnell *einen* Schuldigen zu finden, sondern *den* Schuldigen, oder? Aber in den Dezernaten wurde unter Hochdruck gearbeitet, bis man jemanden hatte oder bis man das Ganze mit halbwegs gutem Gewissen als Unfall oder eben als freiwilliges Verschwinden abstempeln konnte. Dann musste der Ermittler plötzlich aufhören, mit Hochdruck zu arbeiten, denn es konnte sonst passieren, dass er eine Ungereimtheit fand und die ganze Konstruktion zusammenbrach. Die Öffentlichkeit und die Presse waren zufrieden, der echte Täter, der noch fröhlich herumlief, natürlich auch. Aber nicht der mutige Ermittler, der sich mit dieser schnellen Lösung nicht zufriedengab und auf eigene Faust weiterrecherchierte. Und erst wenn er kurz davor stand, vom Dienst suspendiert zu werden, oder auch erst danach, und wenn der Mörder schon dabei war, sein nächstes Opfer niederzustrecken oder das nächste Gebäude in die Luft zu sprengen, *dann*, aber erst *dann*, kam die Wahrheit ans Licht. Jedenfalls wurde der Fall meist in allerletzter Sekunde gelöst und erst nachdem man den armen Mann oder die arme Frau mit Dreck beworfen hatte. Solche Ermittler hatte ich immer bewundert, woher nahmen sie bloß ihr Selbstbewusstsein?

Hier in Pelati war es anders. Mit Dreck war ich wegen meiner Ermittlungen bislang nicht beworfen worden, höchstens mit Gleichgültigkeit. Das konnte natürlich ebenso schmerzhaft sein, aber auch damit schien es jetzt vorbei zu sein. Denn Michelottis Chef interessierte sich plötzlich für den Fall, und das machte mich stutzig und neugierig zugleich.

Ich beschloss, gleich hier mein Mittagessen einzunehmen, und winkte dem netten Kellner mit der olivbraunen Haut und dem weißen Hemd zu.

»Prego!«, sagte er freundlich.

Ein wenig erinnerte er mich an Alvaro, den Busfahrer auf Isolarocca, und vielleicht auch an Michelotti. Diese italienischen Männer mit ihrer braun gebrannten Haut und den dunklen Haaren wussten sich mit Kleidung geschickt in Szene zu setzen. Das schätzte ich als Ausgewanderte mittlerweile mehr als früher.

»Bringst du mir bitte die Karte?«, fragte ich und setzte automatisch mein attraktivstes Lächeln auf.

»Certo, un momento«, sagte er diensteifrig und verschwand. Vielleicht ein bisschen zu jung. Und ein bisschen zu diensteifrig.

Ich lehnte mich zurück, rückte meine Sonnenbrille zurecht und ließ den Blick über den See schweifen. Von hier aus hatte man keine gute Aussicht auf Isolarocca, man sah nur ein letztes Zipfelchen, und die Insel wirkte nicht mehr so, als würde sie den See dominieren. Dafür gab es hier einen kleinen Hafen mit vielen Booten. Ein paar Fischer saßen mit hochgekrempelten Hosenbeinen am Steg, ließen die Beine im Wasser baumeln, teilten sich eine Pizza aus dem Karton und tranken Wein aus einer Flasche. Sie sahen glücklich aus. Vielleicht braucht man nicht viel, um Glück zu empfinden, dachte ich, nur Sonne, leckeres Essen und einen guten Tropfen. War Italien vielleicht doch das ideale Land zum Leben? Das alles hatten wir hier. Dann dachte ich jedoch an meinen Gehaltszettel als Schwester in einem italienischen Krankenhaus, die Ausbeutung, die endlosen Stunden Schicht und schüttelte den Kopf, um die von Heimweh getrübten Gedanken wieder loszuwerden.

»Sagt Ihnen nichts zu?«, fragte der Kellner, der eine Kreidetafel mit den Speisen des Tages in der Hand hielt, irritiert.

»Scusa, ich war in Gedanken versunken«, antwortete ich mit einem schnellen, prüfenden Blick. »Ich nehme die Penne arrabbiata und einen Viertelliter Weißwein des Hauses. Frizzante, wenn Sie haben.«

»Sì, signora, subito, sofort!«, antwortete er und entfernte sich schnell. Eindeutig zu diensteifrig. Und wenn er mich Signora nennt, eindeutig zu jung.

Nachdem er zurückgekommen war, eine weiße Tischdecke, eine Stoffserviette, Besteck, Brot und den Wein gebracht hatte, machte ich mich wieder an die Lektüre des Tagebuchs, und zwar ab da, wo es nicht mehr nur um Lasagne, Cannelloni und sonstige Leckereien ging, die meinen Appetit offensichtlich angeregt hatten.

5. marzo 1984

Ich halte es nicht mehr aus. Er ist immer weg, und wenn er zurückkommt, dann riecht er nach Frauenparfüm. Ich hasse es, es sagen zu müssen, aber Mama hatte recht. Fast muss ich lachen, es hört sich an wie ein billiges Klischee: die unzufriedene Ehefrau, der untreue Ehemann, die Frau, die ihn verlässt und dabei schreit: »Meine Mutter hatte recht, ich hätte dich nie heiraten dürfen!« Nur leider ist es mein Leben. Und wo sollte ich überhaupt hin? Ich habe keinen Job, ich müsste also zu meiner Mutter zurück, und bevor ich das mache …

Oha, das hörte sich gar nicht gut an. Aber auch das war ein Klassiker. Es war die Frauengeneration, die Männer als ihre Versorger angesehen hatten. Die Frauen hatten keine Ausbildung, keinen Beruf, keine eigenen finanziellen Mittel, also waren sie bis ans Ende ihres Lebens an ihre Männer gebunden, oder bis ans Ende *deren* Lebens. Mittlerweile machte die Signora einen entspannten und glücklichen Eindruck, sie schien das Leben zu genießen und ihr Gleichgewicht gefunden zu haben, aber damals? Ich konnte mich gut in ihre Lage versetzen, weil ich dieses Schicksal so oft mitbekommen hatte. Bei uns im Dorf hatte ich viele solcher Frauen gesehen, die in ihrer Ehe unglücklich gewesen waren, mehr Kinder bekamen, als sie je gewollt hatten, und verbittert ihr Dasein fristeten. Sie liefen auf den Straßen in ihren Hauskitteln herum, in einer Hand den Müllsack, in der anderen ihren Geldbeutel, weil sie schnell noch zum Gemüsehändler wollten, bevor sie das Mittagessen zubereiten mussten. Nach dem Essen, wofür sie natürlich kein Wort des Dankes geerntet hatten, hieß es, Geschirr abwaschen, Wäsche machen und aufhängen, nähen, bügeln, Abendessen zubereiten. Danach ging es wieder von vorne los. Das Schlimmste waren wahrscheinlich die Perspektivlosigkeit und die Gewissheit, dass so fortan ihr Leben aussehen würde.

Ich schüttelte mich und nahm einen Schluck Wein. Einmal hatte ich eine dieser Frauen auf dem Markt beobachtet, wie sie einen billigen Rock angeschmachtet hatte, bis ihr Mann ihr gnädig und gönnerhaft erlaubt hatte, ihn zu kaufen. Und an dem Tag hatte ich gewusst, dass ich so auf keinen Fall enden wollte.

Ich widmete mich meinen Penne arrabbiata, streute eine großzügige Portion frisch geriebenen Parmesan darauf und biss in die erste Nudel. Oh ja, die waren richtig schön arrabbiata, genau wie sie mir schmeckten. Während ich aß, blätterte ich weiter.

10. settembre 1989

Gestern habe ich die alte Rosa gesehen. Obwohl sie bestimmt schon sechzig ist, scheint sie aufgeblüht zu sein. Sie trug ein schönes Seidenkleid und elegante Schuhe und kam frisch vom Friseur, wo sie sich eine neue Dauerwelle hat legen lassen. Sie sprühte geradezu vor Lebensfreude und hörte nicht auf zu plappern. Sie erzählte, dass sie jetzt tanzen gehen würde und dass sie einen Tanzpartner hätte, den sie noch von früher kennt. Sie scheint richtig Spaß zu haben.

Ich hätte das nie geglaubt, aber ich habe sie richtig beneidet. Das muss man sich vorstellen. Ich beneide eine alte Frau, so weit ist es schon! Und das alles, weil ihr Mann gestorben ist. Und dann hatte ich einen Gedanken: Wäre er früher gestorben, hätte Rosa mehr von ihrem Leben gehabt.

Nun verschluckte ich mich an meinen Nudeln. Nicht, dass ich diesen Gedanken prinzipiell nicht nachvollziehen konnte, aber es auszusprechen? Oder besser: aufzuschreiben? Und was wenn … Nein, das konnte nicht sein. Oder doch? Plötzlich war mir der Appetit vergangen. Wann genau war der Mann von Signora Inzini gestorben? Ich hatte bislang angenommen, dass er erst vor Kurzem verstorben war. Aber jetzt hatte ich Zweifel.

Ich griff zum Telefon.

»Maresciallo, ich bin es!«

»Lo so, lo so. Wolltest du dich entschuldigen?«

»Ich habe keine Zeit für Blödsinn. Weißt du eigentlich, wann der Ehemann von Signora Inzini gestorben ist?«

»Der Ehemann von Signora Inzini? Wie kommst du darauf? Was hat das mit Marta zu tun?«

»Ich erkläre es dir später, beantworte einfach meine Frage! Allora?«

»Hm, keine Ahnung, da müsste ich meine Mutter fragen. Aber es ist sicherlich schon lange her. Ich bin noch zur Schule gegangen«.

Ich stutzte. Konnte es möglich sein, dass die Signora nicht nur über die alte Rosa nachgedacht, sondern auch konkret dafür gesorgt hatte, dass sie selbst mehr von ihrem Leben gehabt hätte?

»Woran ist Mario eigentlich gestorben?«, fragte ich atemlos.

Wenn er jetzt gesagt hätte »Er ist vergiftet worden, und man hat nie herausgefunden, ob es ein Pilz war oder etwas anderes«, dann hätte ich Bescheid gewusst. Denn eines ist klar: Die meisten Frauen wählen das Vergiften als Methode, um jemanden umzubringen. Das wusste jeder, auch Agatha Christie.

»Du stellst vielleicht Fragen. Keine Ahnung!«

»Okay, dann frage bitte auch das deine Mutter.«

»Aber ich weiß nicht, ob …«

Klick. Ich hatte einfach aufgelegt. Sherlock Holmes hatte auch keine Zeit für Geschwätz.

»Arno? Ich bin es, Stella.«

Arno, mein Arzt-Kollege mit der doppelten Spezialisierung als Internist und Psychiater, musste jetzt herhalten.

»Hey, Stella, was macht das dolce vita?«

Ich rollte mit den Augen. Wenn ich etwas nicht ertragen konnte, war das, wenn Deutsche die italienische Lebensart als »dolce vita« bezeichneten.

»Ja, Arno, alles gut, das dolce vita läuft die gewohnten Bahnen. Auf der Baustelle läuft es auch.«

»Machen dich die Bauarbeiter nicht verrückt? Du weißt, wie es bei mir hier ist!«

Ich dachte kurz an die Arbeiter auf meiner Baustelle, vor allem an denjenigen ohne T-Shirt und mit verschwitztem Oberkörper, und überlegte, ob sie mich verrückt machten.

»Ja, ein bisschen schon«, gab ich dann zu.

»Ja, ja, ich weiß«, seufzte er.

Arno ließ gerade das Haus seiner Eltern renovieren, das er nach deren Tod geerbt hatte.

»Sag mal, Arno, ich habe eine professionelle Frage an dich.«

»Du meinst medizinischer Natur? Was machst du da eigentlich? Ich dachte, du machst Urlaub.«

»Ja, natürlich, aber es geht um das, was du mir einmal über die selbsterfüllende Prophezeiung erzählt hast.«

Auf der anderen Seite der Leitung war es still. Arno war ganz Ohr.

»Ich habe hier eine Patientin, also, ich meine, es geht um meine Gastgeberin«, korrigierte ich mich schnell. Die Macht der Gewohnheit.

»Ist sie krank?«

»Ja, nein, ich weiß es nicht. Es sieht so aus, als hätte sie damals ihren Mann gegen den Willen ihrer Familie geheiratet.

Die Mutter hat sie nicht besonders gut behandelt, der Ehemann allerdings auch nicht.«

»Ein Klassiker«, bestätigte Arno.

»Ja, richtig, aber wie soll ich sagen: Möglicherweise hat diese Signora irgendwann ihr Schicksal nicht mehr so hingenommen, du weißt schon …«

»Du meinst, sie hat sich scheiden lassen?«

»Das nicht gerade. Worauf ich hinauswill beziehungsweise was ich dich fragen wollte …«

Mein Gott, war ich erbärmlich. Einem Nervenarzt kann man wirklich alles sagen. Das ist der Vorteil dieser Sorte Mediziner. Sie kennen alle Facetten der menschlichen Natur, und es gibt praktisch nichts, was sie noch schockieren könnte. Da brauchte ich mich nicht so zu zieren.

»Arno, was ich dich fragen will: Kann es sein, dass frustrierte Menschen mit einem geringen Selbstwertgefühl irgendwann gegen ihre einmal getroffenen Entscheidungen rebellieren und möglicherweise dabei auch zu drastischen Mitteln greifen? Dass sie sozusagen irgendwann durchdrehen?«

»Willst du damit andeuten, dass deine Gastgeberin ihren Mann umgebracht hat?«

Na also, jetzt war es raus, nun fühlte ich mich besser. »Ja.«

»Ich weiß es nicht, aber es ist möglich. Prinzipiell spricht nichts gegen diese Möglichkeit. Den Artgenossen zu töten ist ein menschlicher Akt. Also im biologischen, nicht im moralischen Sinne. Es gibt viele Gründe für Mord, materielle oder emotionale: Wut, Angst, Notwehr, Eifersucht. Und nicht zu vergessen Rache! Nietzsche sagte, dass Rache das reinste Motiv ist.«

»Nietzsche hatte doch selbst einen Knall! Außerdem ist die Signora, über die wir reden, eine sehr nette Frau!«

Arno lachte. »Klar, das glaube ich. Aber kannst du dich daran erinnern, als diese Frau mit den schweren Stichverletzungen eingeliefert wurde? Letztendlich konnten wir sie retten, aber es war knapp. Auch sie war eine sehr nette Frau. Doch später haben wir herausgefunden, dass sie ihre zwei Kinder umgebracht hatte, bevor sie versuchte, sich selbst das Leben zu nehmen. Mit einem Messer, Stella!«

Mich schauderte es. Er hatte recht. Wir alle hatten unter Schock gestanden, als es herauskam, nur Arno nicht, der Erfahrung mit so etwas hatte. Und Nietzsche las.

»Aber die war doch verrückt! Die eigenen Kinder ermorden, sie muss doch wahnsinnig gewesen sein!«

»Nicht unbedingt. Die meisten Fälle von Kindesmord sind sozial oder psychologisch bedingt. Das sind Frauen, die allein und verzweifelt sind und für sich keinen Ausweg wissen. Ich möchte Professor Soyka zitieren.«

»Wer ist Professor Soyka?«, unterbrach ich ihn.

»Das ist der Chefarzt der Psychosomatik am Chiemsee. Da habe ich promoviert.«

»Ach ja, schreibt er nicht auch Krimis?«

»Kann sein, dem traue ich das zu. Jedenfalls sagte er mal, dass die Schwarze Witwe – gefühlsarm, vielleicht sogar sadistisch – die absolute Ausnahme ist.«

»Aha, und was heißt das?«

»Dass die meisten erst Opfer sind und dann zu Tätern werden. Also, lange Zeit ist die Frau Opfer einer Situation und auch meist eines Menschen, und dann kommt der Moment, in dem sie sich befreien will und ihren Peiniger bestraft, in diesem Fall tötet. Das könnte zu dem passen, was du mir über deine Signora erzählt hast.«

»Sag mal, Arno: Wie gehen solche Opfer, die zum Täter werden, normalerweise vor?«

»Meistens planen sie die Tat nicht. Lange unterdrückte Aggressionen brechen plötzlich hoch, und dann passiert es. Aus der Situation heraus.«

»Meistens?«

»Bitte?«

»Du sagtest meistens. Aber nicht immer, oder?«

»Welchen Grund hast du eigentlich für deinen Verdacht?«

»Ein Tagebuch. Nach dem, was die Signora schreibt, könnte es im Affekt passiert sein, aber es könnte auch geplant gewesen sein.«

»Wie ist der Mann gestorben? Denn das könnte ja für Klarheit sorgen.«

»Das ist es ja. Ich weiß es nicht, noch nicht. Aber ich finde es heraus.«

CAPITOLO 12

»Ciao, Franco!«, flötete ich am nächsten Morgen.

Cesare stand an der Theke und bedachte mich mit einem triumphalen Blick. Pfff, geschenkt! Ab sofort würde ich Straßenschilder lesen, Problem gelöst. Auf den unappetitlichen Typ in Unterhemd konnte ich sowieso verzichten.

»Stella, wo warst du eigentlich gestern?«, fragte mich Franco besorgt.

»Ich musste mein Auto holen, und zwar zu Fuß bis Ponte Silo musste ich laufen, stell dir vor, denn Cesare, also der da«, und nun bedachte *ich* ihn mit einem triumphalen Blick, »hat mein Auto abschleppen lassen!«

Nun schaute Franco Cesare derart vorwurfsvoll an, dass er rot wurde.

»Cesare! Gib mal die Tasse her, du musst jetzt wieder deine Runde drehen. Stella, wo hast du geparkt?«

»Heute bin ich in Sicherheit, keine Sorge!«, erwiderte ich mit einem Grinsen.

»Gch schon, Cesare, und lass gefälligst meine Kunden in Ruhe! Bei Bruno gegenüber parken sie wieder wild durcheinander, an deiner Stelle würde ich da mal anfangen.«

Hinter Francos Rücken streckte ich Cesare die Zunge heraus. Das geschieht dir recht, du selbstgerechter und kindischer Fuzzi!

»Franco, war der Carabiniere heute schon da?«

»No, no, aber gestern war er da. Er hat sich lange mit Luigi unterhalten.«

»Dem Kaninchen-Kastrierer?«, fragte ich verwundert.

»Dem *besten* Kaninchen-Kastrierer!«, erwiderte er stolz.

»Und worüber haben sie geredet?«

»Keine Ahnung, ich belausche doch meine Gäste nicht!«, log er, ohne rot zu werden, und servierte mir meinen Cappuccino und die Brioche.

»Und was ist mit dem Orangensaft?«, fragte ich pikiert.

»Leider ist die Orangen-Presse kaputtgegangen, Stella. Heute habe ich leider keinen Orangensaft für dich.«

Zum Glück, dachte ich, denn Orangensaft so früh am Morgen bekam mir nicht so gut, aber ich musste das Spiel weiterspielen.

»Das ist aber schade, Franco! Und dass du so gar nicht weißt, worüber sich der Carabiniere und Luigi unterhalten haben, so eine Schande! Übrigens, ich habe gehört, dass Bruno gegenüber auch frisch gepressten Karottensaft mit Ingwer anbietet.«

»Den kann ich normalerweise auch machen!«, erwiderte er prompt. »Na gut, ich glaube, mitgehört zu haben, dass der Carabiniere Luigi über den armen Mario ausgefragt hat.«

»Du meinst den verstorbenen Mann von Signora Inzini?«

»Ja, genau. Warum, weiß ich nicht, denn es ist ziemlich lange her.«

»Ciao, Stella!« Der Carabiniere betrat das Lokal und setzte sich zu mir an den Tisch.

»Maresciallo, was gibt es Neues?«, fragte ich lässig.

»Nicht besonders viel«, antwortete er resigniert.

»Hast du etwas über Marios Tod herausgefunden?«

»Leider nicht. Meine Mutter meint, sie kann sich nicht erinnern.«

»Du Lügner! Du hast gar nicht mit deiner Mutter gesprochen, du hast gestern nämlich Kaninchen-Luigi ausgefragt!«

Er ließ den Kopf hängen wie ein kleiner Junge, der beim Stehlen erwischt wurde.

»Komm schon, Michelotti, lass dich nicht so hängen. Mir kannst du es erzählen, wir wollten uns doch die Wahrheit sagen.«

»Er war ein wenig wirr, er hat sich auch ständig widersprochen. Aber wieso ist das mit Mario so wichtig? Was hat es mit Martas Verschwinden zu tun?«

»Das erkläre ich dir gleich. Jetzt erzähl mir erst mal, was Luigi zu berichten wusste.«

»Na ja, erst sagte er, es wäre ein Unfall gewesen. Dann hat er aber von einer Krankheit erzählt, die Mario gehabt hat, und von der er nicht wollte, dass seine Frau es erfährt. Dann faselte er von unfruchtbaren Kaninchen …«

Ich seufzte. Muss man denn immer alles selbst machen?

»Sag mal, hast du eigentlich in der Carabinieri-Schule nicht gelernt, wie man jemanden befragt? Man darf ihn nicht frei reden lassen, man muss ihn mit starker Hand führen!«

»Natürlich haben wir das gelernt, aber ich darf hier nicht offiziell als Ermittler auftreten, sonst verschließen sich die Leute wie eine Auster.«

Wahrscheinlich stimmte das.

»Jetzt sag mir endlich, was los ist«, forderte er.

Es blieb mir nichts anderes übrig, ich musste ihn mit meinen Erkenntnissen aus dem Tagebuch vertraut machen. Doch sie schienen ihn nicht zu überzeugen, er wiegte den Kopf hin und her. »Das sind nur wilde Spekulationen.«

»Nicht unbedingt. Ein Kollege aus dem Krankenhaus hat mir bestätigt, dass so etwas passieren kann. Erst wird eine Frau jahrelang unterdrückt und muss vieles herunterschlucken, dann reicht es ihr eines Tages, und sie befreit sich mit teilweise drastischen Methoden aus ihrem Gefängnis.«

»So etwas haben wir hier in Pelati nie gehabt«, versetzte er.

»Vielleicht nur, weil ihr nicht so genau hingeschaut habt.«

Er warf mir einen verärgerten Blick zu.

»Aber was hat das nun mit Marta zu tun?«

»Auf den ersten Blick nichts. Aber man darf nichts außer Acht lassen. Am Ende fügen sich Haupt- und Nebenstränge auf wunderbare Weise zusammen«, sagte ich bestimmt. »Ich gehe davon aus, dass Luigi dir das Datum von Marios Ableben nicht nennen konnte?«

»Esatto. Auch da war er sich nicht sicher. Er bezog sich auf Begebenheiten aus seinem Leben. Zum Beispiel sagte er, dass es im Jahr war, als er gemeinsam mit seinem Bruder die Hütte oben am Berg gebaut hätte. Da er aber auch nicht wusste, wann das gewesen ist, ist es schwierig, sich einen Reim daraus zu machen.«

Oh ja, das kannte ich auch von meiner Oma. Immer erzählte sie Geschichten aus der Vergangenheit, aber nie konnte sie ein Datum nennen, sie setzte sie einfach mit anderen Geschehnissen in Zusammenhang, um eine zeitliche Einordnung zu schaffen. Manchmal hatten wir sie in Verdacht, alles absichtlich so vage zu halten, damit wir nicht womöglich peinliche Inkongruenzen in ihrer Familie entdecken konnten, ein uneheliches Kind, eine Affäre, eine Ehekrise und so weiter. Und Luigi? Das war wahrscheinlich ein ähnlicher Fall, und der Jüngste war er auch nicht mehr, da lässt einen das Gedächtnis schon mal im Stich. Zum Glück schrieb er keine weiteren See-Chroniken mehr, für so etwas braucht man schon genauere Zeitangaben.

»Michelotti, der Tagebucheintrag, von dem die Rede ist, trägt das Datum 10. September 1989. Sollte die Signora da ihren Entschluss gefasst haben, dann kann es nicht mehr lange gedauert haben, bis …«

»Sprichst du von einer geplanten Tat? Verstehe ich das richtig?«

»Beides kommt in Frage. Auch psychische Instabilität kann eine Rolle gespielt haben.«

Er schaute mich skeptisch an. »Müsste man so etwas nicht merken? Hast du den Eindruck, dass die Signora … also … nicht ganz …«

Er ließ den Satz absichtlich unvollendet. Mich beschlich ein ungutes Gefühl, schließlich wohnte ich bei der Dame. Miss Marple sprach in ihren Fällen oft davon, dass es bestimmte Anzeichen für eine geistige Krankheit gab, aber leider hatte sie nie erklärt, welche das waren.

»Wollen wir morgen zu Adelina? Ich kann sie anrufen und sagen, dass ich sie wegen der Ermittlungen zu ihrer Nichte sprechen möchte«, wechselte er das Thema.

»Aber du musst ihr auch sagen, dass ich mitkomme. Wird sie da zustimmen?«

»Da mache ich mir keine Sorgen. Ich kann ihr erzählen, du wärst meine Praktikantin.«

Ich durchbohrte ihn mit einem scharfen Blick.

»Okay, okay, sie hat dich ja gesehen und weiß, wer du bist. Und da du Marta kennst, kann ich ihr erklären, dass du bei den Ermittlungen helfen willst, weil du dir Sorgen um sie machst. Sie dürfte kein Problem damit haben.«

»Trotzdem, ich brauche mehr Berechtigung, um mitmischen zu dürfen. Können wir sie nicht mit dem Thema Farbenblindheit konfrontieren? Wir sagen ihr, dass mir diese Unstimmigkeit aufgefallen ist, und dass wir mehr darüber erfahren möchten.«

Er schien zu überlegen. »Okay, das können wir versuchen«, antwortete er und fügte dann hinzu: »Und was machst du heute noch?«

Ich seufzte. »Der Baustelle müsste ich mal wieder einen Besuch abstatten, schauen, ob alles läuft.«

»Wenn du magst, kann ich dich begleiten«, bot er an.

»No, no, das mache ich schon selbst. Denk an die alte Rosa und wie wir wieder mal unangenehm auffallen würden!«, mahnte ich.

Er schien etwas sagen zu wollen, aber er zögerte.

»Was ist, Michelotti?«

»Niente.«

»Komm, raus mit der Sprache! Denk daran, dass wir uns die Wahrheit sagen wollen. Ach, warte, ich ahne es. Wir sind schon unangenehm aufgefallen, richtig?«

Er schwieg.

»Michelotti, parla, sprich!«

»Okay, okay. Es ist nur so, dass meine Mutter mich auf dich angesprochen hat und nun … na ja …«

Ich wartete, es konnte nur noch schlimmer werden.

»Allora, sie will die deutsche Signorina mal kennenlernen, das will sie, ecco, jawohl!«

Ich schluckte. Er schluckte auch. Beide waren wir Opfer dieses Spiels. Es war wie früher, als die Eltern unbedingt wollten, dass der Freund noch kurz hereinkommt, Gott, wie ich das gehasst hatte. Offensichtlich wurde das Spiel in Italien deutlich länger gespielt.

»Meinst du nicht, dass es vielleicht wegen der Ermittlungen ist? Dass sie mir etwas sagen möchte?«, startete ich einen erbärmlichen Versuch, den Kopf aus der Schlinge zu ziehen.

Er schüttelte den Kopf, und an seinem Gesichtsausdruck konnte ich sehen, dass er gegenüber seiner Mutter vollkommen machtlos war.

»Gibt es einen Weg, das zu umgehen?«, fragte ich dann, aber die Frage hätte ich mir auch sparen können. Ich legte Geld auf den Tisch und verließ eilig und resigniert das Lokal.

Auf dem Weg zu meinem Häuschen lief ich gezwungenermaßen unter dem Balkon der alten Rosa entlang.

»Buongiorno, Signora!«, rief ich laut, doch wie immer bekam ich keine Antwort.

Die alte Rosa musste nun weit über achtzig Jahre alt sein. Die Zeiten der Tanz-Partys waren offensichtlich vorbei. Dafür hatte sie ihren Balkon, die Blumen und vor allem niemanden, der ihr auf die Nerven ging. Ob sie wohl wusste, dass sie vor vielen Jahren bei der jungen Edvige Inzini Neid geweckt hatte? Und dass sie vielleicht Ursache für deren gewagte Überlegungen gewesen war? Mittlerweile war ich mir nicht mehr sicher, wer in diesem Dorf etwas wusste und wer nicht. Manchmal dachte ich, alle wüssten über alles Bescheid und würden die unbequeme Wahrheit des Friedens willens unter den Teppich kehren.

Auf der Baustelle schien niemand zu sein. Alles lag ruhig und verlassen da. Meine Schubkarre, ein paar Schaufeln, zwei Eimer, ein Hammer und ein paar weitere Werkzeuge lagen verstreut am Boden vor dem Treppenaufgang. Von Davide und seinen Männern keine Spur. Auch ein gut gelaunter Angelo in sportlicher Kluft war nirgendwo zu sehen. Was war hier los? Vorsichtig stieg ich die Stufen zur Terrasse hinauf und schaute mich um. Das, was ich sah, stimmte mich positiv. Davides Männer schienen die Treppenwand gerade gezogen zu haben und einen früheren fehlenden Backstein ersetzt zu haben. Auch auf der Terrasse konnte ich nichts Außergewöhnliches entdecken. Ich spähte ins Häuschen. Niemand da. Allerdings waren die Wände nach den elektrischen Arbeiten wieder zugemauert und ein Teil der Fliesen in der Küche bereits angebracht worden. Von draußen sahen die Kacheln richtig schön aus, Rosa und Beige waren eine ganz hübsche Kombination, vielleicht ein kleines bisschen kitschig und natürlich nichts für Farbenblinde. Aber Hauptsache nicht deprimierend, denn

Kacheln können einen starken Einfluss auf die Stimmung der Bewohner haben, gerade braune, und das Leben war einfach zu kurz für hässliche und deprimierende Kacheln.

»Stella!«, kam es plötzlich von hinten.

Unwillkürlich machte ich einen Sprung. »Davide! Ich habe mich schon gewundert, wo ihr seid!«

»Meine Männer habe ich heute abgezogen, sie müssen auf einer anderen Baustelle kurz aushelfen. Dafür war ich beim Amt und habe die Formulare für den Dachausbau für dich geholt.«

»Formulare? Muss ich etwas ausfüllen?«

»Sì, es handelt sich um einen Umbau, und so etwas muss genehmigt werden.«

»Und wenn sie es nicht genehmigen?«, fragte ich ängstlich, denn nun hatte ich mich schon an die Vorstellung meines Dachzimmers mit Aussicht gewöhnt.

Davide lachte laut. »Ma no! Mach dir keine Sorgen! Lass Angelo nur machen!«

»Wieso Angelo?«

»Weil er im Stadtrat sitzt und zufällig für solche Genehmigungen zuständig ist, du musst das nur ausfüllen und unterschreiben!«

Ja, das kannte ich aus meiner Kindheit. Man brauchte in Italien nur jemanden an der richtigen Stelle zu kennen, und schon hatte man den Job, die Genehmigung, den Führerschein. Offensichtlich hatte ich instinktiv den richtigen Bauunternehmer gewählt.

»Komm, ich habe eine Überraschung für dich«, sagte Davide und führte mich ins Wohnzimmer, das natürlich diesen Namen noch gar nicht verdiente.

»Schau!«, sagte er stolz und zeigte auf mein neu erworbenes Tischchen vom Flohmarkt, das stolz zwischen Mörtel und Mauerbrocken thronte und wie neu glänzte.

»Davide, du hast es aufgearbeitet?«, fragte ich überrascht und begeistert, denn auf die Arbeit hatte ich wirklich keine Lust gehabt.

»No, no, einer meiner Männer hat eine Leidenschaft dafür, und da du nicht mehr zurückgekommen bist, hat er sich dessen angenommen. Ich hoffe, es war in deinem Sinne!«

»Certo, aber klar! Was will er dafür haben?«

»Ma niente! Alles inklusive!«, lachte er, und ich dachte wieder an die finale Rechnung, die er mir präsentieren würde.

»Sag mal, Davide, etwas anderes: Du kennst Martas Mann, oder?«, machte ich einen weiteren Versuch, Davide etwas zu entlocken.

»Certo, Alberto, wir sind auf dieselbe Schule gegangen.«

»Wie geht es ihm mit dieser … Situation?«

Davide wand sich, offensichtlich war es ihm unangenehm, darüber zu sprechen. »Hm, non so, ich weiß nicht, Männer reden nicht über Gefühle miteinander.«

»Aber das muss ihn doch belasten, dass seine Frau nun seit über zwei Wochen verschwunden ist!«

Er wog den Kopf hin und her.

»Du willst mir sagen, das belastet ihn nicht?«, fragte ich ungläubig.

»Doch, doch, sicher, aber da ist noch Adele, und …«

»Adele? Du meinst also, dass die beiden …«

»No, no, wo denkst du hin? So habe ich das nicht gemeint!«, verteidigte er sich vehement.

Wie hatte er das sonst gemeint? Manche Männer waren so bequem, dass sie sich beim Verschwinden der Ehefrau wahrscheinlich nur ganz kurz umdrehten und einfach die Frau schnappten, die in der Nähe war. Hauptsache, sie konnte auch kochen und waschen. Da die Frau in diesem Fall auch äußerlich mit der eigenen Ehefrau fast identisch war, war es auch noch praktisch.

»Hör mal, Davide, Martas Mutter macht sich ziemliche Sorgen, und Martas Tante auch! Wieso Alberto nicht? Er hat noch nicht mal Martas Verschwinden bei den Carabinieri gemeldet!«

Nun ließ Davide den Kopf hängen. Irgendwas war hier faul.

»Davide, willst du mir vielleicht etwas sagen?«

»Eher etwas fragen …«

»Ich höre!«

»Wo willst du den Kachelofen hinhaben?«

Ich verdrehte die Augen und ging genervt Richtung Ausgang.

»Warte! Wir müssen noch entscheiden, wie du dir den Zugang zum Dachzimmer vorstellst. Möchtest du eine Wendeltreppe oder eine herausziehbare Leiter?«, fragte er noch schnell, bevor ich verschwinden konnte.

Ich hielt an und überlegte schnell. Die Entscheidung war wichtig, denn in meinen Vorstellungen würde ich dieses Zimmer unter dem Dach mit Aussicht auf den See zum Träumen, Entspannen und für romantische Momente nutzen. Es war natürlich ausgeschlossen, dass ich all diese Tätigkeiten im nüchternen Zustand ausführte. Und wer konnte nach einer Flasche Prosecco noch eine Leiter hinunterklettern, ohne eine Sprosse zu verfehlen, die restliche Strecke mehr oder weniger im freien Fall zurückzulegen und mit dem Kopf auf dem harten Boden aufzuschlagen?

»Eine schöne Wendeltreppe, Davide, und zwar breit genug, dass man gemütlich hoch-, aber vor allem wieder hinuntergehen kann! Und das vielleicht auch noch mit ein paar Flaschen in der Hand«, sagte ich.

Davide grinste und nickte. »Lass mich das machen, ein Kumpel von mir baut wunderschöne Wendeltreppen aus Holz!«

»Da habe ich keine Zweifel.«

»Ich schicke dir Bilder aufs Handy!«

»Mach das! Und der Antrag für den Umbau?«

»Den füllst du bei Gelegenheit aus, kein Problem, es ist nur für die Akten!«, erwiderte er und machte sich an die Arbeit.

Ein bisschen mulmig war mir schon, als ich nach Hause lief. Am vorigen Tag hatte ich die Signora nur ganz kurz gesehen, danach konnte ich ihr geschickt aus dem Weg gehen. Heute würde es anders werden, denn sie hatte angekündigt, dass sie wieder mit der Herstellung der Papierblumen beschäftigt sei und deswegen ganztägig zu Hause wäre. Wenn ich erneut das Weite gesucht hätte, wäre es sicherlich aufgefallen, und auffallen wollte ich bei einer vermeintlichen Mörderin gewiss nicht. Als ich zur Tür hereintrat, kam sie mir entgegen.

»Stella, was magst du zu Mittag essen?«

»Ah, Signora, ich glaube, ich habe gar keinen so großen Hunger«, log ich.

Solange es nicht klar war, wie Mario gestorben war, wollte ich möglichst vermeiden, Speisen zu konsumieren, die die Signora zubereitet hatte, ebenso wie im Dunkeln in den Keller zu gehen oder zu lange am Treppenabsatz zu verweilen. Das Tagebuch hatte ich natürlich sofort wieder zurückgelegt, denn ich wollte auf keinen Fall, dass dessen Verschwinden auffiel. Es war sowieso unklar, ob die Signora das nicht schon gemerkt hatte, und deswegen war Vorsicht angebracht.

Ich betrachtete für einen Augenblick Marios Bilder auf der Kommode, vor allem das mit der flackernden Friedhofskerze davor. Hätte die Signora einen Schrein für ihren Mario errichtet, wenn sie ihn selbst ins Jenseits befördert hätte?

Warum nicht, es hatte vor einigen Jahren eine Mutter gegeben, deren zwei Kinder nach ihrer Aussage nachts von einem Einbrecher ermordet worden waren. Nach zähen Ermittlungen war die grausige Wahrheit jedoch ans Licht gekommen, nämlich dass die Frau ihre Kinder eigenhändig umgebracht hatte. Als man ihre Wohnung durchsuchte, stellte man fest, dass sie von jedem Kind eine Haarsträhne abgeschnitten und an den Badezimmerspiegel geklebt hatte. Als die Frau gefragt wurde, wieso sie die Haare ihrer Kinder behalten hatte, hatte sie seelenruhig geantwortet, dass sie eine Erinnerung an sie haben wollte.

So konnte es bei der Signora auch gewesen sein. Für einen lebenden Ehemann hatte sie keine Verwendung gehabt, aber auf der Kommode mit einer schönen Kerze davor machte ein verstorbener Ehemann durchaus seine gute Figur. Außerdem war die Signora gläubig, und für den Fall, dass seine Seele ihr noch einen Besuch abstatten würde, konnte sie beweisen, dass sie sein Andenken in Ehre gehalten hatte. Nur für alle Fälle.

Ich schlich in mein Zimmer und schloss behutsam die Tür, und im selben Moment kam ich mir vor wie im Gefängnis. Mein eigenes, ganz persönliches Gefängnis, und zwar von mir selbst errichtet, weil ich mich nie um meine eigenen Angelegenheiten kümmern konnte. Immer musste ich mich für die anderen, für Gerechtigkeit oder eben für die Wahrheit einsetzen; auf Gedeih und Verderb, ob es gewünscht war oder nicht. Das war leider eine meiner schlechtesten Eigenschaften. Aber so war ich nun mal. Im Krankenhaus legte ich immer Wert darauf, auf die Verdienste von Kollegen hinzuweisen, die aus meiner Sicht nicht ausreichend geschätzt wurden, oder freiwillig Schichten zu übernehmen, weil die überarbeitete Mutter sich zu Hause um ihre Kinder kümmern musste. Manchmal übernahm ich auch die Verantwortung für Fehler, die ich nicht begangen hatte, weil mir der Schuldige leidtat. Und was bekam ich dafür? Die Kollegen fühlten sich von oben herab behandelt, die überarbeitete Mutter war über das Wochenende mit ihrem neuen Freund an die Côte d'Azur gefahren, und anscheinend hatte keiner das Bedürfnis, für seine Fehler selbst geradezustehen.

Und nun war ich hier, in meinem Zimmer, mit dem unbestimmten Gefühl, in Gefahr zu schweben und zwei Morde lösen zu müssen, für die sich niemand interessierte und worum mich keiner gebeten hatte. Wenn das nicht wieder typisch für mich war.

Aus Verzweiflung griff ich nach dem alpinen Krimi, ohne zu wissen, was ich mir davon versprach. Vielleicht war es die geografische Nähe – nur ein klitzekleiner Streifen Österreich dazwischen –, vielleicht aber auch das Vorhandensein vieler schräger Typen, jedenfalls fühlte ich mich in dem Moment dem oberbayerischen Autor ganz nahe.

Ich betrachtete die Machart dieses Krimis genauer. Auffällig war, dass es Nebenhandlungen gab, die man als Leser geneigt war zu überspringen. Allerdings hatten diese durchaus ihren Sinn, denn sie wurden irgendwann zu der Haupthandlung. Nebenfiguren spielten plötzlich eine tragende Rolle, und alles, aber auch wirklich alles, fügte sich zum Schluss auf magische Weise zusammen.

Auf Martas Fall angewendet, hieß es, dass ich einen wesentlichen Punkt übersehen hatte. Nur welchen? Es konnte alles Mögliche sein, angefangen von Martas Art des Verschwindens bis hin zu den verschiedenen Gesprächen mit der Bevölkerung Pelatis. Hatte der alte Luigi etwas Wichtiges gesagt? Oder vielleicht Signora Inzini? Und was war mit Adele? Die Sache mit der Farbenblindheit war ein wichtiger Punkt. Sie hatte über die Vererbung des Defekts durch die Mutter gesprochen, obwohl es biologisch nicht korrekt war. Wenn sie es absichtlich falsch gesagt hatte, konnte das nur bedeuten, dass sie von ihrem Vater hatte ablenken wollen. Aber warum?

Und wie verhielt es sich mit Marios Tod? Wenn dies einer der alpinen Krimis gewesen wäre, dann würden die zwei Geschichten irgendwie zusammenhängen, also war es richtig, dass ich beide verfolgte. Aber das hier war Pelati, nicht das Werdenfelser Land, und hier ging es auch nicht um schräge finanzielle Verwicklungen mit der russischen Mafia, außerdem … halt! Was hatte Don Vincenzo in der Sakristei gesagt? Oder besser gefragt: Ging es um Geld? Und wen hatte er das gefragt? Plötzlich wurde mir klar, wer in der Sakristei gewesen war und wieso die alte Frau mich draußen abgelenkt hatte. Und vielleicht auch, warum Marta verschwunden war.

»Michelotti, eine Möglichkeit haben wir außer Acht gelassen«, sagte ich mit Grabesstimme am nächsten Tag. Wir warteten auf die Fähre nach Isolarocca.

»Und die wäre?«

»Wir haben darüber gesprochen, wo sich die Leiche befinden könnte. Der Ofen ist eine Möglichkeit, dort kann man praktisch alles verschwinden lassen. Aber es könnte einen anderen Grund geben, wieso die Leiche verschwunden ist.«

Ich machte eine Pause, er schaute mich an, und dann riefen wir beide im Chor: »Das Wasser!«

Er nickte. »Stimmt, es kann mitunter viele Jahre dauern, bis eine Leiche wieder an die Oberfläche kommt«, gab er zu. »Spätestens da fangen die Carabinieri an zu ermitteln, und dann wird es für den Täter unangenehm. Besser ist, wenn die Leiche nie wieder auftaucht. Und die Öffentlichkeit Ruhe gibt.«

»Allerdings gibt es da etwas, das … na ja … wie soll ich sagen …«

»Komm, Stella, sag schon.«

»Na ja, ich hatte neulich einen Traum, in dem mir Marta erschienen ist.«

»Hat sie dir die Lottozahlen verraten?«, fragte er interessiert, während wir an Bord der Fähre gingen.

Typisch. Was haben die Italiener immer mit den Lottozahlen? Als eine Cousine von mir nach einem schlimmen Unfall aus einem monatelangen Koma erwachte, behauptete sie als Erstes, dass ihr eine längst verstorbene Tante im Schlaf erschienen wäre und ihr die Lottozahlen mitgeteilt hätte. Keiner in unserer Familie zweifelte an der Geschichte, alle dachten, das Glück hätte sich endlich uns zugewandt. Ab dem Moment spielten wir alle wochenlang jene Zahlen. Doch gezogen wurden sie nie. Mein Onkel, der diese Niederlage nicht akzeptieren wollte, recherchierte und stellte fest, dass exakt diese Zahlen Wochen vorher bereits gezogen worden waren, als meine Cousine noch im Koma gelegen hatte. Das sprach aus unserer Sicht wiederum für die Zuverlässigkeit der verstorbenen Tante, denn sie konnte bei der Übermittlung der Information ja nicht wissen, wie lange meine Cousine noch im Koma liegen würde. Dies hatte auf meine Familie einen so starken Eindruck gemacht, dass wir sogar erwogen hatten, jener Tante einen kleinen hausgemachten Schrein mit Friedhofskerze, Madonna-Statue und allem, was dazugehört, in Omas Haus einzurichten. Die Wahl war auf Omas Haus gefallen, weil keiner von uns ein solches morbides Ungetüm bei sich haben wollte. Doch die *nonna* hatte sich vehement dagegen gewehrt, da sie gegenüber jener Tante einen Groll gehegt hatte, und so wurde das Projekt am Ende fallen gelassen. Natürlich erschien besagte Tante nach dieser Entscheidung nie wieder, weder mit noch ohne Lottozahlen.

»Für Lottozahlen war leider keine Zeit. Sie hat mir aber gesagt, ich soll an das Wasser denken«, erwiderte ich und stellte mich an die Reling, um in die Tiefen des Sees zu schauen.

»An das Wasser denken? Wie hat sie das gemeint?«

»Was weiß ich, Michelotti! Seit wann erklären Tote einem im Traum, wieso sie einem etwas sagen?«, gab ich ungeduldig von mir.

»Okay, du hast recht. Weiter?«

»Basta, nichts weiter, nur das: Stella, du musst an das Wasser denken, an das Wasser! Und dann bin ich aufgewacht.«

»Hm, spricht eher für die Theorie mit der Leiche im See.«

»Wäre es allerdings Mord, dann würde man die Leiche wahrscheinlich nicht ins Wasser werfen, wenn man eine andere, praktischere Möglichkeit hat. Aber wenn wir davon ausgehen, dass Martas Leiche im See liegt, dann wäre vielleicht Selbstmord wahrscheinlicher«, gab ich zu bedenken.

»Isolarocca, alle aussteigen«, rief der Kapitän der Fähre, der gleichzeitig Karten-Kontrolleur sowie Einstiegs- und Ausstiegshelfer war und abends in der Osteria alten Männern Wein servierte.

Wir gingen an Land und blieben sofort stehen. Meine Vermutung wog schwer und hing noch in der Luft.

Doch in Michelottis Augen konnte ich eine Spur Skepsis feststellen. »Wieso sollte sie sich umgebracht haben?«, fragte er nach einer Pause.

»Vielleicht hatte sie Geldprobleme. Erinnerst du dich, dass ich dir von dem Gespräch zwischen Don Vincenzo und dieser Frau in der Sakristei erzählt habe? Ich bin mittlerweile ziemlich sicher, dass es Martas Mutter war und dass sie über finanzielle Sorgen geredet haben. Vielleicht steckt die Firma in Geldnot, und Marta hat keinen anderen Ausweg gesehen.«

»Das würde auch erklären, warum ihr Mann nicht nach ihr

gesucht hat. Er weiß oder zumindest ahnt er, was passiert ist«, erwiderte er.

Ich nickte. »Vielleicht weiß es das ganze Dorf, und ich mache mich mit meinen Ermittlungen nur lächerlich. Selbstmord ist sicherlich auch etwas, das man nicht an die große Glocke hängt, vor allem in einem Dorf wie Pelati«, sagte ich und dachte an die alte Frau auf dem Kirchenplatz und wie sie versucht hatte, mich vom Gespräch in der Sakristei abzulenken.

Michelotti zuckte mit den Schultern. »Komm, lass uns den Bus nehmen, wir können später weiterreden.«

Er ging schnurstracks zum kleinen Bus, vor dem Alvaro, der Busfahrer mit dem Haar-und-Frauen-Tick, stand und rauchte. Die beiden Männer gaben sich die Hand und wechselten ein paar Worte, dann schauten sie zu mir herüber und lachten.

»Was habt ihr zu lachen?«, fragte ich argwöhnisch. Ich hatte schon immer ein Problem mit Machos gehabt, und zwei auf einmal machten es nicht besser.

»Alvaro, das ist Stella, eine Freundin von mir, sie kommt aus Deutschland.«

»Ah, *die deutsche Fräulein*, jawohl!«, witzelte Alvaro auf Pseudo-Deutsch und fuhr sich mit der Hand durch die Haare.

»Sono italiana ...« enttäuschte ich ihn sofort mit einer gewissen Genugtuung. Sein Lächeln verschwand. Italienerinnen sind schon deutlich schwieriger im Umgang als deutsche Frauen, das hatten mir Italiener in Deutschland immer wieder erklärt. Sie haben höhere Erwartungen, kommandieren ihre Männer herum und sind im Grunde doch nie zufrieden mit ihnen. Da sind Deutsche in den Augen von Italienern viel selbstständiger, einfacher und bodenständiger.

»Alvaro, was gibt es Neues auf der Insel?«, fragte der Carabiniere.

»Nichts Neues, im Moment laufen die Vorbereitungen für das Blumenfest. Alle Frauen machen nichts anderes als Papierblumen zu falten, meine Mutter fängt direkt nach dem Mittagessen an und hört erst am späten Abend wieder auf. Gestern hätte sie sogar fast vergessen, das Abendessen zuzubereiten!«, empörte sich Alvaro, der offensichtlich ebenfalls noch zu Hause bei seiner Mutter lebte und wie viele Söhne sich noch nicht mal ein Ei selbst kochen konnte. Zum Glück änderte sich das in Italien langsam, aber eben nur langsam und in kleinen Dörfern noch etwas langsamer.

Wir stiegen in den Bus, und nachdem Alvaro noch ein paar Frauen auf der Straße angequatscht hatte, fuhren wir los.

»Michelotti, wieso habe ich das Gefühl, dass die Männer in Italien ein Klischee bedienen? Das Klischee des ständig jagenden Manns? Müssten sich die Zeiten langsam nicht geändert haben?«

Er zuckte mit den Schultern. »Non so, keine Ahnung. Machen es die Deutschen nicht?«

Ich schüttelte den Kopf und musste dabei an Arno denken. Obwohl wir uns sympathisch fanden und viele Stunden miteinander verbrachten, vor allem in den Nachtschichten auf Station, hatte er kein einziges Mal einen Annäherungsversuch gestartet. Vielleicht war ich einfach nicht sein Typ, vielleicht brauchte er etwas länger, ich wusste es nicht. Aber in der Zeit, die es in Deutschland braucht, bis sich etwas anbahnt, könnte ich in Italien mit drei verschiedenen Männern ausgehen. Außerdem war ich vor einer gewissen Faszination gegenüber dem ursprünglichen Männertyp, also instinktgesteuert, testosterontriefend und immer ein bisschen hungrig, nicht gefeit, das musste ich zugeben.

Alvaro fuhr diesmal etwas langsamer und umsichtiger, er hupte auch deutlich weniger, und er schaute dementsprechend auch seltener in den Spiegel. Wahrscheinlich ärgerte er sich darüber, dass seine Mutter ihn wegen des Blumenfestes vernachlässigte. Innerlich dankte ich Alvaros Mutter, denn ich war mir diesmal sicher, ich würde heil in Castrani ankommen. Aus dem offenen Fenster wehte Fahrtwind herein, die Sonne schien wie immer, und Michelotti hatte seinen Arm besitzergreifend auf meine Sitzlehne gelegt. Über diese typische männliche Geste musste ich ein wenig schmunzeln. Trotzdem konnte ich nicht aufhören, an Marta zu denken. War sie depressiv gewesen? Den Eindruck hatte ich nicht gehabt, auf mich hatte sie wie eine fröhliche junge Frau gewirkt. Außerdem war sie gläubig. Aber spielte das alles überhaupt eine Rolle? Oft fielen die Leute aus allen Wolken, wenn etwas Schlimmes passierte, und alle waren bereit, zu schwören, dass die betreffende Person ein so guter Familienvater, ein hingebungsvoller Ehemann, ein freundlicher und lebensbejahender Zeitgenosse gewesen sei. Selbst Eltern schienen von den eigenen Kindern und was in ihnen vorging selten eine Ahnung zu haben. Wie konnte ich also erwarten, dass ich Martas Gemütszustand richtig einschätzte? Menschen konnten ihre Gefühle gut verstecken, es gab geradezu Spezialisten, denke man nur an Serienkiller, die tagsüber ganz normale Bürger waren und abends Körperteile zersägten. Und Martas Mutter? Sie hatte das Verschwinden der Tochter angezeigt, also hatte sie zum damaligen Zeitpunkt und auch noch bei unserem Besuch nichts geahnt. Konnte es sein, dass ihr vielleicht erst später der Verdacht gekommen war, dass Marta sich das Leben genommen hatte? Und sie sich mit diesem Verdacht dem Pfarrer anvertraut hatte? Ja, das war möglich. Und wenn sie das dachte, dachte es dann auch das gesamte Dorf. Das würde auch Davides seltsames und ausweichendes Verhalten erklären. Ebenso wie das von Adele und Martas Mann Alberto. Aber sieht ein von Schmerz geplagter Ehemann so aus? Ich hatte keine Ahnung. Das Ganze war einfach zu verwirrend.

Nach ein paar Minuten kamen wir in Castrani an. Überall am Straßenrand arbeiteten Frauen an der Blumendekoration, nur sehen konnte man die Blumen nicht, da sie unter großen Plastikplanen versteckt wurden. In dem Dorf ging es zu wie in einem Bienenstock.

Adelinas Häuschen lag in einer kleinen Seitengasse und war mindestens so alt wie meins. Sie wohnte im ersten Stock, da das Erdgeschoss aus einem zementierten Hof mit großen Blumenkübeln, einem alten steinernen Trinkbrunnen und Plastikstühlen für laue Sommerabende bestand. Auch mehrere Mopeds standen dort, da Autos auf Isolarocca nicht erlaubt waren. Vom Hof gingen verschiedene Treppen zu mehreren Wohneinheiten. Vor den Fenstern hingen Wäscheleinen, an denen bunte Kleidungsstücke baumelten und in der Sonne trockneten. Putz blätterte an den Außenwänden ab. Das Haus war baufällig und malerisch zugleich.

Michelotti ging vor mir eine Treppe hoch und klopfte an eine Tür. Kurz darauf wurde die Gardine zur Seite geschoben, und Adelina spähte hinaus.

»Carabiniere, Sie sind es! Es tut mir leid, aber ich muss vorsichtig sein. Sie wissen, welcher Wettbewerb gerade unter den Frauen herrscht, jede will wissen, welche Blumen die andere macht! Kommen Sie rein, und Sie auch, deutsches Fräulein, wie geht es der lieben Edvige?«

Wir betraten die Wohnung, die vor Sauberkeit glänzte, wenn auch die Einrichtung bescheiden wirkte.

»Würde es Ihnen etwas ausmachen, auf den Wolllappen zu laufen? Ich habe den Boden gerade erst gebohnert.«

Das kannte ich noch von meiner Tante, immer musste man die Füße auf Tücher setzen und sich wischend fortbewegen, anstatt normal zu laufen. Das schonte den Boden.

Michelotti und ich stellten uns auf die Lappen und rutschten wie Schlittschuhläufer vorwärts, bis wir uns im Wohnzimmer auf das Sofa setzen konnten. Ein bisschen lächerlich sah es schon aus, aber der gebohnerte Boden glänzte jetzt noch ein bisschen mehr. Adelina lächelte zufrieden und setzte sich uns gegenüber. Neben ihrem Sessel war ein großer, abgedeckter Korb.

Nachdem Adelina uns mit allen möglichen Leckereien versorgt hatte, wagte ich, eine neugierige Frage zu stellen. »Scusi, wieso versteckt man die Blumen voreinander? Ist es eine Art Geheimnis?«

»Wissen Sie, Signorina, wir arbeiten drei Jahre an den Blumen, aber wir sagen dem Organisationskomitee nur, welche Farbe sie haben werden, mehr nicht. Jede von uns ist immer bemüht, etwas Besonderes zu kreieren, etwas Neues, was noch nicht da gewesen ist. Der Wettbewerb ist gnadenlos«, sagte sie ernst.

Ich unterdrückte ein Lachen, indem ich einen kleinen Hustenanfall vorgab. Konnte das damals der Grund für den Streit zwischen den Zwillingen gewesen sein? Eine Papierblume, deren Geheimnis vor der Zeit gelüftet worden war? Konnte das als Grund mit dem schlecht geschnittenen Stück Braten meiner Familie und dem daraus resultierenden katastrophalen Streit mithalten? Klar, warum nicht, möglich war alles. Trotzdem: Dass eine Papierblume Grund für eine jahrelange Fehde sein konnte, war schon ziemlich abwegig.

»Allora, Signora Adelina, erst mal danke, dass Sie sich bereit erklärt haben, mit uns zu sprechen«, sagte Michelotti professionell. Ich war noch damit beschäftigt, meine Heiterkeit in den Griff zu bekommen, da war er schon nach vorne geprescht.

»Ich bin froh, wenn ich Sie unterstützen kann. Sie sagten, es gibt möglicherweise etwas, bei dem ich tatsächlich helfen könnte?«, fragte Adelina.

»Sì, Signora, aber erst mal der Reihe nach. Was uns wundert, ist, dass Sie mit Ihrer Schwester, genauer gesagt Zwillingsschwester, seit Jahren keinen Kontakt mehr haben. Warum ist das so?«

»Also, ich wüsste nicht, was das mit Martas Verschwinden zu tun haben sollte«, zierte sich die Signora.

»Na ja, wir müssen alle Möglichkeiten in Betracht ziehen, dafür müssen wir die Beziehungen in der Familie unter die Lupe nehmen«, gab Michelotti geduldig von sich.

Dafür bewunderte ich ihn wieder, ich wäre wahrscheinlich nicht so ruhig geblieben und hätte sie stattdessen mit Fragen bombardiert. Was war damals los? Warum? Musste das denn sein?

Adelina wand sich sichtlich nervös. »Das ist eine alte Geschichte, es ist überhaupt nicht mehr so wichtig …«

»Ging es um das Blumenfest?«, sprang ich ein.

»Nicht wirklich, oder vielleicht doch, je nachdem, wie man es auslegen möchte.«

»Hatte Ihre Schwester vielleicht ein Geheimnis von Ihnen verraten?«

Adelinas Gesicht wurde rot. »Ich dachte, es geht heute um Martas Verschwinden?«

Hier war offensichtlich nichts zu holen. Ich wechselte schnell meine Taktik. »Certo, darum geht es. Sagen Sie mal, hatten Sie überhaupt Kontakt zu Ihrer Nichte?«, fragte ich.

»Sie kam manchmal mit Adele zum Essen, natürlich durfte ihre Mutter nichts davon erfahren.«

»Verstanden sich die zwei Cousinen gut?«

»Ma certo! Sie hatten in der Schule den Kontakt zueinander gesucht, Adele ging in Pelati zur Schule, denn mein Mann war Zugführer und musste morgens auf das Festland. Da fuhr Adele immer mit ihm mit. Nach der Schule unternahmen Adele und Marta meist etwas miteinander, dann nahm Adele die Fähre und kam zurück auf die Insel.«

»Das heißt, sie hatten ein inniges Verhältnis?«

»Aber ja, sie hatten sich sehr gerne und sind immer in Kontakt geblieben. Als Marta in die Firma ihres Vaters eingestiegen ist, hat sie auch Adele eine Stelle besorgt.«

»Wie laufen die Geschäfte in der Keramikfirma? Wissen Sie etwas darüber?«

»Soweit ich weiß, ganz gut. Sie exportieren viel, auch nach Deutschland zum Beispiel. Adele sagt, dass die Deutschen italienische Produkte sehr zu schätzen wissen. Denn selbst haben sie keine Fantasie.«

Das hielt ich für ein Gerücht, aber ich sah darüber hinweg, es gab Wichtigeres im Moment.

»Signora, ich muss sie etwas Heikles fragen. Adele und Marta sind beide farbenblind. Vielleicht wissen Sie, dass ich Krankenschwester bin. Ihre Tochter wollte mir weismachen, dass sie den Sehfehler über die Mütter geerbt hätten. Ich gehe davon aus, Sie sehen Farben ganz normal?«

Nun sah Adelina so aus, als hätte sie der Schlag getroffen. »Ich wüsste nicht, was das mit Martas Verschwinden zu tun hat! Ein Sehfehler, ha, dass ich nicht lache! Natürlich habe ich gemerkt, als sie klein war, dass sie Rot und Grün verwechselte, aber so schlimm war es für ihr späteres Leben auch wieder nicht. Das hat sie nicht beeinträchtigt!«

»Darum geht es nicht, es geht darum, dass Ihre Tochter die Aufmerksamkeit von ihrem Vater auf ihre Mutter gelenkt hatte. Dabei ist ganz klar, dass bei diesem Sehfehler die Väter betroffen, die Mütter nur Träger dieser Sehstörung sind«, versuchte ich zu beschwichtigen, aber Adelina ließ sich partout nicht beruhigen.

»Mein Mann ist sowieso schon seit ein paar Jahren tot, das spielt alles keine Rolle mehr!«

Nun schaltete sich der Carabiniere ein. »Signora Adelina, hat Ihre Tochter denn gewusst, dass sie den Sehfehler über den Vater geerbt haben muss?«

»Non lo so, ich weiß es nicht, wir haben nie darüber geredet!«, erwiderte sie aufgebracht, und an der nervösen Art, wie sie an ihrem Kleid zupfte, wusste ich, dass sie log, und ich verstand in dem Moment auch warum.

Michelotti und ich wechselten einen Blick, der Fall war klar, wir waren hier fertig. Wir verabschiedeten uns höflich, ignorierten die empörten Blicke Adelinas und rutschten auf unseren wollenen Lappen Richtung Ausgang.

CAPITOLO 13

»Du hast sie ja gehört, Michelotti, nun wissen wir etwas Wichtiges, ich würde sogar sagen: etwas Entscheidendes.«

Er nickte und schaute hinunter auf das Wasser. Dicke, dunkle Fische schwammen in Schwärmen knapp unter der Oberfläche. Wir hatten uns auf die kleine Mauer direkt am See hingesetzt und ließen die Beine gemütlich baumeln. Mittlerweile schien die Sonne recht stark, daher waren wir froh über den Schatten eines Olivenbaums.

»Adele hat ihre Mutter auf den Sehfehler des Vaters angesprochen, hier hat Adelina eindeutig gelogen. Es stellt sich die Frage, warum«, sagte Michelotti.

»Das ist doch klar, warum. Es gibt nur einen Grund, wieso Adele mit ihrer Mutter über den Sehfehler des Vaters geredet hat.«

Der Carabiniere ließ mich nicht aus den Augen, er schien in der Luft zu hängen.

»Weil Adeles Vater gar keinen Sehfehler hatte!«

»Du meinst …«

»Ich meine, dass jemand, der von Beruf Zugführer ist, gar nicht rot-grün-blind sein kann, denn dann würde er die Farbsignale nicht unterscheiden können.«

Jetzt schien er das Ausmaß dieser Möglichkeit zu begreifen. »Das bedeutet, Adeles Vater …«

»Ist gar nicht ihr Vater!«, beendete ich den Satz.

»Paolo, bring uns zwei kalte Bier! Wenn du hast, deutsche Marke!«, rief Michelotti Richtung Terrasse der Pizzeria hinter uns. »Ich brauche erst mal etwas zu trinken!«, sagte er auf meinen verwirrten Blick hin.

Ja, ein kühles Bier konnte ich jetzt auch gebrauchen, einen kühlen Kopf allerdings auch, denn jetzt hatten wir einen wichtigen, neuen Anhaltspunkt, und die Ermittlungen gingen weiter. Hatte Marta wirklich Selbstmord begangen? Oder lag etwas in der Geschichte dieser Familie derart im Argen, dass die innige Liebe zwischen den Cousinen verflogen war?

»Michelotti, hilf mir mal den Faden zu entwirren, es gibt jetzt zu viele mögliche Theorien, ich blicke nicht mehr durch!«

»Per primo salute, erst mal Prost!«, sagte er und stieß mit mir an.

Die kühle Flüssigkeit tat mir gut. Ich entspannte mich sofort, Alkohol wirkte bei mir in der Regel schnell, vor allem bei Hitze und mitten am Tag.

»Gehen wir davon aus, dass Adeles Vater nicht ihr biologischer Vater war. Adele hat es im Rahmen ihrer Nachforschungen herausgefunden und ihre Mutter damit konfrontiert. Jetzt gibt es zwei Reaktionsmöglichkeiten: Adelina bestreitet alles und bleibt dabei, dass bei Adeles Zeugung alles seine Ordnung hatte.«

»Was nicht ungewöhnlich wäre, denn hier geht es um Ehebruch, wer gibt gerne so etwas zu?«, fragte der Carabiniere.

Ich dachte nach. Wahrscheinlich war es schon, dass Adelina alles abgestritten hatte. Denn in einem kleinen Dorf wie diesem würde das Eingeständnis zu viel Staub aufwirbeln. Und außerdem müsste sie dann die Identität des echten Vaters bekannt geben, und wer weiß, was das bedeutet hätte.

»Oder Adelina hat den Fehltritt gestanden und ihrer Tochter vielleicht den Namen des echten Vaters verraten.«

»Aber was hätte das mit Marta zu tun? Auf der Fahrt hierher hast du noch davon geredet, dass Marta sich möglicherweise umgebracht hat.«

»Das kann trotzdem noch sein. Zu diesem Zeitpunkt können wir nichts ausschließen. Denn wenn Adele etwas über ihre Herkunft herausgefunden hatte, konnte diese Entdeckung auch auf Martas Leben einen Einfluss gehabt haben.«

Michelotti schien nachzudenken, dann sah er so aus, als wäre er damit fertig und schlicht überfordert. »Du glaubst nicht ernsthaft das, was ich jetzt denke, oder?«, fragte er mich und sah mich skeptisch an.

»Ich habe keine Ahnung, was du jetzt denkst. Aber meine Theorie ist gar nicht so abwegig. Je mehr ich darüber nachdenke ...«

»Paolo, noch zwei Bier! Und eine große Pizza! Was willst du drauf? Ach, mach alles drauf!«

Als das Bier kam, setzte der Carabiniere erneut an. »Du hast ja gehört, was Adele gesagt hat. Sie haben sich wegen des Blumenfests gestritten.«

»Assolutamente no, das hat sie so nicht gesagt. Sie meinte, das könne man so auslegen. Als ich gefragt habe, ob ihre Schwester ein Geheimnis von ihr verraten hätte, ist sie ganz rot geworden. Hier kann es sich nicht nur um Blumen handeln!«

»Wenn zwei Frauen und dazu noch Schwestern sich derart zerstreiten, handelte es sich vielleicht um ...«

»Einen Mann!«, nickte ich.

Michelotti nahm einen großen Schluck Bier, ich tat es ihm nach, auch wenn ich die Wirkung des Alkohols bereits deutlich spürte.

»Das heißt, Martas Vater war auch ...«, hier wurde er leiser und schaute sich nach allen Seiten um, »Adeles Vater?«

Das war nicht viel mehr als Flüstern.

Ich nickte. »Das kann durchaus sein. Es würde einiges erklären«, sagte ich und versuchte, mich trotz Alkohol zu konzentrieren, was nicht einfach war, denn die ganzen Theorien verschmolzen in meinem Hirn zu einer einzigen zähen Masse.

»Erstens: Dass zwei Schwestern, sogar Zwillinge, sich wegen eines Mannes in die Haare bekommen, kommt mir realistischer vor, als wenn sie sich wegen eines Festes zerstreiten.«

Ich dachte an die alte Frau auf dem Kirchplatz. Indirekt hatte sie mir einen wertvollen Hinweis gegeben. Wenn zwei Frauen sich streiten, ist oft ein Mann im Spiel. Zwar hatte ich damals angenommen, das würde sich auf Marta und Adele beziehen, aber sie hatte die Mütter gemeint.

Die Pizza kam. Paolo servierte sie uns auf der Steinmauer. Freundlicherweise hatte er eine Stoffserviette unter den Teller gelegt, und so sahen wir wie richtige Bohemiens aus, wie wir auf der Mauer saßen, Bier tranken und Pizza aßen: Michelotti in seiner schicken Uniform und ich in einem meiner schönsten weißen Kleider, ein bisschen wie im Film *Ein Offizier und Gentleman*. Die Leute, die vorbeiliefen, schauten amüsiert und ein bisschen neidisch zu uns hinüber. Ich fühlte mich beschwingt und frei.

»Zweitens?«, fragte Michelotti.

»Zweitens«, sagte ich und schluckte einen Bissen der köstlichen Pizza hinunter, »die Farbenblindheit kann in kleinen Orten wie Isolarocca oder Pelati öfter als woanders vorkommen, aber dass zwei farbenblinde Männer auf zwei Frauen mit Farbenblindheit treffen, wäre selbst hier unwahrscheinlich.«

Das hatte mich von Anfang an stutzig gemacht, aber ich hatte gelesen, dass Zwillinge dazu neigen, sich ähnliche Partner zu suchen, manchmal heiraten sie sogar Zwillinge. Diese Neigung hätte den seltenen Zufall erklären können. Und doch ist oft das Naheliegende richtig: Die Zwillinge hatten sich denselben Mann unter den Nagel gerissen und sich deswegen gestritten, so einfach war das.

»Gibt es auch ein Drittens?«

Ich nickte. »Terzo, drittens: Ist dir aufgefallen, wie ähnlich sich Marta und Adele sehen?«

»Ähnlich sehen sie sich schon, aber identisch sind sie nicht«, präzisierte Michelotti und entfernte mir einen Mozzarella-Faden von der Wange. Ich fand die Geste etwas intim, aber nicht unangenehm. Dafür hatte das Bier gesorgt, meine Hemmschwelle war binnen einer halben Stunde rapide gesunken.

»Allora?«

»Cosa allora?«, fragte ich irritiert, denn ich hatte auch den Faden der Konversation verloren.

»Du warst bei drittens.«

»Ah certo, allora: Dass Marta und Adele sich so ähnlich sehen, kann nicht an den Müttern liegen, denn Martina und Adelina sehen ganz anders als ihre Töchter aus. Diese entsprechen eher dem nordischen Typ, groß, schlank, helle Haare. Die Mütter sind klein, rundlich, dunkelhaarig, klassisch mediterran eben.«

»Dann kommt die Ähnlichkeit durch den Vater?«

»Möglich, wenn sie denselben Vater haben, sind sie schließlich keine Cousinen, sondern Halbschwestern! Natürlich aber auch Cousinen. Mehr als Cousinen: Töchter von eineiigen Zwillingen, also Cousinen durch die Mütter und Halbschwestern durch den Vater … also …«

Ich hörte mich an wie eine geistig Verwirrte.

»Da komme ich nicht mit«, gab Michelotti zu.

»Ich auch nicht.«

Auf diesen Schreck tranken wir noch einen Schluck. »Paolo, noch mal zwei, bitte!«, orderte er mit schwerer Zunge.

»Carabiniere, willst du mich betrunken machen? Was würde die liebe Marisa denn sagen?«, gab ich mich entrüstet.

Er zuckte mit den Schultern. »So, wir waren bei den Halbschwestern und Cousinen. Wie genau geht das, Frau Krankenschwester?«

Ich dachte nach, was mir sehr schwerfiel. »Aspetta, warte, ich muss jemanden anrufen«, sagte ich und zog mein Telefon aus der Handtasche. Sekunden später hatte ich Arno an der Strippe. »Arno, ich bin es, Stella. Ich habe hier eine schwierige genetische Konstellation«, sagte ich in mehr oder weniger flüssigem Deutsch. Der Carabiniere schaute mich mit großen Augen an.

»Stella, was machst du da eigentlich? Wie kommst du jetzt auf schwierige genetische Konstellationen? Ich dachte, du lässt renovieren. Geht es um deine mörderische Gastgeberin?«

Stimmt, das Rätsel um Marios Tod musste ich auch noch lösen. Doch das musste leider warten – *einmal hinten anstellen, bitte*, dachte ich und kicherte.

»Kann es sein, dass du nicht ganz nüchtern bist?«, fragte Arno in amüsiertem Ton.

»Mädchen, bist du ein Glückspilz, es ist noch nicht mal fünfzehn Uhr, und du bist schon angesäuselt!«

Hatte er eine Ahnung, von wegen angesäuselt! »Arno, ich habe nicht so viel Zeit«, lallte ich, und dann musste ich losprusten, weil Michelotti mich anschaute, als wenn er etwas verstehen würde von dem, was ich sagte. Er sah richtig konzentriert aus, was sehr süß war.

»Ich höre schon, ich höre schon«, witzelte Arno. »Das nächste Mal nimmst du mich aber mit nach Italien.«

Huch, hatte sich der Herr Doktor soeben aus dem Fenster gelehnt? Schwer zu sagen, meine Urteilskraft war eben außer Gefecht gesetzt.

»Hör zu, jetzt mal im Ernst. Stell dir vor, zwei eineiige Zwillinge bekommen Töchter, und diese Töchter gleichen sich aufs Haar, oder sagen wir so, sie sehen sich sehr ähnlich. Aber vielleicht ist diese Sache mit der Ähnlichkeit nicht so wichtig, okay, aber jetzt hast du auch diese Info, schadet nicht. So, jedenfalls stellt sich heraus, dass die Cousinen eigentlich Halbschwestern sind, weil … äh … ja, wieso eigentlich?«, fragte ich den Carabiniere und vergaß dabei ins Italienische zu wechseln. »Vergiss es, Michelotti, du verstehst ja eh nichts!«

»Wer ist Michelotti?«, fragte Arno.

»Niemand, nicht so wichtig, jedenfalls, das Dilemma ist: Die Cousinen haben denselben Vater!«

Schweigen auf der anderen Seite.

»Du meinst so richtig offiziell? Ist das in Italien erlaubt?«

»Blödsinn, lass es, Michelotti!«, kicherte ich, weil er mir den Rest der Pizza in den Mund schieben wollte.

»Was willst du jetzt genau von mir wissen? Und was hat das mit deiner Gastgeberin zu tun?«

»Mit ihr hat es nichts zu tun, ich wollte nur die Genetik kurz abklären, da du ja auch Internist bist. Also, pass auf. Mit demselben Vater wären die beiden Halbschwestern, ganz klar, aber mit Müttern, die eineiige Zwillinge sind, wären sie zusätzlich auch von Mutterseite genetisch so etwas wie Halbschwestern, sehe ich es richtig? Und halb und halb macht ganz. Sind die beiden also so etwas wie Schwestern?«

Arno schwieg. Und schwieg. Und schwieg.

»Arno? Bist du noch dran?«

»Ja, aber, Stella, sprichst du von einem echten Fall, oder kommt das nur in einem deiner Krimis vor?«

»Nee, es geht um echte Personen, und alle sind farbenblind, stell dir vor!«, kicherte ich. Ich fand auf einmal alles wahnsinnig lustig.

»Soso, farbenblind sind sie auch noch. Das muss aber ein lustiges Plätzchen sein, wo du gerade bist, da wäre ich jetzt auch gerne.«

Da! Er hatte es wieder getan! So betrunken konnte ich doch nicht sein. Arno flirtete mit mir. Das, was er monatelang von Angesicht zu Angesicht auf Station nicht geschafft hatte, kriegte er jetzt am Telefon ganz locker hin. Sollte eine aus deutschen Männern schlau werden!

»Also? Sind sie oder sind sie nicht so etwas wie genetische Voll-Schwestern?«

»Hm, ich muss zugeben, so ein Fall ist mir nie untergekommen, auch wenn ich an die Lehrbücher denke, wird eine solche Möglichkeit meines Wissens nie abgehandelt. Es ist auch reichlich abgefahren …«

»Arno!«

»Okay, okay, ich glaube, du hast recht, Stella. Die beiden sind genetisch betrachtet so etwas wie Schwestern. Wahrscheinlich würde ich für diese Aussage die Approbation verlieren.«

Ha, hatte ich es doch gewusst, ich war stolz auf mich. Ich könnte eine Arbeit über den Fall schreiben. Den Titel hatte ich schon: Cousinen-Schwestern: kulturbedingte genetische Aberrationen in geschlossenen Populationen Norditaliens.

»Danke, Arno, du hast mir sehr geholfen«

»Lass wieder von dir …«

Klick, aufgelegt. Ich hatte zu tun, der Fall musste gelöst werden.

»Michelotti, du hast ja gehört … Entschuldige, auf Italienisch natürlich. Also, du hast es zwar gehört, aber nicht verstanden. Mein Arzt, also, ich meine, mein Kollege hat es bestätigt. Es ist wirklich abgefahren, aber Marta und Adele sind genetisch so etwas wie Schwestern!«

Michelotti war beeindruckt. »Und wer war das eben genau?«

»Mein Arzt, nein, mein *Kollege*. Und Arzt, aber nicht *mein* Arzt«, kicherte ich. Mann, war ich albern. »Wo waren wir stehen geblieben?«

»Beim Fliesenfabrikant, der möglicherweise Vater von Cousinen war, die aber eigentlich so gut wie Schwestern sind …«

Ja, stimmt, staunte ich und sah zu einer Möwe hinauf, die direkt über mir vorbeiflog und mich kritisch beäugte. Zumindest hatte ich den Eindruck.

»Und was ist jetzt mit Marta passiert? Sag mal, hat deine Miss Marple auch immer ordentlich gebechert, bevor sie auf die Lösung der Fälle kam?«, fragte Michelotti und grinste.

»Non penso, nicht, dass ich wüsste, sie hat immer Tee getrunken, als gute alte Engländerin.«

»Kommt darauf an, was man in den Tee tut.«

»Sei nicht respektlos. Allora, zurück zu unserer Marta. Nehmen wir mal an, Adele hat herausgefunden, dass ihr echter Vater ebenfalls der Fliesenfabrikant war. Es ist wahrscheinlich, dass sie ihre Cousine, also Halbschwester beziehungsweise Schwester, also Marta, eingeweiht hat. Dann wäre es auch interessant zu wissen, ob Martina ihrer Schwester den Lover ausgespannt hat oder umgekehrt.«

»Wieso ist das wichtig?«

»Weiß ich auch gerade nicht. Sag mal, Michelotti, kann es sein, dass Möwen es spüren, wenn man nicht ganz fit ist?«, fragte ich, weil ich jetzt deutlich den Eindruck hatte, die Möwe würde über mir kreisen.

»Du meinst, wie Geier, die darauf warten, dass Ihre Opfer verenden?«, fragte er, lachte und klopfte sich sichtlich amüsiert auf die Schenkel.

»Hm, wahrscheinlich nicht. Zurück zu uns. Es könnten verschiedene Sachen passiert sein. Marta hat sich sehr darüber aufgeregt, dass ihr geliebter Papa sich nicht nur mit ihrer Mutter, sondern auch mit ihrer Tante vergnügt hat. Aber bringt man sich deswegen gleich um? Glaube ich nicht. Oder Adele hat sich sehr darüber aufgeregt, dass ihr das Luxusleben verwehrt geblieben ist, das ihr eigentlich zugestanden hätte!«

Michelotti nickte. »Und du glaubst, dass deswegen Streit zwischen Adele und Marta entbrannt ist, und Adele vielleicht die Hand ausgerutscht ist? Oder schlimmer?«

»Könnte durchaus sein, oder? Denk an den seltsamen Rauch aus der Fabrik, den dein Freund beobachtet hat.«

»Un momento! Dann wäre Martas Körper aber nicht im Wasser, wie sie dir im Traum gesagt hat!«

Stimmt, einwandfreie Logik. Hm, ärgerlich.

»Und was ist mit deiner Theorie, dass Adele ein Verhältnis mit Martas Mann hatte?«

»Das ist auch weiterhin möglich!«, antwortete ich. So viele Möglichkeiten. Woher sollte ich wissen, welche die richtige war?

»Michelotti?«

»Hm?«

»Ich glaube, ich habe Kopfschmerzen. Und außerdem habe ich Angst vor der Möwe … Sie spürt wahrscheinlich doch, dass ich total hinüber bin, und sie hat recht.«

Der Carabiniere lachte wieder. »Du bist unglaublich. Da!«, sagte er, nahm das letzte Stück Pizza vom Teller und warf es in hohem Bogen zum See, wo es, noch bevor es im Wasser landen konnte, von der Möwe geschnappt wurde.

»Grazie, du hast mich gerettet. Kannst du mich jetzt auch nach Hause bringen?«

Was ist schlimmer, als mit einem Kater aufzuwachen? Mit einem Kater aufzuwachen und gleichzeitig Angst zu haben, im Haus einer Mörderin zu wohnen. Gerade, wenn man körperlich schwächelt und weiß, dass man eine eventuelle Attacke nicht abwehren könnte, ist eine solche Vorstellung absolut erschreckend, das können Sie mir glauben.

Ich muss unbedingt herausfinden, wie Mario gestorben ist, nur das würde mich beruhigen, oder auch nicht, dachte ich und wählte Michelottis Nummer.

»Ciao!«, kam es von der anderen Seite.

»Ciao, bist du fit?«

»Ich schon. Wie geht es dir?«

»Ich schlage mich wacker. Können wir uns gleich bei Franco treffen?«

»Du meinst zur Nachbesprechung oder um weiterzutrinken?«

»Bis gleich!«, sagte ich und schälte mich aus meinen Laken, um schnell unter die Dusche zu schlüpfen.

»Stella, duschst du gerade?«, fragte meine Vermieterin auf der anderen Seite der Tür.

Auf einmal hatte ich die Duschszene aus *Psycho* im Kopf und bekam einen panischen Schweißausbruch.

»Signora, ich bin sofort fertig! Nicht reinkommen.« Vor allem nicht mit einem Messer in der Hand, dachte ich und beeilte mich, mich einzuseifen, als wenn das etwas genützt hätte. Aber wenn ich schon sterben musste, dann zumindest sauber.

»Möchtest du frühstücken?«, rief sie.

»No, no, ich muss zu Franco. Sie wissen, wie empfindlich er ist«, rief ich zurück.

Zehn Minuten später betrat ich die Bar. Aus Angst, ich würde wie Janet Leigh hinter dem Duschvorhang grausam verenden, hatte ich meine Haare nicht mehr ausgespült und sie stattdessen unter einem großen Strohhut versteckt, den ich in meinem Zimmer gefunden hatte.

»Na, heute aus Angst vor Möwen als Vogelscheuche unterwegs?«, witzelte Michelotti, als er mich sah.

»Idiota!«

»Nee, warte, du bist inkognito unterwegs! Willst du nicht erkannt werden?«, amüsierte sich Michelotti auf meine Kosten.

»Lass die blöden Witze, hier geht es um Leben oder Tod.«

»Stella, heute habe ich wieder Orangensaft für dich!«, verkündete Franco stolz und strahlte mich an.

»Wie können wir nun herausfinden, wie und wann Mario gestorben ist?«, flüsterte ich, als Franco sich wieder entfernt hatte.

»Meine Mutter können wir vergessen. Apropos …«

»Stop! Wir waren bei Marios Tod, nicht abschweifen.«

Beim Gedanken an einen Besuch bei Michelottis Mutter bekam ich wieder einen Schweißausbruch. »Franco können wir auch nicht fragen, denn dann wüsste das ganze Dorf sofort, dass wir an dem Thema interessiert sind«, sagte ich leise.

»Vero, das ist wahr. Und wir müssen vorsichtig sein, denn du wohnst bei der Signora. Wenn sie merkt, dass du es weißt …«

»Michelotti, du wirst es nicht glauben, aber daran habe ich auch schon gedacht.«

»Davvero? Pass auf, ich habe eine Idee: Dokumente über Todesfälle werden bei der örtlichen Gesundheitsbehörde in der Stadt archiviert. Da ich dort jemanden gut kenne, könnte ich mich nach Marios Todesursache erkundigen.«

»Das wäre perfekt, dann würden wir Tratsch und Klatsch im Dorf vermeiden. Und wenn du schon dabei bist, kannst du auch nachfragen, wann Martina und Adelina jeweils geheiratet haben.«

»Das wissen die von der Gesundheitsbehörde aber nicht!«

»Natürlich nicht, das weiß ich auch.« Ich rollte mit den Augen. »Aber vielleicht die von der Gemeindeverwaltung? Da kennst du bestimmt auch jemanden, da bin ich mir sicher.«

Er nickte und trank meinen Orangensaft aus, dafür kassierte er einen bösen Blick von Franco.

»Und jetzt entschuldige mich, aber mir geht es nicht so blendend.«

Während Michelotti sich der Sportzeitung zuwandte, stand ich auf und hatte das seltsame Gefühl, dass jemand mich anstarrte. Als ich mich umdrehte, sah ich die alte Frau vom Kirchplatz, die scheinbar versuchte, mir telepathisch etwas Wichtiges mitzuteilen. Das tat sie, indem sie mich direkt fixierte und die Augenbrauen als Zeichen der Dringlichkeit leicht anhob. Da die Gedankenübertragung trotz beidseitiger großer Bemühung nicht funktionierte, gab ich ihr mit einer traditionellen Kopfbewegung zu verstehen, dass ich draußen auf sie warten würde.

»Buongiorno, Signorina!«

»Buongiorno, Signora!«

»Come sta? Tutto bene?«

Das fing ja gut an. »Abbastanza, grazie, e Lei?«

»Sì, sì. Ich war gerade bei Paolo, er hat eine neue Lieferung Tomaten aus Sizilien, so was haben Sie noch nicht gesehen. Und der Duft! Die riecht man sogar von der Straße aus!«, schwärmte sie.

Ich lächelte und nickte nur.

»Ja, ja, so etwas gibt es in Deutschland nicht!«, fügte sie noch hinzu.

Ich wartete.

»Allora, sind Sie mit Ihren Nachforschungen weitergekommen?«, entschied sie sich dann doch, das heiße Eisen anzupacken. Vielleicht hatte sie selbst keine Lust, um den Brei herumzureden, oder sie hatte es eilig, weil sie noch in die Kirche musste.

Ich hob meine Augenbrauen und stellte fest, dass man damit Verschiedenes ausdrücken konnte. In diesem Fall war es gespielte Entrüstung. »Welche Nachforschungen meinen Sie denn?«

»Na, vor ein paar Tagen auf dem Kirchplatz sagten Sie, es müsste doch immer … also … immer, wenn zwei Frauen sich streiten, na, Sie wissen schon …«

Wieder hob ich die Augenbrauen, dieses Mal simulierte ich Unwissenheit.

»Allora, Sie sagten, da hätte ein Mann seine Finger im Spiel«, flüsterte sie, und fast hätte ich sie nicht verstanden.

»Ein Mann?«

»Ma certo, klar, ein Mann!«, schnaubte sie.

»Ach so, ein Mann! Ja, stimmt, aber *Sie* haben das gesagt, nicht ich.«

Ich spielte meine Rolle hervorragend, ich war stolz auf mich, vielleicht war es der Strohhut, der mich beflügelte.

Nun war es an ihr, die Augenbrauen ungläubig hochzuziehen. Trotzdem musste sie angesichts meines versteinerten Gesichtsausdrucks klein beigeben.

»Hm, ich habe mich nur gefragt, ob Sie nun vielleicht mehr … also, ich meine, über diesen Mann, ob Sie jetzt mehr darüber wissen.«

»Was müsste ich denn wissen?«

»Na, die Identität und … den Grund.«

»Den Grund wofür?«

»Für den Streit natürlich!« Jetzt war sie mit ihrer Geduld am Ende.

»Sie sind ja witzig, zwei Frauen, ein Mann, da geht die Rechnung einfach nicht auf. Er ist natürlich der Grund!«, rief ich leicht genervt, denn mit meiner Geduld war es nicht viel besser bestellt.

Nun wiegte sie den Kopf hin und her. Bei Waltraut hieß das immer, sie wusste es besser, aber sie konnte nicht mehr sagen.

»Sie wissen doch was, geben Sie es zu!«, wagte ich mich vor.

»Ich habe mich nur gefragt, ob … ja, ob vielleicht eine … möglicherweise eine … dritte im Spiel war.«

»Eine dritte was?«

»Insomma, also, eine dritte Frau!«, sagte sie und bei ‚Frau' wurde sie wieder ganz leise und schaute sich nach allen Seiten um.

Jetzt waren meine Augenbrauen fast beim Haaransatz angekommen, diesmal war es aber nicht gespielt. »Wieso eine dritte Frau?«

»Ach, nur eine Überlegung …«

Ich konnte es nicht glauben, wie kam man auf so etwas? Zwei waren schon eine zu viel, aber drei waren komplett übertrieben und an den Haaren herbeigezogen. Welcher Mann konnte drei Frauen auf einmal hintergehen?

»Vielleicht werden Sie eines Tages an meine Worte denken und mir dankbar sein«, sagte sie höchst geheimnisvoll, verabschiedete sich und ging.

Waren in diesem Dorf denn alle verrückt? Und wie so oft, wenn man vom Teufel spricht, kam in dem Moment Irene um die Ecke. Sie schob einen Kinderwagen vor sich her, in dem, wie ich aus der Entfernung sehen konnte, Kätzchen saßen und um die Wette miauten. Allerdings taten sie das nicht, weil sie sich unwohl fühlten, sondern weil ihre Ersatzmama eine kleine Milchflasche in der Hand hielt und zwischendurch das eine oder andere Kätzchen fütterte. Dass Irene auch noch in einem Bademantel herumlief, machte die Sache nicht besser.

Egal, ob sie mir etwas zu sagen hatte oder nicht, mit einer Irren im rosaroten Frottee wollte ich mich heute nicht auch noch unterhalten.

Zu Hause wartete Signora Inzini auf mich, das reichte mir. Ewig konnte ich ihr nicht aus dem Weg gehen, denn das wäre aufgefallen, und bei einer potenziellen Mörderin ist es prinzipiell besser, unter dem Radar zu bleiben.

»Buongiorno, Signora«, sagte ich, als ich nach Hause kam.

»Ah, Stella, wie schön, dich zu sehen! Du warst vorhin so schnell verschwunden. Ich sehe, du trägst meinen alten Strohhut, den habe ich schon ewig nicht mehr aufgehabt.«

»Ich hoffe, es stört Sie nicht?«, fragte ich und nahm den Hut ab, was den Blick auf meine zusammengeklatschten Haare erlaubte.

»Ma no, wie kommst du darauf? Es sind noch so viele Sachen von mir in deinem Zimmer, gut, dass es dich nicht stört.«

Bildete ich mir das ein, oder hatte ich einen Zwischenton herausgehört? Bezog sie sich auf das Tagebuch? Hatte sie mitbekommen, dass ich es kurzzeitig entwendet hatte?

»Stella, ich würde gerne heute Mittag Pilze zubereiten, schön knusprig mit Knoblauch und Petersilie gebraten. Die magst du doch, oder?«

Mist, ausgerechnet Pilze, bei denen man hinterher leicht sagen konnte, dass man nichts ahnend das eine oder andere giftige Exemplar erwischt hatte. Sie würde im Leichenschauhaus auf mich hinunterschauen und sagen: »So ein Pech aber auch, die sahen doch alle gleich aus!«, und dann würde sie so tun, als müsste sie sich eine Träne aus dem Augenwinkel wischen. Und ihr Geheimnis wäre mit mir gestorben.

»Vielleicht lieber keine Pilze für mich, Signora!«

»Aber sie sind ganz frisch, die hat Piero heute Morgen vorbeigebracht, er hat sie oben im Wald am Berg gesammelt!«

»Also ich würde viel lieber Pasta essen, und wissen Sie was? Heute koche ich, schließlich mussten Sie Ihrem Mann immer zu Diensten sein, jetzt sind Sie mal dran!«

Sie warf mir einen seltsamen Blick zu, den ich nicht deuten konnte. War das Misstrauen? Hatte sie Lunte gerochen? Ich hätte ihren Mann besser nicht erwähnen sollen, denn vielleicht war bei ihr nun der Groschen gefallen. Als ich im Kühlschrank die Zutaten zusammensuchte, fühlte ich mich beobachtet, aber möglicherweise bildete ich mir das auch ein.

»Weißt du, Stella, so schlimm war mein Mario auch wieder nicht. Ich weiß, dass er nicht der beste Ehemann der Welt war, aber trotz allem ist er bis zum Schluss bei mir geblieben.«

Mir stellten sich die Nackenhaare auf. Was sollte das jetzt? Natürlich war er bei ihr geblieben, hatte sie nicht dafür gesorgt? Also für den Schluss, meine ich. Und wieso erwähnte sie ihn überhaupt? Außerdem hatte sie jetzt gut reden, da ihr Mario unter der Erde weilte. In der Nachbetrachtung findet man selbst die schlimmsten Situationen oft nicht mehr so tragisch. Dann kann man dem Gatten auch ein bisschen nachtrauern, selbst wenn man ihn damals kaum ertragen hat.

»Signora, Sie haben nicht zufällig Ricotta, oder?«, lenkte ich ab, denn wie ich es aus den Krimis kannte, fängt der Mörder erst dann zu plaudern an, wenn er weiß, dass ihm die Person, der er sich anvertraut, nicht mehr gefährlich werden kann, weil er sie beseitigen wird. Also durfte sie nicht plaudern.

»Bist du sicher, dass du keine Pilze willst?«, versuchte sie es wieder und deutete auf den Korb auf dem Tisch, den ich schnell beäugte. Ganz sicher nicht! Und auch wenn die Pilze ganz hübsch aussehen, so schön drapiert mit ein paar Kastanienblättern als Deko, weiß doch jeder, dass sie heimtückisch sein können, je hübscher, desto heimtückischer! Und je öfter du fragst, desto weniger habe ich Lust darauf.

»Ich mache Spaghetti mit Gemüse, aber ohne Pilze, denn die vertragen sich nicht mit … äh … dem anderen Gemüse!«, improvisierte ich und griff nach einer Paprika, um sie vierzuteilen.

Hinter mir hörte ich ein Geräusch wie im OP-Saal, wenn alle ihre Gummihandschuhe anziehen und dabei leise vor sich hin schimpfen, denn trotz Puder ist es immer eine Quälerei, bis sie richtig sitzen; das kennt man übrigens auch von anderen gummiartigen Situationen, aber das tut jetzt nichts zur Sache. Hinter mir wurde nicht geschimpft, lediglich das quietschende Geräusch des Gummis war zu hören, sonst nichts.

»Signora, was machen Sie denn da?«, fragte ich höchst alarmiert, denn die Signora hatte tatsächlich Gummihandschuhe übergestreift. Hatte jetzt meine Stunde geschlagen? Konnte es sein, dass sie mein seltsames Verhalten bemerkt hatte und mir nun an die Gurgel wollte, ohne Spuren zu hinterlassen?

»Ach, die ziehe ich immer an, wenn ich Zwiebeln schneide, dann riechen meine Hände hinterher nicht so unangenehm«, sagte sie und griff nach einer Zwiebel.

»Und jetzt ziehen Sie sie schön wieder aus und gehen hinaus in den Garten, ich mache das Essen und bringe es dann raus.« Mein Gott, musste man denn alles selbst in die Hand nehmen, wenn man am Leben bleiben wollte?

Nach einem schweißtreibenden Mittagessen, bei dem ich versuchte, mich natürlich und unbeschwert zu geben und dabei kläglich scheiterte, legte ich mich auf meine Lieblingsliege unter den Olivenbaum. Die Luft war rein, die Signora war zu einem unbekannten Ziel aufgebrochen.

Ich weiß nicht, ob es die Anspannung der letzten Stunden war oder der leichte Kater, der mich seit dem Vortag verfolgte, aber ich versank fast augenblicklich in einen tiefen und doch unruhigen Schlaf.

Ich träumte von einer Möwe, die auf der Lehne meines Stuhls saß und mich intensiv anstarrte. Dabei versuchte sie mir mit der Kraft der Gedanken etwas Wichtiges mitzuteilen. Was willst du mir denn sagen, Möwe? Bist du die Möwe von gestern? Und auf einmal konnte sie sprechen, so richtig, mit einer sehr tiefen, markanten Stimme, denn eine Möwe ist in Italien ein *gabbiano* und somit männlich.

»Bist du bescheuert?«, rief er.

Was erlaubte er sich? Mir waren Möwen immer sympathisch gewesen, ich musste meine Meinung dringend revidieren.

»Du kannst zwei und zwei nicht zusammenzählen! Denk nach, bemühe deine grauen Zellen!«, hackte er weiter auf mich ein, wobei das Tier eindeutig die Stimme des Detektives Poirot hatte, der stets auf seine grauen Gehirnzellen fixiert war. Zu

Poirot hatte ich schon immer eine gespaltene Meinung gehabt, im Grunde war er nur ein aufgeblasener, arroganter Angeber, auch wenn ich ihm sicherlich eine gewisse Genialität nicht absprechen konnte.

»Habe ich doch!«, wehrte ich mich, denn auch im Schlaf verfügte ich über den rechthaberischen Charakterzug, der so typisch für meine Familie war. »Es geht um Mario, oder?«, fragte ich etwas demütiger, denn die Möwe wusste etwas, und ich wollte wissen, was.

»Es geht nicht um Mario, es geht um Marta und es geht ums Fliegen«, sagte er, breitete die Flügel aus und erhob sich in die Luft.

»Warte! Warte, ich verstehe es nicht!«, rief ich laut, und dann wurde es dunkel, ein Schatten breitete sich über mir aus, und eine böse Ahnung weckte mich.

»Ahhhh!«, schrie ich, so laut ich konnte.

»Ahhhh!«, schrie Michelotti, so laut er konnte.

»Idiota! Bist du noch ganz bei Trost? Willst du mich zu Tode erschrecken?« Ich stand jetzt neben der Liege und hatte aus einem Instinkt heraus irgendetwas gegriffen, das auf dem Tisch gestanden hatte.

»Du spinnst! Willst du mich mit dieser Papierrolle etwa erschlagen?«, fragte er entgeistert.

»Ich habe geschlafen, und dann hat die Möwe gesagt, ich soll an das Fliegen denken, und dann kam der Schatten, und ich dachte …«

Mein Herz pochte heftig, und ich legte das Krepp-Papier für die Blumen wieder auf den Tisch. In Zukunft musste ich daran denken, etwas Festeres zur Hand zu haben.

»Wie bist du überhaupt reingekommen?«, fragte ich, als ich mich wieder beruhigt hatte.

»Das Tor stand ein Stück offen, ich dachte, ich überrasche dich.«

»Ist dir gelungen! Hast du etwas herausgefunden? Ich meine zu Marios Tod?«

»Non ancora, noch nicht. Aber ich hatte eine Idee. Wir könnten schon mal zum Friedhof gehen, da liegt Mario bestimmt begraben. Zwar kann man nicht sehen, woran er gestorben ist, aber zumindest das Sterbedatum sollte auf dem Grabstein zu lesen sein.«

»Michelotti, du bist ein Genie!«

Er lachte. »Sì, sì, die grauen Zellen, du weißt schon.«

»Ach, halt die Klappe und lass uns sofort hingehen.«

»Seltsam ist es schon«, sagte er, als wir an Francos Bar vorbeigingen.

Am Nachmittag sah die Bar ganz anders aus. Viele alte Männer besetzten die Tische und spielten Karten. Dabei tranken sie einen caffè oder einen Wein und ließen es sich gut gehen. Frauen waren nirgendwo zu sehen, wahrscheinlich hockten sie zu Hause, wuschen, bügelten oder nähten. Vielleicht sahen sie sich auch eine billige Fernsehserie aus Amerika an und träumten vom Leben, das sie nie gehabt hatten und nie haben würden.

»Was ist seltsam?«

»Ich habe jetzt alle drei Bücher von Agatha Christie gelesen, aber nirgendwo kam deine Miss Marple vor.«

Ich seufzte, mit den grauen Zellen war es doch nicht so weit gediehen. »Es waren auch Poirot-Krimis, das habe ich dir doch gesagt.«

»Ah, entweder ermittelte der eine oder die andere? Nie zusammen?«

»Nee, nie zusammen. Bescheidene, zurückhaltende Menschenkenntnis gegen aufgeblasene und hochnäsige Kombinationsgabe, das passt nicht zusammen. Agatha Christie meinte, ihre Leser hätten immer darum gebeten, die beiden mal in einem Buch aufeinandertreffen zu lassen, aber sie war der Meinung, die hätten nichts miteinander anzufangen gewusst«, erklärte ich.

Er nickte. »So, da wären wir. Sag mal, Stella, das, was du vorhin über die Möwe gesagt hast, also, dass sie mit dir gesprochen hätte, das hast du nicht ernst gemeint, oder?«

»Schwamm drüber, nicht so wichtig«, log ich, denn wenn eine Möwe sich schon die Mühe macht, in meinem Traum zu erscheinen, dann ist das, was sie sagt, alles andere als unwichtig. Aber jetzt waren wir am Friedhof angekommen, und es wurde todernst.

Der Vorteil eines so kleinen Orts wie Pelati war, dass alle Wege in fünf bis zehn Minuten zurückzulegen waren. Der Friedhof lag direkt hinter der Kirche und hatte ein großes, schmiedeeisernes Eingangstor, das einem Respekt einjagen sollte. Und tatsächlich waren italienische Friedhöfe ein wenig angsteinflößend, selbst diejenigen, die nicht mehr benutzt wurden. Nie hätte jemand sich auf eine Bank gesetzt und gemütlich Brotzeit gemacht, wie es in Deutschland durchaus passierte.

Das war wahrscheinlich kulturell bedingt. Vor dem Tod hat man in Italien größten Respekt, deshalb war es fast eine Pflicht, die verstorbene Person erst im Leichenschauhaus zu besuchen und dann auch noch an deren Beerdigung teilzunehmen. Die Familienmitglieder merkten sich genau, wer wann wo gewesen war. Onkel Alberto war nur ins Leichenschauhaus gekommen, aber er saß ja im Rollstuhl, ihm sei verziehen. Donatella ist in der Kirche gewesen, sie saß in der Mitte rechts, aber danach hatte sie niemand mehr gesehen. Außerdem hatte sie die ganze Zeit in ihr Handy getippt, das hatte wiederum Cousin Francesco aus seiner Position gut beobachten können. Sehr lobenswert war hingegen die Nachbarin Cisa, die sogar zweimal ins Leichenschauhaus gekommen war und bei der Messe eine große Summe gespendet hatte, und so weiter und so fort.

Als Kind bin ich oft mit meiner Mutter auf dem Friedhof gewesen. Es war Gesetz, möglichst nicht zu reden, und wenn, dann ganz leise. Essen, Trinken, Lachen oder Joggen waren natürlich vollkommen ausgeschlossen.

Auch auf Pelatis Friedhof war es vollkommen still. Ein paar ältere Frauen bewegten sich geräuschlos um einige Gräber, sie trugen Gießkannen, Blumentöpfe oder Scheren und wirkten sehr beschäftigt. Michelotti und ich gingen langsam an den Grabsteinen vorbei und lasen die Inschriften. Mich hatten Grabinschriften immer fasziniert, denn sie klangen allesamt so, als wären die Verstorbenen die besten Menschen auf Erden gewesen: eine viel beweinte Mutter, ein wunderbarer Vater, ein liebevoller Ehemann, ach was, der liebevollste überhaupt, so was hatte die Welt noch nicht gesehen. Eine Menge Heuchelei aus meiner Sicht.

»Stella, schau mal«, flüsterte Michelotti und zeigte auf ein ziemlich neues Grab.

Guerino Bagliocchi, geboren am 4. Mai 1940, gestorben am 30. Juli 2012. Das musste Martas Vater sein. Natürlich wurde auch hier der beste Vater, den es je gegeben hatte, und der ergebenste Ehemann gepriesen. Aber war er ein ergebener Ehemann gewesen, wenn er sich auch mit der Zwillingsschwester vergnügt hatte, oder war das Ganze vielleicht vor der Heirat passiert? Ich rechnete schnell nach. Guerino schien bereits etwas älter gewesen zu sein, als Marta geboren wurde. Martina war deutlich jünger als er, mindestens zehn Jahre, vielleicht fünfzehn. Was sagte mir das? Im Moment nichts, aber sich über die Dinge klar werden, konnte nie schaden.

Ok, dann weiter. Wir liefen schnell an mehreren Gräbern von Leuten vorbei, die ich nicht kannte und deren Bilder mich doch an den einen oder anderen im Dorf erinnerten. Auch kehrten dieselben Namen oft wieder, zahlreiche Cotali, Gatta, Pagnini und Valotti waren hier begraben. Und dann sahen wir es gleichzeitig: Mario Braga. Das musste unser Mario sein, denn der Nachname Braga stand immer noch zusätzlich zu Inzini auf dem Klingelschild der Signora, da Frauen in Italien ihren Mädchennamen bei der Heirat nicht ablegen. Schon ohne das Sterbedatum zu lesen, war offensichtlich, dass dieses Grab viele Jahre alt war.

»Michelotti, schau du bitte, ich habe Angst!«, sagte ich und drehte mich weg, damit mir die Zahlen nicht ins Gesicht springen und mir klar machen konnten, dass ich tatsächlich bei einer Mörderin untergekommen war.

»Welches Datum hatte der besagte Tagebucheintrag?«, fragte er nach.

»10. September 1989. Nun mach schon!«

»Oh, Stella, ich glaube, an deiner Theorie könnte was dran sein«, stotterte er.

Wie ein Blitz drehte ich mich wieder um und nahm den Grabstein ins Visier. Mario Braga, geboren am 12. Oktober 1947, gestorben am 3. März 1990. Nur sechs Monate nach dem Eintrag. Und erst mit dreiundvierzig. Konnte das wahr sein? Hatte die Signora ihren Gedanken Taten folgen lassen und sechs Monate für die Planung und Umsetzung des Mordes gebraucht?

Schwindel erfasste mich, und obwohl ich es schaffte, mich an Michelotti festzukrallen und dabei nicht umhinkam, seine Oberarmmuskeln mit einer gewissen Bewunderung durch den Stoff zu spüren, sank ich kurz darauf zu Boden. Rabenschwarze Dunkelheit umhüllte mich.

CAPITOLO 14

Aus meiner langjährigen Erfahrung als Krankenschwester wusste ich, dass es immer die eine Frage ist, die jemand stellt, wenn er aus einer Bewusstlosigkeit erwacht. »Wo bin ich?«, murmelte ich.

»Gott sei Dank, Signorina, wir haben uns solche Sorgen gemacht«, sagte jemand neben dem Bett, auf dem ich nun lag.

Und ich wusste auch, dass kein Aufwachender Ruhe gibt, ehe er eine Antwort bekommt. »Wo bin ich?«, wiederholte ich also.

»Du bist auf dem Friedhof zusammengebrochen, der Pfarrer und ich haben dich zu ihm nach Hause gebracht. Es war das Naheliegende«, sagte Michelotti, den ich nun auch sehen konnte.

»Es ist eine kleine separate Wohnung, hier hat meine frühere Haushälterin gewohnt«, erklärte der Pfarrer.

Ich schaute mich um. Ich lag in einem netten Schlafzimmer mit einem großen Bauernschrank, einem Frisiertisch, wie man ihn früher benutzt hatte, und einer großen Kommode, alles aus dunklem Holz. Eine kleine, uralte Plastik-Madonna aus Lourdes gefüllt mit Wunderwasser thronte auf der Kommode neben einer Vase mit getrockneten Blumen. Und natürlich hingen an den Wänden einige Kreuze verschiedener Dimensionen und Ausführungen. Ganz klar, wenn man die Haushälterin des Pfarrers ist, dann muss man selbst einen gewissen religiösen Eifer an den Tag legen.

»Wie geht es dir? Schon besser?«, fragte Michelotti und klang richtig besorgt.

»Ich habe Kopfschmerzen und fühle mich schlapp«, flüsterte ich.

»Wahrscheinlich ein Schwächeanfall, kein Wunder bei der Hitze. Du kannst so lange bleiben, wie du möchtest, *signorina tedesca,* die Wohnung wird nicht mehr genutzt. Soll ich den Arzt rufen lassen?«, sagte der Pfarrer, der wie jeder italienischer Pfarrer seine Schäfchen duzte.

»No, grazie, molto gentile.«

»Gut. Wenn ihr mich jetzt entschuldigt, ich muss die Messe abhalten. Kann ich euch alleine lassen?«, fragte er, hob die Augenbrauen und schaute uns mit Argwohn an.

»Certo, certo«, murmelten Michelotti und ich im Chor wie unartige Schüler. Hatte er etwa Angst, dass wir hier auf unsittliche Gedanken kamen, trotz der vielen religiösen Symbole? Ich persönlich konnte jedenfalls auf die Anwesenheit eines Priesters an meinem Krankenlager gut verzichten.

Sobald der Pfarrer die Wohnung verlassen hatte, richtete ich mich auf. »Michelotti, es ist perfekt! Ich kann erst mal hier bleiben und muss die nächsten Tage nicht zur Signora zurück. Ehrlich gesagt, habe ich mittlerweile richtig Angst vor ihr. Und seit ich das Sterbedatum von Mario kenne, noch mehr. Wenn ich daran denke, wird mir wieder schwindelig. Hier bin ich in Sicherheit. Und in der Zwischenzeit kannst du Marios Todesursache in Erfahrung bringen.«

Michelotti nickte.

»Ich rufe später bei der Behörde an, heute Morgen war meine … äh … Kontaktperson dort nicht zu erreichen, aber vielleicht habe ich am Nachmittag mehr Glück.«

Ich musste schmunzeln. Typisch Italiener. Er wollte mir verheimlichen, dass es sich bei seiner *äh … Kontaktperson* um eine Frau handelte, um sich so eventuelle Chancen bei mir nicht zu verderben.

»Soll ich dir ein paar Sachen von der Signora Inzini holen und vorbeibringen?«, fragte er.

»Das wäre sehr nett. Lass mich überlegen. Natürlich meine

Kleidung, die findest du im Schrank, dann noch meine Kosmetiktasche im Bad, die Cremes, die auf dem Nachttisch stehen, meine Bücher im Regal, die erkennst du daran, dass sie auf Deutsch sind, und natürlich alle meine Schuhe«, zählte ich auf.

»Wozu brauchst du im Pfarrhaus deine Schuhe? Ich dachte, du wolltest die Kranke simulieren. Mit Pumps bist du wahrscheinlich nicht so überzeugend.« Er grinste.

»Sehr witzig! Und erkläre bitte der Signora, was passiert ist. Aber sag ihr, dass es mir wieder gut geht, sonst kommt sie mich noch besuchen und bringt einen Kuchen vorbei. Aber es darf mir auch nicht zu gut gehen, sonst könnte ich ja wieder nach Hause …«, gab ich zu bedenken.

»Ich lasse mir schon etwas einfallen, ich habe so meine Erfahrung mit kleinen Notlügen«, lachte er.

»Daran habe ich keine Zweifel, ich vertraue dir«, sagte ich, und während der Carabiniere hinausging, ließ ich mich wieder in die Kissen sinken.

So ganz ohne Angst, dass plötzlich jemand mit Messer oder Gummihandschuhen in meinem Zimmer stehen würde, konnte ich viel klarer denken. Trotzdem war alles immer noch verwirrend.

Marios Sterbetag war zwar verdächtig, aber es konnte sich immer noch um einen Zufall handeln. Anders wäre es vielleicht gewesen, wenn er direkt nach dem Tagebucheintrag gestorben wäre, einen Tag oder eine Woche später. Aber in einem halben Jahr kann vieles passieren. Was hatte Luigi der Kaninchen-Kastrierer zu Marios Tod gesagt? Er hatte von einem Unfall, aber auch von einer Krankheit gesprochen, was stimmte denn nun? Michelotti hatte auch berichtet, dass er recht wirr gewirkt hatte, wahrscheinlich konnte man sich gar nicht auf sein Wort verlassen. Wenn es eine Krankheit gewesen war, gäbe es zwei Möglichkeiten. Es gibt Krankheiten, die man herbeiführen kann, zum Beispiel Herzprobleme oder Leberschäden durch Medikamente oder Gift, und es gibt welche, die eindeutig über jeden Zweifel erhaben sind, beispielsweise eine Blinddarmentzündung oder ein Tumor. Auch bei Unfällen gab es Unterschiede. War Mario zu Hause eine Leiter hinuntergestürzt? Dann hätte die Signora die Leiter auch zufällig angestoßen haben können. War er hingegen beim Überqueren der Straße von einem Auto erfasst worden, so war es sehr unwahrscheinlich, wenn auch nicht ausgeschlossen, dass die Signora ihre Finger im Spiel hatte.

Irgendwann piepte mein Handy und kündigte eine Kurznachricht an. Hoffentlich Michelotti mit einer guten Nachricht von der Gesundheitsbehörde! Aber es war Davide, der mir Bilder von Wendeltreppen geschickt hatte und wissen wollte, welche ich bevorzugte. Nach kurzer Überlegung wählte ich die luxuriösere Variante und tippte eine Antwort. *Ich nehme die Treppe Nummer 2, wenn schon, denn schon. Übrigens hatte ich noch keine Zeit, den Antrag für den Umbau auszufüllen,* schrieb ich und drückte auf Senden.

Nach einer Minute piepte es wieder. *Kein Problem, wir haben schon angefangen, ist nur eine Formalität. Angelo weiß Bescheid, wir können vordatieren, alles kein Thema.*

Na, Gott sei Dank hielt man sich in Italien nicht mit Formalitäten auf. Dann versuchte ich wieder mein Glück bei ihm, diesmal via Textnachricht. *Davide, hat sich Marta das Leben genommen?*

Keine Antwort.

Im See?

Wieder keine Antwort. Erst nach zwei Minuten piepte es: *Wir müssen noch den Kachelofen aussuchen. Ich hole dich morgen ab.*

Na prima, ärgerte ich mich. Dann aber dachte ich an Arno und seine Bauarbeiter und war um meine eigenen froh. Zumindest ging es auf der Baustelle rasch vorwärts, auch wenn es bei der Ermittlungskooperation etwas haperte. Aber konnte man von seinem Bauleiter erwarten, dass er in beiden Bereichen glänzte? Ich nahm mir vor, irgendwann einen Krimi zu schreiben und einen Bauleiter als Ermittler einzusetzen, vielleicht sogar eine von Davide inspirierte Version. Er würde in den Kellern stets auf Leichen stoßen und müsste die Fälle selbst lösen, denn auf die Hilfe der Carabinieri konnte er nicht warten, wenn sein Bauunternehmen in der Zwischenzeit nicht pleitegehen sollte. Also kurz den Hammer beiseitegelegt und den Fall gelöst. Ja, die Idee fand ich gut, sie war auf jeden Fall ausbaufähig.

Geht nicht, ich bin krank und wohne bis auf Weiteres beim Pfarrer, tippte ich zurück. Erst mal kam keine Reaktion. Wahrscheinlich musste Davide zwischendurch ein Loch in die Wand hauen oder den Dachboden ausbauen.

Dann piepte es. *Alles klar, ich schicke dir wieder Bilder.*

Die Nerven eines Ermittlers hatte er jedenfalls, das musste man ihm lassen. Keine Fragen, keine Kommentare, keine Reaktion.

Ich hievte mich aus dem Bett und machte eine kurze Inspektionsrunde durch meine neue Bleibe. Zusätzlich zum Schlafzimmer verfügte die Wohnung über ein kleines Wohnzimmer, eine Küche und ein winziges Bad. Alles sah sehr sauber aus, auch wenn die Möbel ziemlich abgenutzt wirkten. Überall hingen selbst gestickte Bilder, hauptsächlich Blumen, aber auch Landschaften, eine Katze, ein alter Mann mit Bart und Pfeife und natürlich das Jesuskind und die Madonna. Am Rahmen mit der Madonna hing ein Rosenkreuz. Ja, es war offensichtlich die Wohnung einer alten Dame gewesen, die wahrscheinlich schon länger das Zeitliche gesegnet hatte.

Plötzlich klopfte es an der Tür. Hoffentlich war es nicht die Signora mit einer Pilzpfanne.

»Stella, hier sind deine Sachen«, sagte der Carabiniere und kam mit meinem großen Koffer hereinspaziert.

»Grazie mille. Was hat die Signora gesagt?«

»Sie war betroffen, aber sie meinte, du hättest heute recht fahrig gewirkt. Sie hätte sich schon gedacht, dass etwas im Argen läge.«

»Hat sie das so gesagt?«

Bildete ich mir das nur ein, oder war das zweideutig?

»Ja, aber sie wirkte besorgt und fragte, ob sie zu Besuch vorbeikommen dürfte.«

»Und was hast du ihr gesagt?«, fragte ich atemlos.

»Dass du im Moment sehr schwach bist und dich erst erholen musst.«

»Sei un tesoro, du bist ein Schatz.« Ein Stein fiel mir vom Herzen, denn auf Michelotti war Verlass.

»Ahhh, spinnst du, wieso hast du das mitgenommen?«, zeigte ich auf das Tagebuch der Signora, das Michelotti zusammen mit meinen Büchern eingepackt hatte.

»Oh, scusa, das habe ich gar nicht gemerkt, ich habe einfach alles aus dem Regal eingepackt. Schlimm?«

Ich starrte ihn fassungslos an. »No, no, weißt du, im Grunde ist es egal, ob eine Mörderin weiß, dass ich ihr auf die Schliche gekommen bin. Hast du ihr vielleicht auch erzählt, dass ich vor Marios Grab ohnmächtig geworden bin?«

Jetzt schaute er verletzt. »Das brauchte ich gar nicht, sie wusste es natürlich schon.«

»Bitte?«

»Na ja, was hast du erwartet? Eine deutsche Signorina wird bei einem Besuch auf dem Friedhof vor einem Grab ohnmächtig und muss ins Pfarrhaus getragen werden. Wie lange, glaubst du, bleibt dieses Ereignis in einem Ort wie Pelati geheim?«, fragte er langsam und akzentuiert, als würde er mit einer minderbemittelten Person sprechen.

»Okay, okay, geschenkt! Was hat sie genau gesagt?«

»Dass es sehr nett von dir gewesen ist, Marios Grab einen Besuch abzustatten. Und dann hat sie gelacht und gesagt, dass er immer schon diese Wirkung auf Frauen gehabt habe.«

»Das ist nicht dein Ernst, oder?«, schüttelte ich ungläubig den Kopf.

Wieso lachte sie darüber? Vielleicht, weil sie genug Zeit gehabt hatte, die Seitensprünge ihres Mannes zu verarbeiten. Hinterher ist ja alles halb so schlimm, und schließlich lebte sie noch, während er nur noch ein Haufen Knochen war.

»Aber was meinst du, denkt sie wirklich?«, fragte ich ehrlich interessiert.

Michelotti dachte nach. »Wenn sie unschuldig ist, wird sie sich einfach über dein seltsames Verhalten wundern, wenn sie es nicht schon vorher getan hat.« Er grinste.

»Und wenn nicht?«

»Wenn nicht, dann musst du dich bald auf Besuch gefasst machen, vielleicht auch mitten in der Nacht.« Jetzt lachte er.

Na super, er fand das auch noch komisch. Offensichtlich war ihm der Ernst der Lage nicht bewusst. Erst werde ich vor Marios Grab ohnmächtig, dann verschwinden zuerst ich und dann ihr Tagebuch. Wie lange kann es dauern, bis es bei der Signora klick macht?

»Sag mal, Michelotti, kannst du mir deine Dienstwaffe dalassen?«

»Das darf ich nicht, aber ich könnte mit der Dienstwaffe über Nacht bleiben, wenn du dich dann sicherer fühlst.« Er grinste anzüglich.

»Ach nee, dann ist die Signora vielleicht doch das geringere Übel. Weißt du, was ärgerlich ist? Wenn ich hier in der Wohnung festsitze, kann ich nicht weiterermitteln.«

»Wenn das dein einziges Problem ist«, sagte er.

»Wie meinst du das?«

»Na ja, wie willst du den Leuten weismachen, dass du so krank bist, dass du beim Pfarrer bleiben musst? Und vor allem, wie lange noch?«

Ich schaute ihn ärgerlich an. »Sobald du deine … *äh … Kontaktperson* bei der Gesundheitsbehörde gefragt hast, wissen wir mehr, oder?«

»Ah sì, was ich dir sagen wollte, meine Kontaktperson …«

»Michelotti, wie heißt sie?«

»Sie heißt Francesca und ist eine alte Schulfreundin von mir.«

Als würde mich das interessieren. »Was ist also mit dieser Francesca?«

»Ja, das wollte ich dir sagen, sie ist im Urlaub.«

»Sag jetzt nicht, dass sie ein halbjähriges Sabbatical genommen hat und eine Trekking-Tour durch Zentralasien macht!«

»No, no, sie ist bloß auf Sardinien. Sie kommt am Montag zurück«.

Zum Glück waren es nur noch ein paar Tage. »Okay, kannst du in der Zwischenzeit die Heiratsdaten der Zwillinge herausfinden?«

»Klar, das mache ich.«

»Hast du im Gemeindebüro auch eine … äh … Kontaktperson?«, zog ich ihn auf.

»Sì, certo«, nickte er ohne Spur von Humor. »Sag mal, wirst du dich hier nicht langweilen? Was willst du den ganzen Tag machen?«

»Da muss ich mir was einfallen lassen, ich werde den Tag schon irgendwie rumkriegen«, sagte ich wenig überzeugt.

»Vielleicht können wir heute gemeinsam Abendessen oder so«, schlug er vor.

Ich überlegte einen Augenblick. Hätte das ein deutscher Mann zu mir gesagt, hätte er gemeinsames Kochen gemeint. Sagt es ein Italiener, dann meint er, dass ich mich sofort an den Herd stellen soll, damit ihm heute Abend pünktlich um zwanzig Uhr ein Drei-Gänge-Menü serviert wird. Hatte ich dazu Lust? Als überzeugte Feministin war ich fast dazu verpflichtet, ihm mit einer Pfanne eins überzubraten. Entsprechend schaute ich ihn an.

»Ich kann auch etwas mitbringen«, beeilte er sich zu sagen. Er schien immerhin lernfähig zu sein.

»Schon besser. Zwanzig Uhr?«

»Okay, bis später«, sagte er und verschwand durch die Tür.

Kaum war ich alleine, fing ich sofort an, mich zu langweilen. Ich sah mich im bescheidenen Wohnzimmer um und stellte fest, dass in einem der Schrankregale, neben Keramik-Nippes und Murano-Glas-Tierchen, ein paar Bücher standen. Obwohl ich nicht die gesammelten Werke von Emily Dickinson oder die Originalausgaben von Sir Francis Bacon erwartet hatte, war ich doch ein wenig enttäuscht, als ich nur ein paar zerfledderte Taschenbücher der Serie Harmony, leidenschaftliche Liebesromane für die frustrierte Hausfrau, und eine uralte Bibel vorfand. Die Langeweile wuchs ins Unermessliche, und ich wollte schon anfangen zu kochen, als irgendwann jemand an der Tür klopfte.

»Wer ist da?«, fragte ich vorsichtig.

Wenn es die Signora gewesen wäre, so hätte ich eine Lähmung vorgetäuscht, die es mir unmöglich gemacht hätte, an die Tür zu kommen.

»Don Vincenzo!«, rief der Pfarrer.

»Don Vincenzo, was für eine Überraschung!«, rief ich freundlich und ließ ihn eintreten.

»Ich wollte nur sehen, wie es dir geht. Schon besser?«, fragte er und nahm am Wohnzimmertisch Platz. Ich setzte mich ihm gegenüber.

»Sì, aber mir ist noch ein wenig schwindelig. Übrigens, vielen Dank, dass ich hierbleiben darf. Meinen Sie, ich könnte Ihre Gastfreundschaft noch ein paar Tage in Anspruch nehmen?«

»Naturalmente, kein Problem. Aber sag mal – wenn ich so direkt fragen darf –, was hat dich so belastet, dass du in Ohnmacht gefallen bist. Ausgerechnet vor dem Grab des Mannes deiner Gastgeberin?«, fragte er unverblümt.

Ich fühlte mich ertappt. Was wusste der Pfarrer beziehungsweise ahnte er etwas? Pfarrer unterlagen ja wie Ärzte auch der Schweigepflicht. Aber aus Erfahrung wusste ich, dass es zumindest bei Ärzten damit nicht immer weit her war. Ich brauchte nur an die langen Nächte im Krankenhaus zu denken, und wie viel Stress, Ärger und Frust in der gemeinschaftlichen Küche des Stationspersonals aufgearbeitet wurde, zur Not auch unter Angabe von Personalien.

»Willst du dich mir anvertrauen, cara?«, fragte er mit einem gutmütigen Lächeln, das er garantiert auf einem Seminar für Kundenbindung gelernt hatte. »Ich habe dich neulich in der Messe gesehen, und du kannst mir glauben: Wenn ich etwas in den langen Jahren als Priester gelernt habe, dann, eine Person zu erkennen, die sich mit vielen Fragen quält.«

»Das schon, aber, nun ja, wie soll ich sagen, ich gehöre nicht wirklich … dem Club an.«

Er lachte herzlich. »Jeder gehört Gottes Club an«, erwiderte er und schien es auch so zu meinen. Dafür bewunderte ich ihn. Dass er an etwas glaubte, ohne echte Beweise dafür zu haben. Und dass er Werbung dafür machte, ohne für jeden Neukunden extra bezahlt zu werden. Dafür hatte er eigentlich mein volles Vertrauen verdient.

»Don Vincenzo, woran ist Mario eigentlich gestorben?«

Er bedachte mich mit einem durchdringenden Blick. »Ich glaube, es war ein Unfall, aber es ist schon lange her. Warum willst du das wissen?«

»Nur so«, log ich ohne schlechtes Gewissen, denn er log garantiert auch. Ich *glaube*, es war ein Unfall? Wenn ich die Signora richtig verstanden hatte, und das war ganz sicher der Fall, dann gingen der Pfarrer und Mario früher zusammen auf die Jagd. Wie konnte er denn nicht wissen, wie sein alter Kumpel gestorben war? Es sei denn …

»Hat es mit Martas Verschwinden zu tun?«, unterbrach er mich in meinen Gedanken.

»Mit Martas … wieso mit Martas Verschwinden?«, fragte ich verwundert.

»Na ja, hier im Dorf ist uns aufgefallen, dass dir die Sache mit Marta nahegeht und du den Carabiniere bei den Ermittlungen ein bisschen unterstützt.«

»Ich soll … was?« Es ärgerte mich gewaltig, mit Watson oder gar Lestrade verwechselt zu werden. »Das entspricht nicht wirklich den Tatsachen, Don Vincenzo, genau genommen leite ich die Ermittlungen«, stellte ich richtig und plusterte mich wie ein Hahn im Hühnerstall auf.

Er lächelte milde, er schien mir nicht zu glauben. »Beh, wie dem auch sei, was hat Marios Tod deiner Meinung nach mit Martas Verschwinden zu tun?«, fragte er.

»Niente«, sagte ich, und diesmal war es nicht mal gelogen.

»Aber offensichtlich beschäftigt dich das«, ließ er nicht locker.

»Mich beschäftigt vieles, Signor parroco«, sagte ich wieder wahrheitsgemäß.

Er nickte aufmunternd, und sofort fühlte ich mich in die Beichte zurückversetzt. Weil meine Cousine und ich das Privileg hatten, in der Messe zu dienen, hatten wir auch das Privileg, uns regelmäßig die Beichte abnehmen zu lassen. Für die Leserinnen und Leser, die keine Erfahrung damit haben, will ich das so beschreiben: Die betroffene Person kniet auf einem harten Holzbrett vor einer Art Holzschrank, in dem der Pfarrer gemütlich sitzt. Durch eine durchlöcherte Wand findet ein offener Austausch zwischen dem Pfarrer und dem Beichtenden statt, wobei das Ganze recht einseitig ist, denn der Priester selbst erzählt gar nichts. Der hört einfach zu, während der Beichtende seine gesamte schmutzige Wäsche vor den Ohren des Dieners Gottes wäscht. Anschließend eröffnet einem der Pfarrer, dass man gesündigt hat und dass man drei Ave Maria und fünf Vaterunser zu rezitieren hat und danach wieder so gut wie neu wäre. Dass der Zähler sozusagen wieder auf null gesetzt wird, wobei er ab dem Moment erneut beginnt zu zählen.

Und wie man mit einem neuen Auto anfangs höllisch aufpasst, dass nichts passiert, keine Schramme, kein Dreck, kein wildes Maltrātieren der Gänge, aber dann im Laufe der Zeit nachlässig wird, so ist es mit der reinen Seele auch. Genau genommen hält dieser Zustand keine einzige Minute stand, denn jeglicher ungute Gedanke, zum Beispiel in Bezug auf den Pfarrer beim Verlassen des Beichtstuhls, wird sofort wieder gezählt.

»Mal angenommen …«, fing ich an.

»Sì?«

»Mal angenommen, jemand vertraut Ihnen ein Geheimnis an …«

Er nickte ernst.

»Gehe ich recht in der Annahme, dass Sie diese Information für sich behalten würden?«

»Ma certo.«

Er schien nicht zu verstehen, worauf ich hinauswollte.

»Signor parroco, ich meine etwas sehr, sehr Schlimmes. Etwas, für das man ins Gefängnis kommt.«

»Egal was du getan hast, der Herr wird dir verzeihen.«

Ich hob die Augenbrauen, es fehlte etwas.

»Und natürlich würde ich das für mich behalten. Ein Geheimnis unter uns dreien sozusagen.« Er lachte.

Ich lachte auch, aber nur um ihn abzulenken, denn natürlich hatte nicht ich etwas Schlimmes getan. Sollte Signora Inzini tatsächlich ihren Mann beseitigt haben, dann war es durchaus möglich, dass sie sich in der Beichte Don Vincenzo anvertraut hatte. Als gute Katholikin war das sogar ihre Pflicht. Und dann war es auch verständlich, dass der Pfarrer nur von einem Unfall sprechen konnte und ansonsten das Thema so vage wie möglich hielt.

Aus Don Vincenzo war aufgrund seiner Profession wahrscheinlich nichts herauszubekommen. Also täuschte ich einen Schwächeanfall vor, brachte die zitternde Hand an die Stirn und behauptete dreist, ich müsste mich sofort wieder hinlegen. Das kannte ich von etlichen meiner Patientinnen, die keine Lust hatten, auf die Waage zu steigen.

»Kann ich dich alleine lassen? Brauchst du etwas?«, fragte er besorgt. Ganz sicher dachte er, dass das Gewicht der Schuld derart auf meinen Schultern lasten würde, dass ich es kaum noch ertragen konnte.

»No, no, nessun problema. Gehen Sie nur, später kommt noch der Carabiniere, um nach mir zu schauen.«

Er schien nur sehr ungern zu gehen. Vielleicht hatte er sich schon auf meine Beichte gefreut. Meine Cousine hatte mal behauptet, Pfarrer seien im Grunde nichts anderes als Spanner in schwarzer Soutane.

Kaum war der Pfarrer gegangen, klopfte es wieder an der Tür. Meine Güte, das hier war der reinste Bahnhof.

»Chi è? Wer ist da?«

Per favore, non la signora Inzini, non la signora Inzini, non la signora Inzini, wiederholte ich in meinem Kopf.

»Adele!«

Adele! Was wollte sie denn hier? War sie überhaupt harmloser als Signora Inzini? Ich beschloss, dass ein gewisses Risiko zur Tätigkeit einer Ermittlerin dazugehörte, warf einen schnellen Blick auf die Madonna von Lourdes in der Hoffnung, es würde mir was nützen, und öffnete die Tür.

Vor mir stand die junge Frau, nur dass sie nur noch ein Schatten ihrer selbst war. Dunkle Augenringe hatte sie versucht, mit Make-up zu kaschieren, doch man sah ihr an, dass sie völlig übernächtigt war.

»Adele, komm rein! Wie geht es dir?«, spielte ich die Unbefangene.

»Ich weiß, dass ihr neulich bei meiner Mutter wart«, sagte sie und schaute mir fest in die Augen.

»Das stimmt, ich vermute, eine Möwe hat es dir erzählt?«, witzelte ich, obwohl ich ein bisschen Angst vor ihr hatte. Wenn sie ihre Cousine ermordet hatte, sei es aus Liebe zu deren Ehemann oder aus Wut über die ungerechte Verteilung der familiären Reichtümer, wusste sie jetzt, dass ich sie in Verdacht haben musste.

»Machen wir es kurz: Wie viel weißt du?«, fragte sie herausfordernd.

»Ich weiß gar nichts«, versuchte ich den altbewährten Trick, den man seit unzähligen Jahren in Sizilien erfolgreich anwandte.

»Das glaube ich dir nicht, meine Mutter hat mir alles erzählt.«

»Wieso fragst du dann? Wenn du mich jetzt entschuldigen würdest, ich muss ein Drei-Gänge-Menü zaubern«, sagte ich, weil mir dic Aussicht darauf plötzlich nicht mehr ganz so schlimm vorkam. Alles ist relativ.

»Das mit meinem Vater …«, stammelte sie, während ich sie am Ellbogen gefasst hatte und versuchte, sie wieder Richtung Tür zu bugsieren.

Ich hielt an, sah sie unverwandt an und versuchte dabei überrascht und gleichzeitig harmlos auszuschauen. Das tat ich im Krankenhaus immer, wenn ich einen ängstlichen Patienten in aller Heimlichkeit in die Röhre schicken wollte und er mir auf die Schliche gekommen war.

»Tu nicht so harmlos und überrascht! Ich vermute, ihr wisst, wer mein Vater ist? Und wieso wohnst du eigentlich jetzt hier?«

»Ja, nein, ich meine, vielleicht. Und wo ich wohne, spielt keine Rolle, für dich jedenfalls nicht.«

Sie sah mich zweifelnd an und schien rasch zu überlegen. »Hast du mit ... dem Pfarrer darüber gesprochen?«

»Mit dem Pfarrer? Wieso das denn?«, wunderte ich mich.

Sie schien aufzuatmen. »Eins will ich dir sagen. Meine Cousine weiß nichts davon. Das hätte sie umgebracht«, sagte sie seelenruhig, öffnete die Tür und verschwand.

Da stand ich verwundert in der Tür und starrte die Stelle an, wo Adele noch fünf Sekunden vorher gestanden hatte. Das hätte sie umgebracht? Hätte? Wieso *hätte*? Würde Martas Mörderin so etwas behaupten? Mist, jetzt hatte diese Adele meine Theorie durcheinandergebracht, zumindest eine von meinen Theorien. Konnte ich sie jetzt von der Liste der Verdächtigen streichen? Ach was, das konnte auch eine geschickte Verwirrungstaktik gewesen sein. Davon darf man sich nicht beeindrucken lassen. Es konnte auch bedeuten: Es *hätte* sie umgebracht, aber ich kam dem zuvor!

Aber wieso hatte sie erleichtert gewirkt, als das mit dem Pfarrer zur Sprache kam? Das musste ich unbedingt später mit dem Carabiniere besprechen, aber zuerst wollte ich mich um das Abendessen kümmern und mich hier häuslich einrichten. So schnell konnte ich diese sichere Unterkunft nicht verlassen, das war mir inzwischen klar geworden.

Ich rief bei Paolo, dem Gemüsehändler, an. »Paolo, hier ist Stella.«

»Stella, soll ich dir ein paar Lebensmittel ins Pfarrhaus liefern?«

Ich seufzte. Warum machte ich mir überhaupt die Mühe anzurufen? Wahrscheinlich hatte er meine Tüten bereits fertig gepackt und nur der Form halber auf meinen Anruf gewartet.

»Certo, grazie. Stell einfach irgendwas zusammen, du weißt schon«, antwortete ich.

»Ich bin in fünf Minuten da.« Er legte auf.

Klar, dachte ich, wahrscheinlich war ich *das* Gesprächsthema in Pelati, und Paolo war nun mal wie jeder Gemüsehändler in kleinen Dörfern besonders neugierig.

Ich zog ein paar Schubladen in der Küche auf und vergewisserte mich, dass Teller und Besteck vorhanden waren. In einer Schublade lag ein dickes Heft, wie meine Oma es benutzte, um den Überblick über die Ausgaben im Haushalt zu behalten. Das Heft war sehr alt und anscheinend seit vielen Jahren nicht mehr benutzt worden. Ich blätterte neugierig darin herum und fand ein paar Abrechnungen für Blumen, wahrscheinlich die Dekoration für die Kirche. Danach kamen Ausgaben für Handwerker, Einkaufslisten mit den dazugehörigen Summen und diverse Einträge, die ich auf den ersten Blick nicht zuordnen konnte. Ich trat mit dem Heft ans Licht und las den Namen Irene sowie verschiedene Beträge, die offensichtlich an sie geflossen waren. Ich stutzte. Konnte das *die* Irene sein? Und wieso hatte sie von der Pfarrei Geld bekommen? Die Einträge waren alle datiert und hörten irgendwann Ende der 90er-Jahre auf.

Plötzlich riss mich ein Klopfen aus meinen Gedanken.

»Hallo, Stella, ich bringe dir ein paar Lebensmittel. Wie geht es dir eigentlich? Du bist gestürzt, habe ich gehört?«, fragte Paolo beim Eintreten und sah sich gleichzeitig neugierig um.

Natürlich wusste er schon längst alles, aber wahrscheinlich wollte er mir noch die letzten Details entlocken. Ich starrte auf seine Shorts, die unten unter dem weißen Kittel hervorlugten, und überlegte, wie ich ihn schnell wieder loswerden konnte.

»Sì, sì esatto. Hast du Pasta mitgebracht?«, fragte ich geschäftig und durchwühlte die Tüten mit gespieltem Interesse.

»Certo, hier. Aber wie genau ...«

»Und sind die Tomaten aus der Region?«, fragte ich streng.

»Ich bitte dich, was glaubst du denn? Es heißt, du warst ...«

»Aber Paolo! Hast du nicht etwas vergessen?« Ich starrte ihn an.

Er sah mich irritiert an. »Co...cosa?«, stammelte er.

»Il parmigiano!«, rief ich und traf ihn damit wie mit einem Pfeil ins Herz.

Sofort sah er betroffen drein und ließ den Kopf ein wenig hängen. Pasta, Tomaten, alles da, aber der parmigiano, der fehlte! Was für ein Glücksfall, jetzt konnte ich ihn guten Gewissens rausschmeißen.

»Du hast recht, wie konnte ich nur ...«

»Komm, ist nicht so schlimm, du kannst ihn mir auch morgen vorbeibringen«, sagte ich tröstend, legte ihm eine Hand auf die Schulter und schob ihn sanft, aber bestimmt Richtung Tür.

»Aber brauchst du ihn heute nicht?«

»No, no, mach dir keine Sorgen!«

Nun stand er schon auf der Schwelle, nur noch einen Schritt ...

»Du hast mir noch gar nicht erzählt ...«

Wumm, Tür zu, ein Lächeln, ein Kopfschütteln. Wie kann man nur den parmigiano vergessen?

CAPITOLO 15

Nachdem ich die Lebensmittel in der Küche verstaut hatte, nahm ich doch eines der Harmony-Bücher aus dem Regal in die Hand, denn leichte Lektüre hat manchmal durchaus ihre Vorteile. Auf dem Cover war eine Frau zu sehen, die von einem Mann umarmt wurde. Da weiß man gleich, was man bekommt, dachte ich. Das Heft war ziemlich dünn und schien mehrmals gelesen worden zu sein, die Seiten waren recht strapaziert. Das weckte meine Neugier. Was konnte so spannend gewesen sein, dass die Frau, die hier vorher gewohnt hatte, es wieder und wieder gelesen hatte?

Ich blätterte die erste Seite um und fing an zu lesen. Solchen Liebesschnulzen-Autorinnen muss man eines lassen: Sie können einnehmend schreiben und drücken die richtigen Knöpfe bei ihren Leserinnen. Die Geschichte war einfach und kompliziert zugleich. Einfach, weil man schon wusste, wie es ausgeht, und kompliziert, weil der Weg zum Happy End durchaus seine Tücken hatte. Die Handlung spielte im 19. Jahrhundert, und es ging um eine junge Frau, die in die Gesellschaft eingeführt werden und sich auf einem Ball möglichen Ehemännern präsentieren sollte. Doch sie wollte lieber ihr Leben im Kloster verbringen. Um ihrer Familie dennoch einen Gefallen zu tun, beschloss sie, zu dem Ball zu gehen. Dort verliebte sich ein junger Mann in sie, und auch sie schien nicht abgeneigt zu sein, jedoch hielt sie an ihrem Plan, ins Kloster zu gehen, fest. Dort war die Überraschung groß, als sie des Prälaten gewahr wurde, der niemand anderes war als …

Kaum hatte ich angefangen zu lesen, war ich schon mittendrin und vergaß die Zeit völlig. Plötzlich ließ mich ein Klopfen hochschrecken. Als ich mich auf den Weg zur Tür machte, musste ich über die frühere Haushälterin des Pfarrers schmunzeln.

Michelotti trat mit einer flachen Auflaufform ein, deren Inhalt herrlich duftete.

»Hast du Lasagne gemacht?«, fragte ich.

»Nicht einfach Lasagne, das ist die beste Lasagne der Welt!«, antwortete er stolz.

»Na, dann bin ich mal gespannt. Ich nehme an, dass deine Mutter sie zubereitet hat?«, fragte ich, während Michelotti eine Weinflasche öffnete.

»Mit den besten Wünschen einer schnellen Genesung!«, gab er zu.

»Das ist aber nett von ihr. Dabei kennt sie mich noch nicht mal.«

Ich holte Teller und Gläser aus der Küche und stellte sie im Wohnzimmer auf den Tisch.

»Apropos kennenlernen, wann wollen wir …?«

»Na hör mal, du meinst das doch nicht im Ernst? Wie soll das gehen, ich bin doch erst mal an diese Wohnung gekettet!«, protestierte ich.

Wir lachten und fingen an zu essen.

»Hast du herausgefunden, wann die Zwillinge geheiratet haben?«, fragte ich mit vollem Mund. Die Lasagne war köstlich, mit reichlich Béchamelsauce.

»Ah sì, warte«, sagte er und holte einen Zettel aus seiner Hosentasche. »Adelinas Hochzeit war am 5. April 1976, Martinas gut zwei Jahre später, am 3. November 1978. Das mit Adelina war schon schwieriger herauszufinden, denn sie hat auf Isolarocca geheiratet.«

»Das bedeutet, Martina hat in Pelati geheiratet?«

Er nickte und trank einen großen Schluck Chianti.

Hm, was konnte das bedeuten? »Michelotti, wenn ich es mir recht überlege, klingt es immer so, als wäre Martina auf Adelina wütend, nicht umgekehrt.«

»Wie kommst du darauf?«, fragte er überrascht.

»Es ist so ein Gefühl. Überleg mal, Adelina pflegt den Kontakt zu ihrer Nichte, während Martina zu der eigenen Nichte, also zu Adele, scheinbar kein Verhältnis hat, zumindest kein gutes. Ist das nicht ein Hinweis? Es könnte sein, dass Martina mit dem Fliesenfabrikanten verlobt war und Adelina ihn ihr ausgespannt hat. Und dann ist Adelina mit Adele schwanger geworden. Dann hätte Martina allen Grund dazu, auf die Schwester wütend zu sein.«

»Aber hätte Martina den Fabrikanten trotzdem geheiratet?«, gab Michelotti zu bedenken.

»Hm, vielleicht mussten sie heiraten? Weil es zu spät war?«, sagte ich vieldeutig.

Michelotti schaute mich an.

»Du meinst, ich soll noch mal bei der Gemeinde nachfragen, wann Marta genau geboren wurde?«

»Esatto!«

Und dann versanken wir in Schweigen, hingen unseren jeweiligen Gedanken nach und ließen uns die leckere Lasagne schmecken. Fast waren wir wie ein altes Ehepaar, das ohne viele Worte miteinander auskommt.

»Don Vincenzo war übrigens vorhin hier«, sagte ich nach einer Weile.

»Was hat er gesagt?« Michelotti hörte auf zu kauen und ließ seine Gabel in der Luft schweben.

»Nichts. Er wollte eher mir Informationen entlocken.«

»Ich gehe davon aus, dass deine Lippen versiegelt waren«, schmunzelte er.

»Hm. Adele war auch hier.«

»Was, die auch? Was hat sie gewollt?«

»Keine Ahnung. Vielleicht mir weismachen, dass ihre Cousine nichts über Adeles echten Vater gewusst hatte.«

»Und du glaubst ihr?«

»Im Moment bin ich verwirrt und weiß nicht, was ich glauben oder nicht glauben soll. Wir haben auch zu viele Theorien. Wir haben nicht nur Martas Verschwinden, sondern auch die Sache mit Adeles Vater. Und dann haben wir noch das Rätsel um Marios Tod. Und eine Menge sich seltsam verhaltende Menschen, nicht zuletzt der Pfarrer.«

»Der Pfarrer weiß sicherlich einiges«, mutmaßte Michelotti.

»Wie meinst du das?«

»Na ja, allein durch die Beichte. Überleg mal, wie viele Leute sich ihm im Laufe der Jahre anvertraut haben.«

»Deine Mutter auch?«

»Wie bitte?«

»Ich fragte, ob deine Mutter ihm auch Geheimnisse anvertraut.«

»Sicherlich, das gehört dazu, wenn man in die Kirche geht.«

Ich überlegte. Der Pfarrer wusste nicht nur einiges, er wusste wahrscheinlich alles, was im Ort passierte. Aber wieso war es Adele so wichtig gewesen, ob er wusste oder nicht wusste, wer ihr echter Vater war? Hatte sie Angst, er würde es weitererzählen? Und wem?

Es war alles so frustrierend. Der Pfarrer hatte zwar alle Informationen, die ich gebraucht hätte, aber es brachte mir nichts, denn er durfte nichts weitererzählen. Auf der anderen Seite war er auch nur ein Mensch. Vielleicht konnte ich ihm eine Falle stellen und ihm doch etwas entlocken. Aber erst musste ich dafür sorgen, dass ich noch eine Weile hier wohnen bleiben durfte.

»Michelotti, meinst du, dass man Luigi, dem Kaninchen-Kastrierer, vertrauen kann?«

»Kommt darauf an. Was hast du vor?«

»Seine Nichte, die Bibliothekarin, hatte mir mal erzählt, dass er Gips anlegen kann.« Hier machte ich eine Pause und schaute erst den Carabiniere und dann vielsagend mein Bein an.

»Du meinst …«

Ich nickte. »Ich kann so tun, als wäre mein Bein gebrochen, dann könnte ich mich mit einer Krücke frei bewegen und müsste trotzdem nicht zu Signora Inzini zurück, denn Treppen steigen kann man mit einem Gips nicht gut.«

»Du bist wirklich mit allen Wassern gewaschen«, sagte er und lachte.

»Pronto?«, rief ich in den Hörer.

»Ich bin es, Michele, ich habe Neuigkeiten. Du hast recht gehabt, Martina und ihr Mann haben am 3. November 1978 geheiratet, Marta ist am 30. Mai 1979 auf die Welt gekommen.«

»Das heißt, dass Martina schon schwanger war, als sie geheiratet hat! Luigi, du hörst am besten nicht zu!«

Luigi, der mit meinem Bein beschäftigt war, nickte. Er war sowieso ziemlich senil, er würde nicht viel behalten. Und auch die Tatsache, dass er mir einen Gips verpasste, obwohl ich kein Kaninchen war oder ein gebrochenes Bein hatte, schien ihn nicht weiter zu stören. Er war mit einer Tüte voll Verbandsmaterial erschienen, hatte um eine Schüssel Wasser gebeten und dann losgelegt. Wortlos hatte ich ihm mein linkes Bein hingehalten, und genauso wortlos hatte er angefangen, eine Schicht nach der anderen aufzutragen. Profi durch und durch.

»Meine Mutter behauptet etwas anderes …«, sagte jetzt Michelotti.

»Deine Mutter? Deine Mutter hat sich zu einer Aussage verleiten lassen?«

»Sie hat gehört, dass ich am Telefon darüber gesprochen habe, und dann hat sie gemeint, dass Marta ein Sieben-Monats-Baby gewesen war.«

Michelottis Mutter war auf einmal gesprächig? Hier stimmte etwas nicht.

»Stimmt das?«, fragte ich skeptisch.

»Keine Ahnung.«

»Hm, wer könnte das genau wissen?«, fragte ich weiter, ohne große Hoffnung auf eine vernünftige Antwort.

»Du könnest Irene fragen«, gab mir Michelotti einen Tipp.

»Irene? Du meinst die Irene mit den Tierbabys und dem Frotteebademantel? Bist du dir sicher?«

»Klar, sie war viele Jahre Hebamme, bevor sie pensioniert wurde.«

»Irene war Hebamme?« Es wurde immer unglaublicher.

»Aber ja, sie hat so ziemlich jedem hier im Ort auf die Welt geholfen.«

Ich schaute hinunter auf Luigi, der anscheinend doch zugehört hatte und zustimmend nickte. Irene war also Hebamme gewesen, wer hätte das gedacht.

Mir fiel wieder ein, was sie einmal zu Franco gesagt hatte, und konnte es jetzt richtig deuten. Sie hatte sich über ihn geärgert und dann den Satz ausgestoßen: »Hätte ich dich damals nicht zur Welt gebracht!« Ich hatte es so interpretiert, als würde sie denken, sie sei seine Mutter. Dabei hatte sie ihre Tätigkeit als Hebamme gemeint! Und jetzt machten die Tierbabys auch Sinn. Und die Einträge im Heft der Haushälterin! Wahrscheinlich hatte sie bedürftigen Frauen aus der Gemeinde bei der Hausgeburt geholfen, und der Pfarrer hatte ihre Arbeit bezahlt.

»Luigi, brauchst du noch lange?«

»Wenn du Irene suchst, die wollte eben noch zu Franco«, sagte er. »Ich bin hier gleich fertig, dann muss es nur noch zwanzig Minuten trocknen.«

»Sag mal, Luigi, wie halten die Kaninchen so lange still?«

»Bei Kaninchen geht es ganz schnell, zack, und weg ist es!«, grinste er zahnlos.

»Ich meine mit dem Gips!«

Er lachte. »Da gibt es nichts einzugipsen, da wird nur geschnippelt. Pferdebeine gipse ich ein, das geht ganz gut. Und wenn du es mal brauchst, stehe ich auch für Kälber-Geburten zur Verfügung. Da bin ich besser als Irene«, sagte er stolz.

Mit einer Krücke zu laufen klingt leichter, als es ist. Vor allem auf unebenem Boden, bergauf und bergab, wie die Straßen Pelatis nun mal sind. Die Krücke hatte mir Michelotti besorgt, der sie wiederum seiner Mutter abgeluchst hatte. Auf dem Weg zur Bar schauten mich etliche Dorfbewohner neugierig an. Sicherlich fragten sie sich, wie man sich bei einem Sturz auf dem Friedhof ein Bein brechen konnte, wo doch überall Kies am Boden lag. Wo will die Signorina mit gebrochenem Bein hin? Wohnt sie noch beim Pfarrer? Viele Fragezeichen sah ich in ihren Gesichtern, ich ignorierte sie, so gut es ging und humpelte weiter.

Schon beim Eintreten in die Bar wurde mir klar, dass ich hier und heute viele wichtige Informationen bekommen würde. Zum einen, weil Irene noch da war, sie saß an einem Tisch und rubbelte an einem Rubbellos. Zum anderen, weil Franco mir ganz aufgeregt zuwinkte, als müsste er mir etwas Wichtiges erzählen, ohne dass die anderen es erfuhren. Na endlich, dachte ich, jetzt wird es spannend.

Dann bemerkte Franco den Gips an meinem Bein und zog die Augenbrauen in die Höhe.

»Gleich, Franco, erst muss ich mit Irene sprechen!«, sagte ich und wandte mich der alten Frau zu.

»Irene, ich habe gehört, du warst viele Jahre Hebamme?«

Sie schaute mich an und sagte nichts. Immerhin hörte sie auf zu rubbeln.

»Es geht um Marta. Du weißt, dass sie verschwunden ist, und ich … also … wir versuchen herauszufinden, was passiert ist.«

Wieder sagte sie nichts. Das konnte ja heiter werden.

»Nun, ich glaube, also wir glauben, dass es vielleicht mit ihrer Vergangenheit zu tun haben könnte«, fuhr ich fort.

»Da hat etwas nie richtig gestimmt«, sagte Irene.

Aha! Da hatten wir es schon!

»Wie meinst du das?«

»Na ja, ich kenne mich halt aus. Ich habe viele Kinder auf die Welt geholt.«

»Und?«

Nichts.

»Ja, aber gab es damals nicht Gerüchte, dass nicht alles … mit rechten Dingen zugegangen war?«

»Mir kann man so leicht nichts vormachen«, nickte sie dann.

Ha! Langsam kamen wir der Sache näher, sie wusste etwas. Jetzt galt es nur, diese Information aus ihr herauszulocken.

»Was war das Problem damals?«, fragte ich weiter.

»Sie sagte zu mir, sie wäre im siebten Monat.« Jetzt war Irene bei der Sache.

»Du meinst Martina? Und?«

»Es war ein ganz normales Baby, für ein Sieben-Monats-Baby zu groß.«

Da fiel mir die Szene vor der Madonna-Statue wieder ein, am Abend des Dorffests, und Irene, die sagte, sie wäre zu groß gewesen. Nicht die Madonna hatte sie gemeint, sondern Marta.

»Also war Martina ganz normal schwanger gewesen?«

»Ja. Ich sollte es bloß niemandem sagen!«

»Du solltest niemandem erzählen, dass sie bereits schwanger geheiratet hat? Ich vermute, das hätte einen Skandal gegeben.«

»Noch nicht mal der Mann durfte es erfahren!«, flüsterte sie.

»Martinas Mann?«

Sie nickte nur. Ich staunte.

»Irene, Martinas Mann durfte nicht erfahren, dass Marta kein Sieben-Monats-Baby war?«

»Sie hat mich angefleht, es niemandem zu sagen!«

»Aber sie waren ganz normal verlobt, oder?«

»Kurze Verlobung, es ging ganz schnell!«, flüsterte sie wieder.

Oje, dann war alles klar. Es war ein sogenannter *matrimonio riparatore*, also eine Notfall-Hochzeit, gewesen, bloß dass es nur Martina gewusst hatte. Das konnte nur eines bedeuten: Marta war nicht die Tochter des Fliesenfabrikanten! Somit war meine Theorie hinfällig. Wenn sie nicht die Tochter des Fabrikanten war, ich aber trotzdem davon ausging, dass Marta und Adele denselben Vater hatten, musste ich ihn als Adeles Vater ebenfalls ausschließen.

»Irene, grazie«, sagte ich und kaufte ihr zum Dank ein Rubbellos.

Es war ein großes Schlamassel. Dass die zwei Cousinen denselben Vater hatten, lag auf der Hand, da beide farbenblind waren und sich so stark ähnelten. Außerdem hatte es Adele mehr oder weniger zugegeben und klargestellt, dass ihre Cousine nichts davon wusste und dass es sie umbringen würde. Aber den Fliesenfabrikanten als möglichen Vater auszuschließen, würde bedeuten, Adeles Rachemotiv würde wegfallen. Was nicht wegfallen würde, wäre die Theorie, dass Adele und

Martas Ehemann ein Verhältnis und Marta beseitigt hatten. Auch die Möglichkeit, dass Marta finanzielle Probleme hatte und sich selbst das Leben genommen hatte, kam weiterhin in Betracht. Und vielleicht noch etwas, das mir momentan entfiel.

»Du kannst auch Luigi fragen«, hörte ich Irene hinter meinem Rücken flüstern.

»Scusa?«

»Du kannst Luigi fragen, er hilft dir mit den Karten!«, sagte sie, kein bisschen deutlicher.

Ich nickte, weil Nicken einen manchmal aus schwierigen Situationen hinaushilft. So, und jetzt zu Franco. Wenn er so aufgeregt war, konnte das nur eines bedeuten. Er hatte ganz heiße Informationen für mich.

»Stella, ich habe das mit dem Friedhof schon gehört. Aber ich wusste nicht, dass du dir das Bein gebrochen hast«, rief er besorgt.

Ich stand an der Theke und spielte mit den Zuckertütchen, um meine Anspannung zu kaschieren. Was würde ich jetzt erfahren?

»Hatte ich auch nicht. Das kam erst später.«

Er schaute mich erwartungsvoll an.

»Kann ich dir das ein andermal erklären? Du wolltest mir etwas Wichtiges erzählen?«

»Ah sì, sì. Aber wollen wir uns nicht an einen Tisch setzen?«

An einem Tisch hatte ich Franco noch nie sitzen sehen. Das musste etwas sehr, sehr Wichtiges sein. Jetzt war ich richtig gespannt.

»Allora?«, fragte ich schnaufend, denn sich mit einem eingegipsten Bein hinzusetzen, ist auch nicht so einfach, wie man sich das vorstellt.

»Ich muss mir die Zähne machen lassen. Fast alle«, sagte er mit einem breiten Lächeln, das mir das Problem bestätigte.

»Du musst dir …?«

»Sì, sì, und weißt du, wo ich das machen lasse?«

Ich überlegte. »Beim Zahnarzt?«

Er schnaubte ungeduldig. »Kro-a-tien«, betonte er jede Silbe einzeln.

»Du lässt dir die Zähne in Kroatien machen?« Langsam dämmerte mir, dass er doch keine revolutionären Enthüllungen in Bezug auf den Fall in petto hatte.

»Stell dir vor, sie fahren uns alle mit dem Bus nach Kroatien. Vormittags sind die Zähne dran, nachmittags Spaß pur!«

»Alle?«, fragte ich verwirrt.

»Alle, die in Pelati Zahnprobleme haben. Wir haben einen Full-Service gebucht: Bus, Zahnarzt, Freizeit, Urlaub. Alles in einem Paket«, erklärte Franco.

»Aber wieso Kroatien?«, fragte ich, obwohl ich eigentlich fragen wollte: »Wieso erzählst du mir das?«

»Der Zahnarzt kostet viel weniger als in Italien, aber angeblich hat das Ergebnis die gleiche Qualität. Und dann können wir auch Urlaub am Meer machen!«, freute er sich. »Und da du Krankenschwester bist, wollte ich dich fragen, was du davon hältst. Glaubst du, das ist seriös?«

Darüber wusste ich nichts, aber ich konnte mir beim besten Willen nicht vorstellen, wie man den Nachmittag nach einer Wurzelbehandlung genießen konnte, auch wenn man am Meer war. Nach meiner letzten Wurzelbehandlung lag ich eine Woche heulend zu Hause, und das trotz stärksten Schmerzmitteln, die mir Arno nicht ganz legal gegeben hatte.

»Ich weiß nicht, Franco. Wo soll das Ganze überhaupt stattfinden?«, fragte ich, um Zeit zu schinden.

»In Zagreb!«, sagte er stolz.

»Hm, soweit ich weiß, liegt Zagreb ziemlich weit weg vom Meer.«

Er schaute mich sehr enttäuscht an.

»Aber ich habe gehört, dass es eine aufstrebende Stadt sein

soll«, beeilte ich mich hinzuzufügen, weil er mir leidtat. »Und außerdem kommt es immer auf die Gesellschaft an! Und ich meine gelesen zu haben, dass das Nachtleben in Zagreb richtig toll ist.«

Jetzt sah er weniger unglücklich aus.

Nun hieß es, schnell das Thema zu wechseln. »Sag mal, was anderes. Irene hat gerade etwas von Kartenlegen und Luigi gesagt. Kannst du dir einen Reim darauf machen?«

»Certo! Unser Luigi kann ganz wunderbar Tarotkarten legen. Mir hat er mal prophezeit, dass ich eine medizinische Behandlung in einem fernen Land haben werde«, sagte er mit glänzenden Augen.

»Aha. Meinst du, er kann auch aus den Karten lesen, was mit Marta passiert ist?«

Nun schaute Franco ein wenig skeptisch. »Du kannst es ja mal versuchen«, sagte er zögernd.

»Du scheinst nicht so überzeugt zu sein«, hakte ich nach.

»Na ja, wir wissen doch schon, was mit Marta passiert ist.« Er wiegte den Kopf hin und her.

»Stella! Was ist passiert?«, hörte ich plötzlich eine bekannte weibliche Stimme. Die Signora stand hinter mir und starrte mich an, als sie mein eingegipstes Bein sah. »Aber …«, stammelte sie und deutete auf den Gips.

»Nicht so schlimm. Ich bin bei Don Vincenzo in der Dusche ausgerutscht. Wir mussten einen Arzt kommen lassen, aber jetzt geht es mir besser«, sagte ich und wischte mir den Schweiß von der Stirn, der mich immer beim Lügen heimsuchte. Hoffentlich würde Luigi den Mund halten. Und Don Vincenzo auch, der natürlich nichts von einem Notarzt-Einsatz in seinem Haus wusste. Vielleicht würde ich bei ihm beichten müssen, damit er mich nicht verpfiff. Das war alles so verdammt kompliziert geworden, dabei hatte ich doch nur ein Häuschen renovieren wollen!

»Oje, du Arme!«, rief sie mit scheinbar ehrlichem Mitgefühl. »Erst der Friedhof und dann das«, fügte sie hinzu, und ich konnte nicht umhin, in ihrer Stimme ein leicht angedeutetes Fragezeichen wahrzunehmen. Konnte ich ihr das verdenken? Es war alles mehr als schräg. Auf der anderen Seite waren auch das ganze Dorf und seine Bewohner mehr als schräg. Was konnte ich dafür, wenn ich mich nur anpasste? Am Ende würde mich der Bürgermeister zum Ehrenbürger ernennen, weil ich mich hervorragend in die Gemeindekultur integriert hatte.

»Stella, komm mit, ich muss dir unbedingt etwas geben!«, rief sie dann.

Ich saß da wie festgefroren. Dachte sie, ich würde wieder zu ihr ziehen? Das konnte sie sich abschminken, mein Leben würde nicht jetzt schon enden, ich hatte noch einiges vor, zuerst die Renovierung meines Häuschens.

»Aber, Signora, mit dem Gipsbein kann ich doch nicht …«

»No, no, solo adesso, nur jetzt kurz.«

Das konnte ich ihr beim besten Willen nicht abschlagen, also folgte ich ihr langsam.

»Hier, den wollte ich dir schenken. Der steht dir wirklich gut.«

Wir standen im Haus, direkt an der Treppe vor der Kommode, und von ebenjener Kommode nahm sie den großen Strohhut, den ich vor ein paar Tagen nach der panischen Dusche aufgesetzt hatte, und überreichte ihn mir.

Ich bedankte mich und fühlte mich verpflichtet, ihn sofort aufzusetzen. Es war nur wenige Tage her, aber es kam mir vor wie eine Ewigkeit, dass mir die Möwe im Schlaf erschienen war. Was hatte sie mir noch gesagt? Darüber musste ich unbedingt noch nachdenken.

Konnte diese nette Signora wirklich eine Mörderin sein? Wusste sie von meinem Verdacht? Merkwürdig war es schon, dass sie mich nicht fragte, wieso ich beim Grab ihres verstorbenen Mannes ohnmächtig geworden war, und ich würde den Teufel tun, es ihr freiwillig zu sagen.

Auf der Kommode war der Schrein mit Marios Bildern. Er war meist alleine abgebildet, auch ein Hochzeitsbild konnte ich nirgendwo entdecken, aber ein Foto zeigte Mario mit zwei weiteren Männern, scheinbar bei der Jagd.

»Signora, wer sind die Männer auf dem Bild?«, fragte ich, um die Anspannung zu mildern.

»Nun, zum einen mein Mario natürlich, der hat die Jagd geliebt«, sagte sie und nahm das Bild kurz in die Hand, bevor sie es mir gab.

Ja, die Jagd auf Fasanen und die Jagd auf Frauen, das wusste ich mittlerweile. »Und die anderen zwei?«

»Den linken müsstest du erkennen.«

Ich schaute genauer hin. Er erinnerte mich an jemanden, aber ich konnte nicht genau sagen, an wen.

»Das ist unser Pfarrer, Don Vincenzo«, klärte sie mich auf und lachte.

Ja, das stimmte, nun erkannte ich ihn.

»Mario sagte immer, Don Vincenzo konnte einen Fasan selbst hinter einem Haufen trockener Blätter ausmachen. Deswegen ist er so gerne mit ihm auf die Jagd gegangen!«, sagte sie.

»Und der Mann rechts?«

»Das ist Adeles Vater.«

»Das heißt, ihr habt euch damals schon gekannt?«

»Natürlich, Isolarocca ist für eine Insel zwar groß, aber so groß nun auch wieder nicht«, antwortete die Signora.

Adeles Vater also. Ich betrachtete ihn näher. Besondere Ähnlichkeit schien er mit seiner Tochter nicht zu haben, aber ich wusste natürlich warum. »Haben sie auf Isolarocca gejagt?«

»Aber ja, es gibt tolle Wälder dort, und die Natur ist recht ursprünglich.«

Irgendetwas rührte sich in mir, eine leise Ahnung von ganz weit weg, doch mehr passiert nicht, kein greifbarer Gedanke, keine Erinnerung blieben zurück.

»Signora, ich muss jetzt leider wirklich gehen«, sagte ich und humpelte in Richtung Haustür. Im Garten blieb ich kurz stehen, die Sonne versank gerade im See und tauchte die Insel in ein kitschiges Rosa. Ich betrachtete Isolarocca und straffte die Schultern. Du hast Geheimnisse, und ich werde sie herausfinden. Ich richtete den Hut und machte mich auf zu meiner Baustelle.

CAPITOLO 16

»Davide!«, rief ich nach oben.

»Stella, was ist mit deinem Bein? Schicker Hut übrigens«, begrüßte mich Angelo, der in kompletter Bergrenn-Montur, also einer eng anliegenden Trägerhose, die seine muskulöse sowie haarige Brust offenbarte, mit offenem Mund neben mir stehen blieb. Wieso musste er immer zufällig dann vorbeirennen, wenn ich da war?

»Ah, ciao, Angelo. Ich bin gestürzt, mein Bein ist gebrochen.«

»Warst du laufen?«, fragte er erstaunt.

Klar, für Angelo gab es nur eine Möglichkeit, sich das Bein zu brechen, nämlich auf Tausend Höhenmetern. Wie mir Davide mal erzählt hatte, hatte sein Cousin oben auf dem Berg zwei Herzinfarkte, vier Schlangenbisse, ein schlimmes Gewitter mit krassen Blitzeinschlägen und die Attacke eines Wildschweins aus dem Hinterhalt überlebt. Ganz zu schweigen von etlichen Sonnenstichen und dazugehörigen Kreislaufkollapsen.

»Nee, ich bin auf der Treppe vor Don Vincenzos Haus ausgerutscht«, gab ich von mir.

»Aber es sind doch nur zwei Stufen!«

»Stella! Komm hoch, ich habe den Katalog für die Kachelöfen!«, rief Davide vom Balkon.

Ich sah zu ihm hoch und zeigte unbeholfen auf mein Bein und die Krücke.

»Okay, warte!«

Nachdem Angelo sich verabschiedet hatte, tauchte Davide auf. Von seinen Männern keine Spur, schade.

»Guarda, schau: Einer schöner als der andere!«, rief er begeistert, während er die Katalogseiten umblätterte.

Bei dreißig Grad im Schatten war mir wenig nach Kachelöfen zumute. Der Gips machte es nicht besser. »Davide, kann ich die Entscheidung vertagen?«

»Klar, kein Problem. Wir können auch mal zu Adele fahren und uns dort die Öfen direkt anschauen.«

Das war wahrscheinlich keine schlechte Idee, auch wenn mir auf einmal nicht heiß, sondern kalt wurde.

»Wir haben übrigens schon angefangen, den Dachboden auszubauen«, sagte er stolz.

»Ohne Genehmigung?«, fragte ich entsetzt.

»Die haben wir. Das heißt, so gut wie. Jedenfalls weiß Angelo Bescheid, und das ist das Wichtigste! Mach dir keine Sorgen, Stella, hast du schon vergessen, wie es hier in Italien läuft? Du bist eine richtige crucca geworden!« Er lachte.

Da hatten wir es mal wieder. In Deutschland war ich die klassische Italienerin, temperamentvoll, emotional, chaotisch, in Italien war ich die crucca, also die Deutsche, übergenau, pingelig, langweilig.

Irgendwie schien ich es nie richtig zu machen.

In der engen Gasse am See glaubte man im Paradies zu sein. Üppige Blumen in Töpfen säumten den Weg, die Häuserwände bestanden aus großen Steinen oder waren in bunten Farben angemalt, rosa, hellblau, orange, gelb. Kleine, niedliche Fenster waren mit feinen Spitzengardinen behangen. Meine Schritte hallten auf dem Pflaster, weit und breit war kein Mensch zu sehen. Ich lief am Haus von Gigi Legno vorbei. Ein Berg aus

Holzkisten stapelte sich davor und wartete auf die Weiterverarbeitung.

Ich setzte mich mit einiger Mühe auf eine Bank direkt am See. Im Wasser schaukelte ein Boot hin und her und schien mich zu verspotten. Irgendetwas entging mir, aber was? Was hatte Miss Marple in solchen Situationen getan? Die hatte es gut gehabt, sie hatte aus dem unerschöpflichen Fundus ihrer Menschenkenntnisse geschöpft und so die Akteure des Dramas richtig eingeordnet, die geltungssüchtige Frau, der Mann mit Größenwahnsinn, die Tochter, die keine war, der unechte Pfarrer. Moment, der unechte Pfarrer? Wie kam ich darauf? Ich schüttelte den Kopf und dachte an Irenes Tipp, denn eines musste ich mir eingestehen: Bei aller Anstrengung war ich nicht Miss Marple. Vielleicht würden mich Tarotkarten tatsächlich weiterbringen.

Plötzlich klingelte mein Handy. »Pronto?«

»Ich bin es, Michele.«

»Klar. Gibt es was Neues?«, fragte ich genervt.

»Das wollte ich dich gerade fragen«, antwortete Michelotti.

Wieso hatte ich den Eindruck, dass ich die ganze Arbeit machte? Vielleicht, weil es so war. »Wollen wir das nicht persönlich besprechen?«

»Vermisst du mich?«, fragte er und grinste dabei. Das konnte ich an seiner Stimme hören. Ich verdrehte die Augen. Eines musste man ihm lassen, er spielte seine Klischee-Rolle ganz wunderbar, unser Carabiniere.

»Neunzehn Uhr, Aperitivo am See«, sagte ich deswegen lapidar.

Eine Stunde später saßen wir am See, vor uns ein Aperol Spritz und viele Schälchen mit Leckereien: Oliven, Kapern, belegte Tramezzini-Dreiecke, Mini-Quiche.

»Allora?«, fragte Michelotti und schaute mich interessiert an.

»Sag mal, maresciallo, hast du zur Abwechslung mal Infos für mich?«

»Nicht, dass ich wüsste«, antwortete er unschuldig.

»Und deine … *äh* … *Kontaktperson* bei der Gesundheitsbehörde?«

»Sie kommt erst morgen wieder, das weißt du doch.«

Stimmt, na, immerhin war es absehbar. »Und dein Chef scharrt nicht mit den Füßen? Du sagtest ja, er interessiert sich nun doch für den Fall!«

Er zuckte mit den Schultern, ich schnaubte.

»Allora?«, fragte er wieder.

»Der Fliesenfabrikant scheidet aus!«, ließ ich die Bombe platzen.

Er starrte mich kurz an, bevor er sich eine Olive in den Mund steckte und nachdenklich kaute. »Warum das?«

»Das hat mir Irene gesagt, also eher indirekt …« Ich erzählte ihm die Sache mit dem Sieben-Monats-Baby, das keines war.

»Aber dann fällt deine Theorie mit der Eifersucht unter Cousinen in sich zusammen«, frohlockte er und warf sich eine Kaper in den Mund. Ich dachte kurz daran, dass so eine Kaper genau die richtige Größe hatte, um im Rachen stecken zu bleiben. Mein Lächeln verschwand.

»Bist du dir sicher, dass der Mann wirklich nicht der Vater sein kann?«, hakte er nach. Vielleicht tat ihm seine Schadenfreude ein bisschen leid.

»Leider ja, denn mir ist eingefallen, was mir die Möwe … also, mir ist eingefallen, was mir Marta mal erzählt hatte, nämlich dass ihr Vater einen Flugschein besaß.«

Wieder schaute Michelotti so, wie nur Schafe in den Weiten Schottlands ein vorbeifahrendes Auto anschauen können.

»Es ist unwahrscheinlich, dass er einen Flugschein hatte, wenn er farbenblind war. Also kann er ziemlich sicher nicht ihr Vater sein«, seufzte ich und biss in ein Tramezzino. Köstlich.

Für einen Moment vergaß ich den Ermittlungsfrust. Essen hilft.

»Das bedeutet, wir stehen wieder am Anfang?«

»Nicht ganz. Da ist noch Luigi.«

»Der Kaninchen-Kastrierer?«

»Ja, aber auch der Kenner der Region, Autor, Eingipser und nicht zuletzt Tarotkarten-Leger!«

Nun war der Ausdruck auf Michelottis Gesicht nicht zu toppen. So einen Gesichtsausdruck hatte ich bislang nur einmal im Leben gesehen, nämlich als wir im Krankenhaus einer jungen Frau sagen mussten, dass sie keine Blinddarmentzündung hatte, sondern schwanger war und kurz davor stand, ein Kind zur Welt zu bringen. Mir selbst war damals schleierhaft gewesen, wie so etwas überhaupt möglich ist, aber Arno war komplett entspannt geblieben und hatte gesagt, dass so etwas durchaus mal vorkommen kann, was mich wirklich erstaunt hatte.

»Du meinst, du willst dir die Karten legen lassen?«

»Proprio così, genau«, antwortete ich zufrieden.

»Ma … aber …«

»Jetzt hör schon auf! Ist es nicht so, dass ihr Carabinieri auch übersinnliche Medien einsetzt, wenn ihr nicht weiterwisst?« Das war ein Totschlag-Argument, auf das ich augenblicklich stolz war. Es war nämlich eine Tatsache, dass die Polizei auf der ganzen Welt hin und wieder auf die Unterstützung übersinnlicher Methoden zurückgriff, mit mehr oder weniger ausgeprägtem Erfolg. Und wenn die Polizei diesen Weg wählte, dann konnte ich mir auch guten Gewissens von Luigi die Karten legen lassen.

Dem maresciallo huschte ein Lächeln über die Lippen, und er nickte langsam und bedächtig. »Okay, aber dann möchte ich dabei sein!«, rief er und schien nun regelrecht ein Lachen zu unterdrücken, der Idiot.

»Was zieht man sich für eine solche Séance eigentlich an?«, hatte mich Michelotti gefragt.

»Es ist keine Séance!«, hatte ich genervt geantwortet. Meine Nerven lagen blank, denn im Grunde hatte ich Angst vor dem, was Luigi mir möglicherweise erzählte. Was wäre, wenn Luigi mir sagen würde: »Ich sehe eine junge, engagierte Ermittlerin, die ihren Einsatz mit dem Leben bezahlen wird«? Dabei würde er mit dem Finger auf die Karte des Todes klopfen und ein bedauerndes Gesicht machen. Danach würde er anfangen, über Kaninchen zu sprechen, die auch immer wieder starben, oder den Abschluss einer Lebensversicherung empfehlen, die er mir eventuell vermitteln konnte.

Luigi hatte darauf bestanden, die Tarot-Sitzung in seinem Haus am See abzuhalten, denn dort herrschten die besten Voraussetzungen dafür, wie er sagte. Welche Voraussetzungen das waren, hatte er nicht spezifiziert, und ich hatte auch nicht gefragt.

Das Häuschen war eines dieser entzückenden pastellfarbenen Gebäude, an denen ich oft vorbeiflanierte und die Pelati eine Anmutung von Märchendorf verpassten. Die Tür war aus massivem Holz und vermutlich viele Jahrzehnte alt. Zum Klopfen musste man einen großen, altmodischen Eisenring benutzen, der schwer am Holz niederprallte und ein tiefes, widerhallendes Geräusch verursachte, das den Anschein eines sehr wichtigen Anliegens erweckte. Der Carabiniere stand neben mir, und es war nicht zu übersehen, dass er sich wie ein Schneekönig auf das bevorstehende Ereignis freute.

Luigi öffnete die Tür und ließ uns aus der gnadenlosen Hitze ins kühle Innere treten.

Wenn ich ihn in wallenden Gewändern mit lilafarbenem Turban erwartet hatte, wurde ich enttäuscht, denn er sah aus wie immer, geripptes Unterhemd, kurze Kakihose, Ledersandalen, schlürfender Gang. Konnte so jemand tatsächlich Tarotkarten legen?

Er führte uns durch Wohnzimmer und Küche, die gemäß der italienischen Hochsommer-Tradition durch Holzläden abgedunkelt waren, um die Hitze möglichst auszusperren, auf die hintere Terrasse. Ein großer, dunkelgrüner Vorhang an der Tür war nach vorne gespannt und mit einem Stapel schwerer Steine befestigt worden und wirkte so wie eine Schatten spendende, hausgemachte Markise. Das kannte ich aus meiner Kindheit, so hatte es meine Oma auch gemacht. Der Terrassenboden, aus einfachem Beton und mit vielen Rissen, war großzügig mit kaltem Wasser besprengt worden, noch ein Trick, um mit den Temperaturen klarzukommen. An der Terrasse schloss sich der Garten an, in dem, wie ich sehen konnte, Hühnerschuppen und Kaninchenställe untergebracht waren. Alles sah sehr rustikal und ein wenig nostalgisch aus und weckte in mir tiefe Sehnsucht nach meiner Kindheit und meinen Großeltern. Luigi bat uns, unter dem Vorhang an einem alten Holztisch Platz zu nehmen, auf dem ganz malerisch eine Schale mit Feigen, eine Karaffe mit Wasser und ein paar Gläser standen. Und natürlich lagen dort auch schon die Tarotkarten bereit. Wie damals bei meiner Oma kam ich mir unter dem leicht abdunkelnden Vorhang wie in einer geheimnisvollen Höhle vor. Früher hatten wir auch noch leise sprechen müssen, denn, so hieß es, laute Stimmen würden die kaum erträgliche Hitze noch verschlimmern. In Wahrheit, glaube ich jetzt, lagen die Nerven der Erwachsenen durch die Temperaturen einfach blank, und der Wunsch nach Ruhe war groß.

»Signorina, ich freue mich, Ihnen behilflich zu sein. Sind Sie mit dem Gips zufrieden?«, fragte unser Gastgeber. Luigi hatte sofort zugesagt, als ich ihn bei Franco abgepasst hatte und ihn um eine Karten-Konsultation gebeten hatte. Über meine Bitte hatte er sich keineswegs gewundert, genauso wenig wie über meinen Wunsch, das Bein in Gips gelegt zu bekommen, und Geld wollte er sowieso nicht haben.

»Perfetto, grazie mille«, sagte ich und klopfte demonstrativ auf das betroffene Bein. Über die Skurrilität der Frage und der Geste war ich mir vollstens bewusst. Michelotti unterstrich das mit einem Grinsen.

Luigi fing an, die Karten zu mischen, und an der Art, wie er mit ihnen umging, konnte man sehen, dass er Erfahrung hatte.

»Warte, Luigi. Brauchst du nicht zuerst eine Frage von mir?«

Er winkte ab. »Die Karten wissen schon, was du wissen willst.«

Michelotti und ich schauten uns verwundert an. Umso besser, denn eigentlich war mir nicht ganz klar, was ich genau wissen wollte.

Er legte die Karten routiniert auf den Tisch und drehte die erste Karte um. »Königin der Scheiben«, sagte er gewichtig und nickte heftig.

»Hm, und das heißt …«, fragte ich verwirrt.

»Un momento!«, rief er und schien sich zu sammeln, bevor er die zweite Karte aufdeckte.

»König der Scheiben, ah!«

Nun traute ich mich keine weiteren Fragen zu stellen, denn er schien zu wissen, was er tat, und ich wollte ihn keineswegs stören.

»Ah, übrigens schöne Grüße von meiner Enkelin!«

Ich starrte ihn mit offenem Mund an. »Steht das in den Karten?«

Er lachte. »No, no, ich habe sie nur vorhin in der Bibliothek getroffen und ihr erzählt, dass du heute zu mir kommst.«

»Aber Luigi, ich hatte dich gebeten, niemandem etwas zu erzählen!«, gab ich beleidigt von mir.

Er winkte ab. »Non ti preoccupare, mach dir keine Sorgen, bei Fulvia ist dein Geheimnis sicher.«

Fulvia, die Rothaarige, welch passender Name. Aber konnte ich mich auf Luigi oder Fulvia verlassen? Ich seufzte. Hatte ich eine andere Wahl? Auch Miss Marple musste den einen oder anderen ins Vertrauen ziehen, um an Informationen zu kommen. Man kann nicht duschen, ohne nass zu werden, das sagte Arno auch immer.

Luigi zog die nächste Karte und legte sie schräg auf die ersten beiden.

»Ich sehe widrige Umstände«, sagte er und nahm sich ein Glas Wasser.

»Möchtet ihr auch?«, fragte er und goss uns beiden ein Glas ein, ohne die Antwort abzuwarten.

Ich trank hauptsächlich aus Verlegenheit. War Luigi konzentriert genug für seine Aufgabe? Mir kam er reichlich abgelenkt vor, aber ich sagte nichts, um das Ergebnis nicht zu verfälschen oder ihn möglicherweise gegen mich aufzubringen. Ich spürte Michelottis Ellbogen in meiner Seite, aber ich vermied tunlichst, ihn anzuschauen.

»Du siehst widrige Umstände?«, hakte ich nach.

»Sì, sì. Ich sehe … ich sehe … Warte!«, sagte er und holte eine Lesebrille aus seiner Gesäßtasche, die er aufsetzte. Er betrachtete die Karte und runzelte die Stirn.

Nun schaute ich auch genauer hin und wurde trotzdem aus dem wirren Bild nicht schlau. Ein junges, blondes Mädchen goss Wasser aus zwei Amphoren in einen Teich. Über ihr flog ein Vogel, der aber auch ein Fisch sein konnte, und im Schnabel etwas hatte, das wie ein Kaninchen aussah. Im Hintergrund ragte ein Schloss aus dem Mittelalter auf, das von zwei riesigen Löwen bewacht wurde. Bei näherer Betrachtung konnte es sich jedoch auch um ein Kloster handeln, und bei den Löwen um Sphinxen. Was waren das für Karten?

»Luigi, was sind das für Karten?« Ich konnte nicht an mich halten, sie sahen einfach zu seltsam aus.

»Die habe ich selbst entworfen!«, erwiderte er stolz.

Das erklärte alles, aber vor allem das Kaninchen. Nun schaute ich doch kurz zum Carabiniere, der entgegen meiner Erwartung ernst war, die Karte betrachtete und dabei noch nicht mal mit den Mundwinkeln zuckte. Alles sehr seltsam.

»Ich kann es mir nur in Verbindung mit den widrigen Umständen erklären«, sagte nun Luigi.

»Hm«, nickte ich, weil ich nicht wusste, was ich sonst hätte tun sollen.

»Hier, das Wasser«, sagte er und klopfte mit dem Zeigefinger auf die Blondine mit den Behältern. Ich verstand es nicht, und überhaupt, was hat es für einen Sinn, Wasser in einen Teich zu gießen? Aber da Luigi keine Anstalten machten, mir die Bedeutung zu erklären, nickte ich wieder.

»Kannst du dir einen Reim darauf machen?«, überraschte er mich nun mit seiner Frage.

»Io? Ich?« Musste ich die Karten jetzt auch noch selbst deuten? Ich schüttelte den Kopf. »Ich habe überhaupt keine Ahnung. Was hast du dir eigentlich dabei gedacht, als du diese Karten … entworfen hast?«

»Ich habe mich einfach leiten lassen«, gab er zur Antwort.

Okay, er hatte sich also leiten lassen. Wollte ich wissen, wovon oder von wem? Lieber nicht. Das machte alles gar keinen Sinn, genauso gut konnte ich jetzt gehen. Ich stand auf.

»Warte!«, rief er.

»Ich bekomme eine Nachricht.«

»Du bekommst was?«

Es wurde immer absurder, aber was hatte ich eigentlich von jemandem erwartet, der Kaninchen kastrierte, Pferdebeine und andere Beine eingipste und, wie ich nun wusste, Tarotkarten nicht nur legte, sondern auch gleich selbst entwarf?

Luigi hielt nun die Augen geschlossen und rieb sich wiederholt über das schlecht rasierte Kinn. »Ich sehe einen älteren Mann, mit grauen Haaren und einer Jagdweste. Aber ich kann sein Gesicht nicht erkennen.«

Mein Opa! Nun konnte ich wirklich nichts weiter tun als zu nicken, da meine Kehle zugeschnürt war. War Luigi auch eine Art Medium?

»Er hat einen Jagdhund dabei, lächelt und sagt, dass du wunderschön bist!«

Mein Opa hatte einen Jagdhund! Er war braun gefleckt und wurde zugegebenermaßen nicht besonders gut behandelt, aber Jagdhunde waren damals keine Haustiere, sondern Nutztiere. Es sah ihm ähnlich, dass er mir Komplimente machte, er war in uns Enkeltöchter vernarrt gewesen.

Und dann spürte ich Michelottis Hand auf meinem Oberschenkel. Unter normalen Umständen hätte ich es ihm verboten, aber dies waren weiß Gott keine normalen Umstände, und er wollte mir wahrscheinlich nur Mut machen.

Jetzt rieb sich Luigi sein Kinn noch stärker, als wäre es eine Art Schalter zur Geisterwelt, den er betätigen musste, um einen guten Empfang zu haben. »Er sagt, er wüsste, wonach du suchst, und dass er sich darüber freut.«

Über diese Nachricht freute auch ich mich. Irgendwie hatte ich schon immer gespürt, dass mich meine Großeltern auch aus dem Jenseits bedingungslos unterstützten. Das gab mir Kraft.

»Kann er mir etwas dazu sagen?«, wagte ich eine Frage, bevor die Verbindung womöglich abbrechen würde.

Nun zog Luigi die Augenbrauen zusammen und sah aus, als wäre er irritiert. Oh nein, er würde doch nicht …? Aber nein, es war nur wegen einer Fliege, die er mit einer Handbewegung verscheuchte. Alles gut.

»Er sagt, er hätte es nicht verdient, und dass er nur ein bisschen Spaß haben wollte.«

Nicht verdient? Mein Opa? Was meinte er damit?

»Jetzt kann ich sein Gesicht sehen. Ciao, Mario! Come stai?«, rief Luigi und schien sich zu freuen.

Mario? Mario erschien in einer unangekündigten Séance? Was ist mit meinem Opa?, wollte ich aus lauter Frust schreien, doch mir kam es unangebracht vor, zumal Luigi sehr konzentriert zuhörte, zumindest sah es so aus.

»Sì, certo, certo, das sage ich ihr«, schloss er die Unterhaltung, hörte auf, sich das Kinn zu reiben und öffnete die Augen. Die Veranstaltung war anscheinend vorbei.

»Der gute alte Mario!«, sagte Luigi strahlend.

Ich starrte ihn mit offenem Mund an.

»Sì, Fulvia hatte mir erzählt, dass Sie eine besondere Beziehung zum Jenseits haben!«, sagte er und lachte dann.

Das ging anscheinend auf den Tag zurück, als ich in der Bibliothek zu Leichenverbrennung recherchiert hatte.

»Und das gerade war Mario? Der verstorbene Ehemann der Signora Inzini?«, fragte ich schwach.

»Fast hätte ich ihn nicht wiedererkannt, der ist vielleicht gealtert! Aber das sind wir ja alle.« Er grinste und schüttelte den Kopf.

Zwar kannte ich mich in dem Bereich nicht aus, aber war es nicht ungewöhnlich, dass Verstorbene im Jenseits alterten?

»Und immer noch der alte Charmeur!«

»Allora, Luigi, ich vermute, wir sind hier fertig? Darf ich dir etwas für deine Mühe geben?«

Er winkte ab. »Stella, es war mir eine Freude. Ich habe Mario wiedergesehen, das hätte ich alleine nie hinbekommen!«

»Okay, lass uns das Ganze nüchtern betrachten«, sagte Michelotti, als wir vor Luigis Haus standen.

Ich starrte ihn an. »Machst du Witze? Wie soll man so etwas nüchtern betrachten? Sphinxen vor einem mittelalterlichen Schloss? Blondinen, die Wasser ins Wasser gießen? Es würde mich nicht wundern, wenn er die Karten unter Einfluss psychedelischer Pilze entworfen hätte!«

Michelotti lachte. »Aber du musst zugeben, er hat viel Fantasie.«

Das war definitiv nicht von der Hand zu weisen. »Sag mal, Michelotti, glaubst du daran, dass ihm Mario erschienen ist, oder denkst du, dass Luigi sich das ausgedacht hat?«

Er wiegte den Kopf hin und her. »Was hätte er für einen Grund, so etwas zu erfinden?«

Gute Frage. »Ich dachte zuerst, er spricht von meinem Opa«, gab ich leise von mir.

»Ich habe mir so etwas gedacht.«

»Er hat mir gesagt, ich wäre wunderschön.«

»Das bist du auch«, antwortete Michelotti ernst. »Und du weißt, dass Mario eine Schwäche für Frauen hatte. Das stand im Tagebuch«, fügte er hinzu.

»Das mit der Todesursache hätte er mir schon sagen können, wenn er sich schon die Mühe macht zu erscheinen. Wieso ist er überhaupt gekommen?«

»Vielleicht, weil wir ihn am Friedhof besucht haben?«, mutmaßte Michelotti.

»Machst du dich über mich lustig?«, fragte ich argwöhnisch.

»Assolutamente no. Meine Mutter sagt auch immer, sie hätte eine Verbindung zum Jenseits. Manchmal höre ich sie in ihrem Schlafzimmer, wie sie mit jemandem redet, meistens mit meinem Vater. Manchmal streiten sie auch, das können sie auch jetzt nicht lassen, obwohl er längt tot ist«, lachte er.

Konnte das wahr sein? War eine Verbindung zu Verstorbenen möglich? Es war eine Sache, wenn einem eine verschiedene Tante im Traum erscheint und die Lottozahlen verrät, eine ganz andere, wenn so etwas am helllichten Tag unter einem grünen Vorhang und im wachen Zustand geschieht. Natürlich hatte ich bereits davon gehört, aber wenn es einem selbst passiert, ist es etwas ganz anderes.

Was hatte er denn genau gesagt? Dass er weiß, was ich suche, und er sich darüber freut. Worüber freute er sich genau? Dass ich herauszufinden versuchte, woran er gestorben war? Oder dass ich in Sachen Martas Verschwinden ermittelte? Martas Verschwinden konnte ihm doch egal sein. War er überhaupt noch am Leben, als Marta geboren wurde?

Und dann wurde mir kalt und heiß zugleich. Natürlich war er noch am Leben! Was hatte am Grab gestanden? Sein Sterbejahr war 1990. Und Marta war 1979 geboren. Übrigens, Adele auch.

»Maresciallo, ich hab's!«, rief ich und klopfte mir an die Stirn; davon las man manchmal in Büchern und glaubte, das würde nie jemand tun. Aber die Entdeckung war einfach überwältigend, ich hatte des Rätsels Lösung gefunden.

»Cosa, was genau?«

»Martas und Adeles Vater muss früher auf Isolarocca gelebt haben, da besteht kein Zweifel, denn dort hatte er direkten Kontakt zu den Zwillingen. Aber während Adelina bereits verheiratet gewesen war, war es Martina noch nicht. Wieso hat Martina also den Vater ihres Babys nicht geheiratet?«

Michelotti nickte. »Weil er schon verheiratet war«, antwortete der schlaue Hund.

»Bingo!«

Bingo? Seit wann rief ich Bingo? Das Dorfleben prägte mich mehr, als ich zugeben wollte. Demnächst würde ich sonntags mit der alten Rosa und der Frau vom Kirchplatz nach Ponte Silo fahren, um Bingo zu spielen. Die Frau vom Kirchplatz! Was hatte sie noch mal gesagt? Vielleicht waren drei Frauen im Spiel, nicht zwei, und dass ich ihr irgendwann für diesen Hinweis dankbar sein würde. Wie recht sie gehabt hatte!

»Willst du mich in deine Gedanken einweihen?«, fragte der Carabiniere nach einer Weile.

»Michelotti, ich bin ein Genie! Ascolta, hör zu. Wir haben zum einen die Frage, wer Martas und Adeles Vater sein könnte, und zum anderen das große Geheimnis um Marios Tod.«

»Okay, weiter?«

»Stell dir Folgendes vor: Mario, notorischer Frauenheld sowie Ehemann von Signora Inzini, schwängert, da er die Finger nicht von Frauen lassen kann, zuerst Adelina und dann Martina. Oder umgekehrt, das wissen wir nicht genau, und es ist auch nicht so wichtig. Da er verheiratet ist, kann er Martina unmöglich heiraten. Bei Adelina stellt sich das Problem nicht, denn sie ist bereits verheiratet, und Adele wird ein klassisches Kuckuckskind. Ihr Mann wird die Täuschung nie erfahren. So etwas passiert häufig.«

Der Carabiniere schüttelte sich kurz. Wahrscheinlich machte ihm als Mann diese Vorstellung zu schaffen.

»Sobald Martina die Schwangerschaft bemerkt, macht sie sich also auf die hektische Suche nach einem Ehemann und heiratet praktischerweise einen älteren Cousin ihres Vaters, der ihr möglicherweise schon länger den Hof gemacht hat. Die Hochzeit findet unter Hochdruck statt, da ist Martina schon seit zwei Monaten schwanger. Als Marta auf die Welt kommt, behauptet sie einfach, es wäre ein Sieben-Monats-Baby, und die Welt ist wieder in Ordnung.«

»Und Mario?«

»Esatto, Mario. Wie du weißt, ist Mario mit Signora Inzini verheiratet. Und wie die meisten Männer wird er den Teufel tun, der Ehefrau seinen Seitensprung, pardon, seine *Seitensprünge* inklusive Schwangerschaften zu beichten.«

»Aber bist du dir sicher, dass er es gewusst hat?«

Ich dachte kurz nach. Sicher war ich mir natürlich nicht. Aber der verstorbene Mario hatte mir das heute mehr oder weniger bestätigt, oder? Andererseits könnte er es erst nach seinem Tod erfahren haben, also im Himmel, oder wo immer er sich befand. War das Ganze nicht reichlich abgefahren?

Michelotti redete indessen weiter. »Was ist, wenn er davon gar nichts gewusst hat? Vielleicht hat er es *geahnt*, vor allem bei Martina, da sie so verdächtig schnell geheiratet hat, aber hat er es wirklich *gewusst*? Was hätten die Zwillinge davon gehabt, ihm zu sagen, dass er der Vater der Kinder ist? Weißt du, ihr Frauen habt es in der Hand. Wir Männer sind bei so etwas auf euch angewiesen.«

»Jetzt tu nicht so, als wärt ihr hier die Opfer!«, regte ich mich auf, denn wenn es etwas gab, was ich wusste, dann dass es Frauen auf dieser Welt meist deutlich schwerer hatten als Männer. Punkt.

Michelotti lenkte angesichts meiner Wut ein. »Okay, okay, erzähl weiter, scusa.«

»Meine Theorie macht auch ohne Marios Mitwissen Sinn«, gab ich trotzig von mir. »Überleg doch mal: Die Mädchen kommen auf die Welt, noch vermutet niemand die Wahrheit, und alle sind mehr oder weniger happy. Bis auf Signora Inzini natürlich, die ja, wie wir wissen, eine unglückliche Ehe führt. Nun erfährt sie durch Zufall nach einigen Jahren, dass ihr Ehemann Vater von nicht einem, sondern gleich zwei unehelichen Kindern ist, während sie schon lange vergeblich versucht, Kinder zu bekommen. Und sie dreht durch. Das muss Mario selbst noch nicht mal gewusst haben!«

Michelotti schien der Theorie gegenüber nicht abgeneigt zu sein. Das merkte ich an der Art, wie er nachdenklich unsichtbare Flusen von seinem strahlend weißen Hemd entfernte. Klare Übersprungshandlung.

»Und was hat er heute gemeint, als er mit Luigi gesprochen hat?«, fragte er trotzdem.

»Na ja, dass er sich freut, dass ich der Ursache seines Todes auf den Grund gehen möchte. Möglicherweise hat ihn seine Frau nach dieser Entdeckung umgebracht, was man ihr auch nicht verdenken kann. Dabei wollte der Arme nur seinen Spaß haben«, fügte ich sarkastisch hinzu.

»Hm, demnach müsste Mario tatsächlich getötet worden sein ...«

»Certo, und das erfahren wir morgen, wenn deine Bekannte von der Gesundheitsbehörde wieder da ist.«

»Und er müsste farbenblind gewesen sein!«, triumphierte er nun.

»Auch daran habe ich schon gedacht. Signora Inzini hat mir erzählt, dass Mario den Priester immer mit zur Jagd nahm, denn der konnte Fasanen so gut sehen. Wahrscheinlich bedeutet das, dass Mario sie nicht gut sehen konnte. Und warum? Weil er farbenblind war!«

Der Ausdruck auf Michelottis Gesicht war für mich ein Genuss. Jetzt musste nur noch die Bestätigung von der Gesundheitsbehörde kommen, und alles war geklärt.

Doch dann machte Michelotti mit einer Frage alles zunichte. »Und wieso ist Marta verschwunden?«

Michelotti hatte recht, dem Geheimnis um Martas Verschwinden war ich keinen Zentimeter näher gekommen, trotz Karten und Séance. Und doch hatte ich einiges zutage gefördert, was dieses Dörfchen seit Jahren geheim hielt. Wer wusste davon, dass Mario der echte Vater von Marta und Adele war? Und wer wusste, wie er gestorben war? Natürlich war Signora Inzini offiziell nicht als Mörderin ihres Mannes identifiziert worden, sonst säße sie im Gefängnis, aber vielleicht hatte es einen Verdacht gegen sie gegeben und nur keine ausreichenden Beweise. Doch wahrscheinlicher war es, dass der Mord einfach nicht als solcher erkannt worden war. Mordfälle, die als Unfälle oder Selbstmorde getarnt wurden, waren keine Seltenheit. Jetzt hing sehr viel von den Informationen aus der Gesundheitsbehörde ab.

Ich lag auf dem Bett in der Wohnung des Pfarrers, und mir wollte die spontane Séance-Sitzung nicht aus dem Kopf gehen. Wieso war ausgerechnet Mario erschienen und nicht etwa Marta? Das wäre praktischer gewesen, denn dann hätte sie mir sagen können, was aus ihr geworden war. Ich griff zum Telefon, und Sekunden später hatte ich Arno in der Leitung.

»Was macht deine Baustelle?«, fragte er mich nach den üblichen Begrüßungsfloskeln. Eigentlich musste er im Krankenhaus sein, doch er schien immer Zeit und Gelegenheit zu finden, ans Telefon zu gehen.

»Ganz okay so weit, Arno. Ich wollte dich etwas fragen. Es handelt sich um eine … heikle Angelegenheit.«

»Nach der Geschichte mit den Cousinen, die eigentlich Schwestern sind, was nur aufgrund ihrer Farbenblindheit erkannt wurde und zwar durch *dich*«, hier betonte er das ‚dich' maßlos, »schockiert mich nichts mehr. Ach ja, und natürlich darf man die ehemannmordende Gastgeberin in diesem Schauspiel nicht vergessen. Ach Stella, wie ich dich um deine Renovierung beneide! Das Spannendste, was mir passiert, ist, wenn aus Versehen ein Rohr angebohrt wird. Ein Wasserrohr, wohlgemerkt, kein Gasrohr!«

»Arno, was weißt du über die Geisterwelt?«

Auf der anderen Seite wurde es still. Jetzt hatte ich ihn doch schockiert. »Arno?«

»Es ist merkwürdig, dass du mich das fragst«, antwortete er nach einer Weile.

»Ich weiß, es ist etwas ungewöhnlich, aber …«

»Nein, nein, das meine ich nicht. Das ist ein ziemlicher Zufall.«

»Warum?«

»Wegen der alten Waltraut.«

»Was ist mit ihr?«, fragte ich alarmiert, denn so krank, wie sie war, konnte sie jederzeit das Zeitliche segnen.

»Du weißt, dass sie sehr religiös ist und oft in die Klinik-Kapelle zum Beten geht, wenn ihr Gesundheitszustand es erlaubt, oder?«

Ich nickte, mehr konnte ich nicht tun. Ich war starr vor Angst und brachte kein Wort heraus, ich ahnte, was kommen würde.

»Tja, nun stell dir vor, was sie gestern zu mir gesagt hat. Stella, bist du noch dran?«

Wieder nickte ich unsinnigerweise.

»Okay, ich gehe davon aus, dass du noch dran bist und dir nur gerade große Sorgen machst. Wie ist das Wetter eigentlich bei euch? Hier regnet es gerade.«

»Arno!«

Er lachte, er hatte die Blockade gelöst.

»Was ist also mit der alten Waltraut?«

»Ja, das ist sehr seltsam. Gestern passte sie mich im Flur ab und fragte, wo du wärst.«

»Das hat sie dich gefragt? Einfach so?«

»Natürlich nicht einfach so. Erst fing sie an, über das Mittagessen zu sprechen und dass es mal wieder ziemlich schlecht gewesen wäre. Dann sagte sie, dass man auch nicht viel erwarten darf, in einem Krankenhaus und einem Land wie Deutschland. Und dass in Italien eine ganz andere Esskultur herrschen würde als bei uns, und dass sie jetzt viel lieber dort wäre.«

»Hast du ihr da schon verraten, dass deine italienische Kollegin gerade tatsächlich in Italien ist?«, fragte ich amüsiert.

»Was hältst du von mir? Natürlich nicht, ich habe nur brav genickt«, empörte er sich. »Da musste sie schon ein bisschen konkreter werden. Ich war ziemlich gespannt, worauf sie hinauswollte … JA, BITTE? Nein, das hatte ich Ihnen gesagt, zwei Tabletten, eine morgens und eine abends«, sagte Arno plötzlich in einem anderen Tonfall. Offensichtlich war er von einer Schwester gestört worden. »Wo war ich stehen geblieben? Ach ja, Waltraut musste also konkreter werden. Nachdem sie eine Weile gewartet hatte, dass ich von mir aus etwas erzähle, hat sie wieder das Wort ergriffen und behauptet, sie hätte meine nette italienische Kollegin schon länger nicht mehr gesehen … Ich kürze es mal ab. Irgendwann wusste sie dann, dass du in Italien verweilst. Und da hat sie gefragt, ob du religiös wärst und oft Friedhöfe besuchen würdest.«

Ich riss die Augen auf und, obwohl Arno das nicht sehen konnte, schien er es zu merken. »Genau so habe ich auch geschaut. Stella?«

Ich nickte.

»Bist du da unten öfter auf Friedhöfen unterwegs? Nein, sag es mir nicht. Ich muss weitererzählen, denn ich habe eigentlich Dienst, und die suchen mich schon und vielleicht … ja, vielleicht brauchst du diese Information. Nachdem ich also auf Waltrauts Frage wie ein Auto geschaut habe, hat sie mir Folgendes erzählt, und jetzt bitte ich dich, das mit Vorsicht zu genießen, du kennst ja Waltraut und weißt, wie viele Medikamente sie einnimmt. Also, sie sagte, ihr wäre beim Beten jemand erschienen, ein gut aussehender Herr, allem Anschein nach Italiener, und der hätte behauptet, du hättest ihn auf dem Friedhof besucht, und er hätte sich sehr darüber gefreut.«

Was? Konnte das wieder Mario sein? Warum erschien er der alten Waltraut?

»Woher wusste sie, dass er Italiener war?«, brachte ich nur heraus. Eine dämlichere Frage konnte mir nicht einfallen.

»Das ist seltsam. Sie sagte, der Mann hätte Italienisch gesprochen, übrigens eine wunderbare Sprache, sagte Waltraut, und dass sie ihn trotzdem verstanden hätte. Und dass sie oft beim Beten von Verstorbenen kontaktiert werden würde, aber zum allerersten Mal von einem Italiener. Du hättest sehen sollen, wie stolz sie darauf war.«

»Ich fasse es nicht«, gab ich schwach von mir.

»Aber das ist noch nicht alles. Er hatte noch eine Nachricht für dich und meinte, dass er schon versucht hätte, sie dir zu übermitteln, da du so nett warst, ihn auf dem Friedhof zu besuchen, aber … JA BITTE? Nein, eigentlich nicht, ist das wichtig? Wie hoch? Und Sie rufen mich erst jetzt? Sorry, Stella, ich muss los.«

Und dann war er weg, irgendein Leben retten, als wenn mein Leben nicht wichtig genug wäre. Mein Kopf brummte, und ich konnte keinen einzigen klaren Gedanken fassen. Was mich am meisten irritierte, war, dass Mario so umtriebig war. Nun war er schon zweimal erschienen, an zwei verschiedenen Orten. Wieso? Vielleicht, weil er im Leben bereits so aktiv gewesen war, konnte er als Verstorbener nicht anders? Hatte er auch dafür gesorgt, dass ich vor seinem Grab ohnmächtig geworden war und so ins Haus des Pfarrers kam? Wer konnte das schon sagen? Die Vorstellung, dass er mich das nächste Mal vielleicht direkt heimsuchen würde, jagte mir einen Schauer des Entsetzens den Rücken hinunter. Nur eins tröstete mich: Zumindest konnte er niemanden mehr schwängern.

CAPITOLO 17

Ich beschloss, mich in Sachen Übersinnlichkeit schlauzumachen, aber zuerst schrieb ich Arno eine Textnachricht:

Hallo Arno, bitte schreib mir unbedingt, welche Nachricht der Verstorbene für mich hatte. Es könnte sich um den Vater der Schwestern-Cousinen handeln. Danke! Ganz liebe Grüße, Stella.

Auf YouTube fand ich jede Menge Zeugenberichte von Erscheinungen aus dem Jenseits. Mütter, deren Kinder verstorben waren, Ehefrauen, die zu früh Witwen geworden waren, sowie Söhne, Töchter, Väter, Cousins, die allesamt jemanden verloren hatten. All diese Menschen hatten auf irgendeine Weise Kontakt zu den Verstorbenen gehabt. Ich fand diese Berichte faszinierend, weil die Personen eine Ruhe und innere Kraft ausstrahlten und von Gott redeten, als wäre er ihr bester Freund. Natürlich kannte ich solche Erzählungen aus dem Krankenhaus, auch wenn sie selten waren. Doch auf der Intensivstation waren schon mal Patienten reanimiert worden, die hinterher von Licht, Liebe und Jesus geredet hatten.

Ich recherchierte weiter und fand eine äußerst sympathische Frau, die als Medium tätig war und ihre Kunden zum Weinen brachte, indem sic Leute beschrieb, die ihr erschienen waren, und Nachrichten für die Anwesenden übermittelte. Es waren jedoch recht allgemein gehaltene Informationen, wie zum Beispiel: »Mir geht es hier sehr gut, mach dir keine Sorgen« oder »Sei nicht traurig, ich bin hier bei Mama«. War sie ehrlich?

Ich beschloss, mir nur noch ein letztes Video anzuschauen. Es handelte sich um ein herzzerreißendes Interview mit einem jungen Mann, der behauptete, seine verstorbene Schwester im Himmel wiedergesehen zu haben, den er offensichtlich einfach so besucht hatte. Die Schwester war als kleines Kind durch tragische Umstände ums Leben gekommen, an denen der Bruder, damals selbst noch ein Kind, anscheinend nicht ganz unschuldig gewesen war. Jedenfalls waren die Schuldgefühle dieses jungen Mannes so überwältigend, dass er nur noch einen Gedanken hatte: seine Schwester wiederzusehen und sie um Vergebung zu bitten. Und eines Tages wurden seine Gebete erhört, denn während einer Bergwanderung in der einsamen Landschaft hatte er plötzlich das seltsame Gefühl, dass alles um ihn herum verschwand und ihn warmes Licht umhüllte. Das Nächste, was er sah, war eine junge Frau, ebenfalls von Licht umhüllt, die an einem großen Tor stand und ihn liebevoll anlächelte. Und ohne dass sie ein Wort sprach, wusste er, dass es seine Schwester war und sie ihm längst vergeben hatte.

Bei diesem Video bekam ich Gänsehaut, denn für mich stand fest, dass der junge Mann die Wahrheit sprach und er tatsächlich seine verstorbene Schwester noch einmal hatte sehen dürfen.

Auf die Frage der Journalistin, wie er sich sicher sein konnte, dass es sich wirklich um seine Schwester gehandelt hatte, da sie nun deutlich älter war und anders aussah, hatte er nur gelächelt und gesagt, dass er es einfach wisse.

Mir kamen die Tränen, denn das war in der Tat wundervoll, aber ich beschloss trotzdem, der Spiritualität erst mal den Rücken zu kehren. Ein kleines bisschen Sorge hatte ich schon, dass der tote Mario beschloss, mir demnächst seine Botschaft persönlich mitzuteilen. Für heute musste Schluss sein mit Übersinnlichkeit. Morgen wollte ich auf den Markt nach Ponte Silo fahren. Vielleicht würde mich die bodenständige Umgebung wieder auf die Erde zurückholen.

Am nächsten Morgen fuhr ich zum Markt, der wie immer gut besucht war. Überall waren Stände mit Obst, Gemüse, Fisch, aber auch Kleidern, Unterwäsche, Schuhen und Haushaltsartikeln. Die Stimmung war ausgelassen, die Leute unterhielten sich miteinander oder feilschten lachend mit den Händlern. Mir kam das immer herzerfrischend vor, denn hier herrschten keine Eile und kein Druck, man war nicht darauf erpicht, das ultimative Kleidungsstück oder das frischeste Gemüse zu finden. Es war ein beschauliches Leben, wie es früher normal gewesen sein musste, bevor die Leute aus allem mehr für sich herausholen wollten, mehr Profit, mehr Luxus, immer besser, immer schneller, immer mehr. Wohin sollte das führen?

Ich blieb an einem Obststand stehen und schaute mir die Auslage an. Die Wassermelonen waren hier nicht rund, sondern länglich, wie ich sie aus meiner Kindheit kannte. Eine wog um die drei Kilo, zu schwer, um sie bei dieser Hitze mit sich zu schleppen. Daher wählte ich eine andere kleinere Sorte, außen beige, innen orange und zuckersüß. Meine Oma hatte sie an heißen Tagen in Scheiben geschnitten und als Mittagessen mit Parma-Schinken serviert, lecker und erfrischend. Außerdem kaufte ich einen kleinen grünen Kürbis, den ich nach Deutschland mitnehmen würde, um eine gute Minestrone zuzubereiten, und dazu wunderbar duftende Tomaten.

»Signora, die Tomaten sind heute ganz frisch aus Sizilien eingetroffen! Die Besten, die Sie finden werden«, pries der Händler, während er mir alles in eine Tüte packte, den Betrag abrundete und das Geld kassierte. Hier war das regionale Denken offenbar noch nicht angekommen. Tomaten aus Sizilien schmeckten definitiv besser als Tomaten aus Ponte Silo, da in Sizilien die Sonne stärker schien. Das interessierte Italiener mehr als der ökologische Aspekt. Aber konnte man uns das wirklich verdenken? Wenn man den geschmacklichen Unterschied kennt, wird die Entscheidung einfacher, und die Gaumenfreude gewinnt am Ende.

Später betrachtete ich an einem Stand feine Unterwäsche und wunderte mich wie so oft auf den Märkten in Italien über die gute Qualität der Ware. Die Stoffe wiesen eine feine und gleichzeitig robuste Webstruktur auf, die sich spätestens beim Waschen positiv bemerkbar machte. Ein Spitzenhemdchen hatte meine besondere Aufmerksamkeit. Ich stellte es mir auf meiner Haut vor, die trotz aller Sonnenscheu schön braun geworden war. Der Händler reichte mir mit einem schnellen Kennerblick die richtige Größe. Schon als Kind hatte mich beeindruckt, wie sich diese Kaufmänner mit den groben Händen und dem typisch derben, norditalienischen Dialekt mühelos mit der weiblichen Anatomie und den entsprechenden Konfektionsgrößen auskannten.

Oft arbeiteten an diesen Ständen alle Mitglieder der Familie, auch die Tochter bzw. der Sohn, wenn sie gerade Schulferien hatten und von den Eltern dazu verdonnert worden waren. Entsprechend unterschiedlich waren Motivation und Engagement. Während sich die Kinder oft mit ihrem Handy hinter einem hängenden Nachthemd oder Hauskittel vor der Kundschaft versteckten, legten sich die Eltern ins Zeug, um die Ware unter die Leute zu bringen. Der Ehemann bewies oft die Tragbarkeit oder Qualität eines Kleidungsstücks an der eigenen Ehefrau: Das trägt gerade meine Frau darunter, sehen Sie irgendeine Naht? Oder: Roberta, zeig der Dame deinen BH. Und dann stieg die Frau mit der Kundin vertrauensvoll in den Transporter, um ihr das gute Stück live vorzuführen.

Ich wollte gerade nach dem Preis für das Hemdchen fragen, da klingelte mein Handy. Arno!, dachte ich, und mein Herz machte einen Satz. Doch es war Michelotti.

»Stella, meine Bekannte aus der Gesundheitsbehörde ist wieder da«, sagte er aufgeregt.

Ich stellte die Tüte mit dem Obst und Gemüse auf den Boden, ließ das Spitzenunterhemd sinken und suchte ein bisschen Schatten unter der Markise des Standes.

»Und? Was hat sie gesagt?«, fragte ich nervös.

Michelotti machte eine dramatische Pause und fuhr dann fort. »Mario ist durch eine Schusswunde gestorben.«

Jetzt hörte mein Herz sogar kurz ganz auf zu schlagen. »Eine Schusswunde? Aber dann ist es klar, dass …«

»Es muss nicht sein«, unterbrach er mich. »Es kann auch ein Unfall gewesen sein. Es muss damals sogar von einem Unfall ausgegangen worden sein, denn es wurde nie jemand angeklagt.«

»Aber wie ist das möglich?«

»Ein Jagdunfall, oder vielleicht ist es sogar beim Säubern des Gewehrs passiert. Das geschieht hin und wieder. Man glaubt, der Lauf wäre leer, aber tatsächlich steckt doch noch eine Patrone drin.«

»Michelotti, es kann zwar so gewesen sein, aber es kommt auf jeden Fall auch Mord in Betracht. Wenn Mario an einem Herzinfarkt oder Tumor gestorben wäre, dann wäre diese Möglichkeit ausgeschlossen, aber eine Schusswunde?«

Ich wischte mir den Schweiß von der Stirn. Auf einmal war die Hitze unerträglich, und mir drohte ein Kreislaufkollaps. »Was machen wir jetzt?«, fragte ich mit letzter Kraft.

»Stella, das Problem ist, dass wir keine Beweise haben. Es ist alles reine Spekulation, und die basiert auf Tagebucheinträgen.«

»Aber wir haben ein Motiv!«

»Das reicht nicht. Wir wissen zum Beispiel nicht, wo die Signora war, als Mario gestorben ist, und man kann auch nicht erwarten, dass sie jetzt noch ein Alibi liefern kann. Und die Waffe, tja, man hätte damals eine ballistische Untersuchung durchführen müssen. Das ist meines Wissens nicht geschehen. Nur ein mögliches Motiv ist nicht genug.«

Michelotti hörte sich sehr professionell an, man hatte sogar das Gefühl, dass er wusste, wovon er sprach.

»Ich würde dich gerne heute besuchen kommen, dann reden wir in Ruhe über alles«, sagte er noch versöhnlich, und dann verabschiedeten wir uns.

»Signora, ich kann Ihnen für das Unterhemd einen guten Preis machen! Oder Sie nehmen drei und eins ist kostenlos! Beste Baumwoll-Qualität, das können Sie mir glauben!«

Ich schaute ihn an und nickte. Das Hemdchen würde ich nehmen, am Glauben haperte es allerdings noch.

»Warst du auf dem Markt?«, fragte mich Michelotti mit einem Blick auf die Tüten, die ich mit einem gewissen Frust auf den Boden geworfen hatte. Ich ärgerte mich darüber, dass wir keinen Schritt weiter waren, obwohl die Information von der Gesundheitsbehörde so aufschlussreich gewesen war.

Michelotti trug noch seine Uniform, aber er hatte die Jacke ausgezogen. Darunter trug er sein hellblaues Hemd mit den kurzen Ärmeln. Obwohl ich grundsätzlich Hemden mit kurzen Ärmeln nicht mochte, sah es an Michelotti mit seinen braunen Unterarmen gar nicht so schlecht aus. Vielleicht lag es auch an den wichtigtuerischen, glänzenden Epauletten. Oder an der wichtigtuerischen, glänzenden Mütze.

Ich nickte, ja, ich war auf dem Markt, und ja, ich war frustriert.

»Was Schönes gefunden?«

Was erwartete er? Dass ich jetzt meine sexy Spitzenhemdchen auspacken und ihm vorführen würde? Ein alberner Gedanke durchkreuzte meinen Kopf, und auf einmal wollte ich unbedingt wissen, was er unter seinem Hemd trug (wahrscheinlich nichts, natürlich abgesehen von der goldenen Kette, die ich oft unter seinem Kragen hatte aufblitzen sehen). Sollte ich ihm ein Tauschgeschäft vorschlagen? Mein Hemdchen gegen sein Hemd? Meinetwegen konnte er die Mütze auch aufbehalten. Aber nein, wenn ich nicht mit ihm im Bett landen wollte, sollte ich solche Gedankenexperimente lieber lassen. Auf der anderen Seite, wer sagte denn, dass ich das nicht wollte? Und wer weiß, vielleicht hätte sich die alte Haushälterin gefreut, dass in ihrem alten Bett endlich die Post abging. Und doch hielt mich etwas davon ab. Nämlich der Gedanke, dass der alte Mario plötzlich am Fußende erscheinen und uns mit einem wohlwollenden Blick zulächeln würde. *Mittendrin.* Dann wäre ich für mein Leben traumatisiert und würde nie wieder Sex haben wollen. Nee, das wollte ich nicht riskieren.

»Ich habe eine tolle Melone gekauft. Magst du etwas?«

Das würde mich zurück auf den Boden der Tatsachen bringen. Melonen, Tomaten, Kürbisse: Ja. Spitzenhemdchen: Nein.

»Hast Du Schinken dazu?«

»Das nicht, aber sie schmeckt auch so sehr gut.«

Michelotti schaute skeptisch, wahrscheinlich wurde er zu Hause von seiner Mutter so verwöhnt, dass eine Melone ohne Schinken für ihn keine Option war. Italiener konnten es mit dem Essen auch übertreiben.

»Aber die ist nicht gekühlt!«, maulte er.

Schon klar, eine ungekühlte Melone konnte ich ihm natürlich auch nicht zumuten. Alle romantischen Gedanken waren auf einmal wie weggeblasen. Zum Glück piepte in dem Moment mein Handy. Schnell schaute ich auf die eingegangene Nachricht: Arno, na endlich!

Stella, ruf mich an, ich bin am Chiemsee und habe ganz schlechten Empfang! Aber es ist wichtig!

»Un momento, ich muss gerade meinen Freund anrufen«, rief ich. Ich benutzte das Wort *amico*, denn auf Italienisch ist der Freund auch mit dem bestimmten Artikel tatsächlich nur ein Freund, und ein Bekannter ist jemand, den man nur vom Sehen her kennt. Also kam für Arno nur Freund infrage. Trotzdem reagierte Michelotti so beleidigt, als hätten wir beide eine Beziehung und ich hätte gerade ein Telefonat mit meinem Liebhaber angekündigt. Hatte er die erotische Spannung auch gespürt?

»Arno, ich bin es, Stella!«

Der Empfang war tatsächlich schlecht, ein starkes Rauschen störte die Verbindung.

»Stella … anrufst … rschhh … Tagebuch … rschhh … aber … kann nicht sein … von der Farbenblindheit … rschhhh … gerade … besser … rschhh … also …«

»Ich verstehe dich nicht! Was hast du gesagt?«

»Rschhhh … morgen … rschhh …«

Und dann war die Verbindung unterbrochen.

»Na, was Interessantes?«, zog mich der Carabiniere auf.

»Niente, ich konnte nichts hören«, antwortete ich resigniert.

Was wollte Arno mir Wichtiges mitteilen? Und wo gab es heutzutage noch eine so schlechte Handy-Verbindung? Und, was noch wichtiger war: Was machte Arno am Chiemsee? Er wollte mir auf jeden Fall etwas zu dem Tagebuch und der Farbenblindheit sagen, aber was? Die Spannung machte mich wahnsinnig.

»Michelotti, bist du dir sicher, dass Signora Inzini damals nicht doch verdächtigt wurde?«, fragte ich, um mich abzulenken.

Der Carabiniere zuckte die Schultern. »Sicher bin ich nicht, aber …«

»Kannst du nicht nachschauen?«, ereiferte ich mich.

»Ich könnte schon, aber was versprichst du dir davon?«

»Es wäre doch interessant zu wissen«, antwortete ich.

Er nickte, zögerte, und dann setzte er an: »Scusa, Stella, eine Frage geht mir nicht aus dem Kopf. Wenn Mario der Vater der Cousinen war und Marta das erfahren hätte, was hätte sie für einen Grund gehabt, sich umzubringen? Was wäre so schlimm daran?«

»Na ja, sie könnte von ihrer Mutter sehr enttäuscht gewesen sein …«

Aber das glaubte ich nicht wirklich. Kein erwachsener Mensch ist von den eigenen Eltern so enttäuscht, dass er sich deswegen umbringt. Man hat als Erwachsener schon einige Enttäuschungen erlebt, eine mehr oder weniger, was spielte das für eine Rolle? Man weiß schon lange, dass die eigenen Eltern nicht die unfehlbaren Menschen sind, für die man sie als Kind gehalten hat. Also was soll's?

Auf der anderen Seite hatte Adele selbst gesagt, es hätte ihre Cousine umgebracht, wenn sie erfahren hätte, wer ihr richtiger Vater war.

Was hatte sie damit gemeint? Und was die Signora betrifft: War es überhaupt möglich, dass sie nicht gewusst hatte, mit wem sich ihr Mann alles herumtrieb? Das glaubte ich auch nicht. Sowohl Isolarocca als auch Pelati waren kleine Orte. Man musste davon ausgehen, dass die Gerüchteküche kräftig brodelte. Ich hatte nie geglaubt, dass die Ehefrau so etwas immer zuletzt erfährt. Was ich glaubte, war, dass die Ehefrau es oft nicht erfahren *wollte.* Aber hier lag der Fall anders. Die Signora wusste sehr wohl, was vor sich ging, davon zeugten ihre Tagebucheinträge.

»Michelotti, die Signora wusste doch offensichtlich, dass ihr Mann fremdging. Darüber war sie alles andere als begeistert.«

»Eben! Was hätte es denn geändert, wenn sie von Marta und Adele erfahren hätte?«

»Eine Menge! Vergiss bitte nicht, dass sie die ganzen Jahre schon verletzt und frustriert war. Vielleicht war sie eine tickende Zeitbombe.«

Michelotti verdrehte die Augen. »Jetzt übertreib mal nicht!«

»Das hat Mario bestimmt auch gedacht. Aber du vergisst, dass du das Ganze aus der Sicht eines Mannes betrachtest. Ich kann mich hingegen sehr gut in sie hineinversetzen. Sie erfährt, dass ihr Mann Kinder mit zwei anderen Frauen gezeugt hat. Das war der berühmte Tropfen, der das Fass zum Überlaufen brachte!«

»Und du meinst, hier im Dorf waren die Carabinieri so dämlich und haben es nicht kapiert? In Pelati, wo jeder alles weiß?«

Ich dachte schnell nach. »Wahrscheinlich haben sie es kapiert, aber überleg doch mal. Es ist für alle einfacher, wenn unbequeme Wahrheiten unter den Teppich gekehrt werden. Übrigens auch für deine Mutter.«

Er hob die Augenbrauen. »Was hat meine Mutter damit zu tun?«

»Was sie damit zu tun hat? Wieso war es ihr neulich so wichtig, Martas Frühgeburt zu betonen? Damit wir nicht dahinterkommen, was wirklich passiert ist!«

»Das ist aber wilde Spekulation!«

Typisch Italiener, auf seine mamma ließ er natürlich nichts kommen.

»Ma certo, Michelotti, genauso ist es, die Wahrheit ist für die ältere Generation peinlich und wird möglichst unter Verschluss gehalten. So hat es meine Oma auch immer gemacht, es gab einfach keine Skandale, weil es keine geben *durfte*.«

»Und das trifft auch auf die Carabinieri zu?«

»Carabinieri sind auch nur Menschen!«, gab ich zu bedenken.

Und da packte mich der Carabiniere am Arm, murmelte etwas wie »eben« und küsste mich stürmisch. Ich wehrte mich so gut es ging, obwohl es mir auch gefiel. Doch was fiel ihm ein?

»Michelotti, ich muss doch sehr bitten! Wir sind mitten in einer Mord-Ermittlung!«, sagte ich ernst und löste mich aus seiner Umarmung.

»Du hast doch gerade selbst gesagt, dass Carabinieri auch nur Menschen sind. Genau genommen sind wir sogar Männer! Zumindest die meisten!«, rief er beleidigt aus und richtete seine Mütze, die im Eifer des Gefechts verrutscht war.

Aber er konnte mich nicht erweichen. Wo kämen wir denn da hin? Stelle man sich Miss Marple vor, wie sie mitten in ihren schlauen Überlegungen, die zur Lösung eines Mordes führten, von einem Mann abgelenkt wird. Das hätte sie niemals zugelassen! Und deswegen kam so etwas in Agatha Christies Büchern auch nicht vor. Ein gemeinsamer Tee, ein gemeinsames Mittagessen, sogar eine gemeinsame Kreuzfahrt, alles drin. Aber ein Kuss? Oder mehr? Völlig ausgeschlossen! Am Ende verliert man die Konzentration und übersieht wichtige Spuren … so wie ich eine wichtige Spur übersehen hatte, das wurde mir in dem Moment klar. Irgendetwas fehlte. Wollte mir nicht jemand noch eine Information geben?

»Luigi!«

Michelotti zog eine Grimasse.

»No, no, non te, dich meine ich nicht! Aber kannst du dich nicht auch daran erinnern, dass Luigi noch eine Nachricht für mich hatte? Er hatte der übernatürlichen Erscheinung, also vielleicht Marios Seele, gelauscht und dann gesagt: ‚Ja, das sage ich ihr noch.' Er hatte eine wichtige Info für mich, und die hat er dann vergessen zu übermitteln!«

Am nächsten Morgen betrat ich Francos Bar zu einer Uhrzeit, um die Luigi normalerweise sein Glas *bianco,* also Weißwein, zu genießen pflegte. Luigis Ape stand schon draußen, also hatte ich ihn gut abgepasst.

»Buongiorno Luigi!«, rief ich begeistert, als ich ihn an der Theke mit seinem Glas in der Hand sah.

»Stella, du bist heute spät dran. Ich verzeihe dir nur, weil du ein Gipsbein hast. Brioche habe ich jedenfalls keine mehr«, ließ sich Franco beleidigt vernehmen.

Ich winkte ab und lächelte Luigi weiterhin gewinnend an. »Senti, Luigi, als wir neulich zusammen waren …«, fing ich sehr ungeschickt an.

Nun passierten drei Sachen gleichzeitig. Franco hörte abrupt auf zu spülen und starrte uns mit offenem Mund an, Luigi wurde bis zu den Ohrenspitzen rot, und die versammelte Gästeschar in Francos Bar reckte den Hals in unsere Richtung, um zu verfolgen, was nun passierte.

»No, no, nicht so!«, wehrte ich den falsch entstandenen Eindruck mit fuchtelnden Armen ab, wie peinlich!

»Scusami, Luigi, ich wollte dich nicht in Verlegenheit bringen. Es geht um Mario …«

Beim letzten Satz senkte ich die Stimme, Luigi schien mich trotzdem zu verstehen, denn er nickte.

»Er hatte neulich eine Botschaft für mich.«

Wieder nickte er nur und nippte an seinem Wein. Ich verdrehte innerlich die Augen.

»Welche war das?«, wurde ich deutlicher.

Jetzt wischte er sich den Mund ab und flüsterte: »Ich habe darüber nachgedacht. Das Mädchen mit den Amphoren, du weißt schon, das auf der Karte.«

»Was ist mit dem Mädchen?«, fragte ich.

»Das könnte Marta sein!«, antwortete er.

»Marta? Wie kommst du darauf?«

Er zuckte die Schultern. Na super. Er behauptete einfach irgendwas. Als wenn ich so etwas gebrauchen könnte.

»Luigi, kannst du dich daran erinnern, dass dir Mario zum Schluss etwas gesagt hatte? Er hatte noch eine Nachricht für mich.«

Er schien angestrengt nachzudenken und kaute dabei auf einer Erdnuss herum. »Mi sembra, ich glaube ja, aber ich weiß nicht mehr, was es war.«

»Franco, noch ein bianco für Luigi, geht auf mich!«, rief ich, denn aus eigener Erfahrung wusste ich, dass Alkohol manchmal den Zugang zu verschollen geglaubten Informationen freilegte.

Zehn Minuten und ein weiterer bianco später waren diese Informationen noch nicht zugänglich, dafür war meine Geduld am Ende, denn Luigi hatte mir ziemlich alles über die Kastration von Kaninchen erzählt und so dafür gesorgt, dass mich leichte Übelkeit überkam. Dabei hatte er geschwankt, drei Gläser Wein zur Mittagszeit auf leeren Magen schien er nicht gut zu vertragen.

»Na gut, dann werde ich mal nach Hause hoppeln, ich meine, gehen«, sagte ich und steuerte auf die Tür zu.

»Scusa, jetzt ist es mir wieder eingefallen. Mario sagte, du solltest das Tagebuch weiter lesen, dann würdest du alles verstehen. Keine Ahnung, was er gemeint hat …«

Das Tagebuch, natürlich, das hatte Arno am Telefon auch erwähnt, das war es, was er mir hatte mitteilen wollen! Ich hatte mittendrin aufgehört zu lesen, möglicherweise hatten wir ein schriftliches Geständnis der Signora. Dann wäre zumindest ein Verbrechen aufgedeckt! So schnell wie meine Krücken es erlaubten, humpelte ich nach Hause und nahm das Tagebuch zur Hand. Doch dann hielt ich inne. Wieso war es mir eigentlich so wichtig, einen alten Mord aufzudecken und der Signora Schwierigkeiten zu bereiten? Sie war immer nett zu mir gewesen, und ich hatte volles Verständnis für die Wut, die sie gegenüber ihrem Mann empfand, so behandelt man niemanden, schon gar nicht seine Ehefrau. Und doch wollte ich zumindest die Wahrheit erfahren. Was ich damit machen würde, war eine andere Sache.

Ich blätterte hektisch auf der Suche nach der Stelle, wo ich mit dem Lesen aufgehört hatte. Da, 10. September 1989.

Gestern habe ich die alte Rosa gesehen. Obwohl sie bestimmt schon sechzig ist, scheint sie aufgeblüht zu sein. Sie trug ein schönes Seidenkleid und elegante Schuhe und kam frisch vom Friseur, wo sie sich eine neue Dauerwelle hat legen lassen. Sie sprühte geradezu vor Lebensfreude und hörte nicht auf zu plappern. Sie erzählte, dass sie jetzt tanzen gehen würde und dass sie einen Tanzpartner hätte, den sie noch von früher kennt. Sie scheint richtig Spaß zu haben.

Ich hätte das nie geglaubt, aber ich habe sie richtig beneidet. Das muss man sich vorstellen. Ich beneide eine alte Frau, so weit ist es schon! Und das alles, weil ihr Mann gestorben ist. Und dann hatte ich einen Gedanken: Wäre er früher gestorben, hätte Rosa mehr von ihrem Leben gehabt.

Hier hatte ich die Lektüre abgebrochen, denn mir waren Zweifel gekommen, ob die Signora ihrem Glück auf die Sprünge geholfen hatte.

Ich blätterte weiter. Die nächsten Einträge waren komplett harmlos, ein paar Rezepte, ein Bericht über einen Ausflug mit der Kirchengemeinde. Und dann kam der Eintrag vom Januar 1990. Das war sicherlich die Stelle, die Mario meinte, und ich verstand, was er mir hatte sagen wollen. Vor allem verstand ich in dem Moment, wie falsch ich lag.

Ein Klopfen riss mich aus meinen Überlegungen.

»Michelotti, was machst du hier?«, fragte ich mit dem Tagebuch in der einen Hand und der Türklinke in der anderen.

»Stella, das reicht mir jetzt, wieso durfte ich dich gestern nicht küssen? Ich dachte, zwischen uns knistert es!«

Na prima, das hatte mir gerade noch gefehlt: ein renitenter, abgewiesener Liebhaber. Doch er klang richtig verletzt und tat mir ein bisschen leid. Tja, was konnte ich ihm sagen? War die Ermittlungsarbeit wirklich so wichtig, oder hatte ich sie nur vorgeschoben? Das war mir selbst nicht klar.

»Wie stellst du es dir vor? Ich werde sowieso zurück nach Deutschland gehen, und dann?«

»Das musst du aber nicht! Hier gibt es auch Arbeit, vor allem, wenn man jemanden kennt«, rief er.

Ich stutzte, wahrscheinlich wusste er auch schon, wen er fragen würde: einen Onkel, der Chefarzt im Stadtkrankenhaus war, einen entfernten Cousin in einer Privatklinik oder einen Kumpel, der jeden kannte, weil er Geld wie Heu hatte. Das klang ernst, hatte sich der Carabiniere etwa in mich verliebt? Würde er jetzt auf die Knie fallen und um meine Hand anhalten? Das musste auf jeden Fall vermieden werden!

Meine Erfahrungen mit Männern hatten mich leider ziemlich negativ geprägt, sowohl die mit Italienern als auch die mit Deutschen, ganz zu schweigen von meiner Familie, in der keine einzige richtig geglückte Ehe existiert hatte. Gerade bei meinen Großeltern war es nach heutiger Sicht mehr Schein als Sein gewesen. Sie hatten nicht zueinander gepasst, aber tunlichst darauf geachtet, dass nach außen hin alles seine Ordnung hatte.

Und was Beziehungen betraf, hatte ich folgende Erfahrungen gemacht. Der klassische Italiener hatte mich nach drei Monaten gemeinsamen Ausgehens schon seinen Eltern vorgestellt und mir die Wohnung im Dachgeschoss seines Elternhauses gezeigt. Mit separatem Aufgang, versteht sich, um eine gewisse Intimität des jungen Paares zu gewährleisten. Dass ich später trotz separatem Aufgang ständig seine Mutter am Hals haben würde, die überprüfte, ob ich ihrem Sohn auch ordentlich was kochte, das erwähnten die Männer nicht, denn das versteht sich von selbst.

Bei deutschen Männern, gerade meinem letzten Partner, war es genau umgekehrt. Auch nach zwei Jahren Beziehung kannte ich seine Freunde und Familie nicht, wir teilten die Rechnung immer ordentlich durch zwei, und jeder ging ansonsten seinem Leben nach. Das war mir wiederum zu wenig. Die Hoffnung auf einen guten Mittelweg hatte ich mittlerweile aufgegeben.

Nun hieß es, Michelotti abblitzen zu lassen, aber ohne ihn zu verletzen. Und die beste Methode war, wie bei kleinen Kindern auch, Ablenkung.

»Guarda, schau, ich habe etwas sehr Interessantes gefunden!«, rief ich und wedelte mit dem Heft.

Er nahm das Tagebuch widerwillig in die Hand, setzte sich auf einen Stuhl im Wohnzimmer und las laut vor:

Wir haben heute die Ergebnisse der Untersuchung bekommen, und ich bin am Boden zerstört. Bei mir scheint alles in Ordnung zu sein, aber das Problem ist Mario. Und ich dachte, es läge an mir! Mamma hatte behauptet, es liegt immer an der Frau, wenn das Ehepaar ungewollt kinderlos bleibt, aber sie lag falsch! Mario hat als Kind Mumps gehabt und ist dadurch unfruchtbar geworden.

Das bedeutet für mich, dass ich mir den Traum, eigene Kinder zu haben, nun abschminken kann, zumindest mit Mario …

»Das bedeutet …«

»Das bedeutet, dass Mario weder Martas noch Adeles Vater sein kann, ganz einfach«, sagte ich und zuckte mit den Schultern. Jetzt standen wir wieder am Anfang. Oder besser gesagt: Jetzt stand *ich* wieder am Anfang, hatte aber auch noch einen verliebten Carabiniere an der Backe.

CAPITOLO 18

»Jetzt verstehe ich auch, was Luigi mir über Mario erzählt hatte. Es klang wirr, aber er hatte sowohl eine Krankheit als auch einen Unfall erwähnt. Die Krankheit war die Unfruchtbarkeit, deswegen seine Assoziation mit den kastrierten Kaninchen. Die Todesursache war aber der Unfall gewesen. Im Grunde hat er keinen Unsinn erzählt, nur etwas aus dem Zusammenhang gerissen«, sagte Michelotti.

Wir saßen auf dem Sofa, zwischen uns hatte ich möglichst viel Abstand gebracht, denn ich wollte kein Risiko eingehen.

Ich nickte und grübelte. »Ich lag schon wieder falsch mit meiner Vermutung. Vielleicht bin ich gar nicht so begabt wie die Helden aus meinen Krimis.«

»Das würde ich nicht sagen. Deine Theorie war nachvollziehbar, aber sie hätte wahrscheinlich nicht erklärt, warum Marta verschwunden ist«, tröstete Michelotti mich.

»Wahrscheinlich ist die Vaterschaftsfrage überhaupt nicht wichtig und hat mit Martas Verschwinden gar nichts zu tun«, gab ich entmutigt von mir.

Mein Handy klingelte, Arnos Nummer erschien auf dem Display.

»Arno, danke für deinen Anruf, aber ich weiß, was du mir sagen wolltest.«

»Die Sache mit dem Tagebuch?«, fragte er überrascht.

»Ja, das hat dir die alte Waltraut gesagt, oder? Und es stimmt, im Tagebuch stand ein wichtiger Hinweis. Gruselig, nicht?«

»In der Tat. Wenn ich es mir recht überlege, muss ich mich

mit der alten Dame gut stellen, sie scheint besondere Beziehungen da oben zu haben.« Er lachte.

»Ja, aber jetzt stehe ich wieder am Anfang.«

»Weil der Verstorbene nicht der Vater sein kann?«

»Genau. Moment, woher weißt du das?«, fragte ich überrascht. Hatte die alte Waltraut auch gesagt, was im Tagebuch steht? Hatte Mario es ihr anvertraut?

»Ich weiß es durch die Kuriosität mit den Fasanen, das hatte ich dir am Telefon gesagt!«

»Welche Fasanen? Ich konnte an dem Tag nichts verstehen!«

»Na, dass der Mann die Fasanen nicht gut sehen konnte, lag nicht an der Farbenblindheit!«

»Woran sonst?«

Arno lachte. »Einfach daran, dass man normalerweise Fasanen im Wald nicht gut sehen *kann*! Ihre Federn haben ganz ähnliche Farben wie die Blätter und Bäume. Das ist deren Überlebensstrategie.«

»Ach so! Ja, klar …« Wie dumm von mir, wer kann schon Fasanen im Wald gut sehen?

»Aber weißt du, wer sie gut sehen kann?«

»Nein.«

»Farbenblinde!«

Nun rutschte mir das Telefon fast aus der Hand. »Wie bitte?«

»Ja, genau das ist der Punkt! Farbenblinde können eine größere Anzahl von Kakitönen unterscheiden als Normalsichtige.«

»Wieso das denn?«, fragte ich schwach und griff vor lauter Schock nach Michelottis Hand, der sie sanft drückte. Netter Mann, das musste man schon sagen.

»Weil Farbfehlsichtige im Laufe ihres Lebens gelernt haben, sich stärker auf Formen und Konturen zu konzentrieren statt auf Farben wie Normalsichtige. Dieser Vorteil wird auch beim Militär benutzt, denn Tarnanzüge hinter Bäumen sind so etwas wie …«

»Fasanen hinter Gebüsch!«, rief ich.

»Genau.«

»Aber das bedeutet, dass …«

»Der Pfarrer dein Mann ist! Hahaha! Es ist wie in einer skurrilen Komödie, wo plötzlich jemand aus dem Schrank rauskommt oder …«

Ich hörte nicht mehr zu, denn diese Enthüllung war zu viel für mich. Auf einmal fingen Puzzleteile in meinem Kopf an sich von selbst zusammenzufügen.

Der Pfarrer, mit seiner großen Statur und den blauen Augen. Der Pfarrer, der früher auch auf Isolarocca gelebt haben musste, denn wie konnte er sonst mit Mario auf die Jagd gegangen sein. Der Pfarrer, der aufgehört hatte, die Glocken zu läuten, als Marta verschwunden war, seine Tochter! Der Pfarrer, der Pfarrer, der Pfarrer. Wie konnte ich so blind gewesen sein? Er war auf jeden Fall alles andere als frei für eine Heirat gewesen! Und dann fiel mir die Frau vom Kirchplatz ein, wie sie mich absichtlich in die Irre geführt hatte, damit ich die Wahrheit nicht erfuhr. Meine Vermutung, dass Martas Mutter in der Sakristei gewesen war, war also richtig. Don Vincenzo hatte danach gefragt, wieso sie es ihm nicht erzählt hatte und ob es ums Geld gegangen war, wahrscheinlich weil Martina den reichen Cousin ihres Vaters geheiratet hatte. Aber es war nicht ums Geld gegangen, es war um Scham und den Versuch der Vertuschung gegangen. Und vermutlich wusste das ganze Dorf trotzdem Bescheid.

»Stella, bist du noch dran?«

»Ja, und du bist dir wirklich sicher, dass diese Sache mit den Farben stimmt?«, fragte ich sicherheitshalber noch mal nach.

»Klar, wo denkst du hin? Ich war neulich bei meinem Doktorvater, der übrigens stark an der Geschichte mit den Schwestern-Cousinen interessiert ist, und da kamen wir auf die Farbenblindheit zu sprechen. Er erklärte mir, dass er vor ein paar Jahren bei einer internationalen Studie über Farbenblindheit mitgewirkt hat. Er selbst war für die psychologischen Aspekte der Krankheit zuständig, hat aber durch die Kollegen allerhand Skurriles über das Thema erfahren, unter anderem diese Besonderheit mit den Kaki-Tönen.«

Nachdem ich Arno versprochen hatte, wieder in Deutschland mit seinem Doktorvater über diesen »hochinteressanten« Fall zu sprechen, legte ich auf und war erst mal platt. Wer hätte das gedacht? Kaki-Töne!

Und zu allem Überfluss musste ich auch noch Michelotti darüber unterrichten, denn eines war klar: Nicht das *ganze* Dorf wusste Bescheid. Nur wie brachte man jemandem bei, dass die moralische Instanz des Dorfes alles andere als moralisch gehandelt hatte, und das gleich mindestens zweimal?

»Michelotti, was hältst du eigentlich von Don Vincenzo?«

Michelotti, der alles andere als dumm war und zwei und zwei zusammenzählen konnte, schaute erst bestürzt, fing sich dann aber schnell wieder. »Du meinst …«

Ich nickte.

»Gleich zweimal?«

Wieder nickte ich.

»Wahrscheinlich sogar öfter, da es ja meist nicht gleich sofort passiert.«

Ich klärte ihn auf über die Kaki-Töne, die Tarnanzüge im Wald, die Fasanen hinter Bäumen und Blättern, anschließend war auch er platt.

»Meinst du, er weiß es?«, fragte Michelotti.

Ich musste an den Tag von Martas Verschwinden denken, als der Pfarrer in Francos Bar gestürmt war und Irene gesucht hatte. Hatte er es damals erfahren und wollte es sich von der Hebamme bestätigen lassen? Wer hatte es ihm gesagt? Martina? Oder …

»Michelotti, mir ist ein Gedanke gekommen. Demnach wäre Don Vincenzo nicht nur ein schlechter katholischer Priester, sondern weit Schlimmeres.«

»Sprich weiter!«

»Allora, Marta war gläubig, das hatte sie mir bei unserem Bootsausflug erzählt. Sollte sie die Wahrheit über ihren echten Vater erfahren haben, wäre es für sie ein großer Schock gewesen. Sie könnte ihn in ihrer Wut damit konfrontiert und ihre Absicht erklärt haben, es der Kurie mitzuteilen. Für Don Vincenzo stand mehr auf dem Spiel als für einen gewöhnlichen Mann, denn er konnte seinen Beruf, seine Gemeinde, sein Ansehen verlieren.«

»Du glaubst doch nicht, dass er sie deswegen ermordet hat?«, schlussfolgerte er richtig.

»Kannst du es ausschließen?«

An seinem Gesicht konnte ich ablesen, dass er es nicht ausschließen konnte. Und dann schien ihm etwas anderes einzufallen.

»Aber Stella, du bist bei Signora Inzini ausgezogen, damit du hier sicherer bist, aber jetzt …«

»Michelotti?«, unterbrach ich ihn.

»Sì?«

»Darf ich zu dir ziehen?«

Michelottis Mutter, Signora Marisa, stellte sich als eine sehr freundliche, äußerst bemühte, ältere Frau heraus. Entgegen meiner Erwartungen war sie keineswegs in ihren Sohn vernarrt, ganz im Gegenteil.

»Wissen Sie, Signorina, mein Michele hat es ja nicht so mit den Frauen.«

»Mamma!«, empörte sich der Sohn.

»Sì, è vero, Michele! Er war noch nie länger als ein paar Monate mit einer Frau zusammen. Er sagt immer, alle langweilen ihn irgendwann.«

Michelotti wurde rot und schüttelte verärgert den Kopf. »Mamma, was erzählst du da eigentlich? Willst du, dass Stella die Flucht ergreift?«

Nun sah Marisa fast ein wenig ängstlich aus. »No, no, Signorina, mit Ihnen langweilt er sich nicht! Er hat mir gesagt, dass Sie die witzigste und spannendste Frau sind, die er je kennengelernt hat!«

Nun war es an mir, rot zu werden. So eine nette Frau aber auch. Aber auch so gläubig. Überall im Haus standen religiöse Gegenstände herum, ein Heiligenbild, eine Kerze mit dem Abbild der Madonna, ein Rosenkranz hing an der Wand. Ob sie auch wusste, dass Don Vincenzo kein Heiliger war? Wahrscheinlich wusste sie es, doch sie tat einfach so, als wäre nichts geschehen. Solange man es nicht laut ausspricht, existiert es auch nicht. Ich musste an meine Oma denken. Nie hatte ich sie bei Erkrankungen im Familien- oder Freundeskreis das Wort *Krebs* sagen hören, es hieß immer *un brutto male*, also eine schlimme Krankheit. Als wenn es dadurch besser wäre.

Michelotti hatte seiner Mutter erklärt, dass ich die nächsten Tage aus Sicherheitsgründen unbedingt bei ihm übernachten musste. Signora Marisa, offenbar gewohnt, ihrem Sohn keine Fragen zu laufenden Ermittlungen zu stellen, hatte die Erklärung kommentarlos hingenommen.

Das Haus war recht groß, und Michelotti hatte das ganze Dachgeschoss für sich. Mein Zimmer war ebenfalls im Dachgeschoss untergebracht, denn so, hatte Marisa gesagt, könnten ihr Michele und ich jederzeit ungehindert miteinander sprechen. Das Wort »sprechen« hatte sie besonders betont. Ich hatte den Eindruck, als wünsche sie sich nichts sehnlicher, als ihren Sohn endlich unter der Haube zu wissen, und dafür würde sie unehelichen Sex unter ihrem Dach in Kauf nehmen.

Dem Pfarrer hatte ich einen Zettel hinterlassen, in dem ich kurz erklärte, dass ich Pelati für ein paar Tage verlassen hätte und bald wiederkommen würde. Einen besseren Einfall hatte ich leider nicht gehabt, und da ich wusste, dass Don Vincenzo gut mit Waffen umgehen konnte, hatte ich es ziemlich eilig gehabt.

Nach dem Abendessen, bei dem Marisa ihre Kochkünste unter Beweis gestellt hatte, kam Luigi, um mich von meinem Gips zu befreien. Auch wenn die Leute stutzen würden, wie schnell mein Bein geheilt war, war mir die Meinung der anderen ab einer Temperatur von 35 Grad ziemlich egal. Außerdem hatte ich das Gefühl, dass mein Ruf sowieso nicht mehr zu retten war. Luigi stellte wie immer keine Fragen und wollte wie immer kein Geld.

Später saßen Michelotti und ich auf meinem Bett und diskutierten das weitere Vorgehen. Ein bisschen kam ich mir vor, als wäre ich acht Jahre alt und würde bei einem Freund zu Hause übernachten. Auch hier mussten wir leise sein, sonst würde uns seine Mutter hören, auch hier hatten wir Geheimnisse. Nur, dass es diesmal um Mord und nicht um Scherze auf Kosten von Lehrern ging.

»Wie wollen wir jetzt vorgehen?«, fragte er.

»Das wollte ich dich gerade fragen.«

»Na ja, Marta ist jetzt schon seit vier Wochen verschwunden. Wenn sie nicht bald wieder auftaucht …«

»Dann werden die Carabinieri endlich aktiv werden?«, fragte ich hoffnungsvoll.

»Eigentlich nicht, solange kein handfester Verdacht besteht, dass ein Verbrechen vorliegt.«

Ja, das kannte ich, er hatte es mir schon ein paar Mal erklärt, aber ich konnte es nicht nachvollziehen, und ich war nach wie vor überzeugt, dass lange nicht so viele Menschen freiwillig aus ihrem gewohnten Leben verschwanden, wie die Carabinieri und Polizei allgemein annahmen.

Dann hatte ich eine Idee. »Wenn feststehen würde, dass ein Gespräch zwischen Marta und Don Vincenzo stattgefunden hat und dass im Laufe dieses Gesprächs eine Drohung gegen den Pfarrer ausgestoßen worden war, würde doch ein Motiv bestehen, oder?«

»Hm, so gesehen … aber wie willst du das nachweisen?«

Er hatte recht. Das Gespräch, falls es eines gegeben hatte, hatte sicherlich unter vier Augen stattgefunden, ganz bestimmt nicht vor Zeugen.

»Außerdem wissen wir noch nicht mal, ob Marta wusste, wer ihr leiblicher Vater war, und wenn sie es wusste, wann sie davon erfahren hat. Das wäre interessant«, fügte er hinzu.

»Aber wir könnten doch ihre Mutter fragen! Wenn Marta es erfahren hat, egal durch wen oder was, dann hat sie garantiert erst mal ihre Mutter damit konfrontiert.«

Michelotti nickte langsam. »Wir können es versuchen und darauf hinweisen, dass die Auskunft für die Ermittlungen wichtig ist.«

Klar, gerne würde Martina sicher nicht zugeben, dass der Pfarrer der leibliche Vater ihrer Tochter ist. Auf der anderen

Seite wollte sie mit Sicherheit wissen, was mit ihrer Tochter passiert ist, da konnte man durchaus mit ein wenig Kooperation rechnen.

Die Fahrt zu Martinas Haus war nicht ganz so turbulent wie beim ersten Mal. Vielleicht gewöhnte ich mich allmählich an die bergige Gegend. Die parkähnliche Außenanlage der Villa sah genauso gepflegt und verlassen aus wie damals.

Als Martina uns die Tür öffnete, sah sie uns hoffnungsvoll an und weckte mein schlechtes Gewissen. Wahrscheinlich erwartete sie neue Informationen bezüglich des Verschwindens ihrer Tochter und rechnete nicht damit, dass wir sie mit unserem Wissensstand in Bezug auf den leiblichen Vater ihrer Tochter konfrontieren würden.

Nachdem wir uns begrüßt hatten und wieder vor einem Berg Erfrischungen saßen, sollte das Gespräch beginnen. Michelotti und ich hatten uns diesmal abgesprochen, um peinliche Auftritte zu vermeiden. Es war abgemacht, dass hauptsächlich Michelotti das Gespräch führen würde, während ich meine üblichen scharfen Bemerkungen einwarf.

»Signora, wir haben Grund zur Annahme, dass Marta kurz vor ihrem Verschwinden eine Neuigkeit über ihr Leben erfahren hatte«, eröffnete Michelotti das Gespräch.

»Etwas sehr, sehr Aufwühlendes«, fügte ich hinzu.

Martina schaute uns unverwandt an und machte keine Anstalten, sich zu offenbaren.

»Hatten Sie vielleicht eine … Diskussion oder ein klärendes Gespräch?«

Martina schüttelte den Kopf. »No, no, niente.«

Ich hatte immer Leute bewundert, die einem ins Gesicht lügen konnten, ohne rot zu werden. Die Signora gehörte offenbar dazu.

»Wir wissen das mit Ihnen und Don Vincenzo!«, warf ich ungeduldig ein, denn ewig um den heißen Brei zu reden, würde uns nicht weiterbringen. Michelotti strafte mich mit einem seiner bösesten Blicke. Ich zuckte die Schultern.

»Ich weiß gar nicht …«, setzte Martina an.

»Das wissen Sie sehr wohl. Und es betrifft ja nicht nur Sie, sondern auch ihre Zwillingsschwester Adelina. Die es übrigens schon zugegeben hat!«

Ha, ich beglückwünschte mich innerlich zu diesem genialen Trick, der in der Kriminalgeschichte zwar schon eine Million Mal angewendet worden war, aber sein Ziel trotzdem selten verfehlte. Wieso fielen die Leute immer wieder darauf rein? Vielleicht lag es daran, dass sich die Verdächtigen letztlich doch nichts sehnlicher wünschten, als von ihrer Last befreit zu werden, und irgendwann die Gelegenheit nutzten, um ihr Gewissen zu erleichtern.

Jetzt knickte auch die Signora ein. »Wie haben Sie das herausgefunden? Adelina wird es Ihnen nicht freiwillig erzählt haben.«

»Infatti, no, das hat sie nicht«, gab ich wahrheitsgemäß zu. Michelotti rieb sich indessen die Schläfen, ganz so, als hätte er eine Migräne-Attacke.

»Wir haben uns geliebt, müssen Sie wissen. Vincenzo und ich, scusate, Don Vincenzo und ich waren wie füreinander geschaffen. Nur, dass er schon eine … ja, eine anderweitige Verbindung eingegangen war«, lächelte sie schwach und schaute verbittert aus, während sie den Kopf hängen ließ und die Hände rang.

»Mit Ihrer Schwester!«

Nun sah Martina überrascht auf. »Mit meiner Schwester? Hat sie Ihnen das erzählt?«

Michelotti schien der Meinung zu sein, in diesem Moment wieder einen aktiven Part in der Befragung übernehmen zu müssen. »Signora, die Details interessieren uns nicht, und es geht uns auch gar nichts an«, sagte er mit einem strengen Seitenblick in meine Richtung.

Sprich für dich selbst, dachte ich, sagte aber nichts.

»Das muss ich jetzt richtigstellen, denn offenbar ist ein falscher Eindruck entstanden.« Nun sah auch sie mich streng an, und ich wand mich peinlich berührt. Was hatte ich übersehen?

»Don Vincenzo und ich kannten uns natürlich schon länger, da er unser Pfarrer auf Isolarocca war. Ich war schon als junge Frau in der Gemeinde sehr aktiv, meine Schwester natürlich auch, es war damals so üblich. Aber richtig nah kamen wir beide uns während der Vorbereitungen für das damalige Blumenfest. Adelina war damals schon verheiratet, aber ich war frei.«

Das sagte sie mit Nachdruck, als würde ihr das das Recht geben, mit einem katholischen Pfarrer anzubändeln und so gegen eins der strengsten Gesetze der Kirche zu verstoßen.

»Damals sprach Vincenzo davon, das Priestertum aufzugeben, damit wir heiraten konnten. Aber ich wusste, das wäre ein Fehler gewesen, dafür war seine Liebe zu Gott viel zu stark, das hätte er irgendwann bereut.«

Nun war ich gespannt zu hören, wann er stattdessen beschlossen hatte, sich auch auf Adelina einzulassen, frei nach dem Motto »Ist der Ruf erst ruiniert, lebt es sich ganz ungeniert«.

»Das Problem war, dass meine Schwester sich auch in Vincenzo verliebt hatte. Wenn man von Liebe sprechen kann. Wir hatten nie eine besonders gute Beziehung zueinander, ganz im Gegenteil und ganz entgegen dem, was man von Zwillingen behauptet. Adelina hatte schon immer das haben wollen, was ich hatte. Und so hat sie sich eines Abends für mich ausgegeben …«

»Moment, das bedeutet, Don Vincenzo wusste gar nicht, dass er mit Ihnen beiden …?«

Mir stand vor Staunen der Mund offen, das war besser als jede Vorabendserie. Der Carabiniere schien die Geschichte ebenfalls unterhaltsam zu finden, denn er nahm sich einen Schokoladenbonbon und kaute genüsslich darauf herum.

Martina schüttelte traurig den Kopf. »Es war eines Abends, wir hatten in der Gemeinde die abgeschlossenen Vorbereitungen für das Fest gefeiert und ein Gläschen Wein zu viel getrunken. Adelina hatte sich später offenbar wie ich angezogen und Vincenzo im Pfarrhaus besucht …«

»Und ist dann gleich schwanger geworden?«, fragte ich ungläubig.

Dieser Pfarrer war früher wohl besonders zeugungsfähig gewesen. Und da fiel mir wieder die seltsame Karte ein, die Luigi gelegt hatte: zwei Sphinx-ähnliche Gestalten an den Seiten eines Gebäudes, das ein Schloss oder auch ein Kloster sein konnte. Mit ein bisschen Fantasie gingen die beiden symbolhaft als Adelina und Martina durch, während das Kloster ganz klar für Don Vincenzo stand. Martina sprach weiter und riss mich aus meinen Gedanken.

»Das habe ich zuerst nicht gewusst. Ich war sowieso mit meinen eigenen … Problemen beschäftigt, ich glaube, Sie wissen, was ich meine. Als ich erfuhr, dass Adelina auch schwanger war, nahm ich ganz einfach an, es wäre das Kind von ihrem Ehemann.«

»Und dann?«, fragte ich gespannt und wechselte einen schnellen Blick mit dem Carabiniere. Wir beide hingen an ihren Lippen.

»Ja, und dann hieß es für mich, schnell einen Ehemann zu finden. Damals war es eine große Schande, unverheiratet ein Kind zu bekommen. Heutzutage hingegen …«, sie machte mit der

Hand eine wegwerfende Bewegung, die ihre ganze Ablehnung gegen die neuen Sitten zum Ausdruck brachte. »Guerino war schon lange hinter mir her gewesen, das bot sich geradezu an.«

Na ja, wie ich solche Sitten fand, wollte ich lieber nicht sagen. Vor allem musste ich an den alten Guerino Bagliocchi denken, wie er sich jetzt im Jenseits vorkommen musste, sein Leben eine einzige große Lüge und er selbst, der sich Martina gerade zum rechten Zeitpunkt *angeboten* hatte. Es wunderte mich, dass er bislang noch kein Bedürfnis verspürt hatte, dem Diesseits einen Besuch abzustatten, schließlich musste er nun als Seele im Jenseits über alles Bescheid wissen. Ich an seiner Stelle hätte es getan. Dann gab ich mir einen Ruck, denn die Geschichte war noch nicht zu Ende, und ich wollte alles erfahren.

»Wann hatte Ihre Schwester den Verrat zugegeben?«

»Adelina konnte mir ihr Vergehen nicht schnell genug unter die Nase reiben, aber da wusste ich es schon, und zwar von Vincenzo selbst. Sobald die ... Sache vorbei war, hat sie ihm mit einer gewissen Genugtuung reinen Wein eingeschenkt. Da kam er schnurstracks zu mir und hat mir alles gestanden.«

»Und Sie haben ihm geglaubt, dass er reingelegt wurde?«

»Naturalmente, ich kannte Adelina und wusste, wozu sie aus Neid fähig war. Wir hatten einmal eine Katze, die wollte nur von mir gestreichelt werden, und das konnte Adelina nicht ertragen. Diese Katze verschwand irgendwann, was mit ihr passiert ist, will ich gar nicht wissen. Jedenfalls habe ich meine Schwester nie so glücklich wie damals erlebt. Sie lief immer mit einem Lächeln vor mir auf und ab, und manchmal miaute sie auch.«

Sie schüttelte sich und ich mit ihr. Das klang gar nicht gut, das hätte ich der alten Adelina überhaupt nicht zugetraut.

»Aber die Schwangerschaft? Wann haben Sie davon erfahren, und wann Don Vincenzo?«

Nun sah sie schockiert aus. »Er hat natürlich nichts davon erfahren!«

»Er wusste davon nichts? Auch nicht von Ihrer Schwester?«, staunte ich.

Martina grinste leicht. »Ich hatte sie ausnahmsweise mal in der Hand. Ich habe ihr gedroht, dass ich alles ihrem Mann erzählen würde, wenn sie Vincenzo einweihte. Da hat sie den Mund gehalten.«

»Aber Sie hätten ihm von Ihrem Baby erzählen können, Sie waren frei und hätten ihn heiraten können!«, begehrte ich leidenschaftlich auf.

»Wie gesagt, ich war zwar frei, er aber nicht«, sagte sie und sah schnell zum dezenten Kreuz an der Wand.

»Wie hat es Ihre Tochter aufgenommen?«

Wieder sah sie aus, als würde sie gleich in Ohnmacht fallen. »Marta?«

»Wollen Sie etwa sagen, sie weiß es immer noch nicht?« Ich konnte es nicht fassen.

»No, naturalmente no, ich habe ihr nichts erzählt, wozu alte Geschichten ausgraben?«

Ich dachte nach. Adele schien es ihrer Cousine nicht gesagt zu haben, das war mir neulich beim Gespräch im Pfarrhaus klar geworden. Wenn ihre Mutter es ihr wohl auch nicht gesagt hatte, dann …

»Weiß es Don Vincenzo mittlerweile?«, fragte ich.

Martina starrte mich zuerst unbewegt an und nickte dann langsam. »Als Marta verschwunden ist, habe ich Vincenzo eingeweiht. Ich wusste nicht, was ich machen sollte, ich war verzweifelt.«

»Und wie hat er reagiert?«

»Er war außer sich, er hat mir viele Vorwürfe gemacht und gleichzeitig schien er mir nicht glauben zu wollen. Aber irgendwie habe ich trotzdem das Gefühl, dass er es in letzter Zeit schon geahnt hatte.«

Ich musste an den Tag denken, als der Pfarrer auf der Suche

nach der Hebamme in Francos Bar gekommen war. Die alten Damen in Francos Bar hatten behauptet, Don Vincenzo wäre in letzter Zeit seltsam gewesen.

»Ich hatte ihm damals glaubhaft vermittelt, dass ich den Cousin meines Vaters heiraten wollte, um meine Eltern zufriedenzustellen«, erklärte Martina weiter.

»Und Vincenzo hat sich dann nach Pelati versetzen lassen, um in Ihrer Nähe zu sein«, fügte ich hinzu. Irgendwie fand ich diese Liebe sympathisch, so wie ich eine Schwäche für alle unmöglichen Liebesgeschichten hatte. Ob die beiden wohl immer noch …

»Es ist nicht so, wie Sie denken. Mit Vincenzo war dann Schluss, ich war meinem Ehemann bis zu dessen Tod treu.«

Sie schien meine Gedanken erraten zu haben. Nur war der Ehemann der Signora mittlerweile tot, und über den Tod hinaus braucht man nicht treu zu sein. Doch das ging mich tatsächlich nichts an. Wenn Marta wirklich nichts von ihrem leiblichen Vater wusste, löste sich meine Theorie über das fatale Streitgespräch zwischen Marta und Don Vincenzo in Luft auf.

»Wie weit sind Sie eigentlich mit den Ermittlungen im Fall meiner Tochter, Carabiniere?«, fragte Martina und wollte nun im Gegenzug auch ein paar Informationen.

»Signora, es tut mir leid, aber wir können noch gar nichts sagen. Wir melden uns so schnell wie möglich wieder bei Ihnen, versprochen.«

Die Signora schien seltsamerweise erleichtert zu sein und begleitete uns zur Tür.

»Michelotti, das hat zu nichts geführt. Nun wissen wir zwar, wer der echte Vater der Schwestern-Cousinen ist, aber wir wissen immer noch nicht, warum Marta verschwunden ist.«

Wir saßen im Auto und fuhren langsam zurück.

»È vero, die Theorie mit dem mörderischen Don Vincenzo ist dahin. Aber du hattest eine Menge andere.«

Kritisch beäugte ich ihn, um zu prüfen, ob er sich einen Scherz mit mir erlaubte, aber wieder bewahrte er vollkommen die Contenance.

»Eines geht mir noch durch den Kopf. Als Martina sagte, dass ihre Zwillingsschwester alles haben wollte, was sie auch hatte …«

»Da dachtest du an Adele.«

»Woher weißt du das?«, wunderte ich mich.

»Eine deiner Theorien ging in exakt dieselbe Richtung. Und Neid ist eines der Hauptmotive für Mord.«

Mit so viel Empathie hatte ich nicht gerechnet, das gab mir Aufschwung.

»Esatto, wenn Adele den Charakterzug ihrer Mutter geerbt hat, dann war sie vielleicht tatsächlich auf ihre Cousine neidisch. Dann wäre es möglich, dass sie sich erst deren Mann geangelt hat, und anschließend haben sich die beiden gemeinsam Martas entledigt.«

Michelotti schien hin und her gerissen zu sein, ganz so, als wollte er mir recht geben, aber irgendetwas schien ihn davon abzuhalten.

»Michelotti, raus damit!«

»Cosa?«, stellte er sich dumm.

»Ach, komm, ich merke doch, dass du etwas weißt und es mir nicht sagen willst, was ist eigentlich mit deinem Chef?«

»Was soll mit ihm sein?«

»Er war doch zwischendurch an den Ermittlungen um

Martas Verschwinden interessiert. Warum eigentlich? Und ist er es immer noch?«

Der Carabiniere zuckte bloß mit den Schultern, das machte mich rasend.

»Halt mal hier an«, befahl ich.

»Hier? Wieso das denn?«

»Weil du mich wütend machst und nicht ernsthaft kooperierst«, sagte ich und stieg aus dem Wagen aus.

»Komm, das meinst du nicht ernst, wir sind mitten im Nirgendwo, hier kann dich jemand entführen«, versuchte er mich umzustimmen.

Doch ich blieb standhaft, denn es war grob übertrieben, schließlich waren wir in Pelati und nicht in der Bronx, und außerdem brauchte ich Zeit für mich alleine. Niemand würde mich entführen.

Kaum eine Minute später, ich konnte noch das Auto des Carabiniere den Hügel hinabfahren sehen, hielt ein weißer Sportwagen neben mir. Mein Entführer war pünktlich auf die Minute, dachte ich und grinste innerlich.

»Mi scusi, Signora«, kam es aus dem Wageninneren, während die Fensterscheibe auf der Beifahrerseite langsam heruntergefahren wurde.

»Sì?«, antwortete ich, wie immer hilfsbereit und motiviert, eine Auskunft zu geben. Und dann setzte mein Atemreflex kurzzeitig aus, denn im Auto saß niemand Geringerer als Martas Ehemann. Obwohl ich Alberto nur ein paar Mal gesehen hatte, war er immer einer der Verdächtigen gewesen. Und er spielte nach wie vor eine tragende Rolle. Genau genommen stand ich nun nach meinen neuesten Überlegungen ziemlich sicher vor einem Mörder, mitten im Nirgendwo. Und nur er hatte ein Auto. Super, das hatte ich mal wieder ganz toll hinbekommen, Michelottis spätere Genugtuung konnte ich mir bereits bestens vorstellen. Was nun? Weiterlächeln und gute Miene zum bösen Spiel machen? Ganz so, als würde ich ihn gar nicht kennen?

»Es wäre gut, wenn Sie einsteigen würden«, sagte er jetzt.

Es wäre gut? Spontan konnte ich den Satz nicht einordnen. Es konnte sich um eine freundliche Bitte, eine indirekte Aufforderung oder eine versteckte Drohung handeln. Eine offene Drohung konnte ich ausschließen, denn er hatte nicht gesagt, was er tun würde, wenn ich nicht einstieg. Was würde wohl passieren, wenn ich ignorierte, was er gesagt hatte? Während ich noch darüber nachdachte, ging die Beifahrertür plötzlich wie von alleine auf und überzeugte mich, dass ich keine Wahl hatte und mich meinem Schicksal fügen musste. (Dies war auch darin begründet, dass ich aus einfachen Verhältnissen stammte und es gewohnt war, vor Luxusgütern und deren Besitzern großen Respekt zu haben.)

Das Interieur des Autos zeugte von Geld und teurem Geschmack, auch wenn ich mich damit nicht wirklich auskannte und mich auch nicht richtig darauf konzentrieren konnte. Ich war viel zu sehr damit beschäftigt, meine Lage zu analysieren. Würde man jemanden in einem Sportwagen entführen? Durfte ein Entführungsopfer vorne in einer bequemen Lederschale sitzen, oder war der Platz dafür nicht eher der Kofferraum? Und konnte ich ihn nicht einfach fragen, da ich sowieso nichts zu verlieren hatte?

»Mi scusi, Signor …«

Da klingelte sein Handy, das an einer Halterung angebracht war, und er antwortete, ohne dass ich irgendeine Bewegung seinerseits wahrgenommen hätte.

»Ciao«, sagte er schlicht.

»Ciao, hast du sie?«, fragte eine Frauenstimme. Adele! Nun würde er ihr Bescheid sagen, dass sie den Ofen schon mal vorheizen konnte, so wie italienische Männer ihren Ehefrauen sagten, sie wären gleich zu Hause und sie könnten die Spaghetti schon mal in den Topf werfen.

Mein Herz schlug mir bis zum Hals, und nichts wünschte ich mir sehnlicher, als all den religiösen Symbolen im Pfarrerhaus die nötige Würdigung entgegengebracht zu haben, denn das hätte mir vielleicht Pluspunkte eingebracht, die ich jetzt bitte nötig hatte.

»Wir sind gleich da«, sagte er nun lapidar und legte, wieder unsichtbar für mich, auf.

»Wie machen Sie das, dass Sie abnehmen und auflegen, ohne einen Finger zu rühren?«, fragte ich, weil ich von Miss Marple gelernt hatte, dass man mit einfachen, ja geradezu banalen Fragen einen Mörder aus dem Konzept bringen konnte. Dann fiel mir jedoch ein, dass Miss Marple vorab Gehilfen organisierte, die nur auf ihren Einsatz warteten, um sie im Notfall zu retten. Die hatte ich wiederum nicht.

Er lächelte und zeigte auf einen fast unsichtbaren Knopf an der Unterseite des Lenkrads. Soso, was die Technik heute alles ermöglicht, ging es mir durch den Kopf, als Alberto in eine Einfahrt einbog und so scharf abbremste, dass der Kies nur so durch die Luft flog.

»Da wären wir also?«, fragte ich mit gespielt guter Laune und schaute mich um, als wenn es sich um einen lustigen Ausflug handeln würde. Wir befanden uns in der großzügigen Einfahrt einer hochmodernen Villa, die hauptsächlich aus Glas bestand und die ich vorab nie gesehen hatte. Gerade als ich mich freuen wollte, dass wir nicht direkt zur Fabrik gefahren waren und ich vielleicht noch die Chance hatte, mit dem teuflischen Pärchen um mein Leben zu verhandeln, kam eine junge

Frau die Treppe herunter und direkt auf mich zu. Ich dachte erst, dass es sich um Adele handelte, doch bei genauerem Hinsehen stockte mir der Atem. Es war Marta, ganz sicher Marta, die vor mir stand und dabei lächelte.

Zuerst wusste ich nicht, was ich denken sollte. Es konnte nämlich die echte Marta oder wieder nur eine Erscheinung aus dem Jenseits sein, man weiß ja nie. Aber weil auch Alberto lächelte und er sie offenbar ebenfalls sehen konnte, handelte es sich höchstwahrscheinlich um die echte Marta. Die offensichtlich noch lebte. Mehr noch, die sich bester Gesundheit erfreute. Kein bisschen nass oder verkokelt.

»Vieni, komm rein, wir erklären dir alles«, sagte sie gut gelaunt und führte mich ins Haus, das offenbar ihr eigenes war.

»Stella, ich habe gehört, du warst die letzten Wochen in meinem, wie soll ich sagen, Fall aktiv?«, sagte sie fröhlich und ließ sich auf ein edles Sofa fallen. Ihr Mann setzte sich daneben und wirkte zufrieden.

»Du bist also nicht tot?«, brachte ich geistreich hervor. Ich stand vor ihr wie eine renitente Schülerin vor der Schuldirektorin und stellte die denkbar dämlichste Frage, die man sich vorstellen kann. Außerdem bekam ich den Mund nicht mehr zu und trug wahrscheinlich auch einen nicht besonders intelligenten Gesichtsausdruck zur Schau, aber das konnte ich zum Glück selbst nicht sehen.

Jetzt wurde Marta ernst. »Mi spiace, es tut mir leid, dass du dir Sorgen gemacht hast. Weißt du, ich bin in die Bredouille geraten, und da habe ich instinktiv reagiert.«

»Welche Bredouille?«, fragte ich stocksteif und doch hoffnungsvoll, dass ich mich nicht völlig blamiert hatte. Schließlich hatte ich zahlreiche Bredouillen in meinen Theorien berücksichtigt.

»Na ja, es war … willst du dich eigentlich nicht setzen?«

»No, grazie, ich stehe lieber«, sagte ich trotzig, weil das die einzig mögliche Antwort einer beleidigten Person ist, und ich wusste, sie verfehlte selten ihr Ziel – nämlich zu zeigen, dass man beleidigt ist.

»Hm, okay, also, es war so: In Pelati war vor Kurzem ein Angestellter der Kontrollbehörde für Abwasser und …«

»Moment! War das nicht der mit dem spießigen grauen Anzug und der Aktentasche unterm Arm?«, kombinierte ich messerscharf.

»Genau. Weißt du, es gibt neue Regelungen für das Abwasser aus Industrieanlagen, und wir hatten noch nicht aufgerüstet. Jedenfalls haben wir Panik bekommen und …«

»Wer ist wir?«

»Come?«

»Wer hat Panik bekommen?«

»Na ja, Alberto und ich, und natürlich auch Adele.«

»Hast du mir deswegen gesagt, ich soll an das Wasser denken?«

Marta schaute mich verständnislos an. Klar, sie war mir auch nur im Traum erschienen, woher sollte sie denn wissen, was mein Unterbewusstsein alles produzierte, wenn es sich so im Schlaf langweilte?

»Egal, erzähl weiter.«

»Eigentlich war es ziemlich gemein von uns, aber wir haben uns ausgedacht, dass ich möglichst unauffällig verschwinde, damit der Typ von der Behörde …«

»Unauffällig? Unauffällig??«, regte ich mich auf. »Du bist am Tag der Hexe mit dem Boot rausgefahren und nicht zurückgekommen. Wie sollte das bitte schön unauffällig sein?«

Nun ließ Marta den Kopf hängen. »Du hast recht. Es war ziemlich blöd von uns. Aber ich konnte ja nicht wissen, dass du anfangen würdest zu ermitteln. Und dass die Carabinieri tätig werden, das hatte ich auch nicht erwartet. Man hört immer, sie gehen gern und oft von einem freiwilligen Verschwinden aus, wenn jemand vermisst wird.«

Ich musste an Michelotti denken, der am Ende doch recht behalten hatte. »Aber der Rauch!«

»Welcher Rauch?«, fragte nun Alberto, der bislang still neben seiner Frau gesessen hatte.

»Es wurde in der Mittagspause Rauch über eurer Fabrik gesehen.«

Alberto schien erst irritiert, wurde dann aber vom Blitz der Erkenntnis getroffen. »Da haben wir Dokumente vernichtet. Denn natürlich kam der Kontrolleur trotzdem und wollte den Papierkram zur Abwasser-Entsorgung sehen. Adele und ich konnten Unwissen vortäuschen, denn die Fabrikbesitzerin ist Marta, und die stand ja für Auskünfte nicht zur Verfügung. Das Papier mussten wir verschwinden lassen.«

»Das heißt, du und Adele seid nicht ...«

Alberto legte seinen Arm besitzergreifend und voller Liebe um die Schulter seiner Frau. Nein, Adele und er hatten kein Verhältnis. Nein, Adele und er hatten Marta nicht getötet und dann im hauseigenen Ofen verbrannt. Und nein, Marta hatte sich auch nicht umgebracht. Da fiel mir Alberto ein, als ich ihn in der Nacht meiner Irene-Überwachung mit einer Reisetasche gesehen hatte. Klamotten für Marta, so einfach war das.

»Ich bin bei einer Freundin untergekommen. Sie hat einen netten Agriturismo in Saleri, nicht weit von hier«, erklärte Marta weiter.

Und während sie es sich in Saleri hatte gut gehen lassen, hatte ich in Pelati zahllose Ängste ausgestanden, indem ich versucht hatte, ein Verbrechen aufzulösen, das nie stattgefunden hatte. Ich betrachtete Marta und fragte mich, ob sie wohl wusste, was ich in den vergangenen Wochen alles herausgefunden hatte. Aber war es wirklich meine Aufgabe, sie darüber in Kenntnis zu setzen?

»Was ist eigentlich mit deiner Mutter? Die hättest du aber schon einweihen können«, fand ich.

»Haben wir auch, aber nicht sofort, schließlich musste das Ganze glaubwürdig wirken. Natürlich war es nicht fair von mir, meine Mutter so zu hintergehen«, sagte sie bedauernd.

Nach dem, was ich nun erfahren hatte, wusste Martina beim letzten Gespräch mit Michelotti und mir bereits Bescheid, was mit ihrer Tochter passiert war, und hatte trotzdem das Spiel mitgespielt. Warum? Marta beantwortete meine Frage, auch wenn ich sie gar nicht laut gestellt hatte.

»Meine Mutter hatte Angst, dass die Carabinieri alles herausfinden und ich Schwierigkeiten bekomme. Immer, wenn wir telefonierten, sagte sie: Pass auf, Marta, die sind nicht doof. Die kommen irgendwann drauf!«

»Und, sind sie drauf gekommen?«

»Ich glaube, sie haben es geahnt. Deswegen bin ich heute Morgen zum Capitano gegangen und habe ihm alles gebeichtet. Es wird natürlich Konsequenzen haben, aber nicht so schlimme. Wir müssen unsere Kläranlage auf den neuesten Stand bringen, aber da hilft uns Davide, sein Cousin hat eine Firma, die so etwas macht.«

Na klar, Davide, der wahrscheinlich alles von Anfang an gewusst hatte und bei dem ich mich mit meinen bescheuerten Fragen gnadenlos blamiert hatte. Und wer hatte außerdem davon gewusst? Darüber wollte ich gar nicht erst nachdenken, die Ehrenbürgerschaft von Pelati konnte ich mir auf jeden Fall abschminken.

»Michelotti, du bist entlassen«, klärte ich ihn auf.

Er sah mich erstaunt an.

»Als Co-Ermittler taugst du nichts. Du hast die ganze Zeit Bescheid gewusst und dich einfach nur über mich amüsiert.«

»Non è vero, das stimmt nicht, Stella, das schwöre ich dir!«, rief er eifrig und hob zwei Finger wie ein Pfadfinder.

»Und das soll ich dir glauben?« Ich schaute ihn streng an.

»All deine Theorien hatten Hand und Fuß, die haben mich schwer beeindruckt«, antwortete er.

»Und doch waren sie nicht richtig!«, schrie ich fast, aber ich war nur halb verärgert. Natürlich war ich froh, dass Marta unversehrt wieder da war und meine neue Heimat keine Mörder beherbergte. Über Signora Inzini wollte ich gar nicht nachdenken, wie hatte meine Oma so schön gesagt: *Lassen wir die Vergangenheit doch ruhen*! Und damit hatte sie recht.

»Michelotti, sei ehrlich, nimmst du mich überhaupt ernst?«, fragte ich.

»Naturalmente nimmt er Sie ernst, Signorina, sehr ernst sogar, stimmt's Michele?«, mischte sich Marisa ein, die neben uns auf der Terrasse saß und die letzten Papierblumen für das Blumenfest bastelte.

»Übrigens, ich habe vorhin Edvige gesehen, und sie lässt Sie herzlich grüßen, Signorina. Sie sagte, auch von ihrem Mario.«

Ich nickte und blinzelte träge. Über mir schien die ewige Sonne, eine Möwe flog vorbei und grinste mich an.

FINE